2017
短篇小说
中篇小说
散　　文
报告文学
中国文坛纪事

2010

2015

2017

中国文坛纪事

白 烨／主编

人民文学出版社

图书在版编目（CIP）数据

2017中国文坛纪事/白烨主编. —北京：人民文学出版社，2018
ISBN 978-7-02-014471-6

Ⅰ.①2… Ⅱ.①白… Ⅲ.①中国文学—文学史—史料—2017 Ⅳ.①I209.76

中国版本图书馆CIP数据核字（2018）第187595号

责任编辑　王　晓
装帧设计　刘　静
责任印制　王重艺

出版发行　人民文学出版社
社　　址　北京市朝内大街166号
邮政编码　100705
网　　址　http://www.rw-cn.com

印　　刷　三河市鑫金马印装有限公司
经　　销　全国新华书店等

字　　数　308千字
开　　本　880毫米×1230毫米　1/32
印　　张　11.5　插页3
版　　次　2018年12月北京第1版
印　　次　2018年12月第1次印刷

书　　号　978-7-02-014471-6
定　　价　49.00元

如有印装质量问题，请与本社图书销售中心调换。电话:010-65233595

目 录

年度特载

坚定文化自信,推动社会主义文化繁荣兴盛
　　——习近平《在中国共产党第十九次全国代表大会上的报告》
　　选摘 ·· 1
习近平回信勉励乌兰牧骑队员大力弘扬乌兰牧骑优良传统,
　　永远做草原上的"红色文艺轻骑兵" ························· 4

要闻聚焦

《诗刊》创刊60周年座谈会在京举行 ······························ 6
弘扬文学传统　书写时代进程
　　——纪念《哥德巴赫猜想》发表四十周年暨新时代科技题材创作
　　座谈会在京举行 ·· 10
中共中央办公厅印发《中国作协深化改革方案》 ··············· 13
中国作协第九届主席团第二次会议在京召开 ···················· 17
他对土地和人民怀有深长的情义
　　——骆宾基百年诞辰纪念座谈会在京举行 ·················· 19
中国作协文学工作者职业道德委员会成立 ······················· 22
第十届全国优秀儿童文学奖颁奖典礼在京隆重举行 ·········· 25
贯彻落实党的十九大精神　创造新时代的新史诗
　　——第二届中国文学博鳌论坛在海南举行 ·················· 29

文情传真

文学期刊稿酬提高:草木蔓发,春山可望 ······················· 33

中国作家协会公报（2017年第1号）……………………… 37
文学批评刊物，如何在"论"与"辩"之间保持平衡？……… 40
后书店时代，读者如何与阅读相遇？……………………… 44
"互联网+"重建文艺格局…………………………………… 49
网络文学产业步入红利期：市场规模达90亿元………… 52
首个国民文学生活调查研究报告出炉……………………… 54
上海市民阅读状况调查分析报告发布：纸质阅读在回潮…… 59

学习《讲话》

高举旗帜　砥砺前行　创造中国特色社会主义文艺新
　　篇章……………………………………………… 铁　凝　62
开辟新时代文艺之路………………………………… 张　江　70
铸就新时代中国特色社会主义文艺的新辉煌……… 仲呈祥　76
充分认识习近平文艺思想重大意义………………… 董学文　80
坚定高度的文化自信　书写当下的中国故事
　　——学习习近平十九大报告的体会…………… 白　烨　86
谈新时代文学………………………………………… 吴义勤　96
文艺的当代品性与历史使命………………………… 丁国旗　100
人民，文艺的尺度…………………………………… 马建辉　105
在与时代同频共振中锻造文艺精品………………… 范玉刚　109

现状观察

对近年理论批评中几个问题的理解………………… 雷　达　115
不断丰富文学中国的色彩…………………………… 梁鸿鹰　120
呼唤深刻表现恢弘变革现实的文艺作品…………… 杜学文　125
提升文艺原创力　推动艺术创新…………………… 杨剑龙　129
2017年长篇小说：变化与对策……………………… 贺绍俊　133
中篇小说仍是高端成就……………………………… 孟繁华　142
生态文学，中国文学的新生长点…………………… 李朝全　151
"认识你自己"："史诗性"小说的切入口…………… 程光炜　155
重振文学崇高的美学品格…………………………… 王树增　159

追求典型化创造　攀登文艺创作高峰 ……………… 赖大仁　164

网络文学研探

网络文学：沧桑变化争朝夕 ……………………………… 马　季　170
中国网络文学缘何领先世界 …………………………… 欧阳友权　176
中国网络文学何以走红海外 …………………………… 邵燕君　180
网络文艺处在"雅化"关键期 …………………………… 董　阳　183
是时候提出网络文学的"中华性"了 …………………… 夏　烈　186
网络文学应具备精神力量 ……………………………… 许苗苗　188
三大英雄史诗对网络文学创作的启示 ………………… 王　祥　193
诗歌网络平台与传统出版精神 ………………………… 金石开　198

百家论坛

文艺与"新时代" ………………………………………… 张德祥　203
必须保卫历史 …………………………………………… 刘大先　207
走出"泛娱乐"的文化自觉与担当 ……………………… 徐清泉　215
人民就是最大众 ………………………………………… 李春雷　218
文学传统的"外发"与"内生" ………………………… 於可训　224
"典型论"非但不过时，而且仍需强化 ………………… 牛学智　229
捡了故事，丢了历史
　　——谈谈今天我们如何避免误读历史 …………… 丁晓平　238
"文学批评共同体"如何重建，怎样主体？ …………… 徐　勇　247

研讨举要

继承"讲话"精神　坚持人民中心
　　——"学习习总书记讲话，重温延安文艺传统"座谈会侧记 …… 251
第二届北京文学高峰论坛主题活动举行 ……………………… 255
第四届"当代中国文论：反思与重建"高端学术论坛：
　　促进文艺理论深度融合 ……………………………………… 258
《诗刊》社第31届青春诗会作品研讨会召开
　　——未见桃花，也是桃花潭 ………………………………… 262

对话与访谈

阿来:中国文学缺少对自然的关注 ………… 267
毕飞宇:写作是需要思想和灵魂的参与 ………… 272
宁肯:文学需要现实创新 ………… 277
李敬泽:回到传统中寻找力量 ………… 284

史料与史实

中央文学研究所的筹备与成立 ………… 王秀涛 290
听文学大家讲古典名著
——"文学讲习所"纪事之一 ………… 李宏林 300
关于萧也牧之死与平反的几则史料 ………… 邵部 304

年度逝世文学家

2017年逝世文学家 ………… 315

年度文学大事记

2017年文学大事记 ………… 335

编后记 ………… 363

· 年度特载 ·

坚定文化自信，
推动社会主义文化繁荣兴盛[①]

——习近平《在中国共产党第
十九次全国代表大会上的报告》选摘

坚定文化自信，推动社会主义文化繁荣兴盛

文化是一个国家、一个民族的灵魂。文化兴国运兴，文化强民族强。没有高度的文化自信，没有文化的繁荣兴盛，就没有中华民族伟大复兴。要坚持中国特色社会主义文化发展道路，激发全民族文化创新创造活力，建设社会主义文化强国。

中国特色社会主义文化，源自于中华民族五千多年文明历史所孕育的中华优秀传统文化，熔铸于党领导人民在革命、建设、改革中创造的革命文化和社会主义先进文化，植根于中国特色社会主义伟大实践。发展中国特色社会主义文化，就是以马克思主义为指导，坚守中华文化立场，立足当代中国现实，结合当今时代条件，发展面向现代化、面向世界、面向未来的，民族的科学的大众的社会主义文化，推动社会主义精神文明和物质文明协调发展。要坚持为人民服务、为社会主义服务，坚持百花齐

---

① 习近平《在中国共产党第十九次全国代表大会上的报告》共十三章节，这里选登的为第七章节全部内容。标题为原章节标题。

放、百家争鸣,坚持创造性转化、创新性发展,不断铸就中华文化新辉煌。

(一)牢牢掌握意识形态工作领导权。意识形态决定文化前进方向和发展道路。必须推进马克思主义中国化时代化大众化,建设具有强大凝聚力和引领力的社会主义意识形态,使全体人民在理想信念、价值理念、道德观念上紧紧团结在一起。要加强理论武装,推动新时代中国特色社会主义思想深入人心。深化马克思主义理论研究和建设,加快构建中国特色哲学社会科学,加强中国特色新型智库建设。坚持正确舆论导向,高度重视传播手段建设和创新,提高新闻舆论传播力、引导力、影响力、公信力。加强互联网内容建设,建立网络综合治理体系,营造清朗的网络空间。落实意识形态工作责任制,加强阵地建设和管理,注意区分政治原则问题、思想认识问题、学术观点问题,旗帜鲜明反对和抵制各种错误观点。

(二)培育和践行社会主义核心价值观。社会主义核心价值观是当代中国精神的集中体现,凝结着全体人民共同的价值追求。要以培养担当民族复兴大任的时代新人为着眼点,强化教育引导、实践养成、制度保障,发挥社会主义核心价值观对国民教育、精神文明创建、精神文化产品创作生产传播的引领作用,把社会主义核心价值观融入社会发展各方面,转化为人们的情感认同和行为习惯。坚持全民行动、干部带头,从家庭做起,从娃娃抓起。深入挖掘中华优秀传统文化蕴含的思想观念、人文精神、道德规范,结合时代要求继承创新,让中华文化展现出永久魅力和时代风采。

(三)加强思想道德建设。人民有信仰,国家有力量,民族有希望。要提高人民思想觉悟、道德水准、文明素养,提高全社会文明程度。广泛开展理想信念教育,深化中国特色社会主义和中国梦宣传教育,弘扬民族精神和时代精神,加强爱国主义、集体主义、社会主义教育,引导人们树立正确的历史观、民族观、国家观、文化观。深入实施公民道德建设工程,推进社会公德、职业道德、家庭美德、个人品德建设,激励人们向上向善、孝老爱亲,忠于祖国、忠于人民。加强和改进思想政治工作,深化群众性精神文明创建活动。弘扬科学精神,普及科学知识,开展移风易俗、弘扬时代新风行动,抵制腐朽落后文化侵蚀。推进诚信建设和志愿服务制度化,强化社会责任意识、规则意识、奉献意识。

(四)繁荣发展社会主义文艺。社会主义文艺是人民的文艺,必须坚持以人民为中心的创作导向,在深入生活、扎根人民中进行无愧于时代的文艺创造。要繁荣文艺创作,坚持思想精深、艺术精湛、制作精良相统一,加强现实题材创作,不断推出讴歌党、讴歌祖国、讴歌人民、讴歌英雄的精品力作。发扬学术民主、艺术民主,提升文艺原创力,推动文艺创新。倡导讲品位、讲格调、讲责任,抵制低俗、庸俗、媚俗。加强文艺队伍建设,造就一大批德艺双馨名家大师,培育一大批高水平创作人才。

(五)推动文化事业和文化产业发展。满足人民过上美好生活的新期待,必须提供丰富的精神食粮。要深化文化体制改革,完善文化管理体制,加快构建把社会效益放在首位、社会效益和经济效益相统一的体制机制。完善公共文化服务体系,深入实施文化惠民工程,丰富群众性文化活动。加强文物保护利用和文化遗产保护传承。健全现代文化产业体系和市场体系,创新生产经营机制,完善文化经济政策,培育新型文化业态。广泛开展全民健身活动,加快推进体育强国建设,筹办好北京冬奥会、冬残奥会。加强中外人文交流,以我为主、兼收并蓄。推进国际传播能力建设,讲好中国故事,展现真实、立体、全面的中国,提高国家文化软实力。

同志们!中国共产党从成立之日起,既是中国先进文化的积极引领者和践行者,又是中华优秀传统文化的忠实传承者和弘扬者。当代中国共产党人和中国人民应该而且一定能够担负起新的文化使命,在实践创造中进行文化创造,在历史进步中实现文化进步!

(原载 2017 年 10 月 28 日《人民日报》)

习近平回信勉励乌兰牧骑队员
大力弘扬乌兰牧骑优良传统,
永远做草原上的"红色文艺轻骑兵"

新华社北京11月21日电 中共中央总书记、国家主席、中央军委主席习近平21日给内蒙古自治区苏尼特右旗乌兰牧骑的队员们回信,勉励他们继续扎根基层、服务群众,努力创作更多接地气、传得开、留得下的优秀作品。

习近平在回信中说,从来信中,我很高兴地看到了乌兰牧骑的成长与进步,感受到了你们对事业的那份热爱,对党和人民的那份深情。

习近平指出,乌兰牧骑是全国文艺战线的一面旗帜,第一支乌兰牧骑就诞生在你们的家乡。60年来,一代代乌兰牧骑的队员迎风雪、冒寒暑,长期在戈壁、草原上辗转跋涉,以天为幕布,以地为舞台,为广大农牧民送去了欢乐和文明,传递了党的声音和关怀。

习近平表示,乌兰牧骑的长盛不衰表明,人民需要艺术,艺术也需要人民。在新时代,希望你们以党的十九大精神为指引,大力弘扬乌兰牧骑的优良传统,扎根生活沃土,服务牧民群众,推动文艺创新,努力创作更多接地气、传得开、留得下的优秀作品,永远做草原上的"红色文艺轻骑兵"。

乌兰牧骑的蒙古语原意是"红色的嫩芽",后被引申为"红色文艺轻骑兵",是适应草原地区生产生活特点而诞生的文化工作队,具有"演出、宣传、辅导、服务"等职能,深受广大农牧民欢迎。1957年,苏尼特右旗建立了内蒙古第一支乌兰牧骑。目前,内蒙古草原上活跃着75支乌兰牧骑,每年演出超过7000场。近日,苏尼特右旗乌兰牧骑的16名队员给习近平总书记写信,汇报乌兰牧骑60年来的发展情况,表达为繁荣发展社会主义文艺事业作贡献的决心。

习近平总书记给内蒙古自治区苏尼特右旗乌兰牧骑的队员们的回信

苏尼特右旗乌兰牧骑的队员们:

你们好!从来信中,我很高兴地看到了乌兰牧骑的成长与进步,感受到了你们对事业的那份热爱,对党和人民的那份深情。

乌兰牧骑是全国文艺战线的一面旗帜,第一支乌兰牧骑就诞生在你们的家乡。60年来,一代代乌兰牧骑的队员迎风雪、冒寒暑,长期在戈壁、草原上辗转跋涉,以天为幕布,以地为舞台,为广大农牧民送去了欢乐和文明,传递了党的声音和关怀。

乌兰牧骑的长盛不衰表明,人民需要艺术,艺术也需要人民。在新时代,希望你们以党的十九大精神为指引,大力弘扬乌兰牧骑的优良传统,扎根生活沃土,服务牧民群众,推动文艺创新,努力创作更多接地气、传得开、留得下的优秀作品,永远做草原上的"红色文艺轻骑兵"。

习　近　平
2017年11月21日

(原载2017年11月22日《人民日报》)

·要闻聚焦·

《诗刊》创刊60周年座谈会在京举行

2017年是《诗刊》创刊60周年。六十载春华秋实,这份由中国作家协会主办的新中国成立后的第一份诗歌刊物,讴歌人民创造生活,见证伟大时代发展,走过了光荣而不平凡的历程。中央领导同志对《诗刊》创刊60周年十分重视和关心,中央政治局常委、中央书记处书记刘云山同志专门打电话,对《诗刊》创刊60周年表示热烈祝贺。中央政治局委员、书记处书记、中宣部部长刘奇葆同志也祝贺《诗刊》创刊60周年。他指出,《诗刊》是引领中国诗歌创作的一面旗帜,创刊60年来,刊发了一大批高品质、有影响的优秀作品,培养了一代又一代优秀诗人,为繁荣社会主义文艺作出了重要贡献。他希望《诗刊》社的同志们发扬光荣传统,深入学习贯彻习近平总书记系列重要讲话精神,坚持党的文艺方针,坚守高质量的办刊标准,推出更多精品力作,用丰沛的诗情、高尚的诗意和多彩的诗句,抒写属于中华民族伟大复兴时代的宏伟诗篇。

1月23日,《诗刊》创刊60周年座谈会在北京中国现代文学馆举行。中国作协党组书记、副主席钱小芊出席座谈会并讲话。中国作协副主席吉狄马加主持会议。中国作协副主席何建明、高洪波等出席。

钱小芊代表中国作协和铁凝主席,向《诗刊》创刊60周年表示热烈祝贺,向所有关心、支持《诗刊》的朋友表示衷心感谢,向全国的诗人致以节日的祝贺和崇高的敬意。钱小芊指出,党中央对文学事业高度重视,习近平总书记在文艺工作座谈会和中国文联十大、中国作协九大开幕式的重要讲话,深刻阐明时代发展对文艺工作提出的新要求,深刻回答事关我国文艺事业长远发展的一系列重大问题,深刻揭示社会主义文艺发展规律,鼓励我们不忘初心、继续前进,同党和人民一道,努力筑就中华民族伟大复兴时代的文艺高峰。我们要深入学习领会和贯彻落实习近平总书记的文艺思想,深入学习领会和贯彻落实党中央的文艺方针和文艺工作的决策部署,努力推动文学事业和诗歌创作健康发展。

钱小芊说,诗歌是人类精神创造的重要形式,是文学皇冠上的璀璨明珠,诗歌历来生动地体现着民族精神,诗人历来最敏感、最热情,古往今来的优秀诗人,大都得风气之先、引领时代风尚。我国素来以诗的国度著称,从《诗经》《离骚》,唐诗宋词,到百年来的新诗,形成了极为深厚的伟大传统。要坚定文化自信,继承发扬优良传统,以更多为国家立心、为民族铸魂的诗歌作品振奋民族精神,高扬时代之声、爱国之声、人民之声主旋律。多刊载唱响祖国颂、英雄颂的作品,有力激发人们强烈的民族自豪感和国家荣誉感。要把人民的冷暖和幸福放在心中,把大众的喜怒哀乐倾注在自己笔端,讴歌奋斗人生,刻画最美人物,用诗性的语言,感人的韵律发出人民之声。要坚持高品质、高品位、高质量,推出更多留得下、传得开、叫得响的诗歌作品。提高原创力,拓展诗歌的题材、内容、形式和手法,在提升精神高度、文化内涵和艺术品格上多下功夫。稳住心神,甘于寂寞,精益求精,发挥好诗歌以文化人、以文育人的作用。

钱小芊指出,《诗刊》要坚守艺术理想,始终把社会价值和社会效益放在首位,努力推出更多有筋骨、有道德、有温度的作品。要提高原创力,拓展诗歌的题材、内容、形式和手法,在提升精神高度、文化内涵和艺术品格上多下功夫。诗人要迈出书斋阁楼,走出方寸天地,走到社会和人民群众中去,从平凡中发现伟大,从质朴中发现崇高,经过对生活的提炼、对生活的生动表达,展现特殊的诗情和意境。要不忘本来,吸收外来,面向未来,树立正确的历史观、民族观、国家观、文化观,用博大的胸怀拥抱时代,用深邃的目光观察生活,把优秀的作品展现给社会、呈现给人民。要积极吸收借鉴、推陈出新,焕发古体诗的时代光彩。真正做到办刊有责、办刊负责,高门槛、严把关,强化品位意识、质量意识,发挥好诗歌以文化人、以文育人的作用。

钱小芊说,要为诗人与社会的交流搭建平台,为诗人成长成才创造机会。进一步丰富人才培养方式,通过多种形式吸引青年、培养青年。引导青年诗人爱我们的党爱我们的国家,展现向上向善、乐观积极和充满理想的精神风貌,引导青年诗人加强思想积累、知识储备、艺术训练,在创作实践中提高学养、涵养、修养。要加强诗歌理论批评工作,引导青年诗人增强文化使命感、创新责任感,在为祖国、为人民立德立言的实践中成就自我、实现价值。要锐意创新,开拓全媒体时代《诗刊》事业新局面。聚焦编辑的文化素质、审美水平和职业道德的培养,全方位提高编辑业务水平。抓住文学期刊"回暖"的大好机遇,乘势而上,开拓进取,让《诗刊》各项事业迈上新台阶。结合网络发展,研究新媒体规律,拓展渠道、创新思路,实现刊物新的发展。加强刊物新媒体建设,积极利用各种方式,打造符合刊物特点的新媒体平台,为诗歌传播插上翅膀,不断提高刊物的社会影响力。

《诗刊》常务副主编商震汇报了《诗刊》近年来的发展情况。《诗刊》原主编叶延滨,诗人李松涛,评论家骆寒超,诗人晓雪、刘立云、玉珍等先后发言。大家从各自的角度,深情回望自己与《诗刊》一同走过的难忘的岁月,探讨诗歌创作艺术和诗歌理论评论,对这份重要而特殊的诗歌刊物寄予新的期待。大家谈道,自创刊以来,《诗刊》一直坚持与时代同行,与人民同步,刊发了许多载入中国当代文学史的诗歌作品,发现、培养了一大批杰出的诗人,引领诗歌创作发展。可以说,《诗刊》60年的发展见证了我国当代诗歌的繁荣发展,《诗刊》已经成为我国广大诗人和诗歌爱好者的精神家园。大家希望《诗刊》在新的历史时期,以诗铸魂,引领风尚,薪传中国诗歌艺术传统,以更多优秀的诗篇,为繁荣发展社会主义文学事业,实现中华民族伟大复兴的中国梦作出更大贡献。

来自全国各地的诗人、评论家代表郑欣淼、屠岸、朱增泉、岳宣义、谢冕、吴思敬、李少君、黄亚洲、金哲、丁国成、赵振江、王石祥、查干、朱先树、寇宗鄂、龙汉山、张建中、黄怒波、刘福春、欧阳江河、王家新、郁葱等出席座谈会,中国作协各单位各部门负责人,《诗刊》部分老领导老前辈及全体工作人员与会。

(原载2017年1月23日《文艺报》,李晓晨)

弘扬文学传统　书写时代进程
——纪念《哥德巴赫猜想》发表四十周年暨新时代科技题材创作座谈会在京举行

1978年1月,徐迟的报告文学《哥德巴赫猜想》在《人民文学》杂志发表,引起了社会各界的广泛关注和热议。3月,全国科学大会隆重举行,标志着科学春天的到来。同年年底,随着党的十一届三中全会的召开,改革开放的序幕正式开启。报告文学《哥德巴赫猜想》恰逢其时,充分参与了中国社会思想解放、改革开放的伟大历史进程。

为纪念《哥德巴赫猜想》发表40周年,弘扬文学参与时代与社会生活的精神,由《人民文学》杂志社主办的"纪念《哥德巴赫猜想》发表四十周年暨新时代科技题材创作座谈会"1月26日在京举行。中国作协副主席李敬泽、《人民文学》前副主编周明,中国少数民族作家学会常务副会长叶梅,《人民文学》副主编徐坤,《中国科学报》社长、总编辑陈鹏,中科院科学传播局科普与出版处处长徐雁龙以及赵瑜、徐剑、彭程、宁肯、李朝全、刘琼、赵雁、王国平等与会研讨。座谈会由《人民文学》主编施战军主持。

李敬泽谈到,习近平总书记指出,文学艺术应该具有"引领时代风尚、鼓舞人民前进、推动社会进步"的重要作用。1978年前后,《人民文学》刊发了《哥德巴赫猜想》《班主任》《乔厂长上任记》等一系列作品,可以说,那一代作家无愧于时代,有力地引领了时代的风尚,举起了精神的旗帜,参与了中国人民创造历史的伟大事件中。40年后的今天,在中国特色社会主义进入新时代的新的历史条件下,如何继承和弘扬这一传统,是摆在我们面前的新课题。《哥德巴赫猜想》不仅是一个文学事件,更是文学对于社会历史进程一次非常有力的参与,它推动了当时的思想解放运动以及全社会对科学技术、知识分子的全面重新认识,同时这部作品也使得报告文学这一文体被广大读者和文学界广泛认可。今年是改革开放40周年,我们要向《哥德巴赫猜想》的主人公陈景润先生和作者徐迟先生致敬,他们身上所体现的时代精神以及他们的激情和智慧,如今仍然值得深入学习、有力阐发。与此同时,我们也要向当时的那些编辑家们致敬。报告文学《哥德巴赫猜想》从立意、确定题材、寻找作者到之后的撰写以及反复商讨、修改过程中,《人民文学》的编辑们充分参与,甚至起到了重要的推动作用。可以说,没有这些编辑们的参与、组织,就不可能产生这一具有历史意义的重要作品。这样的文学生产过程是我们文学的宝贵传统,继承弘扬这一文学传统显得极为重要。

会上,作为《哥德巴赫猜想》编辑和刊发负责人之一,周明回忆了这部作品的产生以及创作过程。他介绍道,陈景润在"知识越多越反动"的年代里遭受了许多难以想象的打击,但是他挺了过来,冒着风险埋头前行论证哥德巴赫猜想,取得了重大突破,在国内外引起轰动。《人民文学》编辑部经过讨论,约请徐迟围绕陈景润的事迹展开创作,希望通过这篇文章推动思想解放的大潮,呼吁人民尊重知识、尊重知识分子。作品发表后,陈景润的故事成为青年人奋斗的坐标,讲科学、爱科学、学科学、用科学蔚然成风,"向科学进军"成为当时最鼓舞人心的口号。随后,徐迟发表的《在湍流的涡旋中》《生命之树常绿》等一系列表现科学家和科学人格、科学精神、科学行为的报告文学,对推动当时倡导的思想解放、拨乱反正,形成尊重知识、尊重科学、尊重人才的风气,起到了非常重要的推动作用。施战军认为,今天,中国特色社会主义已经迈进了新时代,中国在各个领域里的世界领先地位正在逐渐形成,当今的中国文学有责任记述我们这个时代,记述科学创新、科技强国的社会现实。报告文学作为

"文学轻骑兵",在今天正重新焕发应有的光泽,那种光泽就是《哥德巴赫猜想》等一系列经典之作所开拓的报告文学的厚重、宽度、长度和穿透力。

与会专家认为,《哥德巴赫猜想》面对极具挑战性的科学题材,做到了篇幅精短、内容博大,在当时引领了尊重和发展科学的时代风尚,弘扬了中华民族不断进取的探索精神。这篇作品的出现,不仅开启了新时期报告文学的闸门,更拓展了新时期文学书写的领域和主题,奠定了新时期报告文学的底色、基调。作为一篇报告文学的"命题"作品,作者徐迟很好地处理了"要我写"和"我要写"之间的关系,用诗性饱满的文字对主人公的生平及内心进行了深入呈现,勾勒出时代历史的现状和氛围,这一点非常值得当下的报告文学作家们深入学习。

(原载 2017 年 1 月 31 日《文艺报》,行超)

中共中央办公厅印发
《中国作协深化改革方案》

新华社北京 5 月 4 日电 近日,中共中央办公厅印发了《中国作协深化改革方案》(以下简称《方案》)。《方案》强调,必须紧紧围绕党和国家工作大局及中央全面深化改革总体部署,强化中国作协深化改革的责任和担当。通过全面深化改革,进一步明确任务,转变职能,优化结构,创新举措,真正把中国作协建设成为对广大作家和文学工作者有强大吸引力凝聚力的群团组织,团结带领广大作家和文学工作者推出更多无愧于民族、无愧于时代的文学精品。

党中央历来重视发挥广大作家和文学工作者的独特作用,高度重视做好作家和文学工作。党的十八大以来,以习近平同志为核心的党中央对做好新形势下的作家和文学工作、推进中国作协改革多次做出重要部署,特别是习近平总书记亲自主持召开中央党的群团工作会议和文艺工作座谈会并发表重要讲话,为中国作协深化改革指明了方向,明确了任务。

《方案》明确了中国作协改革的指导思想、基本原则、总体目标。《方案》提出,要高举中国特色社会主义伟大旗帜,全面贯彻党的十八大和十八届三中、四中、五中、六中全会精神,以马克思列宁主义、毛泽东思想、邓小平理论、"三个代表"重要思想、科学发展观为指导,深入贯彻习近平总书记系列重要讲话精神和治国理政新理念新思想新战略,紧紧围绕"五位一体"总体布局和"四个全面"战略布局明确改革方向和重点,坚定文化自信,坚持文化自觉,增强政治性、先进性、群众性,按照走中国特色社会主义群团发展道路的总要求确定改革路径,把广大作家更广泛更紧密地团结在党的周围,繁荣发展中国特色社会主义文学事业,不断满足人民群众精神文化需求,为建设社会主义文化强国,为实现"两个一百年"奋斗目标、实现中华民族伟大复兴的中国梦提供强大的价值引导力、文化凝聚力、精神推动力。中国作协改革必须坚持政治引领,坚持以文化人,坚持问题导向,坚持转变职能,坚持服务基层。通过深化改革,切实解决中国作协存在的突出问题,作协组织政治性、先进性、群众性更加突出,联系党委和政府同广大作家、文学工作者的桥梁纽带作用充分发挥,凝聚力、影响力和工作活力显著提高,对网络文学和新的文学群体的覆盖面、引导力及服务管理效能显著增强,广大作家和文学工作者深入生活、扎根人民、潜心创作、勇攀高峰,创新精神和创造活力竞相迸发,文学精品和文学人才不断涌现,中国特色社会主义文学事业呈现日益繁荣发展的生动局面。

《方案》从5个方面提出了改革措施。第一,积极转变职能,改革完善组织机构。紧紧围绕政治引领、团结引导、联络协调、服务管理、自律维权、推动创作的职能任务,以中国作协领导机构和机关改革为牵引,推动所属单位和文学社团体制机制改革创新。提高领导机构中基层和创作一线作家代表比例,增强代表性和广泛性。优化作协领导机构人员构成,减少行政领导干部所占比例。改革中国作协机关内设机构,强化服务职能。分类推进中国作协所属企事业单位改革。建立根据文学工作特点遴选作协工作人员机制,增强作协队伍专业化水平。

第二,建立健全面向基层、面向社会的服务体系。加大服务基层工作力度。按照党领导群团工作的基本制度要求,加强和改进对各省(自治区、直辖市)作协、各行业作协等团体会员单位的指导支持与服务管理,积极推动基层作协组织建设,构建畅通稳定的作协工作体系,形成整体合力,提高工作效能。增强文学公共服务能力,实施文学普及工程,组织面向社会的文学公益大讲堂。创新服务作家工作机制,创新完善优秀作家作品宣传推介展示机制,积极为作家维护自身合法权益提供法律咨询和法律援助,积极关心和帮助解决作家在创作与生活中的实际问题。健全支持少数民族文学的长效机制,鼓励少数民族文学创作,培训少数民族作家,扶持优秀少数民族文学作品出版,开展少数民族文学作品翻译和对外交流工作,进一步促进少数民族地区文学工作开展和文学事业繁荣。

第三,建立联系新的文学群体、引导网络文学发展的工作机制。广泛团结联系新的文学群体,积极吸收新的文学群体优秀人才加入作协组织,做好团结、引导、服务工作。在作家培养、作品创作等各项扶持机制中扩大新的文学群体比例。加大新的文学群体中领军人才和拔尖人才培养支持力度。探索促进网络文学发展工作机制,加强和改进全国网络文学重点园地工作联席会议制度,发挥其在文学网站内容建设、行业自律与管理中的积极作用。加强网络文学理论评论工作,探索形成符合网络文学特点的评价体系和激励机制。加强传统作家与网络作家交流互鉴,推动传统文学与网络文学相互促进、有机融合。充分发挥文学社团的积极作用,加强对文学社团的业务指导和行业管理,指导文学社团健全领导班子,建立基层党组织,改进组织结构和工作方式,加强社团会员发展、管理和引导工作,规范开展各项文学活动。

第四,构建对外、对港澳台文学交流新格局。搭建中国当代文学走出去平台,举办具有影响力的中国文学对外交流活动,积极参与国际性品牌文学活动,促进中外文学交流,加强对外文学活动的机制化建设。加强文学精品对外译介和出版,创办多语种的综合性外文文学期刊,扩大中国当代文学的世界影响力。发挥作家在民间外交、公共外交中的独特作用。继续举办各类国际文学活动,加强与各国作家经常性交流与对话。加强与"一带一路"沿线国家地区的文学交流,积极鼓励和支持沿线省份开展相关文学交流活动,更好为国家"一带一路"战略服务。积极开展适合港澳作家特点的文学交流和研讨活动。采取灵活多样的方式,加强海峡两岸文学交流,促进两岸相互出版文学作品工作,增进两岸作家特别是青年作家的相互了解。关注海外华文文学的创作发展,增进与海外华文作家的交流。

第五,加强和改进党对文学工作的领导。加强政治引领,建立各级作协领导班子成员、文学工作者和各级作协会员培训机制,加强对专业作家、签约作家、高研班学员等重点文学群体的政治思想教育。健全行业自律机制,激励引导广大作家和文学工作者自觉践行和弘扬社会主义核心价值观。健全文学精品创作扶持引导机制,扎实开展"深入生活、扎根人民"主题实践活动。指导各级作协完善签约作家、签约评论家制度。加强重点作品扶持,引导扶持现实题材、爱国主义题材、重大革命和历史题材、青少年题材等专项重点作品,创作推出一批有筋骨、有道德、有温度的精品力作。健全文学精品和优秀作家激励机制,加强和改进文学评奖工作,更好地发挥评奖对文学精品创作的引导、示范和激励作用。切实把好文学批评的方向盘,充分发挥文学评论在引导创作、多出精品、提高审美、引领风尚等方面的重要作用。加大文学阵地建设管理力度。加强党建工作,充分发挥中国作协党组领导核心作用,承担起贯彻执行党的理论和路线方针政策的政治责任、抓党建的主体责任。加强制度建设,严格监督管理各类文学专项基金资金。加强基层党建工作,积极吸收作家和新的文学群体中的优秀分子加入党组织,增强党在文学界的凝聚力和影响力,指导基层党组织开展正常的组织生活,实现党建工作全覆盖。

《方案》要求,要强化统筹安排,加强思想引导,坚持循序渐进,认真监督检查,分步有序实施改革任务,确保各项改革措施落实到位、取得实效。

(原载2017年5月4日《文艺报》)

中国作协第九届主席团第二次会议在京召开

6月13日,中国作家协会第九届主席团第二次会议在北京召开。中国作家协会主席铁凝主持会议。

会议深入学习贯彻习近平总书记在中国文联十大中国作协九大开幕式上的重要讲话精神,审议了钱小芊同志《在中国作协九届二次全委会上的工作报告》,同意提交中国作家协会第九届全国委员会第二次全体会议审议。在审议中,大家回顾了2016年以来的文学发展,结合当前文学工作形势和文学状况,围绕加强对文学创作的引导、关注和扶持网络作家成长、推动少数民族文学发展、改进文学评论工作等展开讨论,提出了一些意见和建议。

会议审议了人事事项,提名阎晶明同志为中国作家协会第九届全国委员会副主席候选人,提交中国作家协会第九届全国委员会第二次全体会议选举。何建明同志和白庚胜同志由于超过任职年龄界限,不再担任书记处书记职务。会议高度评价何建明、白庚胜同志为我国文学事业和作协工作做出的贡献,大家以热烈的掌声对何建明、白庚胜同志表示衷心感谢。

会议根据《中国作家协会章程》第30条规定,审议通过了部分团体委员变更事项。同意侯志明、白希同志分别接替张颖、杨文志同志为中国作家协会第九届全国委员会委员。

出席会议的有:中国作协副主席叶辛、白庚胜、吉狄马加、刘恒、李敬泽、何建明、张炜、张抗抗、陈建功、贾平凹、钱小芊、徐贵祥、高洪波,中国作协主席团委员王跃文、扎西达娃、叶梅、冯艺、刘兆林、池莉、苏童、吴义勤、迟子建、邵丽、柳建伟、格非、唐家三少、阎晶明、梁鸿鹰、舒婷。

（原载2017年6月14日《文艺报》,黄尚恩）

他对土地和人民怀有深长的情义

——骆宾基百年诞辰纪念座谈会在京举行

2017年是作家骆宾基诞辰100周年,6月19日,中国作协在京举行骆宾基百年诞辰纪念座谈会。全国人大常委会原副委员长何鲁丽出席座谈会。中国作协主席铁凝出席座谈会并致辞。来自全国各地的专家学者、骆宾基亲属及故交好友等与会。座谈会由中国作协副主席李敬泽主持。

骆宾基本名张璞君,1917年生于吉林省珲春县,1938年加入中国共产党,曾任中华全国文艺界抗敌协会桂林分会理事,东北文化协会常务理事兼秘书长,《战旗》《文学报》《东北文化》主编。新中国成立后,他又担任过山东省文联副主席、北京市作协副主席等职务。著有《边陲线上》《大上海的一日》《幼年》《骆宾基短篇小说选》《金文新考》等著作。

铁凝在致辞中回顾了骆宾基的人生历程和文学创作成就,高度肯定了他为国家民族解放和文学事业发展作出的贡献。她说,对骆宾基那一代作家来说,文学从一开始就是国家和民族伟大历史斗争的一部分,他的命运在时代激荡中起伏跌宕。骆宾基是一位执著的革命者。尽管他的革命之路崎岖艰险,却从未沉沦和幻灭,始终保持着坚韧的生命力和旺盛的艺术创造力。作为小说家,骆宾基的风格经历了多次变化,一番风雨一重新,在时代与心灵遇合的各个阶段,他敏感地调整着自己的艺术风貌。在创作生涯之初,经历着战争与漂泊,骆宾基是一个正面强攻的斗士,从《边陲线上》《东战场别动队》到《罪证》《仇恨》,他直接描写抗战中的英雄和抗战熔炉中的国民精神。进入40年代,他以平民视角凝望日常人生,进行了多向度的艺术探索。新中国成立后,骆宾基热情书写新生活、新人物。在《父女俩》《王妈妈》《山区收购站》等小说中,他努力探索将纯熟的写实技法与浪漫主义精神结合起来。在多种风格的探索中,他逐渐形成了鲜明的"骆宾基式"的特色:抒情的、略带忧伤的回忆性语调,北方壮阔寂静的风景与朴实亲切的世态人情。他是含蓄的、节制的,他的作品如引而不发的绷紧的弓,有着契诃夫式的沉着、幽默和微妙。他曾追求幽默,但并没有流于油滑,他直面残酷的现实,但他的作品中却少见血淋淋的描写,在那些充满了人生辛酸的场面中,也从未失去对人生的肯定。在他的创作中,始终不变的是那份黑土地的情结。黑土地就像是一种精神,或明或暗、或深或浅、或远或近地沉潜在他的作品中,激发和召唤着他充满灵性的笔触。他是一个有根的作家,他的根深深地扎在黑土地中,深深地扎在他的时代和人民中间。

  铁凝谈道,习近平总书记指出:"文运同国运相牵,文脉同国脉相连。"骆宾基在抗战的烽火中登上文坛,最初以迅捷反映抗战斗争的报告文学而广为人知。终其一生,他的创作历程与国家、民族的命运密不可分,他紧随着时代步伐,从他的作品中,我们可以清晰地感受到时代的风云变幻,以及时代在人们心灵中的投影。特别是他对抗战时期大后方各色人等心路历程深刻的多角度的刻画,为抗战文学史书写了别开生面的一页。今天,我们纪念和缅怀骆宾基光辉的创作成就,就是要学习他对祖国矢志不渝的忠诚和热爱,学习他对土地和人民的深长情义,学习他从时代巨变中汲取艺术创造活力的探索精神。习近平总书记希望广大文艺工作者要"胸中有大义、心里有人民、肩头有责任、笔下有乾坤",这也正是骆宾基那一代中国作家的真实写照。中华民族正胜利行进在实现伟大复兴的征程上,中国广大作家时刻感受着前辈的启迪和激励,必将书写出民族的新史诗,在伟大的历史变革中实现文学的伟大创造。

  中国作协名誉副主席张炯、中国作协副主席陈建功、山西人民出版社总编辑姚军、《十月》原副主编张守仁、中共吉林省珲春市委宣传部部长兼统战部部长刘林波、北京市作协驻会副主席王升山、评论家韩文敏、作家李海文、骆宾基之子张书泰在座谈会上先后发言。在他们的回忆和述说里,骆宾基坚持原则,为人正直,友善谦和,热心帮助扶持有才华的年轻作家,对优秀作家作品总是独具慧眼、一语中的,给予大家诸多难得的机会和中肯的建议。在他们眼中,骆宾基是个爱故乡、爱祖国的战士,是个有担当、有责任感的优秀作家,他的作品里总是流淌着属于黑土地的血液,具有鲜明的地域特色,这是属于我们这个民族的灵魂,这些构成了他作品扎实厚重的底蕴,使其具有鲜明的美学特色和艺术品格,《北望园的春天》《生活的意义》《姜步畏三部曲》《蓝色的图们江》等都是作家进行艺术探索的实践成果。而骆宾基又是颇为清醒和谦逊的,他在回顾自己创作生涯时说,"就我所掌握、思索的材料来说,我写出的仅仅是其中一小部分",今天从文学创作和研究的角度来看,即使他所说的这"一小部分"也已经成为现代文学史上一个个不可磨灭的、重要的名字。好的文字越经历岁月的流逝越具有永恒的生命力,终其一生,骆宾基的命运与创作都深深植根于故乡厚土,并始终同国家和人民的命运紧密相连,这也正是今天值得后辈作家学习和弘扬的精神品格和理想信念。与人民同行,与生活同行,才有可能书写出属于我们这个民族的新史诗。

(原载 2017 年 6 月 21 日《文艺报》,李晓晨)

中国作协文学工作者职业道德委员会成立

9月21日,中国作协文学工作者职业道德委员会成立大会在京举行。中国作协主席铁凝出席会议并讲话,会议由中国作协党组书记、副主席钱小芊主持。中宣部副部长庹震,中国作协党组、书记处吉狄马加、阎晶明、吴义勤出席。

中国作协文学工作者职业道德委员会由28名来自各文学门类的作家代表和相关社会人士组成,由中国作协副主席刘恒任主任,阿来、范小青、周大新、赵丽宏任副主任,是中国文学界加强职业道德建设的自律机构。成立后的中国作协文学工作者职业道德委员会,依据国家有关法律法规和《中国作家协会章程》《中国作家协会文学工作者职业道德委员会章程》《中国作家协会文学工作者职业道德公约》,建立起内部管理与外部监督相结合、自律与他律相结合的工作机制,积极倡导德艺双馨,督促文学工作者弘扬和践行社会主义核心价值观,遵纪守法、服务社会、乐于奉献,树立良好社会形象,积极营造繁荣发展社会主义文学事业的良好生态。

铁凝在讲话中指出,中国作协文学工作者职业道德委员会的成立,是学习贯彻习近平总书记文艺思想、落实党的文艺方针政策的一个实际行动,是加强文学界行业管理、行业自律,推动文学事业繁荣发展的重要举措,是我国文学界的一件大事。作家是精神产品的创造者,是人类灵魂的工程师,文学要发挥以文化人的作用,首先要求作家具有美好的道德情操,具有良好的职业道德,用高尚的情操塑造人,用优秀的作品鼓舞人。她说,职业道德建设是系统工程、长期任务,需要广大作家和文学工作者的全员参与,也需要文学工作者职业道德委员会的带动和引领。

铁凝说,文学工作者职业道德委员会在今后的工作中,要进一步引导广大作家和文学工作者,坚持大力弘扬社会主义核心价值观,以中国精神锻造文学的灵魂。在实现中华民族伟大复兴中国梦的伟大征程中,文学担负着坚定文化自信、振奋民族精神、凝聚中国力量的重大责任和崇高使命。坚守文学工作者的职业道德,最根本、最关键的要体现在对这一责任使命的坚守与担当。要进一步引导广大作家和文学工作者,始终坚持以人民为中心的创作导向,以人民博大的情怀和现实火热的生活滋养、强健文学的筋骨。坚持修身养性,崇德尚艺,以对德艺双馨的不懈追求提升文学的品格。坚持积极发声,敢于亮剑,以维护社会良知和正义,彰显文学的尊严。

钱小芊在主持会议时指出,要充分认识加强文学工作者职业道德建设的重要意义,积极开展文学工作者职业道德建设,发挥职业道德委员会在文学界职业道德建设中的重要作用。职业道德委员会要主动作为,加强调查研究,健全工作机制,积极探索加强文学工作者职业道德建设的有效措施和办法。要坚持一手抓先进典型的宣传示范,一手抓违法违纪、失德失范行为的监督惩戒,发挥好正反两方面典型的教育引导作用。要广泛动员文学界和各方面力量积极参与,形成工作合力,不断提高职业道德委员会的引导力、影响力。他要求,文学工作者职业道德委员会委员们要以自己的言行示范,做自觉弘扬和践行社会主义核心价值观、遵守文学工作者职业道德的模范。

中国作协副主席、中国作协文学工作者职业道德委员会主任刘恒在成立大会上表示,文学工作者职业道德委员会的作家应该模范遵纪守法,担当社会责任。在委员会建设和工作中,突出团结、人民、胸怀、理想、规矩和自律的主题词,树立良好作风、文风、学风,共同营造和谐的文学生态。军旅作家周大新和网络作家跳舞作为作家代表分别发言。委员们表示,一定坚定文学理想,追求德艺双馨,潜心创作,锐意创新,用具有中国特色、中国风格、中国气派的文学作品弘扬中国精神、传播中国价值、凝聚中国力量。

中国作协十分重视文学工作者职业道德建设。党的十八大以来,中国作协紧紧围绕政治引领、团结引导、联络协调、服务管理、自律维权、推动创作的职能任务,加强能力建设,强化行业服务、行业管理、行业自律,发挥在行业建设中的主导作用,不断增强行业影响力,取得了明显成效。在习近平总书记文艺思想的激励和感召下,广大作家和文学工作者心怀祖国人民、响应时代召唤、追求艺术理想,坚持风清气正、追求德艺双馨的良好风气得到了进一步发扬。

在当天举行的中国作协文学工作者职业道德委员会第一次全体会议上,审议通过了《中国作家协会文学工作者职业道德委员会章程》和《中国作家协会文学工作者职业道德公约》。

(原载 2017 年 9 月 21 日《文艺报》,王觅)

第十届全国优秀儿童文学奖颁奖典礼在京隆重举行

2017年9月22日,第十届全国优秀儿童文学奖颁奖典礼在中国现代文学馆举行。中共中央政治局常委、中央书记处书记刘云山,中共中央政治局委员、中央书记处书记、中宣部部长刘奇葆分别做出重要批示,向获奖的作家表示祝贺,向为我国儿童文学事业作出贡献的广大作家和文学工作者表示敬意。中国作家协会主席铁凝,中国作家协会党组书记、副主席钱小芊,中宣部副部长庹震,中国作家协会党组成员、副主席、书记处书记吉狄马加、李敬泽、阎晶明,中国作家协会党组成员、书记处书记吴义勤,中宣部文艺局副局长孟祥林,以及儿童文学界作家、评论家、出版家高洪波、束沛德、金波、樊发稼、海飞等出席颁奖典礼,并为获奖作家颁发奖杯和证书。颁奖典礼隆重热烈喜庆。

钱小芊在颁奖典礼上致辞。他热情赞扬了获奖的18部作品,认为这些作品以丰富的题材和多样的角度,弘扬了社会主义核心价值观,以绚丽的想象、崇高的情怀向孩子们展示了真善美的魅力与力量,充分显示了4年来我国儿童文学事业的勃勃生机,充分体现了我国儿童文学创作各领域各层次的全面发展。他希望广大儿童文学作家、评论家,充分认识肩负的责任和使命,大力弘扬社会主义核心价值观,坚守真善美的文学信念与文学理想,努力创作更多更好的儿童文学作品,为广大少年儿童的健康成长描绘更加璀璨艳丽的文学星空。

本届评选的作品是2013—2016年期间,在国内首次出版的儿童文学作品,受到了作家、出版社和读者的关注和期待。中国作协党组对评奖工作高度重视,要求认真贯彻落实习近平总书记系列重要讲话精神,遵照党中央和中宣部关于改进文艺评奖、繁荣儿童文学创作出版的指示精神,严谨细致地做好评奖工作。中国作协书记处在认真总结经验、广泛听取意见的基础上,修订了《全国优秀儿童文学奖评奖条例》,制订了《评奖细则》,在全国范围内聘请了27名作家、评论家及文学工作者组成评奖委员会,由铁凝担任评委会名誉主任,李敬泽担任评委会主任,阎晶明、方卫平、汤素兰担任评委会副主任。

本届评奖,从3月15日发布征集公告开始,到8月4日投票选出获奖作品,整个评选过程历时4个多月。评委在充分阅读和讨论的基础上,经过五轮投票从464部参评作品中评选产生了18部获奖作品。评委会坚持正确的价值导向,严守标准,秉持公心,遵守纪律,站在中华民族伟大复兴的战略高度,站在祖国之未来、民族之希望的高度,站在培育社会主义新人的高度,从推动中国文学和中国儿童文学繁荣发展的大局出发,以强烈的责任感、使命感和专业精神,向儿童文学界的广大作家、向读者和全社会递交了一份圆满的答卷。整个评奖过程平稳有序、风清气正,评奖结果发布后,文学界和社会舆论的反应积极正面,认为获奖作品代表了当前中国儿童文学创作的水平和成就,体现了儿童文学繁荣发展的良好态势。

本届儿童文学奖参评作品数量超过往届,整体水平较高。最终脱颖而出的这18部作品比较全面地体现了中国儿童文学当前的创作特点。

从题材方面看,这些作品以丰富的题材和角度弘扬社会主义核心价值观。有经过长期深入采访,反映中国孩子的梦想和追求的小说《一百个孩子的中国梦》,也有表现亲情与善良的幻想小说《大熊的女儿》;有展现中国传统故事魅力的小说《寻找鱼王》,也有以现代风格表现儿童心理成长的小说《浮桥边的汤木》;有关注家庭处于困境的少年自强不息的报告文学《梦想是生命里的光》,也有透视当下都市儿童生活和教育问题的小说《沐阳上学记·我就是喜欢唱反调》;有书写童年记忆,反映新中国少年儿童成长的小说《吉祥时光》,还有取材于抗日战争历史、体现爱国主义精神的小说《将军胡同》等。

从体裁方面看,这些作品体现了儿童文学创作各领域的全面发展。小说和童话是当前儿童文学创作和阅读的主体,在此次获奖作品中,分别占7部和4部,体现了较高的整体水平。4部童话各有特色:《布罗镇的邮递员》以淳朴而有节制的文字,营造了一个流溢着温馨的童话世界;《小女孩的名字》构思奇巧、意境优美,情节单纯而富于变化,语言优美流畅;《水妖喀喀莎》极富想象力,给人力量和勇气;《一千朵跳跃的花蕾》把人生感悟与乡土童年经验赋予童话故事中,具有真正的中国味道。评选中对儿歌等相对薄弱的领域也给予了充分关注,有七十多岁的湖南老作家李少白的儿歌集《蒲公英嫁女儿》以及儿童诗集《梦的门》获奖;在发展迅猛的图画书领域,也有《其实我是一条鱼》获奖。散文《爱——外婆和我》以充沛而真实的情感,写出深长的亲情,堪称一部中国式的《爱的教育》。近年来引起广泛关注的科幻文学领域,有《拯救天才》《大漠寻星人》两部作品获奖。18部获奖作品中,也充分考虑了幼儿、儿童和少年等不同年龄段的阅读层次。

本届获奖作家中,45岁以下的9人,年龄最小的作者30岁,这样一个年龄分布,较好地反映出当前我国儿童文学创作队伍的实际状况。他们中有12位是首次获得全国优秀儿童文学奖,对儿童文学创作队伍建设是有力的推动。

颁奖典礼由李敬泽主持。董宏猷、彭学军、郭姜燕、王立春和王林柏代表获奖作家发表获奖感言,与大家分享了各自的创作过程,使人们感受到优秀儿童文学作家的创作心路,对中国儿童文学更加充满信心和期待。

颁奖典礼邀请中央少年广播合唱团在现场演唱,还特别邀请了北京171中学师生、鲁迅文学院高研班学员,以及相关出版单位和中国作协各单位、各部门的同志,同本届全国优秀儿童文学奖评委会委员、中国作协儿童文学委员会委员一起,祝贺18位作家获得中国儿童文学最高荣誉。

全国优秀儿童文学奖是中国作家协会主办的国家级文学奖,是我国儿童文学创作的最高荣誉。从 1986 年设立以来,全国优秀儿童文学奖已评选了十届。历届全国优秀儿童文学奖获奖作品已经成为我国文学宝库中的一笔宝贵的财富,对中国儿童文学发展产生了持续的推动作用。

(原载 2017 年 9 月 23 日《文艺报》)

贯彻落实党的十九大精神
创造新时代的新史诗
——第二届中国文学博鳌论坛在海南举行

12月12日,以"贯彻落实党的十九大精神,创造新时代的新史诗"为主题的第二届中国文学博鳌论坛在海南琼海开幕。中国作协党组书记、副主席钱小芊,海南省委常委、宣传部部长肖莺子出席论坛开幕式并致辞。中国作协党组成员、副主席李敬泽主持开幕式并就会议议题做说明。

第二届中国文学博鳌论坛由中国作协主办,中国作协创研部承办,海南省作协协办。中共海南省委宣传部副部长朱寒松,海南省文联名誉主席韩少功,海南省文联主席、党组书记孙苏,中国作协创研部主任何向阳,海南省作协主席孔见和来自全国各地的60余位作家、评论家出席论坛开幕式。

钱小芊在致辞中指出,此次中国文学博鳌论坛的举办正值深入学习贯彻党的十九大精神之际。党的十九大是不忘初心、牢记使命、高举旗帜、团结奋进的大会,在党和国家发展历史上具有划时代的里程碑意义。我们学习领会党的十九大报告,要把握好习近平新时代中国特色社会主义思想、新时代、中国特色社会主义文化这三个关键词。党的十九大把习近平新时代中国特色社会主义思想确立为党必须长期坚持的指导思想,这是党的十九大最重要的贡献。在习近平新时代中国特色社会主义思想的指导下,党的十八大以来,我们解决了许多长期想解决而没有解决的难题,办成了许多过去想办而没有办成的大事,推动党和国家事业发生历史性变革,开创了中国特色社会主义事业崭新局面。党的十九大指出,中国特色社会主义进入了新时代。新时代处于"两个一百年"的交汇期,是我们国家从富起来到强起来、从全面建成小康社会到建设社会主义现代化强国的历史进程。新时代我国社会主要矛盾转化发展为人民日益增长的美好生活需要与不平衡不充分的发展之间的矛盾,不平衡不充分不仅是就物质生产讲的,也是就文化生活、文化发展讲的,讲的是经济发展与文化发展之间的不平衡以及文化自身发展的不充分。同时,人民对民主、法治、公平、正义、安全、环境等方面提出了不同以往的更高要求。社会主要矛盾的发展变化为我国文化发展创造了更为广阔的前景,提供了更为有利的机遇。党的十九大把中国特色社会主义文化提升到了一个前所未有的高度。党的十九大报告指出,"文化自信是一个国家、一个民族发展中更基本、更深沉、更持久的力量",文化兴国运兴,文化强民族强,没有文化的繁荣兴盛就没有中华民族伟大复兴。党的十九大通过的党章修正案,把中国特色社会主义文化与中国特色社会主义道路、理论体系和制度一道写入党章,强调"这有利于全党深化对中国特色社会主义的认识,全面把握中国特色社会主义内涵"。三个关键词,与我们的文学创作、理论评论紧密相连,与我国文学事业的繁荣发展紧密相连。认真学习贯彻党的十九大精神,学习贯彻习近平文艺思想,推动中国特色社会主义文学事业繁荣兴盛,是文学界面临的光荣使命、肩负的神圣职责。

钱小芊强调,中国特色社会主义文学要积极反映新时代。反映时代是文学工作者的重要使命。如何深刻地反映和展现新时代,是摆在每个文学工作者面前的重要课题。前不久,习近平总书记给乌兰牧骑队员回信,对乌兰牧骑扎根基层、服务群众的精神予以高度评价,这为广大文艺工作者坚定以人民为中心的方向,创作更多传世之作提供了根本遵循。我们要不忘文学初心、牢记文学使命,站在新的历史方位,把握时代脉搏、聆听时代声音,从波澜壮阔的时代全景和丰富多彩的社会生活中获取素材和灵感,更加全面、真实、深刻地把握和书写好我们身处的这个伟大的新时代。中国特色社会主义文学要满足人民日益增长的美好生活需要。人民日益增长的对美好精神文化生活的向往和追求,是社会文明进步的必然要求。人民对美好生活的需要包含着对文学更高水平更丰富多彩的需要。我们的作家要始终把文学的社会效益放在首位,践行社会主义核心价值观,讲品位、讲格调、讲责任,抵制低俗、庸俗、媚俗,传递人民的心声,成为社会正义与人性良知的守护者。中国特色社会主义文学要实现从"高原"向"高峰"的飞跃。伟大的时代呼唤伟大的作品。要大力加强对现实题材创作的支持力度,鼓励作家深入生活、反映现实,精心描摹中国经验、细致书写中国故事、深情赞颂中国梦想、大力弘扬中国精神,努力推出更多讴歌党、讴歌祖国、讴歌人民、讴歌英雄的精品力作,向着文学的"高峰"攀登。

肖莺子在致辞时说,习近平总书记在党的十九大上所作的报告进一步明确了文化建设在中国特色社会主义建设总体布局中的定位,提出了新时代文化建设的目标,指出了新时代文化建设的基本要求。此次中国文学博鳌论坛的举办,对深入学习贯彻党的十九大精神和习近平文艺思想,具有重要意义。中华民族的伟大复兴,既要有经济的高度发展,又要有文化的高度发展。相信论坛将对新时代中国特色社会主义文学事业的繁荣兴盛起到积极的推动作用。近年来,海南始终高度重视文学事业的发展,将海南文学发展纳入文化发展战略,文学创作呈现出繁荣活跃的良好态势,文学影响力不断增强。今后,我们将进一步探索新的举措,鼓励作家深入生活、扎根人民,将本土经验转化为人民群众喜闻乐见的文艺精品,创作出更多无愧于时代和人民的佳作。

据了解,第二届中国文学博鳌论坛将以主题发言、分组讨论、大会交流等多种形式展开。与会作家、评论家将围绕中华民族伟大复兴的历史前景与中国特色社会主义文学的初心和使命、中国特色社会主义新时代与中华民族新史诗、坚定文化自信与弘扬中国精神、传统文化革命文化先进文化同当下文学写作的关系等进行深入探讨。

（原载 2017 年 12 月 13 日《文艺报》，李晓晨）

· 文情传真 ·

文学期刊稿酬提高:草木蔓发,春山可望

"从稿费的增加能看出一个地方对文学和文化的重视程度,为相关部门点赞!""有益于文学的发展,提升文学的影响力,值得点赞!"2月7日,公众号"文艺报1949"和中国作家网上发布的《稿费涨啦,撸起袖子加油干吧!》的短文引起众多关注,作家、编辑、读者纷纷转发、留言、讨论,也引起各大媒体持续关注。大家深切感受到,2016年文学期刊在回暖,2017年,这股春潮更加涌动。

稿酬真涨了? 守得云开见月明

文学期刊稿费低已经被调侃多年,以前很多作者会哭笑不得地在朋友圈晒出"巨额"稿费单,表示"撸几根串就没了",以至于作家陈希我接到《花城》杂志的4万元稿费时,以为杂志社弄错了,经过确认,才知道《花城》默默地涨了稿酬。

比较幸运的是上海的文学报刊。在上海市委宣传部划拨的文化专项资金和上海文化发展基金会媒体文艺评论资助等项目的支持下,《收获》《上海文学》《文学报》等于2011年率先提高稿酬;2015年,上海主要文学报刊再次提升稿酬。目前,《上海文学》和《文学报》已开始对微信平台的原创文章支付稿酬。这让大多数同行羡慕嫉妒又望尘莫及,想涨,可是没钱。

"现在维持一个刊物难,主要是难在经费不足。"曾担任过

四川多家文学刊物主编的梁平道出同行的苦衷,目前各地政府尽管对文学的重要性有所认知,开始重视,但真正落实到地方财政支持还是很难的,有的地方刊物财政拨款20多年未增加。"文学事业的发展,事关整个文艺事业的发展,而文学刊物是文学事业发展的重要载体,一个国家、一个省、一个市办好几个文学刊物,可以培养和扶持一支作家队伍起来,可以孵化一大批优秀的文学作品,这是出人才、出作品极好的平台。"

好在文学期刊一直秉持理想,经受各种"暴风劲雨"的冲击后守得云开见月明。目前,"涨稿费"已经从个别现象变为普遍现象,《人民文学》《诗刊》《十月》《长江文艺》《江南》《解放军文艺》《青年作家》等刊物都大幅度提高了稿酬。"稿费标准大幅度上调,充分体现了对作家精神劳动的尊重,对精品力作的鼓励,将进一步促进文学事业的繁荣发展。"刚刚宣布提升稿酬的《民族文学》主编石一宁对记者说。

在纸质报刊发行量下滑的大势下,稿酬的来源主要是相关部门的财政支持。在中央有关部门的支持下,中国作协及中国作家出版集团对所属报刊社给予了专项资金支持;北京、上海、广东、浙江、湖北、四川等地文化宣传部门、文联作协都加大了对文学期刊的扶持力度。期刊主编们明显感觉到,文艺工作座谈会召开以来,尤其是习近平总书记在中国文联十大、中国作协九大开幕式上的重要讲话发表以来,中央有关部门以及各地党委政府对文艺工作高度重视,在机制、财政以及人才引进等方面的支持力度明显加大。

高稿酬不意味着带来浮躁

"低稿费时代早该结束了!"消息一出,最振奋的是作家。

"即使自写作以来,我的稿费收入就足以支撑生活,但每每被人问到稿费问题,我就会有一种习惯性的难堪。所以听到稿酬普遍大涨的消息,很高兴。实话说,在更早之前,我会隔三岔五地从某些刊物享受到这样的待遇,但总被告知这样的情况不多,不要声张。当时就想什么时候这成为一种常态就好了。有了高稿酬作底,一来作家的物质条件会改善,二是世俗的尊严感会得到增强。"作家乔叶表示,在日常生活中,因为稿费低,写作就很容易成为一种被人同情的行当。

也有人担心,作家会被高稿酬诱惑,反而不能静心创作。在乔叶看来,这种担心完全多余。"真正的作家都清楚,写作不是发财之道,选择写作一定是因为热爱。另外,是优稿优酬,因为高稿酬的诱惑就快速粗制滥造的作家,恐怕也很难享受到高稿酬。"

"事实上,这两年提高稿费后,刊物对作品质量要求更高了,是非常好的现象。"在作家光盘看来,有关部门给予纯文学刊物的支持是非常必要的。高稿费能督促作家重质量轻数量,"以一当十"。但他感觉,目前提高稿费还只是一些名刊,如果大多数省市级刊物也能跟上就更理想了。

"对一个浸染文学20多年的编辑来说,最提振人心的莫过于对文学和文学写作者的尊重。对涨稿费这件事,我认同大多数作家的态度:文学不为稻粱谋,但合理的稿酬体现了对为文者的尊重。"《文学报》执行主编陆梅表示。

潮平两岸阔,风正一帆悬

只靠提高稿酬拯救不了传统文学期刊。在生存的底线之上,文学期刊追求的是坚守艺术理想、勇于创新,用优秀作品感染读者、提振原创、引领风尚。

"理想的文学期刊应该是一个可以聚集优秀作品、聚拢优秀作家、引领文学创作、提高读者文学品位的优质平台。"《当代》杂志社社长孔令燕介绍说,《当代》特别注意寻找那些在创作上遵循现实主义精神、关注中国社会与中国人生活的变化的创作群体,为现实主义文学寻找新生力量。他们也积极与读者互动与沟通,维护现有读者、吸引和培养新读者,使期刊保持持久旺盛的生命力和影响力。目前,《当代》建立了比较完善和全面的新媒体系统,在渠道上实现了与读者的及时沟通,在媒体形态上适应了年轻人的习惯,用他们最熟悉的方式,把杂志上的好作品,主动呈现在他们面前。

《作品》杂志主编杨克介绍说,在稿酬机制上,《作品》杂志借鉴了网络文学网站的机制,首创文学期刊稿费打赏机制。在千字500元的基础稿酬之上,推出了季度赏和年度赏。每个季度通过微信投票与编辑评选相结合,评选本季优秀作品,按每千字200元—500元进行打赏,年底再进行一次评选与打赏。"《作品》的稿费发放标准不是主编社长一支笔说了算,而是作品发表出来之后,公开评议,读者也有表决权。"杨克认为,经过栏目设置、管理机制、人才机制、发行机制的创新后,《作品》杂志的品质和发行量有了明显提升。

在《芳草》杂志主编刘醒龙看来,办杂志有两种选择方向,一种选择是追踪伟大作家的伟大作品,一种选择是发现并推出文学基本人口的基本作品,能在文学基本人口的基本作品中发现并推出伟大作家与伟大作品,对文学杂志来说,才是幸福与荣光。"比如,像叶舟'跨界'写出非常精彩的歌剧剧本,我读过后,觉得不发表太可惜,于是专门为他辟了一个'新才子书'栏目。之后,甫跃辉寄来一个话剧剧本,也放在这个栏目里,效果非常好。像次仁罗布的长篇小说《祭雨风中》、刘继明的长篇小说《人境》,几乎是用整期版面推出。一般的杂志很难这么做,我们却做了。"

在今天,"传统"二字,更多是为了标识这些期刊的悠久历史和纯文学定位,并不意味着保守刻板、不思进取。恰恰相反,重要文学期刊都在努力创新机制、想方设法拥抱新媒体,一方面吸引写作者,提升作品质量,一方面吸引读者,最大限度传递优秀作品的感染力。

好容易回暖,谁都不想倒春寒。文学期刊还需抓住机遇,砥砺前行。

(原载2017年2月13日《文艺报》,刘秀娟　周茉)

中国作家协会公报

（2017年第1号）

中国作家协会书记处日前研究决定了中国作家协会第九届小说、诗歌、散文、报告文学、儿童文学、军事文学、影视文学、文学理论批评和网络文学等专门委员会组成人员，现予公布。

中国作家协会
2017年2月27日

中国作家协会第九届专门委员会组成人员名单
（按姓氏笔画为序）

中国作家协会小说委员会

主　　任：王安忆

副主任：刘醒龙、迟子建、胡平、格非

委　　员：王跃文、天蚕土豆、东西、宁小龄、耳根、毕飞宇、刘琼、刘震云、劳马、李佩甫、李建军、李掖平、杨少衡、吴俊、何向阳、张柠、张定浩、张悦然、陈世旭、陈福民、范稳、孟繁华、赵宁、赵玫、崔艾真、梁鸿、程永新、潘凯雄

中国作家协会诗歌委员会

主　　任：叶延滨

副主任：李文朝、杨克、张清华、阿尔泰、梁平

委　　员：大解、王久辛、叶舟、刘立云、刘福春、李琦、李元胜、杨庆祥、沈苇、张执浩、陈东捷、林莽、罗振亚、荣荣、胡弦、娜夜、

耿占春、高兴、高昌、阎安、雷平阳、霍俊明

中国作家协会散文委员会

主　任:贾平凹

副主任:刘亮程、孙郁、张锐锋

委　员:马丽华、马步升、王必胜、古耜、江子、许辉、红孩、李兰妮、李晓虹、杨锦、吴志良、吴志实、汪惠仁、周晓枫、郑彦英、宗仁发、赵丽宏、祝勇、贾梦玮、郭文斌、黄宾堂、葛一敏、蒋蓝、韩小蕙、熊育群、穆涛

中国作家协会报告文学委员会

主　任:张胜友

副主任:王宏甲、王树增、白描、李炳银、杨黎光

委　员:丁晓原、王山、王晖、邢军纪、李青松、李鸣生、李春雷、李朝全、杨晓升、肖亦农、张陵、陈启文、赵瑜、黄传会、黄济人、董保存、蒋巍

中国作家协会儿童文学委员会

主　任:高洪波

副主任:王泉根、方卫平、曹文轩

委　员:白冰、朱自强、刘海栖、汤锐、汤素兰、孙云晓、李利芳、杨红樱、沈石溪、张晓楠、陈诗哥、纳杨、秦文君、徐鲁、徐德霞、黄蓓佳、梅子涵、常新港、董宏猷、韩进、薛涛、薛卫民

中国作家协会军事文学委员会

主　任:徐贵祥

副主任:朱向前、周大新、姜秀生

委　员:丁临一、马晓丽、王凯、朱秀海、刘笑伟、李西岳、汪守德、张良村、陆文虎、陈怀国、苗长水、柳建伟、徐剑、唐栋、葛红国、傅逸尘、裘山山

中国作家协会影视文学委员会

主　任：陈建功

副主任：艾克拜尔·米吉提、叶辛、张宏森、范咏戈、欧阳黔森、高峰、黄亚洲

委　员：马中骏、王一川、王兴东、龙一、叶广芩、冯小宁、刘一兵、李汀、李功达、李修文、何继青、张德祥、海飞、海岩、葛水平、韩志君、程蔚东

中国作家协会文学理论批评委员会

主　任：南帆

副主任：丁帆、白烨、吴秉杰、陈思和、陈晓明

委　员：王尧、王力平、王双龙、王彬彬、艾斐、刘川鄂、刘复生、刘跃进、李舫、李国平、何弘、汪政、张莉、张未民、张新颖、张燕玲、陈众议、岳雯、於可训、洪治纲、贺绍俊、彭程、韩春燕、程光炜、程德培、谢有顺

中国作家协会网络文学委员会

主　任：陈崎嵘

副主任：吴文辉、陈村、欧阳友权、胡殷红、唐家三少、戴和忠

委　员：马季、马文运、王朔、王祥、月关、风凌天下、冯振、血红、庄庸、刘旭东、杨晨、肖惊鸿、张丽丽、阿菩、阿彩、邵燕君、林庭锋、周志雄、栗洋、夏烈、曹启文、蒋胜男、傅晨舟、谢思鹏、跳舞

（原载 2017 年 2 月 27 日《文艺报》）

文学批评刊物,如何在"论"与"辩"之间保持平衡?

一本文学批评杂志,在打开一定的知名度以后,面临的最大问题是,如何在原有基础上进一步提升影响力。一般说来,创刊伊始,杂志会投入很大的精力,通过精心的准备,以求一炮打响,但好的开场并不意味着有越来越好的过程。实际的情况是,大多数杂志都或多或少会碰到难以为继的窘境,也可能从此慢慢走向平淡期。也因为此,如何突破瓶颈,成了不少杂志创刊多年后常谈常新的话题。

由中国社会科学院主管,中国社会科学杂志社主办的《中国文学批评》似乎走了一个"反向"的过程。在3月27日于该社举办的"深化理论与批评,回应当代需求——《中国文学批评》创刊两周年座谈会"上,杂志主编张江坦言,刚创刊时,杂志社来稿少。作为一种应对性策略,杂志比较多地依赖于名人效应,即使稿子实际上没那么好,也是刊发了再说。此后,杂志形成一定的效应,影响力打出去了,来稿越来越多,他们便开始严格把关,即使对名家也如此,觉得文章不合宜,就退回去修改。"这样,文章的质量总体看是大大提高了。"

这一提高看似水到渠成,实际上是用心经营的结果。体现在版面上,"当代作家聚焦""汉学新态""网络文学研究"等栏目的设置,都有着更为明确的批评指向。以今年第一期"文学现象论辩"栏目为例,该栏目之所以聚焦"顾彬文学史观",不仅在于评析已然不是热点的顾彬现象本身,而在于让这种评析凸显异质文化与中国传统及现代的对话,其间交织着中西、古今、文学与非文学的维度。毫无疑问，由于西方立场的偏见和对中国文学生长环境的隔膜，顾彬的文学史观不可避免存在各种误解乃至谬误，因此很难说顾彬提供了怎样深刻的具体洞见，但他的意义正如栏目导语所言，打开了中国文学批评的叙事空间，启发我们从不同视角反思我们的文学批评与文学写作。

不能不说这样的反思是有积极意义的。顾彬由于不是在中国文学环境里"生长"，他与中国作家、诗人们没有太多利益或人情的交集，批评起中国文学来就显得游刃有余。他可以率性地抛出"当代文学垃圾论"，而对他自己的母语文学即使有所批评，也会多一些顾忌。事实上，最考验批评家的，正在于能否对同时代作家、诗人，提出最为真实的批评意见。就当下而言，普遍的情况，就如中国社科院外研所所长陈众议所说，少有直面批评的文章，也少有有思想锋芒的文章，而鲁迅、巴金、茅盾那个年代，多的是这样的文章。"打个比方，李健吾是巴金很好的朋友，但他对巴金的批评直言不讳。"由此，在肯定该杂志两年来取得成就的同时，陈众议希望国内文学批评杂志，能多一些这样有锋芒的文章，把正面评论与反面批评很好地结合起来。

事实上，文学批评杂志一般都期待能把两者结合起来，在"论"与"辩"之间保持平衡，但当真实践起来，做好哪一端都殊为不易。《中国文学批评》正是认识到"论"的普遍缺乏，在发刊词里即申明，中国当前文学理论虽则繁荣，但中国文学理论体系的建构依然面临重重困难。而总体看，理论和批评相隔甚远，理论家对批评持不屑的态度，习惯于生产关于理论的理论，批评家不问理论，仅凭一己好恶陟罚臧否，因此倡导"理论应该是批评的理论，批评应该是理论的批评"。与此同时，中国文学理论体系的建构，也必须走理论与批评融合的道路，"以批评见证理论，以理论支持批评"。以"中华美学精神"栏目为例，刊发文章的确体现了该杂志"从历史遗产中汲取营养，为当代文学理论建设和文学批评的发展服务"的诉求。而通过这个专栏，也给这份偏重于当代理论和批评的刊物引入了博大精深的古代和近现代美学的内容，以此提供了杂志的学术厚度、思想深度和历史延续性,并因此得到与会专家的普遍赞赏。但他们同时指出,该杂志在"辩"一端还有一定的缺失,体现在一些专题上,多的是正面的评述文章,而较少有针锋相对的争鸣文章。正是在这个意义上,中国人大文学院教授程光炜直言,不要厌有一定学理性的酷评,应该多一些一针见血的批评。

不管酷评是否无懈可击,但它确有可能从另一个侧面拓宽批评的思考空间。而在当下众声喧哗的文学批评语境里,一本杂志要时时引起关注,酷评确是一种理想的捷径。但诚如《中国文学批评》副主编高建平所言,酷评虽然能引起关注,却未必有利于杂志的长远发展。某种意义上正是基于长远发展的考虑,该杂志走了相对稳健的路子,也逐渐形成了自己的话语风格。也因此,更为切近的问题在于,是延续并进一步巩固这种风格,还是力求突破以求增强批评的活力和表现力。

在中国人大文学院院长孙郁看来,有着明显职业化倾向的学院批评,久而久之会僵化,也会有很多盲点,所以当下更需要看到学院之外的有野性的文章,更需要在"标准"批评文章之外,看到像点评、批注这般文章。文学批评理当有更为丰富的呈现,它不应成为评论家的专职,语言学家、哲学家、社会学家等等,也不妨参与其中,作家更应如此,而且可以做得更好。"五四一代作家像鲁迅、茅盾等,都写文学批评。作家批评的好处就在于,他们往往三言两语就直抵本质。但我们当下的批评,把文学批评应该有的丰富性消解了。"

相比而言,北师大文学院副院长张清华倾向于加强文学批评杂志的本位化建设。他以在文学界有一定影响的《当代作家评论》为例表示,这本杂志之所以得到较为广泛的认可和赞赏,就因为它做到了两个"本位化"。一是批评对象的本位化。无论对作家的总体成就,还是就他们的具体作品,该杂志都不遗余力推介,既见证了当代作家的成长,又参与了其经典化的过程。"再一个是批评家的本位化。该杂志同时还见证了批评家的成长,见证了他们的成形、成名。因为做到这两个本位化,无论作家、批评家都对这本杂志有相当的认同和赞赏。"

但无论持何种见解,归结到一点,文学批评杂志倘是已形成一定的风格,要以防趋于僵化、封闭,而不断开疆拓土,也不应完全失去本来该有的面目。如此文学批评杂志,才会如《中国文学批评》发刊词中所期待的那样,真正成为"高质量、有灵魂的学术刊物"。

(原载2017年4月11日《文学报》,傅小平)

后书店时代,读者如何与阅读相遇?

2015年小说《岛上书店》畅销全球,书中说:"没有谁是一座孤岛,每本书都是一个世界……一个地方如果没有一家书店,那就算不上个地方了……"

过去十年,书店在亚洲得以蓬勃发展,除了大名鼎鼎的日本茑屋书店,还有东京的岩波书店、台北的诚品书店、南京的先锋书店、上海的锺书阁、成都的言几又……它们从复合业态发展到创新设计理念,广受业界关注。事实上,实体书店和城市文化正在紧密相连。翻开一张亚洲地图,我们很容易发现,一座城市的精神气质,经常与城市里久负盛名的书店密不可分:岩波书店被认为是东京的文化地标之一;台北的好样本事书店,曾被评选为"全球最美的20家书店"之一;南京先锋书店被美国《国家地理》评为全球十大书店……

近日,来自十座城市的十家书店经营者聚集成都"亚洲书店论坛",与来自零售、设计、品牌等业界专业人士一起探讨"后书店时代"书店如何呼应城市文化,又如何寻求新型方式与读者共同发现阅读本身及周边那些事。

书店身上的城市烙印

"十座城·十座文化地标",这个主题对于书店经营者而言不啻是一份沉甸甸的责任感。如果我们稍微追溯实体书店从衰落到振兴的过程,也就是近十年的时间。以言几又为例,2006年创始人但捷在成都开了第一家"今日阅读"社区书店,到2015

年开设言几又,在北京、成都、上海等地陆续开设分店,面积都在数千平方米规模之上,言几又"旨在探索介乎家与写字楼之间的第三种可能,致力于打造一个涵盖书店、咖啡厅、艺术画廊、文创生活馆、创意孵化地的'城市文化空间'",在它身上,我们能够看到实体书店转型的明显趋势和特征。如果扩大到亚洲范围,这个趋势其实从上世纪80年代开始便有了预示,1983年日本第一家茑屋书店在大阪诞生,当时便以书店、出租DVD和CD起家,到了2011年,由原研哉、池贝知子等日本知名设计师参与设计的东京代官山分店,植入了影音馆、摄影馆、餐厅、绿化设计等区域,一经面世便引起轰动,入选"全球最美的20家书店"。

能够成为一座城市的文化地标,必然与这座城市的文化精神或脉络有着强烈的互动呼应,这种呼应从书籍本身的安排到读者群的定位,都有见微知著般的不同呈现。正如四川省作协主席阿来所说,因为书店自身的创新和业界的不断探讨,使得在今天我们得以"讨论书和城市的关系、书和人的关系、书跟生活的关系,能关注到书籍所带来的影响这个话题"。像来自东京的书店代表岩波书店本身是一家成立于1913年的老牌出版社,不仅出版了大量的学术书籍,并且也出版了岩波文库与岩波新书等丛书,对经典作品与学术研究的成果在日本社会中的普及有所贡献,对文化的大众化有很大的影响。这也就是书店总编辑马场公彦所认为的,"东京虽然保留了江户时代的历史风貌,但是更现代性的精神家园,仍然还是在书店里面"。参与图书出版,推出图书品牌,这是岩波书店与东京之间的互动关系。来自台北好样本事书店的汪丽琴说台北是一座融合了中国传统文化和西方文化潮流的城市,最终衍生出非常温和舒适的一面,书店氛围强调生活艺术美感,在她的书店中便融合了生活、美食、设计等书籍与来自全球各地生活杂货的产品形态。

以学术和文化沙龙见长的南京先锋书店在许多年轻读者心中有很重的分量,总经理周平认为南京与先锋书店之间的关联是"历史尘埃注定了南京悲情而伤感城市性格,而先锋书店希望用先锋精神使城市人感受到新的气息"。上海锺书阁书店的每一家分店开张都会以设计空间上的亮点引起关注,书店副总经理贾晓净表示,锺书阁的经营理念一直在吸收海派文化中海纳百川、兼容创新的特点,新颖的空间设计与关注人文社科书籍是它坚持的特质。此外像西安万邦书店注重历史风物的呈现、杭州晓风书屋以书传递理想、传递人文关怀的理念,都是在讲述每家店都有自己的个性和特色,每家店都生长、扎根在自己的特殊土壤中的故事。这也可以看作是实体书店转型后对城市精神的深度融合,对读书人潜移默化的文化自觉。

未来书店如何定义阅读

不可否认的是,当下书店已经面临"后书店时代",实体书店正在普遍成为文化空间,售书功能越来越弱,增加了很多业态的融合,本质上都是向文化空间做转化。正如一些研究者指出,书店是新零售业态的新尝试,就像现在很难区分一些超市和餐厅的融合,边界会越来越模糊,这是新零售一个很重要的核心。传统书店是一个强调个体的精英式读书的场所,而新的实体书店会将目光锁定在那些富有创造力、消费力的人群身上,他们关注阅读也关注阅读周边那些事,多种业态进入书店,正是在培育和满足这部分人群的需求。

本报之前关注网络书店开设实体书店现象时也涉及了新零售概念,其实它不仅打破了零售种类的边界,也强调了大数据对实体的影响作用,像亚马逊实体书店和当当网实体书店,都是以网站上的大数据优势在重新排列书籍、推荐书籍、优化购买人群、细化阅读兴趣,其中的优势显而易见,但质疑声聚焦在阅读趣味的单一化以及过于精美的书店是否与阅读本身在渐行渐远。对于这个问题,不同书店代表也给出了不同的判断,言几又是属于完全拥抱业态融合也积极于此的代表,它将书店二字从店名中去掉,定义自己是"生活方式体验空间",但捷表示,"今天为止大家看到言几又,已经融合了十余种不同的业态"。记者在上海言几又看到从最基础的产品与图书题材配合,到餐厅、咖啡馆、艺术画廊等业态的融入,在综合性和深度性上的确是当下实体书店的一个典型,像茶文化书籍边上的创意茶器、影音书籍边上的音乐播放器,都是近期热门的"网红产品",看得出网络数据与线下销售的互相配合。北京单向空间则选择未来继续以文化沙龙和会员服务为主要目标,为优质读者群提供丰富的文化服务,打造线上与线下互动的读者社群。来自新浪读者的代表认为,未来书店应将书店跟教育做更深度的契合,推动家庭规模的文化消费。擅长集聚文艺青年群体的豆瓣网代表一如既往地认为,书店未来应该更多服务于年轻人特别是校园学生群体,精准的用户群体才会带来精准的服务内容。

与上述书店对未来预判略有不同的是,南京先锋书店的周平认为:"现在综合模式出来以后,书店里有面包、咖啡、文创等,很多人质疑,这不是书店。我认为不管模式怎么创新,图书的主体和品质不能变,必要的前提是要保证空间文化性的打造,还要有公共性、社会价值。"2015年杭州晓风书店开设了一家医院书店,为那些陪伴病人的家属提供一个休憩和阅读的空间,负责人朱钰芳表示,书店"未来可能会特定到某些社群中去,开小而美且能结合晓风气质的精致书店"。开拓新的读者而非仅仅服务于某一类读者,这也是岩波书店马场公彦的观点,他介绍说,日本的书店大奖为书店开拓新的读者起到很大作用:"书店大奖就是全书店行业都来推荐最想看、最想卖的书,组织全体实体书店的店员投票最想购买的书,来选择一个作品,选择了以后再去各地的书店里面推广,这就是发掘新的读者。"他提到的成立于2004年的书店大奖,也是催生日本出版业界百万级销量的有力推手,不少后来改编成影视作品的畅销书籍最初是得益于该奖而扩大了读者传播,这也为书店聚拢读者人气起到很好的效果。

2016年中国图书零售总规模同比增长了12.30%,可是大部分图书利润读者都贡献给了网络渠道,留给实体书店的很少。书店经营者都明白,与其他零售业相比,读者进入书店停留的时间是非常久的,通过时间和空间的转换,可以产生许多衍生服务来让书店不依靠图书而盈利。当然,在普遍成为文化综合空间的大趋势下,其实依然有许多个性的选择,一座书店的多元业态和不同书店的专注唯一,并不冲突。多元的存在、多元的理念才能让读者真正各取所需,我们对未来书店的想象与探索也不会止步于此,每个时代的阅读方式都值得爱书之人共同去坚持和完善。

(原载2017年7月13日《文学报》,郑周明)

"互联网+"重建文艺格局

网络剧井喷式发展,VR、AR、MR技术成行业热点,传统博物馆通过新媒体宣传吸引更多观众……日前,在京发布的《2016中国艺术发展报告》显示,互联网正全方位地影响不同门类艺术的生产、传播与接受,深刻改变着艺术生态。

北京师范大学艺术与传媒学院副教授唐宏峰认为,网络与艺术的改变是相互的。一面是网络艺术发展势如破竹;另一面是传统艺术不断互联网化,使得网络艺术与传统艺术之间迅速交融汇通。

"互联网+"让艺术品电商化

北京故宫博物院早在2010年就进入电商平台,开设了网店"故宫淘宝"。"故宫淘宝"利用其文创领域的设计优势,开发的文创衍生品"朝珠耳机"、雍正"朕就是这样的汉子"题字折扇等深受广大网民的欢迎和热捧。

2016年1月,"中国国家博物馆天猫旗舰店"上线,继续探索"互联网+博物馆"的融合。中国国家博物馆副馆长李六三曾表示,天猫"中国国家博物馆旗舰店"帮助解决了销售渠道的问题,同时也刺激了馆藏资源的开发。

民间手工艺品网上在线销售,为传统民间工艺市场化提供了可能。中国民间文艺家协会调研员王锦强认为,云南民族民间工艺品在线销售成为产业发展的契机。但互联网的技术推广也需因时而论、因地制宜。地区差异和环境因素以及人文传统的特点等,使民间工艺品很难在当今网络世界中雨露均沾。在科技手段为民间文艺带来了诸多便利的同时,也会带来传承主体权利被搁置、传承者话语丧失、相应的知识产权保护难等问题。

"互联网+"同样出现在艺术拍卖市场。在线购买与竞拍突破了传统艺术交易的时空限制;另外,线上艺术品超值的价格和在线交易带来的趣味体验,使艺术家、艺术藏家、艺术爱好者皆可获益,这对繁荣艺术市场有积极作用。不过,有专家认为,目前"互联网+艺术"的模式属于新生事物,尚不成熟,仍需探索。

此外,网络音乐持续发展。截至2016年上半年,中国手机音乐市场规模已达43.1亿元,手机音乐用户达4.34亿。资本市场对音乐领域的投资加速,特别是增加了对垂直细分领域的投资,也为互联网音乐市场发展带来新的增量空间。

互联网力量渗透传统影视生产

2016年,发轫于网络的古装、玄幻和仙侠剧,大规模进入电视屏幕。专家认为,在一些影视作品中,历史符号已经不再具有历史识别作用,更像是装饰符号。互联网力量全力渗透传统影视生产。

唐宏峰表示,互联网技术不仅从生产、发行、营销等环节重建影视产业生态,更日益将影视产业打造为集作品创作、衍生产品开发等诸多环节为一体的泛娱乐化产业链。

在内容上,有广泛受众群体的网络文艺作品乃至游戏、动漫等,继续成为影视剧创作的重要来源。在融资环节,除互联网巨头创办影视公司、直接投资影视创作外,网络众筹降低影视行业准入门槛,不仅让受众变为投资人,更增加影视作品的持续关注度与受众黏性,成为影片营销的大卖点。在发行与营销环节,互联网大数据利用社交媒体数据、在线购票数据等各类数据为影视发行方提供决策。在消费环节,互联网在线票务则取代传统影院成为购票主渠道,并呈现出全链路、社交化等趋势。

2016年是网络剧井喷式发展的一年,全年视频付费用户超过5600万。我国网络剧创作从以往的泛化逐渐走向受众细分的差异化路径,形成青春爱情、犯罪悬疑、古装喜剧等重点类型,不断变更着传统影视剧的创作格局与传播方式。但网络剧创作中的问题也格外凸显:创作同质化、低质化和低俗化显著,存在暴力、色情、恶俗等现象,一些热播网络剧甚至接连被勒令下线或修改。如何纠正这些偏向成为网络剧未来发展的重中之重。

新媒体重构文艺评论生态

经过几年发展,微博微信等网络新媒体的出现已经重建了中国网络文艺批评生态。唐宏峰认为,网络影评发展近二十年,已成为当代中国电影评论的主体,产生了巨大的影响。网络影评影响着观众的观影行为、对电影艺术的认知和对中国电影整体面貌的判断,同时也开始影响电影产业与创作者。

2016年底2017年初,网络新媒体上的"恶意影评"与打分机制一度引发广泛讨论,电影管理机构、学院电影研究和评论者与互联网新媒体影评人集体对话,主张建设良好的、建设性的电影批评环境。中国电影评论学会成立网络影视评论委员会并发布《网络影评人七大公约》,倡议"说真话、讲道理""尊重多样性、差异化""坚持专业精神""反对语言暴力"。戏剧评论方面也发生类似变化,出现了新的评论模式,形成评论与理论、评论与创作、评论与市场、评论与体制等多重关系的新状态。媒介变迁日新月异,文艺受众很容易变成批评主体,批评主体更加多样化和大众化,文艺批评呈现全媒体整合、全民性参与的新态势,其标准和风格也日趋多样。但也需要警惕碎片化、图像化和娱乐化等新媒体文风,保持文艺批评应有的理性与深度。

(原载2017年7月24日《光明日报》,郭超)

网络文学产业步入红利期：市场规模达90亿元

"国内40家主要网络文学网站提供的作品已达1400余万种，并有日均超过1.5亿文字量的更新。支撑上述数字的写作者超过1300万，其中相对稳定的签约作者已近60万人。这一井喷式的繁荣景象是传统文学形成千百年来所未曾有过的。"13日在京落下帷幕的中国"网络文学+"大会上，国家新闻出版广电总局数字出版司司长张毅君说。

记者从中国"网络文学+"大会上获悉，截至2016年底，中国网络文学用户规模已达3.33亿，中国网络文学市场规模已达90亿元。由网络小说改编的影视、游戏、动漫、有声读物及衍生品带火了文化娱乐市场，打造出以网络文学为源头的"互联网+"产业。

迄今，中国网络文学已走过20年。1997年，美籍华人朱威廉在华创办"榕树下"文学主页，为大众文学提供了原创写作的展示与交流平台。1998年，"痞子蔡"的《第一次的亲密接触》在互联网上大火，"网络文学"进入年轻人视野。20年来，中国网络文学事业发展迅猛，特别是2012年以来，我国网络文学产业市场规模平均年增长率在20%以上。

打开2017年网络小说作家收入排行榜，最高版税收入已高达亿元。排行榜前三位的作家中，"唐家三少"版税1.22亿元，位居首位。第二名"天蚕土豆"版税6000万元，"我吃西红柿"版税5000万元居于第三位。

北京市新闻出版广电局局长杨烁提出，目前网络文学生态发展呈现出总量大、作品优、效益佳三大特点,我国网络文学产业已步入黄金机遇期和市场快速扩张期,影响力日益提升,并辐射到海外地区与国家。据不完全统计,全球自发翻译并分享中国网络小说的海外社区、网站已达上百家。读者遍布东南亚、美国、英国、法国、俄罗斯、土耳其等二十余个国家和地区。

2015年以来,中国网络文学凭借新颖的剧情、讨喜的人设、奇幻的技能,获得了海外读者的青睐。与西方文化背景截然不同的世界架构,以及人性化的人物性格,吸引了大量外国网友,迅速成为一股风潮。

阅文集团CEO吴文辉介绍,中国网络文学在海外的蓬勃发展,是一种自下而上、由点及面的口碑效应。中国网络文学已同美国好莱坞大片、日本动漫、韩国偶像剧相媲美,并称为"世界四大文化奇观"之一。

繁荣背后,亦有隐忧。一种声音认为,如果说在过去20年里,"污名化""贬低化"是网络文学的第一次发展危机,那么眼下的资本钳制则算得上第二次发展危机。

国家新闻出版广电总局数字出版司司长张毅君接受采访时表示,从内容角度看,我国目前的网络文学还存在相当程度的"量大质低"之疾。"重迎合市场,轻价值导向;重个人倾诉,轻时代分量;重离奇猎奇,轻文化底蕴等现象尚未根本扭转;抄袭模仿、千部一腔,难免陷入套路化的窠臼;娱乐至上、浅薄浮躁,难以摆脱唯点击率的怪圈。"张毅君说。

为营造有利于中国网络文学发展的环境,中国网络文学16家企业代表和4位作家代表13日共同发起"北京倡议":提倡网络文学多种题材、体裁与形式的创新,力争多层次、多方面把最好的精神食粮奉献给民众。自觉抵制侵权盗版行为,做到有底线、有操守、有良知,发挥新时代网络文艺工作者生力军的作用。

(原载2017年8月15日"新华网")

首个国民文学生活调查研究报告出炉

从 2012 年开始,山东大学文科一级教授、北京大学语文教育研究所所长温儒敏,组织来自山东大学、北京大学等院校的 60 多位师生,围绕阅读习惯、审美趣味,展开了 50 多项调查。这些调查也是他们承担的国家社科基金重大项目的组成部分。调查成果日前汇集成书《当前社会"文学生活"调查研究》,有 600 多页之多。

这份调查报告不仅体现了一位年逾古稀的学者的学术理想,更是首个国民文学生活调查报告,是一份沉甸甸的报告。

中文系学生:喜欢网络作品不足 1%

此次"文学生活"调查历时 3 年,针对农民工、大学生、作家、中小学生、城市白领等群体,而国民文学生活世相百态由此尽现。

"农民工真正喜爱文学的很少。"山东大学文学院教授贺仲明说,课题组在 2012 年调查时得出了"农民工文学阅读数量高于一般国民水平"的结论,但最新调查显示,真正因为喜爱文学而进行阅读的农民工比例极少。

针对农民工的调查主要以问卷和典型个案访问进行。在文学阅读中,农民工更愿意选择"故事精彩"的书,该选项比例高达 56%,"思想深刻""艺术性高""富于哲理"等比例都较低。

贺仲明说,2013 年末和 2014 年夏,调查人员还分两次对山东、河北、山西、江苏、广东、上海等 6 个省市的作家展开文学阅读调查,发放问卷500份。结果显示,作家们每天阅读文学书籍的时间都在一小时及以上,两个小时以上的约占40%。此外,70后作家的外国现当代文学阅读比例相对较高,占21%。50后作家则偏重外国古典文学和中国现代文学。在文学影响方面,50后作家中31%的人认为,自己的创作受到西方19世纪现实主义文学影响,而70后则受20世纪西方现代主义文学的影响最大。

"文学生活"调查研究课题组还对全国10所大学的2000多名中文系本科生、研究生进行调查。数据显示,阅读过《红楼梦》的学生占到86.8%,阅读过《三国演义》《水浒传》《聊斋志异》的比例也都超过50%。相关调查还显示,当代中文系大学生对现当代文学作品的阅读趣味正在发生变化。20世纪90年代到21世纪初,巴金、路遥、金庸等作家的作品在中文系大学生群体中拥有广泛的读者。然而,在此次调查中,巴金《家》的阅读比例为65.7%,路遥《平凡的世界》为49.9%,金庸的武侠小说为37.4%。"这几部作品的阅读比例虽然都不算低,但较之前些年,已经呈现明显下降的局面。"贺仲明说。

在中文系学生最喜欢的作家中,几乎没有一个网络作家入选;在中文系学生最喜欢的文学作品方面,选择网络作品的也为数极少,不到1%。"网络文学追求热闹好看,人物情节都是类型化,尽管能娱乐大众,但对有经典阅读积累的中文系学生而言,就很难打动了。"山东大学文学院教授张学军说。

农民工和大学生:最熟悉《阿Q正传》

在文学经典阅读方面,各类人群阅读交集发生在鲁迅和鲁迅作品上,无论是农民工、作家还是大学生,都对鲁迅作品有不同程度的熟悉度,而且农民工和大学生最熟知的作品都是《阿Q正传》,不能不说是个有趣现象。

"除了课堂,你是否阅读过以下作家的作品?鲁迅、沈从文、赵树理、柳青、周立波、路遥、贾平凹、迟子建。"该问卷选项为多选,结果鲁迅、路遥两位作家遥遥领先,分别为 34% 和 33%,其他作家都没有达到 10%,还有高达 45% 的人选择的是"都没有读过"。而关于作家作品,选项包括"《阿Q正传》《边城》《小二黑结婚》"等,大家选择的结果为,《阿Q正传》和《平凡的世界》遥遥领先。

针对作家的阅读调查则显示,鲁迅对中国作家的影响至关重要。对其影响最大的作家中,选择最多的是中国古典作家曹雪芹,鲁迅名列第二位,接下来分别为沈从文、张爱玲、萧红等。而外国文学作家中,作家们受托尔斯泰、马尔克斯、卡夫卡、福克纳、胡安·鲁尔福的影响最大。

关于当代大学生的经典阅读调查,是通过对北京大学等18所大学的大学生发放的2000份问卷调查展开的。大学生对鲁迅怀有高度敬意,对其作品熟悉程度依次为《阿Q正传》《狂人日记》《祝福》等。山东大学文学与新闻传播学院讲师程鸿彬说,大学生喜欢的鲁迅作品多为散文和小说。他同时还注意到,近几年出版的几部《大学语文》教材,鲁迅杂文竟无一篇入选,"杂文是鲁迅生前创作数量最为丰赡、同时也是最能体现其战斗人格的文体,假如不能在文学教育中予以有效安置,那么我们口口声声所承续的鲁迅精神究竟还有多少实质性的体现呢?"

鲁迅在各类人群文学阅读中都居于重要地位,温儒敏分析认为,这是因为中学语文教材在鲁迅作品的传播过程中几乎扮演无可替代的重要角色。张学军则认为,鲁迅作品曾经令中学生感到头疼,但中学教材潜移默化的作用不可小视。

二三十岁公司职员:最爱买《知音》

令人意外的是,此次调查还详尽地对《知音》《读者》《故事会》以及纯文学刊物《收获》的受众、阅读、内容等情况展开调查。

关于《知音》读者的调查可以看出,48%的读者年龄在20岁至30岁之间。对于读者群的职业统计也表明,公司职员占

34%，远远高于自由职业者的12%、工人的6%、农民的5%。调查也同时显示，在校大学生很少购买《知音》。

《读者》的读者，同样是青年人占主体，这是调查人员发放2000份调查问卷得到的答案。在"您阅读过的文学期刊"选项中，有高达78.79%的人选择了《读者》，其他依次为《青年文摘》《意林》《萌芽》《故事会》，排在最后的是《收获》，仅有9.09%的人读过《收获》。

相对于《知音》和《读者》，《故事会》的读者群年龄跨度更大，集中在20岁至50岁，农民和农民工是主要群体。根据调查结果，"商场谋略"和"官场谋略"是最受欢迎的故事类型。

关于《收获》的调查，文化水平越高，知道和经常阅读《收获》的人就最多。值得一提的是，当问及《收获》杂志存在哪些不足的时候，高达48.2%的被调查者竟选择了"文学性太强"。

相关专家认为，种种迹象可以看出当前文学阅读更多是休闲、消遣或打发无聊的"轻阅读""浅阅读"。

温儒敏：人们的阅读口味变得很粗了

"很多文学评论或者文学史研究，大多是兜圈子，在作家作品——批评家、文学史家这个圈子里打转，很少关注圈子以外普通读者的反应。"已至古稀之年的温儒敏，一直有心改变这样的文学研究现状。早在2009年，他就在一次学术会议上提出来，要研究"文学生活"，了解沟通读者的文学诉求与文学活动。

7年过去了，当温儒敏的学术观点终于化为现实的时候，他的心情却复杂了许多，这甚至是一份令老人家感到沉重的调查报告。"阅读风尚在转变，现在人已经很难沉下心来读一本书，浅阅读成了文学阅读的主体。"他说，一本长篇小说除非是拍成电影、电视，人们才会找来看看，一般的国民已经没有耐心读一本厚书。老人家更关注到，大学生是重要的阅读群体，但他们读的大量是游戏、娱乐的图书。"现在人的阅读口味已经变得很粗了。"

温儒敏认为,改变这样的现状,应从孩子抓起,要在小学重视阅读,重视阅读口味、阅读方法的培养,文学阅读才能形成良性循环。"小学如果没有形成阅读习惯,到了高中就会很难改变,到了大学就完全自由、放开了,只有一部分有耐心的人才会读书。"

在温儒敏看来,《当前社会"文学生活"调查研究》当然无法反映不断变动的文学生活,好在山东大学将持续进行相关调查研究,并会每年发布国民文学生活蓝皮书。

(原载2017年8月2日《北京日报》,路艳霞)

上海市民阅读状况调查分析报告发布：纸质阅读在回潮

在8月3日举行的2017上海书展第二次新闻发布会上，上海市新闻出版局发布了《上海市民阅读状况调查分析报告（2017）》。从这份每年在书展前发布的报告中，我们可以看到上海市民阅读的细微变化和阅读现状。

阅读态度：超八成人认为阅读重要

互联网时代的快速发展让不少人忧虑"阅读"是否不再重要，而报告显示，绝大多数选择者以积极、进取、正面的态度回应了阅读对于个人生存和发展的作用这一问题。根据样本数据，前两位分别为"非常重要"（50.72%）和"比较重要"（35.43%），以下依次为"一般""说不清""不太重要""很不重要"和"不详"。正面评价的选择总比例为86.15%，是2012年开始调查以来的最高；而负面评价的选择比前两年有所下降。女性认为阅读对于个人的生存和发展重要的比例略高于男性。

相对于工作、研究学习需求类的读书目的，"提升修养"这一选项的比例从去年的第五位提升至了第二位。

阅读形式：近半数人首选纸质读物

在阅读形式上，首选"数字阅读"的比例在连续三年上升后,首次出现明显下降。今年首选"传统(纸质)阅读"的比例(46.62%)依然高出首选"数字阅读"的比例(21.43%),两者差距扩大为25.19个百分点,这是该差距连续两年缩小以后的首次反弹。

在阅读效果上,"纸质读物"获得更多人认可。认为"纸质读物"具有最好阅读效果的比例58.55%,比认为"数字读物"具有最好阅读效果的13.45%高出45.1个百分点。从2014年至今,两者的差距始终维持在百分之四十上下,但今年的45.10%为最大。

阅读时间:女性更偏爱纸书

在阅读时间上,纸质阅读时间在连续两年下降后首次反弹。和男性相比,女性更爱看纸书。女性在"纸质阅读>数字阅读"选项上的比例要比男性高出5.25个百分点。"纸质阅读>数字阅读"(45.10%)在连续下降两年后提高了3.17个百分点;"数字阅读>纸质阅读"(34.13)下降了7.16个百分点。今年"纸质阅读>数字阅读"百分比的上升和"数字阅读>纸质阅读"百分比的较大幅度下降,是这六年中两者差距较大的一次,反映出最近一年纸质阅读的回潮。

数字阅读:手机是首选工具

不过,数字阅读几乎全民参与,手机是首选数字阅读工具。自2013年至今,"手机""网络在线阅读""iPad/平板电脑"和"电子阅读器"一直是数字阅读最常用的四大工具。"手机"在今年调查中的占比高达43.59%。

此外,根据调查,上海市民平均阅读量是6.64本。"1—3本"(34.00%)、"4—6本"(21.75%)、"20本以上"(11.48%)、"7—9本"(10.54%),这是对于过去一年大约阅读了多少本纸质图书(不包括期刊和教科书)问题前四位的答案。就全国范围内来看,上海市民的人均纸质图书阅读量仍然处于前列的水平。

(原载 2017 年 8 月 4 日"澎湃新闻",徐明徽)

·学习《讲话》·

高举旗帜　砥砺前行
创造中国特色社会主义文艺新篇章

铁　凝

党的十八大以来的五年,是中国文艺高举旗帜、砥砺前行的五年,在习近平文艺思想指引下,中国特色社会主义文艺迎来了天高地阔的新的发展阶段。五年来,党和国家高度重视文学艺术事业的发展。2014年10月,习近平总书记主持召开文艺工作座谈会并发表重要讲话,提出了一系列新思想、新观点、新论断、新要求,在新的历史起点上指明了中国文艺的前进方向。2015年9月,中共中央政治局审议通过《关于繁荣发展社会主义文艺的意见》。2016年11月,习近平总书记在中国文联十大、中国作协九大开幕式上发表重要讲话。习近平总书记关于文艺的两篇重要讲话,是新形势下指导文艺工作和文化建设的纲领性文献,科学总结了我们党领导文艺的历史经验和实践探索,雄辩有力地提出和解答了中国文艺面临的一系列具有新的历史特点的根本命题,是马克思主义文艺观中国化的重大创新发展。

五年中,中国文联、中国作协把学习贯彻习近平总书记系列重要讲话精神作为推动中国文艺发展的根本动力,积极组织广大文艺工作者深入学习习近平文艺思想,认真贯彻落实中央《关于繁荣发展社会主义文艺的意见》以及一系列重要部署,文艺界的精神面貌焕然一新,文艺在"五位一体"战略布局中发挥了重要的作用——广大作家艺术家以崇高的使命感深入生活、扎根人民,潜心创造、精益求精;文艺作品主旋律高昂、正能量充沛,精品佳作不断地涌现;文艺评论激浊扬清,更加有效地引导创作、引领风尚。勃郁着中国精神、独具中国风格的中国文艺正在中华民族伟大复兴的征程上焕发着更加明亮的光芒,也为人类的文明进步贡献着想象力和创造力。

总结五年来文学艺术的发展成就,我们可以从纷繁灿烂的文艺景观中,得出新的历史阶段关于中国特色社会主义文艺繁荣发展的几点根本认识。

繁荣发展中国特色社会主义文艺必须牢记文艺的神圣使命和光荣责任

习近平总书记在文艺工作座谈会上的讲话和在中国文联十大、中国作协九大开幕式上的讲话都开宗明义地指出:"文艺事业是党和人民的重要事业,文艺战线是党和人民的重要战线。"这是我们党对中国特色社会主义文艺地位和作用的根本判断,在全面建成小康社会决胜阶段,这一判断具有很强的现实和历史针对性。中国广大文艺工作者都从这一判断中体会到庄严的使命和责任:文艺绝不能沦为单纯的娱乐和消费,更不能自甘为封闭的私人经验和"为艺术而艺术"的游戏,文艺不仅在时代和历史中获得内容和形式,更是创造历史的伟大斗争中的一种能动性力量。习近平总书记有力地指明了中国文艺当下所处的历史方位:"今天,我们比历史上任何时期都更接近中华民族伟大复兴的目标"。中国正在满怀自信,更加有力地承担起世界性责任,具有悠久文明和深厚传统的中华民族正在为人类命运共同体贡献更大的智慧、开辟新的可能性。与此同时,在全球化背景下,世界范围内文化碰撞交融的加剧,构成了对每个民族、每个国家的艰巨考验,这种考验有时甚至关系存亡绝续。一个文化上孱弱的民族不可能屹立于世界民族之林,一个缺乏文化认同的国家在全球化的世界中必然陷入混乱和衰败。越是全球化,越要坚守民族文化的根性和本位,越要坚持民族文化的自觉和自信,越要捍卫民族精神的团结和强健——这是时代和历史赋予中国文艺的重大使命和责任。

在新的历史起点上,严肃地确认文艺与中华民族伟大复兴事业的根本联系,这也是重申中国现代文艺的"初心"。以文学为例,100年前,在风雨如磐、艰难困苦中诞生了新文学,这是一次巨大的文化变革,推动这一变革的根本力量正是国家民族的命运。新文学运动的先驱者们感时忧国,他们形成了坚强的共识——要救中国、要为中国寻求复兴的道路,必须从国民的灵魂开始,"五四"新文学和新文化由此成为民族精神的引擎。100年过去,换了人间,毋庸讳言,在和平繁盛的日常生活中,在市场经济环境下,文艺与国家民族历史的深刻联系有时会被有意无意地忘却。正是在这种情况下,习近平总书记旗帜鲜明地提出,实现中华民族伟大复兴的事业,"文艺的作用不可替代,文艺工作者大有可为"。这有力地激励着广大文艺工作者重新体认自己工作的意义,重新确认自己承担的神圣使命和光荣责任,不忘初心,继续前进。

繁荣发展中国特色社会主义文艺必须坚持以人民为中心的创作导向

对人民的信念是历史唯物主义的根本道理,为人民服务、以人民为中心,是中国革命文艺和社会主义文艺的根本性质所在。五年来,中国广大文艺工作者对这个根本道理和根本性质的认识更加准确、更加深入,对人民在理性上和情感上有了更加深切的认同。曾经有人问,我自己不就是人民吗?这样问的人应该重温人民英雄纪念碑的碑文,什么是人民。人民是1840年以来中华民族伟大复兴事业中形成的历史主体,更是在中国共产党领导下的革命、建设和改革中的历史主体,其中包含着亿万中国人在前赴后继的伟大历史斗争中选择的方向、凝成的共同意志和情感，汇聚着一代又一代中国人共同的理想、生活、创造和奋斗。"人民"不是抽象的符号，其生生不息的力量，就在于它既有宏大的整体性，又有着最充实的具体性，我们从一个一个活生生的、有血有肉的人的喜怒哀乐中感受着人民的整体性脉动，又从人民创造历史的伟大实践的整体性出发去认识每一个活生生的、有血有肉的人。文学艺术正是由此获得不竭的源泉，由此形成世界观和方法论。只有像习近平总书记反复强调的作家要深入生活、扎根人民那样，我们才能深刻地体会我是谁、为了谁，才能真正解决为谁创作和怎样创作的问题。

五年中，中国文联、中国作协带领广大作家艺术家持续开展深入生活、扎根人民主题实践活动。中国文联成立了中国文艺志愿者协会等专门机构，2600多人次参加了"送欢乐下基层"等文艺志愿服务。中国作协组织和鼓励作家进行一系列主题采访，走向广阔的天地，感受时代脉搏，先后在西吉、庆阳、西沙群岛等地举办"文学照亮生活"全民公益大讲堂。在这些活动中，我们经受着精神的洗礼，就像习近平总书记所说的，不仅是"身入"，更是"心入""情入"。我曾听到一位歌唱家动情地谈道，她住到了当地老乡家里，深切感受到自己与乡亲之间的真挚情谊；我曾读到一位作家的文字，他说，"是的，人民，我一边写作，一边在寻找和赞美这个久违的词。就是这个词，让我重新做人，长出了新的筋骨和关节"。深入生活、扎根人民已经成为广大作家艺术家的自觉追求，对文学艺术来说，这不是外在要求，而是内在动力，是我们认识时代、认识自我的根本途径。五年来，中国文艺表现现实生活的能力不断提高，涌现了一大批具有强劲现实主义力量的优秀作品，在时代的波澜壮阔、人民的喜怒哀乐中呈现中国故事的斑斓画卷。中国的作家艺术家正在人民创造未来的奋斗中实现艺术的创造和发展。

繁荣发展中国特色社会主义文艺
必须坚定文化自信、弘扬中国精神

文化自信是信念、情感,是磅礴的力量,是对过去的认同更是对未来的承担。习近平总书记指出,"党的十八大以来,在新中国成立特别是改革开放以来我国发展取得的重大成就基础上,党和国家事业发生历史性变革,我国发展站到了新的历史起点上,中国特色社会主义进入了新的发展阶段。中国特色社会主义不断取得的重大成就,意味着近代以来久经磨难的中华民族实现了从站起来、富起来到强起来的历史性飞跃,意味着社会主义在中国焕发出强大生机活力并不断开辟发展新境界,意味着中国特色社会主义拓展了发展中国家走向现代化的途径,为解决人类问题贡献了中国智慧、提供了中国方案。"五年来,中国广大作家艺术家深切感受着正在发生的历史性飞跃,生活和时代是最好的老师,它最深刻地引领着我们,使我们对中国伟大文化传统满怀自信,对祖国所走过的道路满怀自信,对未来满怀自信,中国文艺正在进入一个新境界:背靠着强大的祖国,我们正在这个世界上讲述中国故事,弘扬中国精神,越来越深入地参与着世界文学的建构。

仅仅30年前,中国作家还曾经为"走向世界"而焦虑。那时候,"世界"仿佛在我们之外,在遥不可及的远方,必须奋力跋涉才能走过去。但今天,一切都不同了,作家艺术家们从中国特色社会主义的伟大实践中,从祖国和人民的迅猛前进中获得力量、获得新的视野,更加自信从容。曹文轩在获得国际安徒生奖后说,"我讲了一个个地地道道的中国故事,但同时也是属于全人类的故事。中国作家必须坚定地立足于自己的这块土地。这个国家,这个民族向你提供了这个世界上唯一的丰富的写作资源,这个资源大概是任何国家和任何民族不具备的。在你讲中国故事的时候,你必须站在全人类的高度去思考人类存在的基本状态。"对当今中国的作家艺术家来说,世界在远方,世界更在脚下。

越是中国的,也就越是世界的。在新的历史起点上,坚定文化自信、坚守中国文化本根、弘扬中国精神、培育社会主义核心价值观,是中国文艺的灵魂所在。在世界的风云激荡中,文学艺术承担着培育和维护中华民族的精神纽带、强化中华民族最根本的精神认同的神圣责任。千百年来,在那些壮丽的诗篇、优美的绘画、深沉的音乐中,我们深切地意识到这就是"吾土吾民",我们每个人都属于一个血脉相连的伟大共同体。这种"共同"是理性的,更是情感的——我们共同的价值观,我们共同的伦理世界、生活理想和美学风范,我们的前人创造的历史和我们共同开辟的未来。正是在这个意义上,"宅兹中国"说的不仅是我们的生息所在,更是我们的精神所归;也正是在这个意义上,文学艺术是国家民族凝聚力的基本要素之一,它把我们从根本上连接起来、团结起来。五年来,许多表现爱国主义、英雄主义的文艺作品收获了热烈反响,这传达的是时代的召唤、人民的期盼。高举民族精神和时代精神的火炬,闪亮共同理想和信念的坐标,中国的文学艺术必将在中华民族的精神生活中发挥更大的作用。

繁荣发展中国特色社会主义文艺必须落实为持续不断、苦心孤诣的创造

创造是作家艺术家的神圣天职,是时代和人民对我们的热切期待和郑重嘱托,是我们所从事的事业中最为明亮、也最具魅力的核心。创造,首先是价值观的选择和坚守,像雕塑家一样,以高于生活的标准提炼生活,让广大而纷杂的生活在社会主义核心价值观的烛照下塑形,呈现出它的真、它的善、它的美。由此,我们把深藏在心中的梦想变成所有人的梦想,把我们的文化和生活中最珍贵、最根本的价值跨越时空、超越国界带到广大的人群中去。创造,也是对技艺的不断锤炼,是不懈的创新。毫无疑问,创造是艰苦的,日复一日的劳作,永不停歇的难度训练,忍

耐着乏味的、疲倦的、自我怀疑的时光。但这一切都是值得的,是为了迎来被创造之光照亮的那一刻,是为了在创造中获得艺术和精神上的新生。

五年来,许许多多的作家艺术家坚守着艺术理想,抵抗着市场的诱惑,把社会价值和社会效益放在首位,把对民族精神和中国文化的责任放在首位,创造出一大批人民群众喜闻乐见的精品力作。只要我们力戒浮躁,一直坚持着,持续不断地、不知疲倦地创造,永远坚信最好的作品即将被创造出来,永远坚信创造对于此时和未来、对于民族和历史、对于世界和人类的意义,中国文艺必将迎来气象万千、群峰耸峙的壮丽境界。

繁荣发展中国特色社会主义文艺必须加强党对文艺工作的领导

党的领导是中国文艺繁荣发展的根本保障,五年来,中国文艺取得的辉煌成就离不开以习近平同志为核心的党中央的亲切关怀、坚强领导,离不开各级党委政府的大力支持。习近平总书记强调,加强和改进党对文艺工作的领导,要把握住两条:一是要紧紧依靠广大文艺工作者,二是要尊重和遵循文艺规律。这是党领导文艺工作丰富经验的科学总结,是对文艺组织工作的严肃要求。中国文联和中国作协是全国文艺工作者的温馨家园,是党和政府联系文艺工作者的桥梁纽带,是繁荣发展社会主义文艺事业的重要力量。

如今,站在新的历史起点上,文联、作协责任重大,我们要紧紧围绕党和国家工作大局,围绕中央全面深化改革总体部署,认真落实《中共中央关于繁荣发展社会主义文艺的意见》《中共中央关于加强和改进党的群团工作的意见》的要求,不断深化文联、作协的改革,加强政治引领,发挥在行业建设中的主导作用,转变职能,优化结构,创新组织机制,延伸联系手臂,工作向基层倾斜,服务向最广大的文艺工作者拓展,强化对新文艺组织、新文艺群体的团结引导,把千千万万的文艺从业者、爱好者凝聚起来,真正达到中央对群团工作"政治性、先进性、群众性"的要求,真正做到"哪里有文艺工作者,文联、作协的工作就要做到哪里",最广泛地激发人民群众中蕴藏的创作能量。文艺理论评论工作是文联作协引导创作、引领风尚的重要途径,要采取多种措施,进一步强化批评功能,营造和维护说真话、讲道理的批评氛围,推动中国特色社会主义文艺事业持续繁荣发展。

　　风云际会,繁花似锦。五年来的实践有力地证明,高举中国特色社会主义伟大旗帜,坚持中国特色社会主义文艺道路和方向,是中国文艺繁荣发展的根本保证。砥砺奋进,前路可期,让我们紧密团结在以习近平同志为核心的党中央周围,在习近平文艺思想的指引下,共同创造中国特色社会主义文艺新的辉煌篇章,共同迎接中华民族伟大复兴征程上恢宏壮丽的新时代。

(原载2017年9月8日《人民日报》)

开辟新时代文艺之路

张 江

在党的第十九次全国代表大会上,习近平同志庄严宣告:"中国特色社会主义进入了新时代"。在这个新时代里,党领导亿万人民创造了惊天动地的伟业,涌现了万万千千令人敬仰的英雄,诞生了无数可歌可泣的故事,一首首前无古人的史诗让历史从这里重新开始,让文艺由此而兴盛。960多万平方公里广袤土地上的崭新风景,5000多年中华民族漫长奋斗积累的文化养分,13亿多中国人聚合的磅礴之力,为当今文艺发展提供了无比广阔的舞台。面对伟大的新时代,文艺何为,路在何方,如何为时代前进吹响更加嘹亮的号角,如何为人民书写更加壮美的篇章,这是当代中国文艺必须回答的重大课题。

伟大时代成就伟大文艺

文艺是时代的产物。时代赋予文艺以生命,文艺因应时代而繁荣。中国历史上,汉有文景之治,国力强盛,散体大赋,义丰文繁;唐有贞观之治,国运昌盛,律诗歌行,气象万千;清有康乾盛世,市井繁华,戏曲小说,沾溉绵延。当然,文艺自有其衍生发展规律,但是,作为社会生活的反映,其规律生成和作用发挥,皆为时代所然。无论何种文艺门类,无论何等文艺天才,其消长沉浮,非取决于人的主观意愿,而取决于时代客观选择,取决于时代政治、经济、文化发展的需求。顺时代者,从无到有,由弱至强;逆时代者,从强至弱,由生而亡。正所谓"文变染乎世情,兴废系乎时序",时代决定文艺之命运。

　　当今时代,因为中国共产党领导和全体人民艰苦奋斗,中华民族面貌发生了前所未有的变化,中华民族正以崭新的姿态屹立于世界的东方,久经磨难的中华民族实现了从站起来、富起来到强起来的伟大飞跃。当今中国,全体中华儿女勠力同心,团结一致,不断创造美好生活,逐步实现共同富裕,成为时代主旋律;全面建设社会主义现代化强国,夺取中国特色社会主义的伟大胜利,实现中华民族伟大复兴的中国梦,成为时代最强音;社会主义中国日益走近世界舞台中央,为人类作出更大贡献,成为时代的壮丽风景。正如习近平同志所指出的那样:"今天,我们比历史上任何时期都更接近中华民族伟大复兴的目标,比历史上任何时期都更有信心、有能力实现这个目标。"如此伟大的时代,精彩绝伦的故事,气贯长虹的豪情,为文艺的创造发展提供了取之不尽、用之不竭的源泉,为文艺由高原向高峰迈进提供了绝无仅有的机遇。国运兴,文艺兴;民族强,文艺强。投身于时代,为时代放歌,把创作使命落实在改革开放的恢宏大业,倾情中国史诗,书写复兴华章,铸造黄钟大吕,是新时代文艺发展的必由之路。游离于时代,把写作归置于自我宣泄,沉浸于孤芳自赏,顾影自怜,鼓吹私人话语,欲望当道,自恋自虐;崇尚零度写作,实录放浪形骸,追逐一地鸡毛,凡此种种,乃文艺之歧途,必将为时代所抛弃。

　　文艺家本是时代骄子,是时代风气的先觉者、先行者、先倡者。发时代之先声、开社会之先风、启智慧之先河,推动时代变迁和社会变革,是文艺的使命和荣耀,是文艺家的担当和价值。有了这样的责任担当,带着使命前行,文艺家才能跳出方寸天地,告别狭仄浅薄,远离轻佻浮华,进而创作出格局开阔、气象宏伟、深刻隽永的优秀作品。为文从艺作为思想性活动,固然要镌刻鲜明的个人风格,但是,放在历史变迁的长河中考量,所谓风格、所谓个性,本质乃为时代之光的投射,而非纯粹的私人创造。在时代进步的宏伟蓝图中,文艺家应当找准坐标,明晰使命,以马克思主义为指导,坚守中华文化立场,立足当代中国现实,结合时代条件变化,发展面向现代化、面向世界、面向未来的,民族的科学的大众的社会主义文艺,在实践创造中进行文艺创造,在社会变革中推动文艺变革,在历史进步中实现文艺进步,在民族复兴中铸就文艺复兴,书写无愧于伟大时代的华美篇章。

以习近平文艺思想为引领

大道行,文艺兴。习近平文艺思想就是新时代文艺发展之大道。以这个思想为引领,我们的文艺就有了方向,有了主题,有了动力。

"以人民为中心",是新时代文艺发展的方向。文艺从来就是人民意愿和梦想的表达。文艺的根基在人民,文艺的源泉在人民,文艺的前途在人民。文艺为人民服务,说到底就是要以人民为中心,为人民书写,为人民感怀,为人民呐喊。阅尽中国文学史,凡能写出传世之作的优秀文士,从屈原到杜甫,从司马迁到关汉卿,从曹雪芹到鲁迅,他们的传世佳作无一不是人民生活的真实表达、人民情感的真情吟唱、人民意愿的真切诉求。只有顺应人民意愿、体察人民关切,与人民同呼吸、共命运、心连心,以优秀的作品给人以温暖和力量、慰藉和鼓舞,文艺之树才会蓬勃葳蕤。反之,就一定凋零枯萎。新时代的文艺家应该自觉地把人民当作衣食父母,真挚、彻底、持久地热爱人民、感恩人民、敬畏人民,让自己的心永远随着人民的心而跳动,欢乐着人民的欢乐,忧患着人民的忧患,把人民的冷暖和幸福倾注于笔端,以强烈的现实主义精神和浪漫主义情怀,忠实地为人民代言,自觉地为人民书写。

"弘扬中国精神",是新时代文艺的主题。中国精神深深熔铸于我们的民族意识、民族品格、民族气质之中,熔铸于我们的民族生命力、凝聚力、创造力之中,是锻造中国力量的思想之基、情感之源、信念之本,是中国文艺的灵魂。当代中国文艺家应该讲品位、讲格调、讲责任,而非热衷于"去思想化""去价值化"

"去历史化""去中国化""去主流化",更非热衷于"聚焦"社会之阴暗,"曝光"人性之险恶,"展示"文化之糟粕,"以洋为尊""以洋为美""唯洋是从"。要把弘扬中国精神作为毕生创作之主题,适应人民群众精神文化生活的需要,坚定不移地用中国人的思想、情感、审美,创作具有鲜明中国特色、中国风格、中国气派的优秀作品,不断充实、丰富、发展中国精神,高扬信仰之美、崇高之美、道德之美,引导人们树立正确的世界观、历史观、民族观、国家观、文化观,激励全国各族人民朝气蓬勃地迈向光明的未来。

"创造性转化,创新性发展",是新时代文艺发展的动力。世界每时每刻都在发生变化,中国也每时每刻都在发生变化。文艺发展必须跟上时代步伐,不断推进理论创新、内容创新、形式创新,从根本上提升文艺的原创力。创造和创新从来就是中国文学的优秀传统。一部中国文学史就是一部文学形式的创新史。由唐诗而宋词,由宋词而元曲,由元曲而小说,皆为时代变化所生。"五四"以后的新文艺,更因时代之剧烈变迁而勃兴,由此才有白话文学以至革命文学之浩浩荡荡。所谓创造性转化,就是立足于中国优秀文化传统,古为今用,推陈出新;所谓创新性发展,就是以我们的时代、我们的生活、我们的故事为基准,写出日新月异的中国变化。创造和创新不能为艺术而艺术,为形式而形式,执著于异奇怪诞,热衷于移花接木,甚至强用别国话语曲解中国图景。

道者文之根本,文者道之枝叶。自觉以习近平文艺思想为指导,持大道,守正道,以如椽之笔描绘当代中国的奋进风姿,激荡中国人民的美好心灵,构筑中华民族伟大复兴的精神家园,新时代的中国文艺之树必将枝繁叶茂,花团锦簇。

谱写新时代复兴史诗

史诗者,时代之巨著也。古往今来,一切有志气的文艺家都以书写传世之作为毕生追求。新时代呼唤史诗,人民期待史诗。

而史诗之所成,决非文艺家一己之功,也非文艺家闭门索居、冥思苦想之能成。史诗由时代造就,史诗来源于生活。谱写新时代的复兴史诗,就是要以党领导人民取得的改革开放和社会主义现代化建设辉煌成就为蓝本,写出成就之壮美,唱出人民之伟大。党的十八大以来,以习近平同志为核心的党中央,以巨大的政治勇气和强烈的责任担当,解决了许多长期想解决而没有解决的难题,办成了许多过去想办而没有办成的大事。今日之神州,高速铁路通达四方,宏伟桥梁飞架南北,高速公路密如蛛网;"天宫""蛟龙"奔月探海,"天眼""悟空"傲视宇宙,"墨子""北斗"横空而行。这些彰显中国由富到强的人间奇迹,理应成为中国文艺创作的中心题材,成为中国文艺家无比丰富的灵感源泉。

但是,面对彪炳史册的伟大成就,中国文艺尚未产生与此相称的伟大作品。有数量缺质量,有高原缺高峰,是当前文艺发展格局中很难令人满意的现象。产生这个问题的根本原因是许多文艺家脱离时代、脱离生活,对改革开放和现代化建设的伟大成就,缺乏全面深刻的认知与体悟。有的对人民的创造无兴趣、无感情、无观照,逡巡于时代主流之外,蜷缩于历史角落之中,兜售宫闱权术,托举才子佳人,以帝王将相遮蔽人民大众;有的躲在象牙塔内,囿于方寸天地,雕琢一己小我,咀嚼个体悲欢。更有甚者,以庸俗、低俗、媚俗戏说生动实践,以"明星""达人"取代民族英雄。疏隔实践,碎片生活,几成风气。

人民创造的物质成就是直观的、具体的。然而,在这些具体而直观的成就背后,蕴藏着丰富而深刻的宏大主题和时代气象。以此为素材,书写宏大叙事,必须由具体入手、细节入手、直观入手,以小见大、由简至繁,言本质、言规律,细微之处见精神,点滴之中见崇高,写出党的领导之英明,写出人民奋斗之艰辛,写出民族复兴之大势。凡此,"其作始也简,其将毕也必巨。"此为时代书写之道。能否体验于此,书写于此,是对文艺家思想洞察力、认知穿透力、艺术感悟力的衡量和检视。一切有出息的文艺家,都应脚踏大地、深入生活,做实践的参与者、记录者、引领者,在实践中书写作品,在作品中彰显价值。

同时,我们也要看到,新时代我国社会主要矛盾已经转化为人民日益增长的美好生活需要和不平衡不充分的发展之间的矛盾。广大人民群众的需要也呈现多样化多层次的特点,对美好生活的向往更加强烈。人民群众既期盼有更好的教育、更稳定的工作、更满意的收入、更可靠的社会保障、更高水平的医疗卫生服务、更舒适的居住条件、更优美的环境,也期盼更丰富的精神文化生活。向往和期盼就是动力,将推进中华民族伟大复兴迈出更大的步伐,也对新时代文艺发展提出了更高的要求。当代中国文艺理当达济天下、追求崇高、礼赞美好,不断创作出讴歌党、讴歌祖国、讴歌人民的伟大作品,谱写新时代民族复兴的壮美华章。

在习近平文艺思想指引下,新时代的文艺之路将越走越宽广。

(原载 2017 年 10 月 20 日《人民日报》)

铸就新时代中国特色
社会主义文艺的新辉煌

仲 呈 祥

习近平新时代中国特色社会主义思想,已经与马克思列宁主义、毛泽东思想、邓小平理论、"三个代表"重要思想、科学发展观一起,被庄严地写进了党章。习近平文艺思想,作为习近平新时代中国特色社会主义思想的重要组成部分之一,是繁荣发展新时代中国特色社会主义文艺的理论纲领和行动指南。

党的十八大以来,习近平总书记就治国理政发表了一系列重要讲话,其中关于文艺的重要指示已经形成了完整、科学的习近平文艺思想体系。如果说,集中体现在《在延安文艺座谈会上的讲话》中的毛泽东文艺思想,是20世纪40年代在抗日战争环境中的中国共产党人把马克思主义文艺观中国化、时代化、大众化的最高成果,那么,集中体现在2014年10月15日《在文艺工作座谈会上的讲话》和2016年11月30日《在中国文联十大、中国作协九大开幕式上的讲话》以及党的十九大报告中的习近平文艺思想,就是21世纪中国共产党人在继承毛泽东文艺思想基础上,与时俱进地把马克思主义文艺观中国化、时代化、大众化的最新成果。习近平文艺思想是党的十八大以来,党和国家事业发生历史性变革,我国发展站到了新的历史起点上,对新时代中国特色社会主义文艺与人民、与经济、与政治、与社会、与生态关系的辩证阐释与科学总结。因此,认真学习、深刻领悟、坚决践行习近平文艺思想,是时代的召唤,是人民的需要,是举精神之旗、立精神支柱、建精神家园的必由之路,事关国运兴衰、事关国家文化安全、事关民族精神独立性、事关建设中国特色社会主义强国,万万不可粗心大意。

"中国特色社会主义文化,源自于中华民族五千多年文明历史所孕育的中华优秀传统文化,熔铸于党领导人民在革命、建设、改革中创造的革命文化和社会主义先进文化,植根于中国特色社会主义伟大实践。"习近平文艺思想,源自于中华优秀传统文化和中华美学精神,熔铸于马克思主义文艺观中国化的历史进程和继承发展毛泽东文艺思想以及中国特色社会主义文艺理论,植根于繁荣发展新时代中国特色社会主义文艺伟大实践。习近平作为这一代党中央领导集体的核心,高瞻远瞩,立足中国,放眼世界,统观大势,吸吮着中华优秀传统文化、文论和中华美学精神的充沛丰富营养,坚持以马克思列宁主义、毛泽东思想、邓小平理论、"三个代表"重要思想、科学发展观为指导,紧密联系新时代中国特色社会主义文艺实践的新矛盾、新问题,科学辩证地提出了成体系的新思想、新观念。他深刻精辟地指出:"发展中国特色社会主义文化,就是以马克思主义为指导,坚守中华文化立场,立足当代中国现实,结合当今时代条件,发展面向现代化、面向世界、面向未来的,民族的科学的大众的社会主义文化,推动社会主义精神文明和物质文明协调发展。要坚持为人民服务、为社会主义服务,坚持百花齐放、百家争鸣,坚持创造性转化、创新性发展,不断铸就中华文化新辉煌。"

为达此目的,习近平总书记号召我们一是要"牢牢掌握意识形态工作领导权",二是要"培育和践行社会主义核心价值观",三是要"加强思想道德建设",四是要"繁荣发展社会主义文艺",五是要"推动文化事业和文化产业发展"。桩桩件件,字字铿锵,旗帜鲜明,激浊扬清。他强调:"要繁荣文艺创作,坚持思想精深、艺术精湛、制作精良相统一,加强现实题材创作,不断推出讴歌党、讴歌祖国、讴歌人民、讴歌英雄的精品力作。发扬学术民主、艺术民主,提升文艺原创力,推动文艺创新。倡导讲品位、讲格调、讲责任,抵制低俗、庸俗、媚俗。加强文艺队伍建设,造就一大批德艺双馨名家大师,培育一大批高水平创作人才。"这就为新时代中国特色社会主义文艺的性质与任务、内涵与主旨、标准与生态、道路与方向、继承与创新、人才与队伍等重要课题都指明了方向、绘就了蓝图。

习近平文艺思想是在新时代中国特色社会主义伟大实践中的伟大斗争中产生形成的,是在党的十八大以来解决了许多长期想解决而未能解决的难题,办成了许多过去想办而没有办成的大事的历史性变革中产生形成的,因而必然带有鲜明的时代性、针对性、战斗性和实践品格。毋庸讳言,针对文艺领域里出现的某种"去思想化""去价值化""去中国化""去历史化""去主流化"等倾向,习近平文艺思想强调要"加强党对意识形态工作的领导""牢牢掌握意识形态工作领导权""旗帜鲜明反对和抵制各种错误观点";针对文艺界确曾出现的"唯票房、唯收视率、唯码洋、唯点击率",即"唯经济效益"倾向,习近平文艺思想再三强调"文艺不能在市场经济大潮中迷失方向,不能在为什么人的问题上发生偏差""文艺不能当市场的奴隶,不要沾满了铜臭气""经济效益要服从社会效益,市场价值要服从社会价值";针对文艺创作与批评领域里一度刮起的愈演愈烈的"非英雄化""戏说历史""解构经典"等形形色色的历史虚无主义思潮,习近平文艺思想针锋相对地提出:"祖国是人民最坚实的依靠,英雄是民族最闪亮的坐标。歌唱祖国、礼赞英雄从来都是文艺创作的永恒主题,也是最动人的篇章。""文学家、艺术家不能用无端的想象去描写历史,更不能使历史虚无化。""戏弄历史的作品,不仅是对历史的不尊重,而且是对自己创作的不尊重,最终必将被历史戏弄。"针对文艺界尤其是影视银屏上出现的娱乐化、低俗化泛滥和以视听感官生理上的快感冲淡乃至取代文艺本应给人带来的精神美感的倾向,习近平文艺思想突出强调"要把提高作品的精神高度、文化内涵、艺术价值作为追求",要坚决反对"是非不分、善恶不辨、以丑为美",坚决反对"搜奇猎艳、一味媚俗、低级趣味,把作品当作追逐利益的'摇钱树',当作感官刺激的'摇头丸'"……真是语重心长,振聋发聩!

理论只要彻底,就能征服群众。习近平文艺思想的真理一旦为广大文艺工作者和人民群众所掌握,就一定能转化为强大的精神正能量,去铸就新时代中国特色社会主义文艺的新辉煌!

(原载2017年11月3日《中国文化报》)

充分认识习近平文艺思想重大意义

董 学 文

习近平同志在党的第十九次全国代表大会上庄严宣告:"经过长期努力,中国特色社会主义进入了新时代,这是我国发展新的历史方位。"指引这个新时代的理论,就是习近平新时代中国特色社会主义思想。根据这个概括,我们有理由说,中国特色社会主义文艺也进入了新时代,其指导理论是新时代中国特色社会主义文艺思想,亦即习近平文艺思想。习近平文艺思想继承和发展了马列主义文艺观、毛泽东文艺思想和中国特色社会主义文艺学说,是马克思主义文艺理论中国化的最新成果;作为习近平新时代中国特色社会主义思想体系的组成部分,它描绘了新时代文艺梦想的蓝图,擘画了新时代文艺事业的未来,成为繁荣和发展新时代中国特色社会主义文艺的行动纲领和思想指南。

标志着新时代中国特色社会主义文艺思想形成

我们之所以把习近平关于文艺问题的论述、讲话,概括为习近平文艺思想,是因为它像毛泽东文艺思想和中国特色社会主义文艺理论一样,表明中国化马克思主义文艺理论进入了新阶段,表明它继承和弘扬马克思主义文艺观,对中国的马克思主义文艺理论有了原创性推进。可以说,习近平文艺思想是中华民族走向全面复兴时代的马克思主义文艺理论,是构建和发展21

世纪中国马克思主义的有机组成部分,是马克思主义普遍真理与当代中国文艺实际结合的最新产物。习近平文艺思想观点系统、判断科学、学理深厚、视野开阔、切合国情,业已成为完备透彻、深入人心的文艺学说体系。

习近平文艺思想的产生是有时代条件的。它的许多命题只能在当下这个时候提出,在此之前是不可能的;它经历了文艺多方面的检验,积累了充分的经验,摸清了文艺活动的规律;它坚持用唯物论和辩证法观察和解决文艺问题,因之成为新时代中国化马克思主义文艺理论的宁馨儿。

毋庸讳言,中国的文艺实践已经发生翻天覆地的变化,许多观念和认知已大大有别于前人。在这个时候,马克思主义文艺理论是亟待总结和创新的。那么,什么是"总结和创新"呢?所谓"总结和创新",就是从问题出发,从正在做的事情出发,把我们几十年的丰富文艺实践经验科学化。习近平文艺思想做的正是这个事情,这也是它能成为新时代中国特色社会主义文艺思想的原因所在。

换言之,习近平文艺思想是在中国特色社会主义文艺改革的情境中形成的,是在反思和直面问题中铺展开自己的理论画卷的。只要我们稍假思索就不难发现,它的各个论点都是从现实需求和广大文艺工作者的关切与期盼中孕育和提炼出来的;它的大量论述,都充满了探讨和破解文艺难题的"问题意识"。譬如,文艺与生活、文艺与时代、文艺与市场、文艺与理想信念、文艺与历史经验、文艺与文化传统、文艺的内容和形式、文艺的风格和创新、文艺的价值观、作家的创作状态、文艺家的道德情操、作家的素养和感情、批评的标准与态度、文体与网络传播方式、现实主义和浪漫主义、党的领导与文艺工作,等等。哪个不是在现实中饱含着亟待解答的矛盾与问题呢?"矛盾与问题"成了习近平文艺思想紧紧抓住的"牛鼻子"。有了这些入口,才有接下来有的放矢的层层展开,才有既目光如炬又切中肯綮、既回望历史又紧贴现实、既高屋建瓴又娓娓道来的生动论述,不仅创造出许多新的理论话语,而且为当代中国马克思主义文艺学说勾勒出一个新的发展纲要,搭建出一个逻辑严密、特色鲜明的框架结构。这是习近平文艺思想体系性地创新发展中国化马克思主义文艺理论的关键。

马克思主义文艺理论是一条汹涌奔腾的长河,每个时期都有杰出的马克思主义文论家思想汇入其中。回顾历史,展望未来,习近平文艺思想所具有的理论穿透性和指导性、战略性和前瞻性、学理性和通俗性,在近百年中国化马克思主义文艺理论发展进程中是不多见的。它所产生和正在产生的理论能量,极大地改变着中国社会主义文艺的格局和面貌;它所呈现和正在呈现的精神魅力,正在把当代中国马克思主义文艺理论推向一个生机勃勃的新阶段。

构建了当代中国马克思主义文艺理论新形态

习近平文艺思想的形成同自觉建构马克思主义文艺理论中国化新形态是分不开的。这一系统几乎涉及了中国化马克思主义文艺理论研究和创作问题的所有要素与层面。尤其是它把这一切都放到中国和世界发展大势中审视,放到实现中华民族伟大复兴中国梦的语境中阐发,从理论和实践的结合上系统回答系列问题,这就使有关社会主义文艺的地位和作用、职责和使命、目标和任务、原则和要求以及文艺创作该"做什么"与"如何做"的论述,有了新的意涵,大面积地实现了经验性"名称"向规定性"概念"的升华与转化。如果我们将习近平文艺思想中各个概念和观点的"网结"组织起来,通过具体论述,就能看到一个相对完整的中国化马克思主义文艺理论当代形态的雏形与轮廓。

文艺理论创新是相比较而存在的。在比较中,我们会发现哪些文艺理论更加符合实际,更加"接地气",更加具有新时代的特点。倘若我们把习近平《在文艺工作座谈会上的讲话》和《在中国文联十大、中国作协九大开幕式上的讲话》作为习近平文艺思想诞生的界碑,那么,毫无疑问,它一经产生就迅速给我国文艺界带来风清气爽、拨正航向的可喜局面。那种"只见树木不见森林"的孤岛式文艺学说相形见绌,那种不把"中国精神"当作社会主义文艺灵魂的观点开始失去人们的信任,那种迷信和一味追随西方学说的做法变得十分尴尬。而此时,实现了对历史逻辑深刻把握和对当前文艺问题敏锐洞察的新时代中国特色社会主义文艺思想——习近平文艺思想,则表现出无限的生机与活力。

习近平文艺思想作为中国化马克思主义文艺理论的新形态,它的主要特征至少有这样几点:一是把"坚持以人民为中心的创作导向"创造性地落实到文艺各个层面,将文艺与人民的关系扩大到文艺工作和文艺创作各个环节,从而使许多文艺课题有了新时代的新鲜感;二是实现了文艺理论从概念演绎到现实逻辑的研究范式转型,实现了文艺理论从引进依赖到主体自信的认知模式转变,将文艺理论研究从长期陷于西方学说的泥淖和迷信中摆脱出来;三是厘清了马克思主义指导下中国传统、中国智慧、中国贡献对文艺理论的价值,从理念到规则、从路径到方案、从顶层设计到实施办法,全方位地提供新时代中国特色社会主义文艺思想的新范本。

马克思曾经说过:"我不主张我们竖起任何教条主义的旗帜。"由于习近平文艺思想是在"中国问题"场域中展现自主的思维能力,以切中文艺现实为根本目标,其回答充满唯物辩证法精神,因此它同教条主义是对立的。可以说,习近平文艺思想超越教科书和学术专著之处,正在于它独特的现实性品格,不仅"抓住事物的根本",而且具有"掌握群众"的能力。这是马克思主义学风的生动体现,是它成为当今中国社会主义文艺运动纲领和指针的有力保证。

时代是思想之母,实践是理论之源。新时代的文艺理论,应该反映时代的精神特质,反映文艺实践的发展要求,反映当代中国文艺运动的现实逻辑,面向中国问题,确立研究的主体性,立时代之潮头,发思想之先声,把文艺理论的命运同民族复兴的伟业紧密相连,构建出当代中国马克思主义文艺理论新形态。在这方面,习近平文艺思想的榜样力量是巨大的。

解决了"坚持和发展什么样的中国特色社会主义文艺"的问题

坚持和发展什么样的中国特色社会主义文艺,怎样坚持和发展中国特色社会主义文艺,是马克思主义文艺理论面临的重大课题。作为中国化马克思主义文艺理论新形态的习近平文艺思想,其内核集中到一点,就是要对这些问题给予创造性的回答与解决。习近平文艺思想总结了中外社会主义文艺运动的经验教训,特别是改革开放以来我国文艺工作的经验教训,精辟地规划和指明了实现中国社会主义文艺的路径,这在马克思主义文论史上具有突出的意义。

"社会主义文艺,从本质上讲,就是人民的文艺。"面对各种文艺思潮、文艺现象、文艺批评中存在的问题,习近平同志把阐明新形势下繁荣发展社会主义文艺的方向与任务作为重点。随后,他又通过提"几点希望"的方式,揭示出如何实现"人民的文艺"的办法和途径,即"坚定文化自信,用文艺振奋民族精神";"坚持服务人民,用积极的文艺歌颂人民";"勇于创新创造,用精湛的艺术推动文化创新发展";"坚守艺术理想,用高尚的文艺引领社会风尚"。前者是"该不该"走"人民的文艺"之路的问题,后者是"怎样"走"人民的文艺"之路的问题。习近平同志主张艺术理想要融入党和人民的事业之中,要胸中有大义、心里有人民、肩头有责任、笔下有乾坤,要推出更多反映时代呼声、展现人民奋斗、振奋民族精神、陶冶高尚情操的优秀作品,为人民昭示更美好的未来,为民族描绘更辉煌的明天。习近平同志对社会主义文艺性质的判断,对实现发展"人民的文艺"举措的拟定,恰是他给马克思主义文艺理论宝库增添的新内容。

从马克思、恩格斯呼吁工人阶级的斗争生活"应当有权在现实主义领域内要求占有一席之地",到列宁希望文艺"为千千万万劳动人民服务";从毛泽东申论"为什么人的问题,是一个根本的问题,原则的问题",到中国特色社会主义文艺理论强调"我们的文艺属于人民",再到习近平提出"人民的文艺"思想,认为"真正做到了以人民为中心,文艺才能发挥最大正能量"。我们清晰地看到,这样一条马克思主义文艺观的红线,越来越焕发出耀眼的真理光芒。

马克思主义文艺观在当今的发展,说一千道一万,就是要高举起人民文艺的旗帜。这是社会主义文艺制胜的法宝,是社会主义文艺获得长久生命力的秘密。只要我们坚持以人民为中心的创作导向,一切想着人民,一切为了人民,文艺事业、文艺工作、文艺批评就有了切实的抓手和规范,就有了成熟的思路和见解,就能破解各式各样的难题,就增强了攀登文艺高峰的勇气和信心。这是习近平文艺思想强调"文艺的一切创新,归根到底都直接或间接来源于人民"的根本原因,也是中国社会主义文艺经历几十年风雨磨洗总结和提炼出来的最为宝贵的经验。

习近平同志曾指出:"实际上,怎样治理社会主义社会这样全新的社会,在以往的世界社会主义中没有解决得很好。"这个判断,同样适用于对社会主义文艺的认识。"当代中国的伟大社会变革,不是简单延续我国历史文化的母版,不是简单套用马克思主义经典作家设想的模板,不是其他国家社会主义实践的再版,也不是国外现代化发展的翻版"。作为中国伟大社会变革一部分的文艺变革,同样需要结合实际,在特定国情和特定历史条件下进行新的探索与创造。从这个视角观察,我们就更可以看清习近平文艺思想对推动新时代中国特色社会主义文艺繁荣发展已经和必将产生的深远影响。

在认真学习贯彻十九大精神和习近平新时代中国特色社会主义思想的今天,广大文艺家和理论工作者有责任和义务把学习、研究、宣传习近平文艺思想的工作努力地开展起来。

(原载 2017 年 10 月 27 日《人民日报》)

坚定高度的文化自信 书写当下的中国故事
——学习习近平十九大报告的体会

白 烨

习近平总书记在党的十九大所作的《决胜全面建成小康社会,夺取新时代中国特色社会主义伟大胜利》的报告,全面总结了党和国家五年来发生的历史性变革,深刻阐述了新时代中国特色社会主义思想的构成与要点,明确提出了中国特色社会主义步入新时代的大政方针和战略决策。报告中对包括文化在内的各个领域的努力方向和工作要点,都提出了明确的目标,做出了切实的部署,这对于文艺工作者在历史的新方位和事业的全局性上深刻认识新时代,明确新任务,以全新的姿态和振奋的精神投入中国特色社会主义文艺的建设,提供了有力的思想指引,给予了强大的精神激励。

新的时代需要新的思想引领,新的时代也需要新的文化先行。习近平在报告中指出:"没有文化的繁荣兴盛,就没有中华民族的伟大复兴"。由此可见,文化与"复兴"密切相关,"复兴"需要文化推波助澜。正是在这个意义上,习近平在十九大报告的好几处谈到文化的"创造性继承,创新性发展","国家文化软实力的显著增强",并在论述中国特色社会主义发展道路时,特别以"坚定文化自信,推动社会主义文化繁荣兴盛"为题,论述了社会主义文化建设的要义与要点。这些重要的论述与论断,及其蕴含的思想精神,既为今后一个时期文艺工作的励精图治构制了一份明晰的路线图,也大大增强了广大文艺工作者砥砺前行的使命感。

坚定的文化自信源于也立于坚实的文化根基

自 2016 年 7 月 1 日《在庆祝中国共产党成立 95 周年大会上的讲话》中提出"文化自信"的重要论断之后,习近平在多次讲话中都反复强调"文化自信"的重要意义。这次党的十九大报告中,谈到中国特色社会主义文化建设,又特别指出:"没有高度的文化自信,没有文化的繁荣兴盛,就没有中华民族的伟大复兴。"在这里,由文化自信立足,进而谈到文化的繁荣兴盛,最后落到民族的伟大复兴,环环相扣的论述中,揭示了文化自信决定文化建设,文化建设影响民族复兴的逻辑关系。

文化自信与民族复兴的愿景,与文化繁盛的伟业,都密切相关,这也当然与文艺息息相关。文艺是触及心灵、砥砺精神的事业,文艺家是人类灵魂的工程师。文艺作品追求以贯注于审美形式的内在精神塑造人,打动人,感染人,征服人,首先要求作家艺术家凸显立于本土文化的精神主体,葆有民族精神的文化内力。因此,是否具有文化自信,以及文化自信是否充足和坚定,都会直接影响文艺家的创作与作品,影响到文艺作品的品格与品质。从这个意义上说,文化自信关乎文艺自强,文艺自强需要文化自信。

习近平在十九大报告中,概要地提示了文化自信的根源所在,那就是"中华民族五千多年文明历史所孕育的中华优秀传统文化,熔铸于党领导人民在革命、建设、改革中创造的革命文化和社会主义先进文化,植根于中国特色社会主义伟大实践"。这样三个元素的有机融合,使我们的文化精神悠久而深厚,我们的文化血脉绵长而浓郁,这也构成了中国特色社会主义文化的基本根源,奠定了我们的文化自信的主要根基。

优秀的传统文化造就了历史的辉煌,也滋养了民族的成长。在 5000 多年的生息与发展中,中华民族以自己的勤劳智慧创造了灿烂的文化与文明。这些优秀的文化遗产与精神遗存,不仅为中华民族自身的发展壮大提供了丰厚的滋养,也为世界人类文明的发展进步作出了独特的贡献。这些优秀的传统文化与理念,不仅铸就了我们国家和民族的辉煌历史,而且在今天仍然闪烁着耀眼的光芒。博大精深的中华文化,内含了讲仁爱、重民本、守诚信、崇正义、尚和合、求大同、天人合一、厚德载物、自强不息等丰厚而独特的精神元素,其中所蕴涵和展示的文化精神、文化气度,在世界上也是独树一帜的。像这样的思想和理念,无论是过去还是现在,都有其鲜明的民族特色,都有其永不褪色的应用价值。从某种意义上说,这是我们民族引以为傲的文化创造,也是我们民族取之不尽的精神源泉。

优良的革命文化哺育了许多革命志士,也强健了整个民族的肌体。自近代以来,尤其是建党、建军之后,我们党和人民在长期而艰苦的革命战争与民族斗争中,创建着一个个红旗不倒的革命根据地,进行着一次次绝处逢生的革命斗争,也是在这样艰苦卓绝的革命斗争中,孕育出了顺应时代、合乎人心的革命文化。从早期的农村包围城市、武装夺取政权的革命道路,到后来的井冈山精神、长征精神、延安精神、西柏坡精神等,集中体现了在一个特殊的国度和社会时期里,民族和个人如何为生存和理想苦苦寻找解放道路的斗争精神,显示了一个时代、一个民族对幸福的向往和为理想而献身的气概,其鲜明的爱国主义、集体主义、舍生忘死的英雄主义,已经作为重要的精神元素融入我们党坚持党的基本路线,坚持解放思想、实事求是,与时俱进,坚持全心全意为人民服务,坚持民主集中制的基本要求之中。这些革命文化,过去是我们渡过一个又一个难关、取得一个又一个胜利的强大的精神力量,今天仍然是我们追求民族复兴的伟大理想,实现"两个一百年"伟大目标的不可或缺的思想动力与精神资源。

优异的社会主义先进文化,彰显了鲜明的中国特色,显示了强劲的中国力量。社会主义先进文化,是我们党和人民在现代的革命斗争、当代的社会建设,尤其是改革开放以来近40年的强国富民奋斗过程中累积和孕育出来的,它是以马克思主义为指导,继承和弘扬中华优秀文化传统和五四运动以来形成的革命文化传统、吸收借鉴世界优秀文化成果、集中体现全国各族人民在新的历史条件下的价值取向与精神追求。其主要精髓,是社会主义核心价值体系。这一价值体系,坚持运用马克思主义的思想指导、坚定中国特色社会主义的共同理想、弘扬以爱国主义为核心的民族精神和以改革创新为核心的时代精神、树立和践行社会主义荣辱观。这样四个方面,主导了社会主义先进文化的指导思想、发展方向、根本目的等,从而决定了社会主义先进文化所具有的先进性、科学性和优越性。以社会主义价值体系为核心的社会主义先进文化,是我国经济社会发展的强大精神支撑和民族凝聚力、社会向心力的重要源泉。

传统文化、革命文化、先进文化,是中华民族优秀文化递进与积累的结果,是从古到今民族精神的传承与发展的结晶。这一切总合起来,就构成我们民族精神永不褪色的鲜明标记,我们国家和人民安身立命的精神支柱。遗弃这个传统、丢掉这个根本,就等于割断了自己的精神命脉,就会丧失文化的特质。对于当今中国来说,博大精神的传统文化、志气高扬的革命文化、奋进不息的先进文化,就是推导我们从过去走到现在的强劲动力,也是保障我们从现在走向未来的定海神针。因此,我们必须始终不渝地予以坚持、千方百计地加以弘扬,并使其惠及当代、恩泽后人。

认识文化自信,把握文化自信,高扬文化自信,坚定文化自信,还在于要超越狭义的文化范畴,从广义的角度和层面,去理解、认识和把握中国特色社会主义文化。我们的文化是历史地形成的,是在实践中产生出来的,它化合了道路、制度与理论,串结了过去、现在和未来,因而具有一种整合性与总体性。正因为它积淀着民族的基因与血脉,连接着国家的历史与现实,寄寓着人民的选择与意愿,所以,这样的文化自信才是"更基础,更广泛,更深厚的自信"。

在理论批评和文艺创作中着力突显"中华性"与"民族性"

谈到发展中国特色社会主义的依循和路径,习近平在十九大报告中指出:"以马克思主义为指导,坚守中华文化立场,立足中国当代现实,结合当今时代条件,发展面向现代化、面向世界、面向民族的科学的大众的社会主义文化,推动社会主义精神文明和物质文明协调发展。"在这段重要论述里,有两个关键词与"中国特色"关系甚大,这就是"中华文化立场"和"民族的"。"中华文化立场",强调的是文化立场上的主体站位;"民族的",强调的是文化属性上的族群标记。这两点分别从主体和客体两个方面,强化着文化所应葆有的特征与特色。我们建设中国特色社会主义文化和文艺,尤其需要在理论批评和文艺创作中,乃至文艺活动与文艺生活中,突出"中华性"文化立场,彰显"民族性"审美风范。

"中华性"文化立场,包含了出自于中华文化的身份认同,立足于中华文化的精神依托,以及在此基础上形成的经验与精神的主体性。而这种主体性,又可能体现于文化与文艺工作的出发点、立足点、落脚点,以及文化与文艺工作者的眼光、胸襟与情怀。提出"中华性",强调"中华性",在当下有着特别重要的意义。

与"中华性"相对应的,是"全球化"。从新时期到新世纪,由经济到文化日益漫泛的全球化,既给我们的提供了丰富的借鉴,良好的契机,也给我们带来诸多的干扰,极大的影响。如在文艺的理论批评方面,从上个世纪八十年代以来,借助于社会与经济的改革开放,通过"走出去"和"引进来"的两种方式,在思想文化、理论批评等方面,引进了大量的西方学术经典,译介了很多欧美的文化文艺论著。这些立于西方文化立场,出自西方学者思考的学说、观点与观念,有长有短,良莠不齐,而我们的一些学人在借鉴与吸收中又缺少分析与鉴别,使得同样面对西方的学术与文化,却在不同人那里,产生了不尽相同的影响,呈现出决然不同的结果。有的学者在学习中辨析,从中吸取有益的养分,使自己的知识结构吐故纳新,学术与文化研究与时俱进。而有的学者则在知识的吮吸中,生吞活剥,迷离惝恍,渐渐地游离了原有的文化立场,变成西方思想与文化的膜拜者和应声虫。由于思想文化上的"崇洋媚外"倾向与思潮的不断影响和渗透,理论与学术领域出现了一些不应有的偏向,如把西方文化等同于现代文化、先进文化;在一味靠近中不断叫好;文学研究中把"海外汉学"看成是学界前沿和学术尖端,在"海外汉学"的影响下,对于中国现代文学的判断,出现不断高抬非主流文学,一味贬低革命文学的倾向。在文艺理论领域,一度也是在大量引用西方的概念,照搬西方的理论,用这种并不切合中国实际的概念与理论,来分析和论评中国当代的文化现象和文艺作品,从而得出与中国当代文艺不相符合的不实之论。习近平总书记《在文艺工作座谈会上的讲话》中说到的"不能用西方理论来剪裁中国人的审美",就是对这种流行性现象的批评,对文化文艺工作者守住中国文化立场的提醒。

因此,在文化和文艺领域,无论是从事理论探讨,学术研究,还是从事文艺批评,文艺创作,都有一个在"全球化"背景与场景下,如何保持立于中国文化的"中华性"问题,以及中国文化人、文艺人应有的文化自觉。在这一方面,著名的文学学者费孝通曾指出:"文化自觉是一个艰巨的过程,首先要认识自己的文化,理解所接触到的多种文化,才有条件在这个已经形成的多元文化世界里确定自己的位置"。文化自觉是一种觉悟,也是一个过程。这个过程实际上就是在对自身民族文化的自觉反思中,对于新的文化主体的不断建构。只有文化、文艺领域的个体在"中华性"上坚守本位又不断刷新,整体的文化建设才有可能朝着"民族的科学的大众的"方向,不断丰富,走向繁盛。

与"民族性"相对应的,是"世界性"的概念。文化与文艺领域的"民族性",是民族内部在文化交流与碰撞整合中呈现出来的民族共性。这种民族共性,既表现为独特的民族性格,也体现为独特的民族审美。具体到文艺创作与文艺生活上,民族性常常表现为独特的民族形式与民族内容的完美统一,由此呈现出自己的独特形态,独有神韵。

文化是在互动中识别的,是在交流中发展的。因此,文学、文艺的民族性,同时内含了开放性与世界性的元素。但正是这种交流、互动与竞争,又反过来向民族文化提出了如何不失自尊,怎样不失自我的问题。在这一点上,延安时期的毛泽东在《新民主主义论》中提出"新民主主义文化"时,就明白无误地申明:"新民主主义的文化是民族的。它是反对帝国主义压迫,主张中华民族的尊严和独立的。它是我们这个民族的,带有我们的民族特性。"他还由马克思主义需要中国化的角度,说到一切外来的文化,都要"和民族的特点相结合,经过一定的民族形式",而"民族形式",就是"中国文化自己的形式"。这种对于民族化的精到阐释,包含了自尊、自信与自立的意涵,并与"中国化"相等同的理解,值得我们今天在中国特色社会主义文化建设中,予以再度重温,给以高度重视。

在我们的文艺领域,"民族性"也是一个不断被讨论,又不断被非议的热门话题,而在创作实践中,也常常出现对于"民族性"的漠视与游离,并由此标榜"走出中国""走向世界"。甚至在一个时期和一些领域,"民族性"都不大谈起,好像一谈"民族性",就显得封闭,显得落后。毋庸置疑,这在很大程度上,影响了我们的当代文化和文艺,对于我国的民族性格与民族特点越来越不能予以完整和深刻的体现,在艺术形式上葆有中国气派和中国风格的文艺作品也越来越难得一见。

"民族性"内含了地域性,又葆有中国性。因此,保持和坚守"民族性"就显得十分重要。习近平《在文艺工作座谈会上的讲话》中,讲到文化传统的血脉,就是"中华民族的精神命脉,是涵养社会主义核心价值观的主要源泉,也是我们在世界文化激荡中站稳脚跟的坚实根基。"在这里,民族性与文化传统,与文化自信紧密相连,前所少有地强调了民族文化和文化的"民族性"的重要地位和重大作用。我们需要认真学习领会这些重要论述的精神实质,深入思考如何正确处理中国当代文艺与全球化文化发展的矛盾,深度挖掘中华民族丰厚的文化底蕴,从容应对文化全球化带来的挑战,并在这种博弈中更彰显中国的文化精神,中国的审美追求。

加强现实题材创作,讲好新时代的中国故事

习近平在有关文艺工作的几次重要讲话中,都特别强调文艺与人民、文艺与生活、文艺与时代的内在缘结。在2014年的《在文艺工作座谈会上的讲话》中,习近平指出:"我国的作家艺术家应该成为时代风气的先觉者、先行者、先倡者,通过更多有筋骨、有道德、有温度的文艺作品,书写和记录人民的伟大实践、时代的进步要求,彰显信仰之美,崇高之美,弘扬中国精神、凝聚中国力量,鼓舞全国各族人民朝气蓬勃迈向未来。"在2016年11月30日的《在中国文联十大、中国作协九大开幕式上的讲话》中,习近平指出:"反映时代是文艺工作者的使命",并向文艺家提出"写出中华民族新史诗"的要求。这次党的十九大报告,习近平在关于文化建设的简要论述中,特别提出:"加强现实题材创作,不断推出讴歌党,讴歌祖国,讴歌人民,讴歌英雄的精品力作。"把这些论述联系起来,可以看出,在有关文艺创作的要求上,习近平对于文学艺术切近"新时代",作家艺术家书写"新史诗",一直抱有热切的期待。

在文艺创作领域,作品的题材不胜枚举,但现实题材尤其重要;现实题材中可写的也不一而足,但写出"中华新史诗"更为紧要。现实题材之所以重要,有很多显而易见的理由,最为重要的,有三个方面:一是伟大的新时代及其带来的社会生活变异和人们的心理变动,需要优秀的现实题材作品去反映和描述。通过作家艺术家个人的深切感受,作品呈现的精彩故事,书写出这个时代的新气象,塑造这个时代的新人物,传扬这个时代的新精神。二是人民既是历史的"剧中人",又是历史的"剧作者",作为"剧中人"和"剧作者",需要通过紧贴时代的潮动,反映时代

生活的优秀作品,认识自己所处的时代,反观时代中的自己。在这个意义上,现实题材作品具有时代镜像的功能与作用。三是文艺是一定时代的文艺,这个时代的文艺一定要打上属于这个时代的烙印和特征,并在"把握时代脉搏,承担时代使命,聆听时代声音,用于回答时代课题"的过程中,实现与生活的密切互动,保持与时代的紧密联系,并不断焕发出自身的生力、活力与魅力。

写出"中华新史诗"更为紧要,是因为"新史诗"在题材题旨上具有天然自在的重大性。从新时期到新时代,"改革开放近40年来,我们党领导人民所进行的奋斗,推动我国社会发生了全方位变革,这在中华民族发展史上是前所未有的,在人类发展史上也是绝无仅有的。面对这种史诗般的变化,我们有责任写出中华民族新史诗。"面对这种震古烁今的史诗性变化,无动于衷,是严重的失职;无能为力,是显见的失责。所以,写出"中华新史诗",既是时代的召唤,人民的需要,也是作家的职责。书写"新史诗",向作家艺术家提出了更多更高的要求,那就是要走出对于生活零碎的印象,对于时代肤浅的感受,要在历史与现实的勾连,中国与世界的关联上去思考和升华个人生活、个人经验与社会和时代的关系,抓取和思索重大问题,处理和把握重大现象,以具有生活广度、精神厚度和艺术力度的优秀作品,捕捉时代脉息,记录时代变革,同时体现这个时代的文艺的美学气度与作家的艺术风格。

与"加强现实题材创作""写出中华新史诗"的要求相比,我们的文艺创作确实差距甚大,需要深加反思。改革开放四十年来,从人们看得见的社会日常生活,到看不见的心理世界,都发生了深刻而巨大的变异。这种从经济到文化,从物质到精神的历史性变迁,的确给当代的文艺家提供了前所未有的创作素材与写作契机。从理论上讲,我们确实处于一个孕育文艺精品的伟大时代。但从实际上看,我们却没有取得与这个时代相适应的文艺成果。即以文坛内外最为关注的长篇小说来看,现在每年的长篇小说总产量都在5000多部左右。在数量稳步增长的同时,近两年的许多长篇小说,都表现出直面新的现实,讲述新的生活故事的审美取向。但认真检省起来,却不难发现,多样化的写作中,旨在反映中国特色的社会现实,尤其是改革开放三十多年来的巨大而深刻的时代变迁,以及这种社会巨变带来的人们心理撞击与精神新变的作品,还并不多见;而着力于典型人物形象的精心打造,尤其是写出既有独特的个性又有凛然的正气,葆有新的时代气息和精神气格的社会主义新人形象,还显得相当薄弱。

我想,一时难于出现书写"新史诗"作品的原因,是多方面的。首先是文艺家对这种一直在不断变动中的生活现实,既需要近距离的细致观察,又需要艺术性的整体把握,这不仅要求很高,而且难度极大。它对作家的要求,除过有精准地把握现实的能力与精湛的艺术表达能力外,还最好具有由政治学、经济学、社会学、哲学、历史学等知识融合一起构成的文化厚度、思想深度,以及用这种特有的素质打量生活,处理素材,提炼意蕴的非凡功力。用这样的标尺去衡量我们的作家,无疑还有较大的差距,确实还需要好好蓄精养锐,进而奋发蹈厉。

文艺的生命力,既在于根植于生活,又在于作用于时代。文艺自身的这种规律性要求,与习近平总书记在报告中提出的"加强现实题材创作"以及在其他重要讲话中要求包括文学艺术在内的文化宣传"讲好中国故事,传播好中国声音,阐释好中国特色",是有着内在的契合的。这就要求广大文艺工作者,要立足自我,又要超越自我,把"小我"融入"大我",把时代使命内化为自己的文学情趣与艺术追求,真正使自己的文艺写作,接地气,有生气,扬正气,感知人民声息,感应时代脉搏,努力为伟大的新时代放声歌唱,积极推动中国特色社会主义文艺在新阶段赢取新的繁荣。

(原载2017年10月30日《中国艺术报》)

谈新时代文学

吴义勤

党的十九大是在中国共产党历史和中华民族历史上一次里程碑式的重要会议。习近平总书记在大会上所作的报告,站在历史和时代的高度,宣告中国特色社会主义进入了新时代,深刻回答了进入新时代坚持和发展中国特色社会主义的一系列重大理论和实践问题。新时代呼唤新文学,新文学反映新时代。中国作家需要回应时代的呼唤,创造无愧于时代的新文学,承担更为神圣和重大的历史使命和责任。如何"无愧于时代",是需要整个中国文学界认真思考、共同回答的时代命题。

一、新时代文学应是忠实践行习近平文艺思想的文学。党的十八大以来,习近平总书记高度重视文艺工作。2014年10月,习近平总书记主持召开文艺工作座谈会并发表重要讲话,提出了一系列新思想、新观点、新论断、新要求,指明了中国特色社会主义文艺的前进方向。2016年11月,习近平总书记在中国文联十大、中国作协九大开幕式上发表重要讲话,勉励广大文艺工作者牢记使命、牢记职责,不忘初心、继续前进。在十九大报告中,习近平总书记又专门论述了当前文艺工作的主要任务和发展方向。习近平总书记的三次重要讲话一脉相承,环环相扣,形成了完整的文艺思想体系,标志着习近平文艺思想的诞生。

习近平文艺思想既是在我国文艺长期发展的历史实践中形成的,又是与新时代相呼应、经过新时代文艺发展的实践检验了的真理,它科学回答了新时代文艺面临的各种重大命题,博大精深,是新时代文艺繁荣发展的根本保证,必将有力指引文艺工作的前进方向。在新时代,广大文艺工作者只有深刻学习领会习近平文艺思想的深刻精髓和博大内涵,以习近平文艺思想武装自己的头脑,才能创作出符合新时代要求的中国特色社会主义新文学。

二、新时代文学应是呈现新时代面貌、弘扬新时代精神的文学。伟大的作品都具有强烈的时代性,都与时代生活交融在一起。中国特色社会主义新时代,是实现中华民族伟大复兴中国梦、全面建设社会主义现代化强国的史诗性时代。新时代呈现出无穷的可能和无比广阔的远景,为文学提供了源源不断的题材、故事、资源和想象的空间。新时代文学应该能对新时代新的生活和社会景观进行迅捷的表现,应该能大手笔地描绘新时代波澜壮阔的历史进程和美好蓝图。新时代文学应该有与新时代相匹配、相呼应的品格、气度和境界,应该有新的文学观念、审美品格和艺术追求,应该是新时代的晴雨表和百科全书,是新时代形象的塑造者和新时代精神的承载者、阐释者。

三、新时代文学应是能够创造新时代的英雄和典型的文学。文学是人学,文学成就的高低与人物形象的成功与否有着密不可分的关系。世界文学史某种意义上就是文学典型的形象史,文学的经典性有时也就是指文学形象的经典性。习近平总书记在中国文联十大、中国作协九大开幕式上的重要讲话也对塑造典型形象提出了明确的要求。新时代是一个伟大的时代,伟大的时代必然会产生伟大的时代英雄,新时代的文学有责任也应该有能力去发现、感受、塑造新时代英雄的典型形象,为中国当代文学乃至世界文学的人物画廊做出新的贡献。

四、新时代文学应是人民的主体性得到极大彰显的文学。人民是新时代文学永恒的主体,人民性是新时代文学最鲜明的艺术属性。人民既是文学最重要的表现对象,也是文学最终的裁判者、评判者。新时代文学必须最大限度立足人民的主体性、书写人民的主体性、彰显人民的主体性。新时代文学必须是扎根人民、表现人民、满足人民美好生活向往的文学,是从人民中来,又回到人民中去的文学。在新时代,广大作家要重建与人民群众和百姓生活的血肉联系,切身感受时代生活的强烈脉动,亲自聆听人民大众的肺腑之声,自觉与人民同呼吸、共命运、心连心,欢乐人民的欢乐,忧患人民的忧患,做人民的代言人。

五、新时代文学应是能够重塑世界文学秩序并真正参与世界文学价值建构的文学。十九大报告将"文化自信"提升到了一个新的高度。中国文学走出去不能仅仅停留在输出作家、作品的层次,而是要增强与西方文学平等对话的自信和勇气,还应该在世界文学秩序和世界文学价值的同步建构中发挥主体作用,为"人类命运共同体"的建构贡献文学方面的"中国智慧"和"中国方案"。我们要输出我们对文学的认识、判断、理解和价值,我们的价值观和文学观也应成为世界的文学观和价值观。在文学领域,我们不仅要走向世界,还要影响世界、重建世界。同时,文化自信也不能仅仅停留在5000年传统文化的自信层面上,还应立足于当代创造的自信。这才是新时代文学面对世界文学所应具有的气度与品质。

六、新时代文学应是从"高原"走向"高峰"的文学。从"高原"走向"高峰"不仅是新时代对文学的期待和要求,也应该是文学工作者自觉承担的责任与使命。有习近平文艺思想的指引,有中国特色社会主义新时代精神的激励,只要我们始终坚持"二为方向"和"百花齐放,百家争鸣"的方针,不断增强原创性,牢牢扎根生活扎根人民,新时代的新文学必然会从"高原"走向"高峰"。从"高原"走向"高峰"的新时代文学,应该是社会主义核心价值观、中国价值和文学魅力大放光彩的文学;是尊重艺术规律,文学的原创力、想象力、创造力极大解放的文学;是传统与现代融合,"创造性转化,创新性发展"的文学;是雅俗共赏,呈现人民美好生活图景的文学。习近平总书记强调,中国共产党人的初心和使命,就是为中国人民谋幸福,为中华民族谋复兴。新时代的新文学在从"高原"走向"高峰"的过程中,也要永远牢记这个共同的奋斗目标,让新时代文学真正成为中国人民美好生活的不可分割的一部分,成为实现中华民族伟大复兴中国梦的重要力量。

时代为我们提供了这样的契机。在强起来的时代展现强起来的文学,正当其时。

（原载 2018 年 2 月 17 日"中国诗歌网"）

文艺的当代品性与历史使命

丁 国 旗

党的十八大以来,以习近平同志为核心的党中央形成了一系列重要的治国理政新理念、新思想、新战略,其中文化建设作为"五位一体"总体布局的重要内容,习近平同志在系列重要讲话中都有非常多的论述。习近平同志极其重视对优秀传统文化的弘扬和继承,重视优秀传统文化对于民族精神的塑造,同时也非常重视文艺工作在继承民族传统、传播和宣传民族精神中的价值和作用,形成了比较清晰的治国理政视域下的文艺观。

鲜明的民族特色与马克思主义文艺理论的思想光芒

习近平的文艺观既源于中华民族"以文治天下"的历史传统,也是对马克思主义经典作家文艺思想的吸收和发展,呈现出鲜明的民族特色与马克思主义文艺理论的思想光芒。

我国古代有关文艺与治国的论述很多,有着丰富的"文治"思想传统。虽然我们不能狭隘地将"文治"理解为用文学艺术或文化来治理国家,但对以诗书礼乐为代表的文学艺术在国家治理方面的重要作用的认识,在我国古代很早就出现了。"采诗观风"是西周以后"补察时政"的具体举措,而孔子关于诗歌作用所提出的"兴观群怨"说,反映的就是以诗歌为代表的文学在国家政治生活中所起到的重要作用。这一思想在此后两千多年的时间里被无数的文人骚客反复言说,成为我国传统文治体系的基本要义,也成为文学安身立命的重要资本。当一代帝王曹丕说出"盖文章,经国之大业,不朽之盛事"时,文艺在国家政治生活中的地位已经是不可摇撼、无可替代的了。党的十八大以来,习近平同志非常重视我国传统文化中的优秀部分,其有关文艺方面的论述与中华文化的深厚传统根脉相连,既有鲜明的中国特色又凸显出时代精神。

马克思在《〈政治经济学批判〉序言》等著作中揭示了社会结构的基本关系,即生产力和生产关系、经济基础和上层建筑、社会存在和社会意识的相互关系,同时也在这个结构中为艺术确定了位置。这就是,文艺作为一种属于社会上层建筑的特殊的"意识形态的形式",是由一定的经济基础和社会存在所决定的,它既是一定的历史条件的产物,又是作家艺术家对他们所属时代生活的反映的结晶。文学应该对现实说话,要在对现实生活的把握中获取历史认知的密码,因此马克思、恩格斯在文艺创作上主张"莎士比亚化"而反对"席勒式"。他们批判欧仁·苏的《巴黎的秘密》"小说中大多数人物的生活道路"都描写得"很不合理",也批评拉萨尔的《济金根》由于"把农民运动放到了次要的地位",也就忽视了"在济金根命运中的真正悲剧的因素",这些都明显地表达了马恩对文学的社会历史性叙述以及对文艺倾向性的严格要求。

习近平《在文艺工作座谈会上的讲话》以及《在文联十大、作协九大开幕式上的讲话》围绕"以人民为中心"所提出的一系列重要的文艺原则,是对马克思主义文艺思想的直接继承和现实反映,与毛泽东《在延安文艺座谈会上的讲话》中提出的文艺为工农兵服务的主张,以及新时期之后我们党所确立的文艺的"二为"方针一脉相承而又与时俱进,是马克思主义文艺创造性转化和创新性发展下的当代文艺新思潮思想中国化发展的最新成果。

文学作为一种社会意识可以反作用于社会存在,马克思主义经典作家的文艺观与我国传统的文治思想有其高度一致的地方。习近平坚持马克思主义的文艺方向,继承中华文化的优秀传统,以其清晰的现实观照和目标指向,将它们有机地融合在一起,使其创造性转化和创新性发展,从而形成了具有当代品性的文艺新思想、新理念。总体来看,习近平的文艺论述具体表现为以下几个方面。

一是借用文艺经典,言说为政之道。习近平善于用典,善于从古代典籍、经典名句中汲取治国的经验,总结从政的心得,推陈出新,使其为我所用,为今天所用。例如,他多次在讲话中引用郑板桥的诗句"衙斋卧听萧萧竹,疑是民间疾苦声。些小吾曹州县吏,一枝一叶总关情",以此强调群众利益无小事,强调基层干部的作用,要求各级领导干部要切身体察人民的疾苦,干在实处、走在前列。在谈论以德修身、从政以德等问题时,他引用《论语·为政》中的话"为政以德,譬如北辰,居其所而众星拱之",强调从中央领导干部到基层百姓都要读书修德,以自己高尚的品德去感染身边的人,营造良好的社会氛围。这样的例子在他的系列讲话中,俯拾皆是,他用这些文化经典言敬民之心、为政之道、立德之途、修身之径、任贤之准则、信念之养成,从这些经典文献中探索寻找历史和前人留给我们的思想启示与精神基因。

二是促进文艺繁荣,致力民族复兴。2014年10月15日,习近平主持召开"文艺工作座谈会"并发表了重要讲话。作为"指导文艺工作和文化建设的纲领性文献",在讲话中,习近平不仅明确了在实现中华民族伟大复兴中国梦的伟大事业征程中,"文艺的作用不可替代,文艺工作者大有可为",同时也谈到文艺在"举精神之旗、立精神支柱、建精神家园",凝聚人心,铸造灵魂,春风化雨,润物无声方面的重要作用。《在文艺工作座谈会上的讲话》实际上就是习近平的文艺战略与文化谋划,在"讲话"精神指引下,我国的文艺事业繁荣发展,不辜负时代召唤、不辜负人民期待,正在为中华民族伟大复兴中国梦的实现做出贡献。

三是提倡经典阅读,树立文化自信。习近平非常重视对古典诗词的阅读和学习。2014年教师节前一天，他在北京师范大学考察时谈道："我很不赞成把古代经典诗词和散文从课本中去掉，'去中国化'是很悲哀的。应该把这些经典嵌在学生脑子里，成为中华民族文化的基因。"他不仅强调经典教育要从学生抓起，而且在一些讲话中还时时提醒大家多去阅读经典，多从优秀作品中汲取营养以提高自己。例如，他用"腹有诗书气自华"教育人们多去研读经典，并认为"读优秀传统文化书籍，是一种以一当十、含金量高的文化阅读"。他用王国维《人间词话》中的人生"三境界"教导领导干部读书、学习、工作也要有这三种境界，等等。新时期以来，习近平重视从中华优秀传统文艺作品中寻求民族复兴的精神支撑，显示出了非凡的魄力和对中华民族文化的强大自信。

四是加强文艺沟通，促进合作共赢。习近平在处理国际事务，构建以合作共赢为核心的新型国际关系方面，十分重视文艺的桥梁与纽带作用。他往往以文化名人拉近与出访国的外交距离，加强与出访国政要、民众之间的情感联系与文化沟通，促进彼此的信任理解与真诚合作。对于国内文艺工作在国际交往中的作用，习近平也寄予了厚望。在文艺工作座谈会讲话中，他希望"文艺工作者要讲好中国故事、传播好中国声音、阐发中国精神、展现中国风貌，让外国民众通过欣赏中国作家艺术家的作品来深化对中国的认识、增进对中国的了解"。在文联十大、作协九大开幕式讲话中，他提出要"让中华文化同各国人民创造的多彩文化一道，为人类提供正确精神指引"。习近平善于从文艺交流中寻求利益的最大公约数，与各国人民一道共享机遇、共迎挑战，表现出在国际交往中的智慧和远见，彰显出大国气度和风范。

五是重视传统文化，培育时代价值。文艺是文化精神的重要载体，当代文化形象的塑造与时代精神的培育，离不开传统文化的滋养与熏陶。习近平认为，"培育和弘扬社会主义核心价值观必须立足中华优秀传统文化。"他把优秀传统文化概括为"讲仁爱、重民本、守诚信、崇正义、尚和合、求大同"六个方面，强调要用优秀传统文化助推中国梦。他认为,"中国优秀传统文化的丰富哲学思想、人文精神、教化思想、道德理念等,可以为人们认识和改造世界提供有益启迪,可以为治国理政提供有益启示,也可以为道德建设提供有益启发。"习近平清醒地看到了优秀传统文化与社会主义精神培育之间的内在联系,他从中华优秀传统文化那里找到了社会主义核心价值观的源头活水与根魂所在,他希望文艺在这方面有所作为,"引导人民树立正确的历史观、民族观、国家观、文化观"。

习近平的文艺思想内涵丰富,意味深长,博大精深,善于谋断,它既联结着我国古代传统文化的精神之根,又继承了马克思主义经典作家的思想之魂。习近平的文艺思想彰显文艺的当代使命,对于中国特色社会主义文化强国建设,对于实现中华民族伟大复兴中国梦与实现"两个一百年"的奋斗目标,必将发挥重要的价值与作用。

(原载 2017 年 2 月 20 日《中国社会科学报》)

人民,文艺的尺度

马 建 辉

习近平总书记在中国文联十大、中国作协九大开幕式上的讲话中深刻指出:"人民需要艺术,艺术更需要人民。""文艺创作方法有一百条、一千条,但最根本的方法是扎根人民。只有永远同人民在一起,艺术之树才能常青。"他还借用马克思的话说:"人民历来就是作家'够资格'和'不够资格'的唯一判断者。"这阐明了一个深刻的道理,即人民是文艺的尺度。

人民是文艺真实的尺度。我们常说,真实是文艺的生命。文学作品所表现的内容首先要让读者感到真实可信,只有在真实的基础上,文艺才会发挥其应有的艺术魅力;而实际上,真实性本身就闪烁着艺术的辉光。那么,我们如何判断或认识这个真实呢?我认为,这个真实主要就体现在人民对于作品思想内容的或隐或显的参与上,或者说,就体现在文艺作品所实现的人民性程度上。文艺是生活的反映,这个生活的真实性何在呢?有些作家喜欢描写私人生活,喜欢展览个体体验,但如果这个私人生活或个体体验是疏离人民的,那么,这种私人生活或个人体验就会是一种虚妄或虚假的个人意识,因为人民生活是个体存在的基本境遇和条件。这种作品由于遮蔽了人民而在真实性上大打折扣,是难以令读者心悦诚服的。

可以说,人民也是文艺作品表现个人的尺度。因为单个人无法体现出真实性来,只有在人民中间,才能体现出个人的真实存在。离开人民,作家不仅不能理解社会和历史,也不能正确理解和表现个人。习近平总书记在文艺工作座谈会上的讲话中强调:"文艺工作者要想有成就,就必须自觉与人民同呼吸、共命运、心连心,欢乐着人民的欢乐,忧患着人民的忧患,做人民的孺子牛。"这不是说,作家要为了人民而失去自我,而是说,作家只有跟人民在一起,融入人民之中才会构建起真实的自我。作家、艺术家除了融入人民之中,不可能真正获取自我的真实影像。

文艺作品的厚度和穿透力在于其思想和表现的历史感。而历史感同样离不开作为历史主体的人民。人民是历史的尺度,同样,人民也是文艺作品历史感的尺度。有作品表现革命战争,写解放军在战争中取得胜利,主要写什么呢?如果只写将领们的足智多谋,或写战士们的英勇顽强,那还不是完全真实的历史。要写出完全的历史感,就必须要有广大人民群众的参与和建构,特别是当时劳苦大众对于作为人民子弟兵的解放军的坚定支持和拥护。陈毅元帅曾说过:"淮海战役的胜利,是人民群众用小推车推出来的!"解放军打到哪里,老乡们就把粮食推到哪里。正是有了人民群众的积极参与和支持,解放军才有了取得最后胜利的根本保证。显然,离开了人民性内涵,文艺作品就不能真正把握和表现解放战争完全的真实性。

人民,还是作家、艺术家本身的尺度。作家柯岩曾这样说过,"我是谁?我是劳动人民培养出来的一个普通写作者,不是精神贵族,不该有任何特权,我只有在为人民歌唱中获得生命;我是我们共和国劳动大军中的普通一员,我必须学习着像工农兵和在基层工作的所有知识分子一样,在自己的岗位上尽职尽能,奉献自己,直至牺牲。""我是谁?我是我们祖国无边无际海洋里的一粒小小的水滴,我只有和我13亿兄弟姐妹一起汹涌澎湃,才会深远浩瀚,绝不能因为被簇拥到浪花尖上,因阳光的照耀而误以为是自己发光;如果我硬要轻视或蹦离我13亿海水兄弟姐妹,那么,我不是瞬间被蒸发得无影无踪,就将会因干涸而中止生命。"

我是谁?我想这应是每位作家、艺术家都应深切思考的问题。"在人民群众中,我们毕竟是沧海一粟"。当代作家、艺术家必须正确认识自我,确立起真正的主体性来,只有这样才能创作出人民文艺来,也才能写出真正存在的自我。不能沉溺于鲁迅先生所批评的"不免咀嚼着身边的小小的悲欢,而且就看这小悲欢为全世界"。有的作家自以为文艺创作就是要张扬自我,排斥文艺的人民性传统和取向;但观其作品,却往往充斥着西方的话语和手法,思想情感内容也充斥着西方对于东方的拟像与想象。这样的作品何尝张扬了自我?何尝凸显了其"高贵的主体性"?

文艺的根是扎在民间的,这是为我国文学发展史所证明了的。当文艺也穿上西装,系上领结,或打扮成披头士,或沉浸于墙上的斑点;那么,文艺就会像乔木被拔离了泥土,除了走向枯槁将再无别的命运可以选择。我们常说创作要接地气,怎么接地气?"衣服是劳动人民,面孔却是小资产阶级知识分子",不是接地气。劳动人民不是被动、消极、分散或孤独的个体,人民是历史的创造者,是诗人的"大堰河"。人民是创造者的形象,是哺育者的形象。人民是大地,作家只有站在大地上,把根深深扎在泥土中,才能在文艺创作上行稳致远。或许正是在这个意义上,我们可以说,人民,是作家、文艺家本身的尺度。人民性在作品中的实现程度,正体现着作家本身的人民性程度。

毋庸讳言,当前有些文艺创作有丑化人民和虚无人民的倾向。有的作家,比较熟悉基层人民群众,熟悉他们的语言和生活,但却打心底看不起劳动人民,把劳动人民描写成生活中软弱的丑角或无知的群氓。有的作家致力于表现人民群众生物活动的一面,把人民群众的精神史表现为生物追求实现其本能的历史。有的专门从野史中寻找描写地方性恶风恶俗的素材,虚构出劳动人民的人性之恶。还有个别作家从个人的家族恩怨出发,去否定人民追求解放的历史,以极端个人的主体性去解构人民的主体性。这样的作品远离了人民,因而也就成了"无根的浮萍、无病的呻吟、无魂的躯壳"。

当前,一些文艺创作和文艺研究中,也存在历史虚无主义倾向。这个倾向最主要的表现就是对人民的虚无。在有的作家的文艺创作中,极端个人的情绪弥漫而激昂,把个人诉求强势凌驾于人民之上,他们在以文艺作品的形式为实现个人利益开辟观念上的道路——以文艺自由的名义,自由占有了文艺,最终侮辱了自由的文艺。实际上,人民也是文艺自由的尺度。当人民尺度取代了个人尺度,如列宁所说,文艺创作上的"名位主义和个人主义、'老爷式的无政府主义'和唯利是图",文艺创作上的资本控制、"依赖钱袋、依赖收买和依赖豢养",这些束缚就都会被解除。这时,真正自由的、公开同人民相联系的写作,就会取代伪装自由的、事实上同个人主义或利己主义相联系的写作。

"小楼一夜听春雨,深巷明朝卖杏花。"人民之于文艺,如同春天之于杏花。人民是文艺的尺度,正像春天是杏花的尺度一样。当我们的作品充满春阳的和煦和春雨的慈悲,当我们的作品以自己的光芒去照亮读者和世界,当我们可以以作品驱除围绕在人们四周的风寒和阴暗,它的力量一定是来自人民,来自其自身的充分的人民性。因此,一切有抱负、有追求的文艺工作者,都应像习近平总书记要求的那样——追随人民的脚步,走出方寸天地,阅尽大千世界,让自己的心永远随着人民的心而跳动。

(原载2017年6月12日《文艺报》)

在与时代同频共振中锻造文艺精品

范 玉 刚

今天,随着中国经济的崛起,中华民族拉开了伟大复兴的帷幕,中国进入一个新的伟大时代,在全球化进程中日益靠近世界舞台中心,中华民族复兴的进程被誉为世界史的"中国时刻"。一个文明型崛起的中国屹立在世界的东方,并越来越成为世界的主导性力量之一。当今天的中国再次汇聚起世界目光、重新复兴为文明主体的时候,作为当代中国和中国道路的参与者、实践者、记录者、反映者和思想者,当代文艺家不仅有责任让文艺在中国的前行和秩序中成就民族文学经典,更有责任让中国在文化的怀抱和瞩目中迈向世界,助力文明型中国崛起。习近平总书记在文艺问题的系列重要讲话中,倡导"以人民为中心的创作导向",激励艺术家在与时代的同频共振中创作出无愧于伟大民族复兴的文艺精品,不断勇攀艺术高峰。习近平总书记指出,优秀作品反映着一个国家、一个民族创新文化的能力和水平。因此,必须把创作生产优秀作品作为文艺工作的中心环节,努力创作出更多传播当代中国价值观念、体现中华文化精神、反映中国人审美追求,思想性、艺术性、观赏性有机统一的优秀作品,从根本上增强做一个中国人的骨气和底气。

这是一个风云际会的时代,一个英雄辈出的时代,也是一个文艺汪洋恣肆纵情挥洒的时代。大时代,文艺要歌颂人民的英雄,与人民的伟大实践同频共振,人民是文艺的"剧中人"。这样的一个时代,是中华民族历史上又一个辉煌的时代,是世界文明史上又一个全面提升人类文明程度的时代。中华民族在人类的历史长河中涌现了无数的英雄,中国文艺也贡献了无数的英雄形象,当代文艺家所塑造的英雄人物更是丰富了文艺人物画廊,这些英雄人物无论是军人、工人、农民还是知识分子,无不肩负着时代的使命,昂扬着民族的精神。文运同国运相牵,文脉同国脉相连,文艺要同时代同频共振。作为时代的产物,文艺随着民族兴衰、国运沉浮,其发展愈益受到时代的深刻影响。任何一个时代的文艺,只有同国家和民族紧紧维系、休戚与共,真正把人民作为文艺的主人公,才能切合时代的鼓点发出振聋发聩的声音。实现中华民族伟大复兴,是一场震古烁今的伟大事业,需要坚忍不拔的伟大精神,也需要振奋人心的伟大作品,人民火热的生活是文艺创作最广阔也最深厚的时代舞台。当今中国,正处在大踏步赶上现代化潮流并站在世界发展前列的历史时期,正处于为人类文明进步做重要贡献的伟大时代。这里有取之不尽用之不竭的丰富素材,有最能体现中国人民创造智慧和文化精神的中国元素,有无数体现时代精神的人民英雄、感动时代的人物。忠实记录、深刻反映、艺术再现这个恢弘时代的巨大变迁,为人民提供最好的精神食粮,积极反映人民的心声,在融入人民火热生活中,塑造一系列无愧于时代的英雄群像,成为时代的洪钟大吕。文艺实践表明,唯有表现人民伟大历史实践的作品才能张扬时代精神,使文艺发挥最大的正能量,进而与时代同频共振。中国特色社会主义文艺,就是在根本上书写和记录亿万人民实践的文艺。艺术离不开人民,真正的文艺精品、艺术经典之作,无不与时代和人民息息相关,象牙塔里出不了文艺精品。只有真正扎根人民生活,文艺才能真正生动活泼起来,回顾文艺史上那些彪炳千秋的文艺经典,无不闪耀着人民性的光辉,传达着人民的情感,在根本上反映着人民的心声。因此,习近平总书记希望文艺家心里装着人民,用积极的文艺歌颂人民,把人民作为文艺的主人公;勇于创新创造,用精湛的艺术推动文化创新发展,在根本上彰显社会主义文艺的人民本位论。他明确反对那种"以为人民不懂得文艺,以为大众是'下里巴人',以为面向群众创作不上档次"的观点。在平凡的时代,艺术家只有写出作为"剧中人"的人民对美好生活的追求和意气风发的精神状态,以及为民族伟大复兴做出的努力,才能达到与时代同频共振。事实上,艺术只有通俗易懂、接地气,为人民群众喜闻乐见,在不断创新中贴合时代需求,切近不断变化的审美风尚,被人民群众所广泛接受,才能抓住时代。只有融入人民火热的生活,艺术才会自觉地表达和反映广大人民群众的情感和意志、愿望和呼声,在精品创作中生长出创造性的力量和文化自信的根荄,在价值引导中肩负起提高全民族文化素质的使命。

  如何抓住时代?大作家歌德强调,真正的艺术家必须坚持自己的独立自主性,有对时代的深刻思考和艺术追求。因而,真正的艺术家不是时代和市场的应声虫,不尾随时代的潮流、追随时潮,更不会充当时代风尚的爬虫,而应当引导时代潮流。真正的艺术家不能也不会附和读者或观众的欲求,成为感官欲望和市场的奴隶,其使命是通过作品使读者或观众提高思想境界和审美品位,以艺术精品抵御"三俗"之风蔓延。当前,为了抓住时代,文艺家在采风中已融入人民的生活。在习近平总书记系列讲话精神指引下,文艺创作之风焕然一新,文艺界采风创作、深入生活火热展开,在深切感知人民生活的"热度"中,文艺作品有了"温度",文艺风气不断纯净,文艺呈现新气象新面貌。2015年全国营业性演出总场次达到211万场,比上年增长21%;观众达到9.6亿人次,比上年增长5.3%;演出收入94亿元,比上年增长24%。可以说,文艺生产正在满足人民大众多样化的文化需求。就文艺发展规律而言,艺术创作固然是个体性的审美创造,但"个我"绝非是封闭性的与人民的生活和情感相隔绝。"个我"是人民生活的窗口和时代精神的聚焦,是融入人民生活的艺术创造者,文艺审美的真正创造主体是大写的"人民"和民族深层次的精神追求。究其根本性而言,人民性不仅是艺术表现问题,还是一个文艺家创作立场问题。虽然人民有广大性,但要真正实现文学的人民性,就必须站在人民的立场上,把人民作为文艺的"剧中人",积极反映人民的心声,塑造人民形象。

文艺与时代同频共振,最根本、最关键、最牢靠的办法是扎根人民、扎根生活。艺术家只有眼睛向下,对多彩的现实生活有丰富的积累、深切的体验,领悟生活的本质、吃透生活的底蕴,才能创造出深刻的情节和动人的形象,其作品才能激荡人心。作家的根不在舞台上,而在民众中,作家要深入生活,在寂寞的长期坚守中"十年磨一剑",而不是频繁地亮相媒体。"作家离地面越近,离泥土越近,离百姓越近,他的创作就越容易找到力量的源泉。世间万象,纷繁驳杂,尤其是我们身处的时代,丰富性、复杂性超越既往,作家怎么选择,目光投向哪里,志趣寄托在哪里,很大程度上也就决定了作家的品位和作品的质地。"只有把心沉在人民中、沉在文学里,创作接地气,作品才能是独特的,才会有筋骨、有道德、有温度。

文艺要与时代同频共振,文艺家就要做自己时代最敏锐的发现者和感知者,同时要千方百计地寻找与时代相契合的话语和艺术表达方式,以艺术精品高扬时代精神。一个时代有一个时代之文学,伟大的作品都有着强烈的时代性,只能产生在它们所处的时代,就在于它们反映了时代的现实,抓住了时代的问题,问题源自人民的生活。文艺热爱人民,不仅要在融入火热生活中反映人民的心声,更要基于人民性立场为人民抒情,抒写人民的追求和战胜困难的希望,让人感受到生活的温暖和光明,以向善向上的价值引领社会风尚。人民立场是马克思主义政党的根本政治立场,人民是历史进步的真正动力,群众是真正的英雄,人民利益是我们党一切工作的根本出发点和落脚点。社会主义文艺的本质是人民的文艺,文艺热爱人民,靠的是优秀作品及其主流社会价值诉求,表现为基于人民立场对社会道义的弘扬和道德理想的守护。作为时代的表征,伟大的时代呼唤无愧于伟大民族、伟大时代的优秀作品。文艺创作的活力和激情源自对人民爱得真挚、爱得彻底、爱得持久,真正懂得人民是历史的创造者。习近平总书记指出:"一切轰动当时、传之后世的文艺作品,反映的都是时代要求和人民心声。我国久传不息的名篇佳作都充满着对人民命运的悲悯、对人民悲欢的关切,以精湛的艺术彰显了深厚的人民情怀。"文艺与时代同频共振就要俯下身,向大众敞开自己,这不但有利于激发文艺创造的活力,还有利于在全社会建构保护文艺发展的社会氛围和机制,使人民大众真正成为文艺发展的重要力量,使所有参与者都能在文艺活动中获得满足感和幸福感。

文艺与时代同频共振,要坚持"人民是艺术作品的评判者"的批评原则。把人民视为文艺的鉴赏家和评判者,既是对当前文艺发展的期望,对当代艺术不断勇攀高峰的期许,是对人民艺术家不断创作艺术精品的期待,更是在根本上保障文艺与时代同频共振。在全球化竞争舞台上,优秀文艺作品反映着一个国家、一个民族的文化创造力和水平。在文化思潮的激荡中,唯有文艺精品能够在全球文艺舞台上代表一个国家和民族参与文化交流和竞争,文艺精品的不断涌现是一个时代文艺繁荣发展的表征,它体现了一个国家文化生产力的发展水平,以及一个国家民族文艺经典化的程度。古往今来,世界各民族无一例外受到其在各个历史发展阶段上产生的文艺精品和文艺巨匠的深刻影响。当下,我们越来越接近中华民族伟大复兴的历史拐点,亟须创作出更多与时代同频共振、体现中华文化精髓、反映中国人审美追求、传播当代中国价值观念、又符合世界进步潮流的优秀作品,使当代文艺以鲜明的中国特色、中国风格、中国气派屹立于世界舞台,展现一个古老文明与现代文明交相辉映的新形象。

历史上,中华民族以唐诗宋词享誉世界,这种盛唐气象彰显了时代精神、时代底蕴,是文艺与时代同频共振的显现,以唐诗宋词为代表的中国文学所达到的高度,是中国作为一个国家的高度,也是当时世界文明的高度。今天,中国文艺需要重新起航,以更加辉煌的成就走向世界,与世界各民族文艺同台竞技。歌德在抓住时代中提出"世界文学"的命题,意在激励德国作家推动德语文学(民族文学)的经典化。对于迈入现代化进程的中国,只有实现民族文学的再次经典化,有了一系列现代文艺经典作品,才有资格谈论"世界文学",才能从根本上扬弃"西方中心论",增强我们的文化自信。在中华民族实现伟大复兴的今天,中国文艺家要有此自觉——民族文学的经典化。使中国当代文艺、当代文化成为世界全球化舞台上发挥影响力的主导性文化之一,成为世界主流文艺、主流文化之一。与时代相匹配的伟大作品何时出现,已成为整个文艺界乃至整个民族的期盼和焦虑。一个民族的文学经典,是该民族的精神史诗,记录着该民族的心灵和情感,标识了共同的审美追寻和价值认同。不能寄望于外在的扶持和打造,精品的涌现和经典的生成是内在的自觉,是艺术家主体意识自觉下的自然而然,是艺术家与时代同频共振的艺术追求。经典文艺所透视的真实性绝不是对社会生活简单的摹写和反映,而是在紧紧抓住时代,对生活现实高度提纯后,融入对时代本质的深邃洞见;经典文艺所诉求的艺术性,是文艺家追求艺术卓越性,高扬审美理想和人文价值的自觉;经典文艺所蕴含的善,是对人类生存状态的深切关切,是对境界的价值取向。

(原载 2017 年 4 月 26 日《文艺报》)

·现状观察·

对近年理论批评中几个问题的理解

雷 达

近五年来的文学理论批评,从总体上看,面对中国当代大变革大发展的丰富实践,面对创作繁荣兴盛的良好局面,能够自觉地以马克思主义文艺理论为指导,运用历史的、人民的、艺术的、美学的观点研讨理论,评判作品,表现出了关注中国现实、中国经验、中国传统的求实品质。例如,在对习近平同志讲话精神的学习、领会、研究上,在介入文学现场,对各种文艺理论问题的研究,对当下作家作品的评论和盘点上,对好作品的及时发现,对创作新现象的及时评析,对文学新人的发现上,以及对网络文学的大量新现象的辨析和研究上,都有突出的表现。理论批评界自身也涌现了大量优秀的青年才俊。这一切都是十分可喜的。

下面,我就几个与创作实践密切相关的重要理论问题,谈一些理解和看法。

关于人民与人民性问题

坚持以人民为中心的创作导向,是一切文艺创作思想和创作活动的"总开关",人民既是历史的创造者,也是历史的见证者,既是历史的"剧中人",也是历史的"剧作者"。这个根本性问题,当然不是自今日提出,但它引起了更高关注,显示出新的活力,成为需要重新思考和认识的问题。

人民和人民性都是历史性概念,又都在历史的长河中不断发生着微妙的变化。"人民性"这一概念源于俄罗斯文学,普希金、别林斯基、杜勃罗留波夫、车尔尼雪夫斯基都使用过它,后来的列宁、葛兰西等也都阐释和使用过类似概念。在批评家别林斯基那里,人民性的确切内涵是"一个国家最低的、最基本的民众或阶层";而具有人民性的文学只有以这一阶层的人的生活为关注对象——而不是以"有教养的上层阶级"为对象。他认为,真实性和人民性不可分割,人民性表现得最充分的地方,也就是生活的真实性最充分的地方。杜勃罗留波夫在《俄国文学发展中人民性渗透的程度》中,从反映人民大众(主要是农民)的真正处境和卫护人民利益的观点,考察了俄国文学的发展过程。而这一观念的"中国接受"则是在上世纪50、60年代,也即"十七年"时期,与社会主义民族国家建构的文学想象高度契合,也成为彼时文学创作和批评的武器之一。不过,在那个时期,人民性的概念更多地运用于对古典作家创作的评价和整理文学和文化遗产上。

在我国,到了20世纪80年代,"人民"这一内涵扩大为"最广大的人民群众",但随着"新启蒙"和"去革命化"时代的到来,一谈到人民、人民性等概念,批评界有的人便本能地认为这是一种旧意识形态的复归,是一种过时的批评话语,从而使人民性的探讨未能深入,批评家往往对作为一个主权国家主体的人民和社会的边缘群体丧失了言说的话语资源。

近年来的一个重要变化是,大家更加清醒地认识到,"人民"既是一个集合概念,也是一个个体概念。从人民的历史主体性的角度来看,作为"集体"的人民的概念虽已深入人心,但是作为"个体"的人民的观念尚需进一步深入,所以,文学批评的理论资源和理论话语也需要跟进。习近平总书记在文艺工作座谈会上的重要讲话中指出:"人民不是抽象的符号,而是一个一个具体的人,有血有肉,有情感,有爱恨,有梦想,也有内心的冲突和挣扎。""文艺的一切创新,归根到底都直接或间接来源于人民。"习近平总书记论述了人民概念的历史性进步,并提出在今天社会主义语境下,文艺批评的创新也是直接或间接地来源于人民,这是一种发展的眼光,也是一种前瞻的眼光。过去,我们曾一度将人民作为一个集合概念,从而对"一个一个具体的人"的情感和爱恨有所抑制;今天对人民的个体性价值的不断发掘,是对"人民性"认识的深化,也是真正能体现每一个"具体的人"的情感、价值和利益的文学观念,如此,人民性的观念才可能成为"诚实的理论"和"接地气的观念"。

关于现实主义精神

习近平同志在两次讲话中,都特别强调,广大文艺工作者要坚持以强烈的现实主义精神和浪漫主义情怀,观照人民的生活、命运、情感,表达人民的心愿、心情、心声,立志创作出在人民中传之久远的精品力作。这里,我想着重谈一下对"现实主义精神"的理解。

"现实主义过时了吗"——这个问题就提得很有价值。在中国当下的语境里,该怎样重新认识和理解现实主义,的确是个值得深入思考的问题。当然,最简单的回答是"没有过时",但事情又并不那么简单。在我看来,现实主义并非只是"上世纪初由苏联传入中国的"那种主义,其实,现实主义是人类艺术地把握世界的最古老、最普遍,同时又是常在常新的一种基本的创作方法、原则和精神。中国古典小说的现实主义的根子就扎得很深。

现实主义是有其质的规定性的。就现实主义来说,它总是承认人和世界的客观实在性,它总是力图按照世界的本来面目再现(或表现)世界,它也总是强调人类理性的力量、实证的力量和判断的力量;由于它对人和世界客观实在性的肯定,它也许更重视包括人在内的环境(即存在)的作用,并重视人的社会性,把人看作"社会动物"。现实主义应该是指在艺术创作的过程中,以无限广阔的客观现实为对象,为依据,为源泉,并以影响现实为目的的创作。

现实主义不是一成不变的教条,它随着时代的发展而发展,随着人们审美观念的更新而更新,在不同历史时期里,现实主义会呈现不同的风貌。现实主义的发展,离不开与其他方法的相互激荡和相互吸收,否则现实主义就会停滞,就不会保持常青。现在,我们处身在一个物化、功利化、娱乐化的时代,我们被物质的枷锁锁着,欲望、感官、物质的实惠化,使我们常常觉得我们的肉身很沉重,想飞飞不起来,想跳跳不起来,最难的是如何活得有筋骨,有精气神,在困难乃至苦难面前,不低头,不屈服,保持对真与善的追求,对理想人格的追求,对人生意义的追求。

所以在今天,比起"现实主义",我更认同"现实主义精神"这一提法,认为有必要在文学中强调和发扬现实主义精神。事实上,当下一些优秀作品也恰恰是贯彻了现实主义精神。依我看,现实主义精神就是具有更强烈的"现实感",更敢于直面现实生活中的矛盾,更关注人民的苦乐,更关注当下的生存,更能与人民同呼吸、共命运。它尤其表现在对精神问题的敏感和探索上。比如说,在物质主义急剧膨胀的今天,人的精神世界会出现严重危机,传统的现实主义往往解决不了,无能为力,那就要求具有强烈现实主义精神的创作,更多地将笔触伸向人的主观精神世界。我认为,现实主义精神至少包含以下三方面的内涵,一是对人民的生活命运和思想情感的深切关怀,二是富于人文深度的批判精神和批判品格,三是热烈的理想主义情怀。没有这些,现实主义精神将会变得空洞无物。当然,用什么方法和手法都不是绝对的和决定性的,各种方法都有存在的权利,而真正决定作品生命力的是它的思想的高度,人性的深度,文化精神的广度。

"深入生活"与"阅读生活的能力"问题

习近平同志在讲话中谈到的这一点,我认为在创作实践中具有特别重要的意义。他说,"广大文艺工作者要提高阅读生活的能力,要善于在幽微处发现美善、在阴影中看取光明,不做徘徊边缘的观望者、讥诮社会的抱怨者、无病呻吟的悲观者,不能沉溺于鲁迅所批评的'不免咀嚼着身边的小小的悲欢,而且就看这小悲欢为全世界'。"

此处没有用常用的"深入生活",而是用了"阅读生活的能力",可谓直抵当前创作的关键,含义颇深。深入生活无疑是带根本性的,其重要性无可置疑。但是在今天,作家也许首先要面临一个"阅读生活的能力"问题,因为当此大转型时代、网络时代、日常化时代,虽少有狂风暴雨,但日常生活却是瞬息万变、难以把握的。正如习近平同志描绘的,"今天,在我国960多万平方公里的大地上,13亿多人民正上演着波澜壮阔的活剧,国家蓬勃发展,家庭酸甜苦辣,百姓欢乐忧伤,构成了气象万千的生活景象,充满着感人肺腑的故事,洋溢着激昂跳动的乐章,展现出色彩斑斓的画面。广大文艺工作者大有可为,也必将大有作为"。我们是否可以这样理解,"深入生活"是入乎其内,"阅读生活的能力"是出乎其外,具全局眼光。这里我想借王国维在《人间词话》中所说的:诗人对宇宙人生,须入乎其内,又须出乎其外。入乎其内,故能写之;出乎其外,故能观之。入乎其内,故有生气;出乎其外,故有高致。

事实证明,作家能力的高低,能写到什么程度,往往取决于作家对时代生活读懂读透到什么程度,继而看你深入到什么程度。落实到创作上,就是审美的力量,"我们要走进生活深处,在人民中体悟生活本质、吃透生活底蕴。只有把生活咀嚼透了,完全消化了,才能变成深刻的情节和动人的形象,创作出来的作品才能激荡人心"。这也就是,"用理性之光、正义之光、善良之光照亮生活"。

(原载2017年9月22日《文艺报》)

不断丰富文学中国的色彩

梁鸿鹰

"文学创作要由人的个别通往一般,由人的情感与心灵达到对社会生活的认识。要把个人经验、情感、想象转化为中国经验、情感和精神,而不一定非得反映外在的、热闹的生产过程。现代性或现代化最本质地体现在人的观念、精神追求上,创作要探察社会深处律动,反映价值观新趋向,昭示生活微小变化在未来所蕴藏的意义,特别是要通过个人化的个性化的经验、情感、想象表达中国经验和中国情感。"

当代文学以文学之笔墨对中国实践进行书写,强化文学与国家、民族的血肉精神联系,是一个美好的传统。习近平总书记在文艺工作座谈会重要讲话中指出,"为什么要高度重视文艺和文艺工作?这个问题,首先要放在我国和世界发展大势中来审视。"一个国家,一个民族能否屹立于世界民族之林,民族精神是否强健至为重要。文艺作为审美的意识形态,作用于人的精神世界,对人的灵魂产生影响,文学像是国民精神发出的火光,照亮国家和民族前行的路途。文学形象地记录一个民族的发展,成为一个国家兴亡的文化记忆,文学无微不至地帮助人们建构对自己民族的认同、国家的认同,同样建构和强化国家和民族的共同价值。中国正处于民族复兴的关键时期,从来没有像现在这样接近伟大复兴,"任何一个时代的文艺,只有同国家和民族紧紧维系、休戚与共,才能发出振聋发聩的声音"。凝聚国家意志,张扬中国精神,是当代文学的庄重选择。

一

好的文学给人以精神归属感、心灵向心力,让人能够从中打捞先辈的过往,找到民族的来路,更从凝聚于文字中的价值观,寻求到家国共同意志与自己之间的联系。莎士比亚说,"我怀着比对我自己的生命更大的尊敬、神圣和严肃,去爱国家的利益。"国家利益的累积通过文学来实现,之所以往往强过历史文献,在于其潜移默化、润物无声。在经济全球化、文化多元化的时代,特别要不断丰富国家历史、国家向心力、国家共同信仰的建构。

在当代文学强化国族叙事意识的过程中,既要充分意识到中国现实很强的丰富性、差异性,也要充分意识到中国的整体性、统一性。中国历史源远流长,中华文明从未断绝。记录和展示民族与国家成长的足迹,消除外部世界对中国历史文化的误解,艺术地告诉人们中国历史发展的真相与源流,才能讲好中华民族从哪里来、要到哪里去的中国故事。作家有责任回应消解和重构中国历史的思潮,鼓舞人们面向未来,增进民众对国家历史和传统的亲和力。

文化是精神家园。闻一多曾说,"我爱中国固因他是我的祖国,而尤因他是有那种可敬爱的文化的国家。"先人为我们累积的文化遗产,为我们讲述的中国故事,依然以其瑰丽感染着后代。比如在我们已经能够飞天登月的今天,科学家们不由自主地从中国文化宝藏中找寻灵感,在确定"玉兔"之前,月球探测器名称就曾在哪吒、后羿、共工等神话传说中反复选择,这些文化符号深刻地影响着今天。文化的核心是价值,中国人历来讲究自律、行善、勤劳,崇尚节制,富于奉献精神和社会责任感,笃信"修身、齐家、治国、平天下",这些价值,是我们增强文化自信的基石,这些价值是我们民族生生不息的尺度,与世界上先进的价值观是相通的。凝聚国族认同,就要彰显民族价值观的感召力,强化经济全球化时代的价值坚守。

二

当今世界日益你中有我,我中有你,中国经验、中国故事有助于世界了解中国。习近平总书记强调"为人类提供中国经验",强调"讲好中国故事、传播好中国声音、阐发中国精神、展现中国风貌,让外国民众通过欣赏中国作家艺术家的作品来深化对中国的认识、增进对中国的了解",有着很强的现实意义。我国已成为世界第二大经济体,崛起的过程为现代中国故事的书写提供了充分依据,我们应自豪地为世界提供富于当代性现代性的中国经验。天是世界的天,地是中国的地,只有眼睛向着人类最先进的方面注目,同时真诚直面当下中国人的生存现实,我们才能为人类提供中国经验,才能为世界贡献特殊的声响和色彩。作家要注目中国发展最进步最具有超越意义的那些方面,用自己的笔,反映中国改革开放的历史性进步,改变多少年来中国给西方人留下的"古老的、陈旧的、历史沧桑的"印象,改变我们在"文化上神秘而难以接近"等印象,坚持中国文学的主体性,警觉自我的他者化,把发展中的、为人类文明做出贡献的奇迹展现出来。

文学的"中国"形象由一代代作家共同构建,不同时代不同的中国形象,积累和丰富着外部世界对中国的认知。中国形象所包含的政治和文化诉求,对国际社会逐渐认识中国产生着巨大影响。放在世界视野中观察"中国形象",作家责任重大。在融入国际潮流中迈出新步伐,是中国经验的主流,中国改革建设在世界现代化轨道上的进步,已经产生了惊天动地的影响,要到生活最细微的地方去,倾听时代的声音,以文学之笔,书写中国方案、中国智慧、中国贡献。这才是面向现代的中国经验的主旋律。

我国不仅在经济上有了突飞猛进的发展,在维护社会公正,促进社会和谐、人的全面发展,以及实现绿水青山,张扬传统文化等方面,也有不少可喜的进展。人们对物质化、功利化普遍反感,当代中国的现代性与民族主流价值观有了越来越多的契合,人们更相信从自己的土壤里生养出来的价值,要把那些带有中国人自己体温的坚守表现出来,让精神追求、精神价值以及对生命的庄重思考,成为文学创作的价值崇尚,使自己的作品因安妥了人们的灵魂而受到珍爱。

三

中国经验因当代中国丰富多样的现实而色彩斑斓,生活本身给文艺创作开辟的路径、可能性极为丰富。习近平总书记在文艺工作座谈会上的重要讲话中说,"顺境和逆境、梦想和期望、爱和恨、存在和死亡,人类生活的一切方面,都可以在文艺作品中得到表现。"要开阔中国经验的表达视野,呈现中国社会生活的多个层次与侧面,给人看到多样的、全面的中国理想、中国经验和中国现实。

中国有着发展中的欣喜,同样面临发展中的忧虑。一方面是日新月异的进步,一方面是前进中的问题与矛盾,城市化进程加快,社会矛盾凸显,道德价值观犹疑分化,文化上多样化的旺盛需求,在资讯、媒体高度发达,中外文化交流碰撞极为密切的当今,语言、思维方式、表达方式等发生了相当大的变化。作家每天都在与复杂的生活相遇。中国本身的进步与落后、愚昧与昌明、科学与迷信的较量,促进作家不停顿地思考与提炼。中国有着过多的历史负担,现实生活与落后观念的纠缠每时每刻都在发生,但优秀的作家能够拨开迷雾,开掘生活的本质。

文学创作要由人的个别通往一般,由人的情感与心灵达到对社会生活的认识。要把个人经验、情感、想象转化为中国经验、情感和精神,而不一定非得反映外在的、热闹的生产过程。现代性或现代化最本质地体现在人的观念、精神追求上,创作要探察社会深处律动,反映价值观新趋向,昭示生活微小变化在未来所蕴藏的意义,特别是要通过个人化的个性化的经验、情感、想象表达中国经验和中国情感。

这种表达殊为不易。苏联作家爱伦堡曾经讲,在苏联作家协会的代表大会上,纺织女工在发言中向作家们"讨债",质问作家为什么没有写纺织女工的小说。此后20多年里,苏联确实也出现了不少写纺织工人的作品,但大都躺在图书馆里无人问津。工厂图书馆里被借阅最多的,还是托尔斯泰等作家的作品。人们更愿意读《安娜·卡列尼娜》,是因为工厂女工"看托尔斯泰的小说,不单单是为了了解那已经死亡了的社会道德,也是为了了解活生生的人类感情的复杂性"。作品写的纺织女工"不是人,而是机器:表现的不是人的感情,而仅仅是生产过程",肯定不会受到欢迎。文学需要独特性、个别性,文学讲究复杂多义性,讲究对人的心灵世界的开掘,聆听时代的声音,表现中国经验,更需要开掘人的心灵。

(原载2017年8月11日《文艺报》)

呼唤深刻表现恢弘变革现实的文艺作品

杜 学 文

中国正在发生着深刻的变革。这是中国从传统社会向现代社会急剧转型的时代,是中国从积贫积弱向伟大复兴阔步迈进的时代,是中国日益走近世界舞台中央、不断为人类做出更大贡献的时代。经过长期的努力,中华民族迎来了从站起来、富起来到强起来的伟大飞跃,拓展了发展中国家走向现代化的途径,给世界上那些既希望加快发展又希望保持自身独立的国家和民族提供了全新的选择,为解决人类问题贡献了中国智慧和中国方案。面对这样一个恢宏的时代,文学艺术不能回避。尽管有很多人希望自己能够创作出超越时代、具有永恒意义的作品,但一个基本的问题是,人无论如何难以脱离自己生活的土地而飞翔。创作也同样如此,企图漠视、回避、拒绝现实都是不可能的。不论你的题材如何选择、手法如何变换,现实与你如影随形。我们只是在表现的程度、角度上做文章,而现实并没有远离。那些成功地超越了现实的作品,并不是因为回避了现实,恰恰是因为深刻地表现了现实。当然,这种表现并不是机械的、简单的、表面的,而是立足于现实的基础上,揭示出更为深刻、广阔的世界。

回顾历史就会发现,任何一个时代的文艺都是这个时代现实精神及其发展必然性的表现。它们或者呼唤新的社会理想出现,或者表现特定现实中人们的生活与努力,或者揭示出这一时代现实生活中人们的精神世界与情感追求。即使是那些以古喻今、想象未来的作品,也无不打上特定现实的烙印,难以脱离现实生活的母胎。因为这些作品的现实精神,给人们以思想的启迪、价值的引领,体现了文艺的高贵与尊严、魅力与品格。当我们回望某个时代,往往要从那些具有现实精神的作品中寻找思想资源、前行路径,使我们能够把历史与现实、当下与未来联通,并给予正在奋斗的人们以智慧与力量。新时期以来,中国的文艺创作体现出表现手法的多样性、创作理念的开放性、制作技术的精湛性、艺术样式的丰富性,以及作品数量与参与者的普泛性。这一切生动地证明了中国当代文艺的繁荣。但还是缺少深刻表现这一时代所发生的巨大变革的优秀之作,还是缺少高山仰止的高峰。我们的文艺对现实生活的表现仍然薄弱。新时代呼唤有更多深刻表现恢宏变革现实的优秀作品。

深刻表现新时代的现实生活,必须对中国的现实有正确的认知。今天的中国,尽管仍然面临着许多的困难,承受着更为复杂艰巨的考验,但一个不容置疑的事实是,中国正在并且还将要发生更加积极重大的变化,不仅将改变自身落后的面貌,也将为人类的发展进步提供经验与方案。文艺工作者要对这一历史必然有清醒的认知,要站在这样的历史高度来观照现实。

有一种观点认为,表现现实,就不能回避现实中存在的问题,所以必须以批判的眼光来揭露现实中的负面现象。一般而言,这似乎是正确的。因为如果看不到存在的问题,就无法加以克服和校正,也就不会取得进步。但是,对这样的观点也需要进一步分析。一种立场是为批判而批判,为揭露而揭露,看不到生活中的积极面,看不到战胜这些困难、挑战的强大力量。这样的作品不仅与现实不符,也将陷入片面、浅薄,进而消损其思想深度与艺术魅力。另一种立场是,在直面问题的同时,努力表现生活中蕴藏的光明与希望,表现社会生活中的爱、正义、理想,并给人以未来与希望。生活中并非到处都是莺歌燕舞、花团锦簇,社会上还有许多不如人意之处,还存在丑恶现象。对这些现象,不是不要反映,而是要解决好如何反映的问题。真正具有强大艺术魅力的作品总是要给人以前行的力量。还有的人认为,创作最关键的是要写出超越时空、具有普遍意义的生命状态。至于是不是表现了现实生活,并不重要。这种观点当然是有问题的。我们提倡艺术表达的百花齐放,也倡导表现各种各样的题材。但是,不论什么样的题材与手法,都难以脱离作家艺术家生活的现实。即使是那些历史题材、魔幻题材也是现实生活的某种反映。它们并不一定表现现实生活中的人与事,但依然彰显出能够解决现实生活问题的精神与智慧,依然具有强烈的现实情怀。在这个基础上,那些能够超越具体时空人事的局限,进而获得普遍性意义的表达当然是很好的。但是,这种表达并不是空穴来风、空中楼阁,仍然具有坚实的现实基础。脱离了这样的基础,是难以成立的。还有的作品在表面看来关注了当下的生活,但忽视了对人的精神世界的开掘和对社会生活本质的揭示,反而热衷于用肤浅的"现实"、常规的"套路"来迎合市场、印证观念,当然也是浅薄的。我们需要的是对中国正在发生的重大变革的深刻表现,需要的是以文艺的方式从历史和现实的角度深刻、生动地表现中华民族伟大复兴的必然性。

  以上种种现象之所以存在,一个重要原因是创作者对现实生活急遽变化的疏离、隔膜与迷茫。当代中国的变化令人目不暇接。随着潜藏在社会深处创造力的唤醒与激发,一个个人间奇迹被创造出来。社会结构、人伦关系、经济活动、政治形态、文化样式出现了许多的新现象。过去没有的,似乎在突然之间就出现了;原来处于弱势的,好像在瞬间就上升为强势;刚刚还是星星之火,转身已成燎原之势。这种变化可谓数千年之未有。对其认知、把握确实是一种挑战。这事实上也对创作者提出了更为严苛的要求。我们不可能对现实生活再抱持浮光掠影、浅尝辄止的态度了。更多的时候,我们也不能被自己拥有的常识、习惯左右。现实生活的快速变化要求下更大的功夫,花更多的心血,进行更为深入的研究与感受——不仅仅是某种表面的,更应该是穿透表象进入本质的;不仅仅是局部的,更应该是透过局部通达全局的;不仅仅是熟悉的,更应该是通过熟悉的东西折射出那些新出现的、可能是引领潮流的——任何自以为是、故步自封的行为都将被时代抛弃。只有真正进入这变动不止、创新不止的生活当中,感受现实所焕发出的巨大创造力、可能性与丰富性,并把握其历史的必然规律,才能深刻地表现出新时代的新气象。

　　文学与艺术并不能满足于简单的真实与生动。虽然要做到这一点也很不容易。但是,那些能够成为一个时代文化标志的高峰之作,总是要给人以精神的激励,要为这个时代提供思想资源、价值引领、智慧启迪。好的作品应该是通过艺术的表达来启示人们进行价值的选择,得到情感的陶冶,并预示出历史发展进步的某种规律与必然性。现实生活丰富多彩、高下杂陈。我们感受到什么样的生活,并进行怎样的表达,决定了创作者的格局,也决定了作品的品格。这涉及创作者能否承担时代使命的问题。虽然并不否定那些小题材、小情调、小格局的作品,也是文艺百花园中必不可少的组成部分。因为它们的存在,才能够有万紫千红的绚丽光彩。但是,更期待那些能够对时代的发展进步提供力量与启迪,具有宏阔气魄、博大品格,能够表现一个时代精神追求与历史必然性的史诗性作品出现。

（原载 2017 年 11 月 13 日《光明日报》）

提升文艺原创力　推动艺术创新

杨剑龙

习近平总书记在党的十九大报告中提出:要坚定文化自信,推动社会主义文化繁荣兴盛。在提出中国特色社会主义文化源自中国优秀传统文化、熔铸于革命文化和社会主义先进文化、植根于中国特色社会主义伟大实践后,他提出了发展社会主义文化的目标和任务、前景与举措。习近平总书记还提出了推动社会主义文化繁荣兴盛的五项要求:一是要牢牢掌握意识形态工作领导权;二是要培育和践行社会主义核心价值观;三是要加强思想道德建设;四是要繁荣发展社会主义文艺;五是要推动文化事业和文化产业发展。习近平总书记从领导权、价值观、思想道德建设、文艺繁荣发展、文化事业产业发展,规定了如何切实推动社会主义文化繁荣兴盛,这成为我们今后文化建设文艺创作的指导思想和基本准则。

习近平总书记在谈到要繁荣发展社会主义文艺时,他先界定了何为社会主义文艺,指出:"社会主义文艺是人民的文艺,必须坚持以人民为中心的创作导向,在深入生活、扎根人民中进行无愧于时代的文艺创造。"人民是社会主义文艺的核心,以人民为中心、扎根人民中、为人民创造,成为社会主义文艺的根本。他提出繁荣文艺创作的基本要求:"要繁荣文艺创作,坚持思想精深、艺术精湛、制作精良相统一,加强现实题材创作,不断推出讴歌党、讴歌祖国、讴歌人民、讴歌英雄的精品力作。"创作思想精深、艺术精湛、制作精良相统一的文艺作品,是繁荣发展社会主义文艺创作的基本要求。他提出繁荣文艺创作的途径:"发扬学术民主、艺术民主,提升文艺原创力,推动文艺创新。"从发扬学术民主、艺术民主的角度,强调提升文艺原创力、推动文艺创新,前者是后者的必要,后者是前者的效益。他提出繁荣文艺创作的精品意识:"倡导讲品位、讲格调、讲责任,抵制低俗、庸俗、媚俗。"在强调作品的品位格调的同时,也强调作家的"讲责任",从而坚决抵制文艺创作的低俗、庸俗、媚俗。他提出繁荣文艺创作的队伍建设:"加强文艺队伍建设,造就一大批德艺双馨名家大师,培育一大批高水平创作人才。"不仅需要德艺双馨名家大师,也应该注重高水平创作人才的培养。习总书记从繁荣文艺创作的基本要求、繁荣途径、精品意识、队伍建设四个方面简洁而颇有深度地阐释了如何繁荣发展社会主义文艺。

习近平总书记关于繁荣发展社会主义文艺的讲话,尤其令人印象深刻的是他提出的"发扬学术民主、艺术民主,提升文艺原创力,推动文艺创新"。他将发扬学术民主、艺术民主看作是提升文艺原创力、推动文艺创新的前提,这是颇有开创性和深刻性的。在中国社会发展的某些阶段,缺乏学术民主、艺术民主,往往以某些人的观念主宰文艺创作,文艺的发展缺乏言论自由、缺乏讨论争鸣,"一言堂"替代了"群言堂",文艺发展表面的繁荣掩盖了实际的衰微,以至于形成了文艺原创力的缺乏,文艺创作缺乏创新,或者以概念替代形象,或者以拷贝冒充创新,或者以低俗迎合市场,酿成了文艺界以市场效应衡量一切,而缺乏形式新颖内涵丰富、思想深刻的精品力作。

在20世纪90年代以来市场经济发展、大众文化流行的背景下,一度呈现出文艺原创力的缺乏、文艺创作缺乏创新的倾向。这大概呈现在如下几方面。一、以迎合市场为衡量文艺作品的唯一标杆。在大众文化的左右下,在市场经济的主宰中,不少文艺作品以迎合读者迎合观众为目标,电影仅以上座率为标准,电视剧以收视率为标的,文学作品以印刷码洋为标准,在经济利益的主宰下,诸多文艺作品呈现出缺乏原创性格调低下的倾向。一些冠名为"大制作"的作品,简单化地借用中国或外国经典作品的情节,在大投资名演员的投入中,却形成适得其反的效果,花哨的场景并不能弥补内容的空洞,演员的名气并不能填补剧本的拙劣,既败坏了导演的名声,更伤害了观众的接受心态,一度酿成了中国电影的低谷。二、以拷贝跟风呈现出文艺原创力的匮乏。随着人民群众文化生活的追求和文化消费的不断增长,有影响的文艺作品流传越来越广,从电视文娱节目到电视剧、电影,到文学作品,在提高了文艺家的影响过程中,在推动了有影响的文艺作品的传播过程中,却形成了文艺创作拷贝跟风的现象,既伤害了文艺创作的原创力,也削弱了文艺创作的创新。姜戎的《狼图腾》畅销后,出现了《狼的目光》《狼的诱惑》《狼的故乡》《狼性失禁》等等小说,文坛到处是"狼嗥"。在电视剧《金婚》走红后,出现了《结婚十年》《我们结婚吧》《新结婚时代》《我要结婚》等等电视剧,荧屏处处是"结婚"。三、以炒作虚饰表现出文艺作品的格调低下。由于受到文艺市场的左右,注重文艺作品的宣传成为新世纪以来的一种倾向,一幕新剧上演,请专家学者到场研讨,一部长篇小说出版,请行家里手座谈研究,但是在过度关注市场关注受众的心态下,正常的学术研讨变异为炒作,正当的研究座谈变异为虚饰,只说好不说孬、只说长不道短,成为这些作品研讨会的惯例,不菲的出场费就让某些专家学者昧着良心说话,既误导了市场误导了受众,更形成了文艺界的一种歪风邪气,引导了文艺创作走向低俗化庸俗化的歧途。

习近平总书记在十九大报告中提出"提升文艺原创力,推动文艺创新",这成为繁荣发展社会主义文艺的重要原则和途径。如何做到提升文艺原创力、推动文艺创新?一、必须继承中外文艺优秀传统,在古为今用洋为中用中推陈出新。繁荣发展社会主义文艺的关键,在于创作出思想精深、艺术精湛、制作精良相统一的文艺作品,这就需要艺术家们有深厚的艺术造诣、良好的创作能力、敏锐的艺术眼光,这些必须基于艺术家对于中外文艺优秀传统的传承,在阅读大量中外艺术精品的基础上,才能创作出艺术精品,在努力把握艺术创作真谛中,创作出为老百姓喜闻乐见的佳作。二、必须深入生活、扎根人民中,在有所发现有所创造中提升原创力。文学来源于生活,文学创作源于生活又高于生活,文艺家必须扎根于生活,脱离生活的文艺家不可能创作出精品力作,莫言如果没有高密乡的生活就不可能有《生死疲劳》等佳作,陈忠实如果没有灞桥区灞陵乡的记忆就不可能有《白鹿原》等精品,路遥如果没有陕北山区的岁月就不可能有《平凡的世界》等力作。文艺的原创力出于生活,文艺创新源于生活的深入和发现。三、必须在发扬学术民主、艺术民主中,在营造良好文艺氛围中推动文艺创新。文艺批评与文艺研究是为文学创作营造良好的文艺舆论场,推动文艺作品走向市场走向读者或观众。在正常的文艺批评与文艺研究中,应该充分发扬学术民主、艺术民主,应该拒绝炒作批评、友情批评和小圈子批评,以科学的态度、审美的态度、精品意识,展开正当的学术批评与艺术研究,营造文学发展良好的舆论场和文艺氛围,在好处说好、孬处说孬中,推动文艺创作的创新。

随着文学创作与文学研究的发展,文学已经从仅仅关注作家创作的圈子里走出,"作家—作品—读者"的创作与接受的链,已经得到了诸多艺术家与接受者的认同。在今天倡导繁荣发展社会主义文艺时,文艺创作不仅得到文艺界的关注,也获得了政府与市场更大的关心。我们在关注作家与作品的同时,也应该不断关注读者,注重如何不断提高读者的鉴赏能力和批评能力,让读者参与到社会主义文艺繁荣发展过程中来。政府应该给艺术家提供更多的空间,让艺术家在和谐宽松的氛围中驰骋遐思、放手创作。习近平总书记在十九大报告中关于繁荣发展社会主义文艺的讲话,令我们激动与共鸣,这将成为文艺界的号角,让我们提升文艺原创力、推动文艺创新,创作出更多的精品力作,无愧于我们这个朝气蓬勃的新时代,无愧于我们广大的人民大众。

(原载 2017 年 11 月 24 日《文艺报》)

2017年长篇小说:变化与对策

贺绍俊

2017年的长篇小说新作源源不断地涌向书店最显眼的柜台,也摆在我的书桌上。从整体上说,阅读这些小说的感受是愉悦的,我对作家们的努力并不失望。长篇小说仍然是当代文学的辎重部队,作家在艺术上的创新和在思想上的发现往往更愿意通过长篇小说表达出来。当代社会充满着变化和不确定性,这对于作家来说是一个不可忽视的刺激,敏锐的作家会在现实的不断变化中去寻找文学的新机。2017年的长篇小说证实了作家们的努力以及努力后收获的成果,我们不妨从变化与对策的角度来评述这一年的长篇小说。

题材变化:打破旧格局

题材虽然属于"写什么"的范畴,但当代长篇小说具有较浓厚的题材意识,因此当"写什么"被纳入到一定的题材领域时,就有可能逐渐形成"怎么写"的潜在要求。当作家选择了"写什么"后,就要注意如何避免陷入"怎么写"的窠臼。刘庆的《唇典》在这一点上做得很精彩。这部小说以东北萨满文化为纬,以家族命运为经,书写了东北大地百年来的历史变迁。因此有人将其称为地域文化小说,也有人从家族小说的角度去读解。但无论是地域文化小说还是家族小说都无法准确传达出《唇典》的精髓。因为刘庆的灵感来自口头文学,从而赋予"唇典"

这个江湖词语以新的意义,表示要向一切口口相传的民族史和民间史表示崇高的敬意。这部小说充分利用了口头文学的资源,这些口头文学包括东北大地上流传的创世神话、民族史诗、历史轶闻、民间传说等等,并在口头文学的基础上进行再创造,勾画出东北百年的文化史和心灵史。刘庆抓住了萨满文化的灵魂,这个灵魂可以概括为两个核心词,一个是敬畏,一个是珍惜。敬畏神灵,珍惜生命。刘庆怀着强烈的现实忧患呼唤逐渐消失的萨满文化之魂。曹志辉的《女歌》以湖南江永的女书为纬,以一家三代女书传人的命运为经,去叩问女性精神的内蕴,与《唇典》有异曲同工之妙。作者既写出了女性意识逐渐觉悟的中国女性心灵史,也直面了女性真正全面解放之艰难。

  题材意识表现得最突出的是乡村小说和城市小说,如何打破乡村小说和城市小说的旧格局也更具有迫切性。乡村小说一直是长篇小说的重镇,但随着现代化进程的提速,日益兴盛的城市小说大有取而代之的阵势。事实上,二者并非营垒分明,而是具有相互融合之势。由此雷达等批评家提出了"城乡小说"的概念。中国的现实已经把乡村和城市紧紧地铆合在一起,为"城乡小说"提供了现实基础。但我更感兴趣的是,在那些比较典型的城市小说或乡村小说中,作家们打破旧格局的倾向非常明显。如徐则臣的《王城如海》完全讲述的是城市里的人物和故事,被认为写出了城市"众生相"。但我注意到,徐则臣并非写城市的权势者,而是写那些为生存奔波的人,写这些人的弱小和卑微。这种体现在单个人身上的弱小和卑微汇合到一起又构成了城市一股不可忽略的力量。这其实是徐则臣对乡村精神的一种理解。所以他说,城市除了浮华之外,"还有一个更深广的、沉默地运行着的部分,那才是这个城市的基座。一个乡土的基座"。曹多勇的《淮水谣》看上去是很传统的乡村小说写法,但他将离乡与恋乡交织起来写,写出乡愁的一体两面,其意蕴完全溢出乡村题材的边界。梁鸿的《梁光正的光》则将学者思维和非虚构思维带进乡村叙述,初次写长篇小说,尽管有些鲁莽,但她塑造了一个特立独行的农民形象,这个形象既是从她家乡梁庄生长出来的,也是从她内心生长出来的,折射出当今时代的异化。

马笑泉的《迷城》写的是一座小县城。小城镇是一个非常值得关注的空间,它处在城市与乡村的交会处,衔接着城乡两种文化,最适宜展开乡村叙述与城市叙述的对话。但马笑泉并没有在乡村题材或城市题材上做文章,而是连走了两步"险棋"。第一步险棋是他选择执掌这个城市权力的最高领导作为小说的主要人物——这很容易将小说写成一部俗套的官场小说。马笑泉绕开了官场小说的陷阱,他选择这步险棋是为了选择更为宏阔的政治视点,通过政治视点可以辐射到城市的方方面面。第二步险棋是他以常务副县长鲁乐山突然坠落在住所楼下作为小说故事的开头,并将这桩不确定是自杀还是他杀的悬案作为贯穿始终的线索——这很容易写成一部流行的破案小说或反腐小说。但马笑泉同样顶住了流行的压力,他之所以要紧紧抓住这桩命案的线索,是因为他要以这桩命案为引线,将本来互不关联的事件和人物都串在一起,构成一个完整的小城版图。《迷城》的文学意蕴很足。特别是马笑泉将他多年研习书法的心得融入叙述之中,既直指当下书法热的现实,又让人物形象更为丰满,还使小说增添了一份浓浓的雅趣。迷城之迷既在迷宫般的幽微,也在迷局般的险峻,更有对美好的迷恋和对思想的迷惑。

对于作家个人而言,在题材上打破旧格局则突出体现在对自我的写作定式的突破。红柯的《太阳深处的火焰》便得益于对个人题材困局的突破。新疆的异域风情和绚烂文化是红柯最重要的题材,它开启了红柯的浪漫主义文学之路,但也形成了一定的套路。红柯后来回到了家乡陕西,他在小说中加进了陕西的元素,新疆元素与陕西元素构成了红柯小说的复调性,但两种元素的融洽性又显得有所欠缺,因为他一直未能将新疆与陕西之间的内在关系梳理清楚。终于,在《太阳深处的火焰》中,他基本上解决了这个问题,这意味着红柯对于新疆与陕西的长期对话已经有了一个明确的结论,这个结论就是新疆与陕西从文化渊源上是一体的。红柯的用意是要说,那个有着辉煌传统的陕西在现实中出了问题,而且他不满足于对具体问题的揭露和批判,而是要归结出现实问题的总根子。这个总根子就是传统文化中的阴柔观。这大概就是红柯写作这部小说的真正动机,他由此赋予新疆的太阳墓地最具现实性的象征意义。

从题材的丰富性也能看出长篇小说与现实的亲密度。比如面对以经济为主潮的社会,经济逐渐成为一种题材类型,如丁力的《中国式股东》、袁亚鸣的《影子银行》等,但经济只是作者的切入口,要么像丁力那样写如何做人,要么像袁亚鸣那样对经济行为进行精神现象分析;乔叶的《藏珠记》化用了网络文学中的穿越小说手法,让唐代的一个女孩与今天对话,触及了永恒与瞬间的哲学话题;海飞的《惊蛰》则是将谍战小说这种类型小说的写法有效嫁接在革命历史题材上。

主题变化:用头脑和体温去写作

主题之于长篇小说的重要性不言而喻。题材本身就内蕴着一定的主题旨向。因此有些作家尽管写作时主题并不确定,但他只要对题材的把握到位,主题仍然能彰显出来。然而我们停留在固定的主题上写小说,是导致模式化和同质化的重要原因,因此即使是同一个题材,也应该在主题上有新的发现,而要做到这一点,关键是要用自己的头脑,同时也要用自己的体温去写作。

主题首先包含着价值观。一个时代一个民族都会形成自己的核心价值,体现了社会主潮的价值内涵。张新科的《苍茫大地》是一部表现南京雨花台烈士英雄事迹的长篇小说。许子鹤这一形象不仅具有共产党人形象必备的思想品格和阶级本色,而且亲切感人,充满智慧、情感丰沛。这一形象的成功在很大程度得益于作者对英雄主义主题的深入发掘。一方面,他给主人公许子鹤确定了符合共产党人思想原则的底色:忠诚、信仰、使命、志向、责任感、牺牲精神;而另一方面,他又注意将共产党的核心价值与人类共同的价值内涵有机地结合起来,如孝顺、忠诚、与人友善、古道热肠等等。作者花了不少笔墨来写许子鹤对待父母特别是对待养母的感人故事,也妥善地写到他与叶瑛的爱情婚姻以及他与德国姑娘克劳娅之间微妙的情感关系。这部作品也说明,中国的社会主义核心价值系统与人类普遍认同的价值之间具有密切的辩证关系。建立在中国特色社会主义基础上的核心价值体系,充分体现出对人类普遍认同价值的认同和推广,是人类普遍认同价值在中国当代社会的具体呈现。如果说《苍茫大地》写了叱咤风云的英雄,那么任晓雯的《好人宋没用》和石一枫的《心灵外史》写的则是典型的小人物,无论是宋没用还是大姨妈,显然都没有值得宏大叙事的丰功伟绩,她们基本上游离于大历史潮流的边上,甚至其举动与历史进程相佐。但两位作家都看到了她们身上"好人"的一面,但是"好人"就一定好吗?任晓雯笔下的宋没用其实是以软弱和忍让的方式来回避人生的进取。石一枫则要告诉我们,一个心善的人在精神上还得有信仰的支撑,否则她的善可能会办出恶事。这两部小说的小人物并不天然地占有道德的优势,因而也体现了作者不随众的价值观。

范小青写《桂香街》的目的是要宣扬江苏一位居委会干部的模范事迹,但作者并没有将此写成一篇单纯歌颂好人好事的作品,而是将小说主题调整到自己的文学思路中。范小青的文学思路之一便是寻找。从寻找的文学思路出发,范小青写《桂香街》就不是直接、正面地书写这一形象,而是设置了一个寻找的主线索:寻找居委会新来的蒋主任。《桂香街》的寻找是多方位的。林又红一次又一次地寻找,最后寻找到了居委会的核心,这个核心就是长在桂香街上的老桂树,它象征着一种默默奉献的精神。对于范小青来说,寻找不仅仅是为了编织一个情节复杂的故事,而且也是她孜孜以求的精神。寻找精神是人类文明的一种重要的精神意向,人类不就是在不断寻找的过程中开拓和丰富人类文明的资源的吗?孙惠芬在《寻找张展》中也确定了寻找这一主题,从而将一个关于中学生教育的题材写出了新意。孙惠芬在这部小说中所要寻找的仍然是"救赎",不仅是对

"90后"的救赎,也是对天下母亲的救赎,更是对我们这个社会的救赎。而救赎唯有通过心灵的沟通才能实现。杨帆的《锦绣的城》也包含着拯救的主题,她针对道德日益败坏的现实,呼唤清洁意识,人人都需要清洁身体和灵魂。但她过于依赖感性的写作,导致一个精彩的主题在感觉的碎片中泄掉了。

一些重大题材似乎已预设了主题,要在主题上有自己的发现很不容易,但也并非不能寻找到突破点。比如周梅森的《人民的名义》写的是反腐题材。但他并没有将其写成一部在主题上中规中矩、在情节上追求戏剧性的类型化的反腐小说,他尽管高度认同党中央的决策,但同时也有自己的眼光和视角,因此小说不仅写出了当下反腐斗争的复杂性、艰巨性、多面性,更将其提高到了依靠文化、法律、制度进行反腐的高度上,由此揭示了当下中国的政治生态。李佩甫的《平原客》以一名副省长杀妻的案件为主线,也有陷入破案小说或反腐小说之虞,但李佩甫将其纳入到他一贯进行的关于传统农业文明在现代化进程的变异和困境的思考范畴之中。出生于农村的李德林是身居要职的高级官员,又曾经是有"小麦之父"之誉的科学家,喝过洋墨水,他人生经历的丰富性也构成了他精神的复杂性。范稳的《重庆之眼》写的是重庆大轰炸,但范稳并没有简单地将其写成一部揭露和控诉侵略罪行的小说,而是通过重庆大轰炸以及对后人的影响,反思战争与和平之间、国家和人民之间的复杂而又辩证的关系。因此,他在小说中设置了两条线索,一条是重庆大轰炸的历史呈现,另一条是今天人们向日本政府起诉战争赔偿的诉讼。两条线索不仅将历史与现实勾连起来,而且也通过现实的诉讼直戳历史的核心。需要注意的是,预设主题会形成一种在主题上的模式化思维,而且它就像是"第二十二条军规"一样,看似不存在,却又无处不在,所以不少作品都难免留下模式化思维的痕迹。如《苍茫大地》虽然在塑造新的英雄形象上有所突破,但在处理英雄的妻子叶瑛时,完全忽视了叶瑛这一人物的悲剧性,把她写成了一个缺乏自我意识的符号性人物,只是以她来陪衬许子鹤的政治意志;又如《重庆之眼》生硬地加入地下党在重庆策反国民党飞行员的情节,这些都可以说是模式化思维留下的败笔。

作家不仅要用自己的头脑去发现主题,也要在发现中带着自己的体温。我的意思是说,作家的写作必须融入自己的情感,用自己的生命去体验世界。陆天明的《幸存者》显然是带着体温写出来的作品。小说是以自己的经历为主线,反映了20世纪七八十年代中国社会的思想演变。书写这段历史的小说有很多,而陆天明在回望这段历史进程中的疾风暴雨,感慨自己是一名幸存者,而这一带着体温的"幸存者"认识便成为了小说的主题。陆天明从幸存者的角度来书写每一个人物。像林辅生这位曾在"文革"中被打倒的干部,恢复工作后就参加了一次"幸存者"的聚会。而谢平抱怨历史不公时,他的战友则提醒他你还活着的事实,也是在提醒他你要庆幸你是一名幸存者。不同的幸存者会有不同的生存理念。陆天明试图追问每一位幸存者,并从中寻找到人生的理想。鲁敏的《奔月》通过一个失踪者的故事去质疑现代城市的冷漠。小六因为一场车祸而成为一名失踪者,她在车祸现场捡起别人的证件以另一种身份生活在别处,这似乎实现了她内心隐秘的愿望。而小六的亲人和同事们在焦急等待小六归来的过程中也慢慢改变了自己的心理和情感。鲁敏由此发现,我们的精神信念中最缺乏的就是永恒性的东西,我们最日常的生活和情感中弥漫着不确定性。这样的主题令我们反思。但我感到不满足的是,鲁敏在讲述中是那样冷静,她在质疑笔下的人物时,似乎没有顾及他们身上尚存的体温,这影响到小说主题的展开。我以为,鲁敏如果带着她所独有的"东坝式"温暖来体悟城市,也许会有另一番惊艳的书写。

方法变化:在处理现实上下功夫

在创作方法上,现实主义仍然是长篇小说的主流。但同时必须看到,今天的现实主义已经不似过去的单色调的现实主义,而是变得色彩斑斓了。这得感谢现代主义长期以来的浸染。

"70后"以及更年轻的一代是在现代主义的时尚语境中开启文学之门的,如今"70后"已经成为长篇小说创作的主力,必须看到他们在创作方法上带来的新变。黄孝阳是"70后"在创作方法上极具标志性意义的一位作家。他的《众生·迷宫》并不在于其鲜明的先锋派风格,而在于他是抱着自己新的文学观去进行创作实践的。他的新的文学观是要寻找或创立一种新的小说叙述逻辑。他将知识作为小说叙述的基本单元,取代了形象在叙述中的位置。黄孝阳的小说实验让我们看到文学就像是一个悄悄膨胀的宇宙。与黄孝阳相似的是李宏伟,他的《国王与抒情诗》自如地在现实与非现实之间游走,把哲学、历史、诗意熔于一炉。赵本夫的《天漏邑》让我大吃一惊。这位能把现实主义玩得滴溜转的作家竟然完全玩起了现代派,他以另外一种方式来处理现实。尽管他将现实加以荒诞、诡奇的处理后能够表达出更多的意义,但我还是觉得他不应该放弃他在写实上的长处。张翎的《劳燕》以鬼魂叙事开头,三个在战争中相识的男人相约死后重聚,但作者这样的设计只是为了克服写实性叙述在时空上的约束,让三位亡灵超越时空表达对同一位女人的爱与悔,小说主要还是依靠强大的现实主义细节描写完成了对一个伟大女性的塑造,是一种具有世界视野和人性深度的战争叙事。

关仁山的《金谷银山》和苗秀侠的《皖北大地》都是正面书写新农村建设的小说。当前农村一系列新的现象如三农问题、土地流转、环境保护、农民返乡等,均在两部小说中有所反映。两位作者都对农村充满了热情和真诚,这种热情和真诚浸透在字里行间,他们都试图塑造代表新农村的新型农民形象。《皖北大地》所写的农瓦房具有一种农业的工匠精神,这是被人们所忽略的可贵精神,难得的是被作者敏锐地抓住了。《金谷银山》中的范少山则是一位主动返乡的农民,关仁山在塑造这一农民形象时有意秉承柳青在《创业史》中所凝注的乡村叙述传统。这两部小说都是紧贴现实的作品,但两位作家在如何处理现实的问题上又都存在着简单化的倾向。如《皖北大地》将当前农村禁烧秸秆的阶段性工作作为建设新农村的核心情节,

《金谷银山》将一个被确定为搬迁的白羊峪作为典型环境并将抵制搬迁作为情节起点，这样的设计显然没有扣住新农村建设的精神内涵。作家紧贴现实的热情没有错，但他们的写作也许太急了些，要把现实理解透、处理好是需要一个过程的。

我们对现实主义有一种误解，以为现实主义的作品最容易写，只要有了生活或者选对了题材就成功了一大半。殊不知，现实主义是一种最艰苦、最不能讨巧，也丝毫不能偷工减料的创作方法，它需要付出特别辛劳的思考才能触及现实的真谛，缺乏思考的作品顶多只能算是给现实拍了一张没有剪裁的照片而已。所幸的是，现实主义作为当代长篇小说的主流，仍然显示出它强大的生命力。陶纯的《浪漫沧桑》和王凯的《导弹与向日葵》是2017年军旅长篇小说的重要收获，两部小说都是典型的现实主义方法，同时也充分证明了思想在现实主义创作中具有举足轻重的作用。陶纯写革命战争有自己的反思。他塑造了一个特别的女性李兰贞，她竟然是为了追求浪漫爱情而投身革命，一生坎坷走来，伤痕累累，似乎最终爱情也不如意。陶纯在这个人物身上似乎寄寓了这样一层意思：爱情和革命都是浪漫的事情，既然浪漫，就无关索取，而是生命之火的燃烧。王凯写的是在沙漠中执行任务的当代军人，他对军人硬朗的生活有着感同身受的理解，也对最基层的军人有着高度的认同感。他不似以往书写英雄人物那样书写年轻的军人，因此小说中的军人形象并不"高大上"，然而他们的青春和热血是与英雄一脉相承的。

（原载2018年1月3日《文艺报》）

中篇小说仍是高端成就

孟繁华

守成即创新

从文体方面考察,近五年来我认为中篇小说还是最有可能代表这个时期文学高端成就的文体。一方面,这与百年文学传统有关。新文学的发轫,无论是陈季同的《黄衫客传奇》还是鲁迅的《阿Q正传》,都是中篇小说,这是百年白话文学的一个传统;一方面,进入新时期,在大型刊物推动下的中篇小说,一直保持在一个相当高的水平上。因此,中篇小说是百年来中国文学最重要的文体。中篇小说创作积累了极为丰富的经验,它的容量和传达的社会与文学信息,使它具有极大的可读性;当社会转型、消费文化兴起之后,大型文学期刊顽强的文学坚持,使中篇小说生产与流播受到的冲击降低到了最小限度。文体自身的优势和载体的相对稳定,以及作者、读者群体的相对稳定,都决定了中篇小说在物欲横流的时代获得了绝处逢生的机缘。这也使中篇小说能够不追时尚、不赶风潮,能够以"守成"的文化姿态坚守最后的文学性成为可能。在这个意义上,中篇小说很像是一个当代文学的"活化石"。在这个前提下,中篇小说一直没有改变它文学性的基本性质。因此,百年来,中篇小说成为各种文学文体的中坚力量并塑造了自己纯粹的文学品质。中篇小说因此构成百年文学的奇特景观,取得了令人瞩目的艺术成就,这在百年的文化语境中不能不说是一个奇迹。他们在诚实地寻找文学性的同时,也没有影响他们对现实事务介入的诚恳和热情。无论如何,百年中篇小说代表了这个时段文学的高端水平,它所表达的不同阶段的理想、焦虑、矛盾、彷徨、欲望或不确定性,都密切地联系着这个时代的社会生活和心理经验。于是,一个文体就这样和百年中国建立了如影随形的关系。它的全部经验已经成为我们值得珍惜的文学财富。

近年来,中篇小说创作不仅提供了新的审美经验,而且中篇小说的容量和它传达的社会与文学信息,使它具有极大的可读性。总体来看,中篇小说能够不追时尚、不赶风潮,能够以守成的文化姿态坚守最后的文学性成为可能。"守成"这个词在这个时代肯定是不值得炫耀的,它往往与保守、落伍、传统、守旧等想象连在一起。但在这个无处不变、无时不变的时代,"不变"的事物可能显得更加珍贵。这样说并不是否定"变"的意义,突变、激变在文学领域都曾有过革命性的作用。但我们似乎从来没有肯定过"不变"或"守成"的价值和意义。不变或守成往往被认为是"九斤老太",意味着不合时宜。但恰恰是那些不变的事物走进了历史而成为经典,成为值得我们继承的文化遗产。现在,"创新"已经成为这个时代最重要的口号,"唯新是举"也成为这个时代的文化的意识形态。应该说,没有人反对创新。一部文学史从某种意义上也可以说是一部创新史。但是,并不是"新的"就是好的,"创新"是一个不断"试错"的过程,而且必须是在"守成"基础上实现完成的,没有守成就无从创新。因此,在"创新"成为最大神话的今天,我们有必要强调"守成"的价值和意义。历史的经验值得注意,当激进主义的"创新"要超越一切的时候,就是它的问题就要暴露的时候。这时,强调或突出一下守成,就是十分必要的。甚至我们也可以说,某些时候守成即创新。在这方面,中篇小说多年艺术实践积累的经验是十分宝贵的。当然,当下中国优秀的中篇小说作家应该是最多的。这里,我想集中推荐三部中篇小说:《赤驴》《梅子与恰可拜》《世间已无陈金芳》。

真切表达人与社会的关系

作家老奎名不见经传,甚至从来没有在文学刊物上发表过作品。他的中篇小说《赤驴》,也是首发在他的小说集《赤驴》中。当我第一次看到小说的时候有如电击:这应该是中国第一部"反乌托邦小说"。它书写的也是乡村中国特殊时期的苦难,但它与《许茂和他的女儿们》《芙蓉镇》《爬满青藤的木屋》等还不一样。周克芹、古华延续的还是"五四"以来的启蒙传统,那时的乡村中国虽然距五四时代已经60多年,但真正的革命并没有在乡村发生,我们看到的还是老许茂和他的女儿们不整的衣衫、木讷的目光和菜色的容颜,看到的还是乡村流氓无产者的愚昧无知,以及盘青青和李幸福无望的爱情。而《赤驴》几乎就是一部"原生态"的小说,这里没有秦秋田,也没有李幸福,或者说,这里没有知识分子的想象与参与。它的主要人物都是农村土生土长的农民:饲养员王吉合、富农老婆小凤英以及生产队长和大队书记。这四个人构成了一个"三个男人和一个女人的故事"。但是这貌似通俗文学的结构,却从一个方面以极端文学化的方式,表达了特殊时期人与人的关系以及人与权力的关系。

我之所以推崇《赤驴》,更在于它是中国第一部"反乌托邦"小说。20世纪西方出现了三大"反乌托邦小说":乔治·奥威尔的《1984》、阿道司·赫胥黎的《美丽新世界》和尤金·扎米亚京的《我们》。三部小说深刻检讨了乌托邦建构的内在悖谬——统一秩序的建立以及"集体"与个人的尖锐对立。在"反乌托邦"的叙事中,身体的凸显和解放几乎是共同的特征。用话语建构的乌托邦世界,最终导致了虚无主义。那么,走出虚无主义的绝望,获得自我确证的方式只有身体。《1984》中的温斯顿与裘丽娅的关系与其说是爱情,毋宁说是性爱。在温斯顿看来,性欲本身超越了爱情,是因为性欲、身体、性爱或高潮是一种政治行为,甚至拥抱也是一场战斗。因此,温斯顿尝试去寻找什么才是真正属于自己的时,他在"性欲"中看到了可能。他赞赏裘丽娅是因为她有"一个腰部以下的叛逆"。于是,这里的"性欲"不仅仅是性本身,而是为无处逃遁的虚无主义提供了最后的庇护。当然,《赤驴》中的王吉合或小凤英不是,也不可能是温斯顿或裘丽娅。他们只是斯皮瓦克意义上的"贱民"或葛兰西意义上的"属下"。他们没有身体解放的自觉意识和要求,也没有虚无主义的困惑和烦恼。因为他们祖祖辈辈就是这样生活。但是,他们无意识的本能要求——生存和性欲的驱使,竟与温斯顿、裘丽娅的政治诉求殊途同归。因此,在这个意义上,《赤驴》才可以在中国"反乌托邦"小说的层面讨论。它扮演的这个重要角色,几乎是误打误撞的。

从百年文学史的角度来看当下小说的发展,"身体"仍然是一个重要的关键词。除了自然灾难和人为战争的饥饿、伤病和死亡外,政治同样与身体有密切关系。老奎作为一个来自"草根"的底层作家,他以生活作为依据的创作,不经意间完成了一个重要的文学革命:那就是他以"原生态"的方式还原了那个时代的乡村生活,也用文学的方式最生动、最直观也最有力量地呈现了一个道德理想时代的幻灭景观。但是,那一切也许并没有成为过去。如果说小凤英用身体换取生存还是一个理由的话,那么,今天隐秘在不同角落的交换,可能就这样构成了一个欲望勃发或欲望无边的时代。因此,性、欲望从来就不仅仅是一个本能的问题,它与政治、权力从来没有分开。

不应被遗忘的承诺和等待

董立勃的《梅子与恰可拜》写一个 19 岁的女知识青年梅子在乱世来到了新疆,她的故事可想而知。梅子虽然长得娇小,但她有那个时代的理想,于是成了标兵模范。在一个疲惫至极的凌晨,险些被队长、现在的镇长强奸。但这却成为梅子此后生活转机的"资源"。改革开放初期,很多人想利用公路边一个废弃的仓库开酒馆,但镇长都不批。梅子提出后,镇长不仅批了而且还给她贷了两万元的款。当梅子后来有了孩子需要一间房子时,梅子又找到镇长,镇长又给了梅子一间房子。镇长当年的一时失控成了他挥之难去的噩梦。这件事情梅子只和一个叫黄成的大学生说过。黄成是一个还没毕业的大学生,在"文革"中因两派武斗,失败后从下水道逃跑,一直流落到新疆。他救起了当时因遭到凌辱企图自杀的梅子,于是两人相爱并怀上了孩子。黄成试图与梅子在与世隔绝的边地建构世外桃源,过男耕女织的生活。但黄成还是被发现了,他被几个戴着红袖章的人拖上了一辆大卡车。在荒无人烟的荒野里,恰可拜看到陌生人黄成在万般无奈的情况下,将自己的爱人托付给了他,"他听到那个男人朝着他大声喊着,兄弟,请帮个忙,到干沟去,把这些吃的,带给我的女人。你还要告诉她,说我一定会回来,让她等着我,一定等着我,谢谢你了。""不等他作出回答,他们就把那个男人扔进了汽车。不过那个男人被扔进去后,又爬起来,就在车子开动时,把头伸出了车厢外,对他喊着,拜托你帮我照顾一下她,她有身孕了,兄弟,求你了,兄弟……"这是小说最关键的情节。承诺和等待就发生在这一刻。于是,恰可拜"一诺千金",多年践行着他无言的承诺,他没有任何诉求地完成了一个素不相识人的托付,照顾着同样素不相识的梅子。梅子与黄成短暂美丽的爱情也从此幻化为一个"等待戈多"般的故事。黄成仅在梅子的回忆中出现,此后,黄成便像一个幽灵一样被"放逐"出故事之外;镇长因对梅子强奸未遂而一直在故事"边缘"。于是,小说中真正直接与梅子构成关系的是恰可拜。恰可拜是一个土著,一个说着突厥语的民族。他是一个猎人,更像一个骑士,他骑着快马,肩背猎枪,挂着腰刀,一条忠诚的狗不离左右。从他承诺照顾梅子的那一刻起,他就是梅子的守护神。一个细节非常传神地揭示了恰可拜的性格:他每天到酒馆送来猎获的猎物,然后喝酒。但是,"一杯伊犁大曲牌的烧酒,他每回就喝这些决不再多也决不再少"。恰可拜的自制自律,通过喝酒的细节一览无余。这确实是一个可以而且值得托付的人。

梅子是小说中有谱系的民间人物。她漂亮、风情,甚至还有点风骚,但她也刚烈、决绝。她是男人的欲望对象,也是女人议论或妒忌的对象。她必然要面对无数的麻烦。但这些对梅子来说都构不成问题,这是人在江湖必须要承受的。重要的是那个永远没有消息的幽灵般的黄成,既是她生活的全部希望又是她的全部隐痛。等待黄成就是梅子生活的全部内容,这漫长的等待,是小说最难书写的部分。但是,董立勃耐心地完成了关于梅子等待的全部内容。当然也包括梅子几乎崩溃的心理和行为,当她迷乱地把恰可拜当作黄成的一段描写,也可以看成是小说最感人的部分之一。因此,黄成在小说中几乎是一个幻影,他与梅子短暂生活的见证就是有了一个女儿;但是,恰可拜与梅子几乎每天接触,人都是这样,就是日久生情。恰可拜后来也结了婚,但很快就离了。无论是那个女人还是恰可拜心里都清楚是什么原因导致他们离异的。因此,后来恰可拜进城找黄成久久不归时,梅子从等一个男人变成了等两个男人。无论梅子还是恰可拜,等待与承诺的信守都给人一种久违之感。这是一篇充满了"古典意味"的小说。小说写的承诺和等待在今天几乎是一个遥远甚至被遗忘的事物,我们熟悉的恰恰是诚信危机或肉欲横流。董立勃在这样的时代写了这样一个故事,显然是对今天人心的冷眼或拒绝。在他的讲述中,我们似乎又看到了那曾经的遥远的传说或传奇。

直面这个时代的精神难题

石一枫的小说是敢于正面强攻的小说。《世间已无陈金芳》,甫一发表,震动文坛。在没有人物的时代,小说塑造了陈金芳这个典型人物;在没有青春的时代,小说讲述了青春的故事;在浪漫主义凋零的时代,它将微茫的诗意幻化为一股潜流在小说中涓涓流淌。这是一篇直面当下中国精神困境和难题的小说,是一篇耳熟能详险象环生又绝处逢生的小说。小说中的陈金芳,是这个时代的"女高加林",是这个时代的青年女性个人冒险家。陈金芳出场的时候,已然是一个"成功人士":她30上下,"妆化得相当浓艳,耳朵上挂着亮闪闪的耳坠,围着一条色泽斑斓的卡蒂亚丝巾","两手交叉在浅色西服套装的前襟,胳膊肘上挂着一只小号古驰坤包,显得端庄极了"。这是叙述者讲述的与陈金芳10年后邂逅时的形象。陈金芳不仅在装扮上焕然一新,而且谈吐得体、不疾不徐,对不那么友善的"我"的挖苦戏谑并不还以牙眼,而是亲切、豁达、舒展地面对这场意外相逢。

陈金芳今非昔比。10多年前,初中二年级的她从乡下转学来到北京住进了部队大院,她借住在部队当厨师的姐夫和当服务员的姐姐家里。刚到学校时,陈金芳的形象可以想象:个头一米六,穿件老气横秋的格子夹克,脸上一边一块农村红。老师让她进行一下自我介绍,她只是发愣,三缄其口。在学校她备受冷落、无人理睬,在家里她寄人篱下、小心谨慎。这一出身,奠定了陈金芳一定要出人头地的性格基础;城里乱花迷眼无奇不有的生活,对她不仅是好奇心的满足,而且更是一场关于"现代人生"的启蒙。果然,当家里发生变故,父亲去世母亲卧床不起,希望她回家侍弄田地,她却"坚决要求留在北京",家里威逼利诱甚至轰她离家,她即便"窝在院儿里墙角睡觉"也"宁死不走"。陈金芳的这一性格注定了她要干一番"大事"。初中毕业后她步入社会,同一个名曰"豁子"的社会人混生活,而且和"公主坟往西一带大大小小的流氓都有过一腿","被谁'带着',就大大方方地跟谁住到一起"。一个一文不名的女孩子,要在京城站住脚,除了身体资本她还能靠什么呢?果然,当"我"再听到人们谈论陈金芳的时候,她不仅神态自若、游刃有余地出入各种高级消费场所,而且汽车的档次也不断攀升。多年后,陈金芳已然成了一个艺术品的投资商,人也变得"不再是一个内向的人了,而是变得很热衷于自我表达,并且对自己的生活相当满意"。"给人们留下的印象。她与任何人都能自来熟,盘旋之间挥洒自如,俨然'摆开八仙桌,招待十六方'的社交名媛。三言两语涉及'业务'的时候,她嘴里蹦出来的不是百八十万的数目,就是那些如雷贯耳的名号。"陈金芳穿梭于各种社交场合,她在建立人脉寻找机会。折腾不止的陈金芳屡败屡战,最后,在生死一搏的投机生意中被骗而彻底崩盘。但事情并没有结束。陈金芳的资金,是从家乡乡亲们那里骗来的。不仅姐姐姐夫找上门来,警察也找上门来——从非法集资到诈骗,陈金芳被带走了。

陈金芳在乡下利用了"熟人社会",就是所谓的"杀熟"。她彻底破坏了乡土社会人际关系的伦理,因坑害最熟悉、最亲近的人使自己陷于不义。在这个意义上,说陈金芳是这个时代的"女高加林"也并不完全准确,高加林是在一个相对"抽象"或普遍的意义上向往"现代"生活的,他想象的"城里"并不具体,他到城里是为了逃离土地,做一个城里人,他还没有现代物质观念,思想里也没有拜物教。因此,高加林同他的时代一样,是一种"很文艺"的理想化;但陈金芳不一样,她的理想是具体的,她不仅要进城,不仅要做城里人,支配她的信念是"我只是想活得有点儿人样"。按说这个愿望并没有什么错,每个人都可以,也应该有这样的愿望。只有"活得有点儿人样"才会体面,才会有尊严。但是,陈金芳实现这个愿望的手段是错误的,她的道路是一条万劫不复的道路,她在道德领域洞穿了底线。她的方式恰恰构成了我们这个时代的精神难题。石一枫发现了陈金芳并将她塑造出来,这就是他的贡献。

我竭力推荐的这三个中篇小说,从某种意义上代表了近5年来中篇小说的水准,他们也提供了书写当下中国新的经验。当然,5年来优秀的中篇小说远非这三部。像林白的《长江为何如此远》、邓一光的《你可以让百合生长》、余一鸣的《愤怒的小鸟》、陈应松的《无鼠之家》、荆永鸣的《北京邻居》、方方的《涂自强的个人悲伤》、迟子建的《晚安玫瑰》、李凤群的《良霞》、计文君的《无家别》、杨晓升的《身不由己》、弋舟的《所有路的尽头》、石一枫的《地球之眼》《营救麦克黄》、邵丽的《第四十圈》、刘建东的《阅读与欣赏》、葛水平的《小包袱》、宋小词的《直立行走》、林那北的《镜子》、陈希我的《父》、张楚的《风中事》、陈仓的《从前有座庙》、尤凤伟的《命悬一丝》、文珍的《张南山》等,都是可圈可点的优秀中篇小说。只要我们走进中篇小说内部就会发现,这个文体的璀璨、瑰丽或万花纷呈就在眼前。

(原载 2017 年 8 月 18 日《文艺报》)

生态文学,中国文学的新生长点

李朝全

生态文学正在勃兴

今年8月以来,塞罕坝成为社会公众和许多作家关注的一个焦点,出现了一批反映塞罕坝林场建设卓越成就、表现生态文明主题的报告文学,如李青松《塞罕坝时间》、郭香玉的《塞罕坝,京城绿色屏障的前世今生》、蒋巍的《塞罕坝的意义》、张秀超的《塞罕坝,这样走来》等。北方聚焦塞罕坝,南方聚焦安吉县。何建明创作的《那山,那水》在《人民文学》第9期首发,随即推出单行本。在很短时间内加印3次,发行量超过12万册。该书通过描写习近平同志于2005年首次提出"绿水青山就是金山银山"论断的地点浙江安吉县余村在这一科学思想指导下十几年来发生的巨大变化,表现了新科学发展理念对于中国乡村变革发展的极端重要性,这是一部献给生态文明、美丽乡村和美丽中国建设的深情礼赞。这一批作品的新鲜出炉,使生态文学成为本年度文坛的一大热点。

生态文学的勃兴,是当前文学创作领域不容小视的重要现象。近些年来,涌现出了许多有影响的生态文学作品,摘取了一些重要的文学奖项,产生了广泛的社会影响,如肖亦农的报告文学《毛乌素绿色传奇》、李青松的《一种精神》《乌梁素海》《薇甘菊——外来物种入侵中国》、叶多多的《一个人的滇池保卫战》、哲夫的《水土中国》等。《中国绿色时报》自2009年起连续举办了九届"十大生态美文评选",其中不乏像梁衡、蒋巍、王宗仁、陈祖芬、陈世旭、徐刚这样的名家获奖,在林业系统和文学界产生了积极反响。据中国林业生态作家协会主席李青松介绍,目前该协会拥有会员300余人,创作活跃,成果丰硕。

生态文学渊源已久

生态文学的兴盛是中国现实发展的呼唤与内在需要。从"再造一个秀美山川"到美丽中国、绿色中国建设,从倡导人与自然和谐共处的科学发展观到创新、协调、绿色、开放、共享的新发展理念,统筹推进经济建设、政治建设、文化建设、社会建设、生态文明建设五位一体总体布局,国家治理体系和治理理念的转变,彻底改变了落后的发展观念,提升了生态文明的地位,从而极大地激发了生态文学的生机与活力。尤其是在中国共产党第十八次全国代表大会之后,对于绿水青山就是金山银山理论的坚定践行,从根本上扭转了人们的思想观念,增强了生态意识,生态文明建设被提到了前所未有的高度,受到了空前的重视,并正在逐步凝聚成全社会的共识。时代的发展进步催使并造就了生态主题成为文学创作的重要主题,生态文学风华正茂,绿意盎然。

在反映和体现全新的发展理念和时代变迁方面,生态报告文学一马当先,取得了骄人的成绩。其他体裁和样式的生态文学作品也出现了繁荣局面,产生了一批优秀之作。

当下生态文学的繁盛有着深刻的历史渊源和深厚的文学文化积淀基础。我国古代的山水诗、田园诗以及后来的游记、风景散文等文学作品,堪称最早的生态文学。而自古便有的天人合一、天行健、人与自然和谐与共、美即和谐、各美其美、美美与共等深刻的哲学思想,更是沉淀在每一个中国人心理深处的文化基因。中国历来重视生态和环境,重视自然与和谐。中和、协和、平和,是中国哲学的基本要义,也是生态文学的根本主题。

人与生态须臾不可分割。生态是人类的生存之需、生活之要、生命之本,生态文学其实也是人学,是最贴近人自身的一种文学样式。生态与文学可以完美地统一于人,作用和服务于人。人们关心和喜爱生态文学,其实就是在关心和关注人的生存,关注人本身。

生态问题催生生态文学

在李青松看来,是生态问题催生了生态文学,生态文学是以自觉的生态意识反映人与自然关系的文学,强调人对自然的尊重,强调人的责任和担当。这是从考察改革开放特别是上世纪80年代以来兴起的生态文学而得出的结论。在这一时期,率先出现的一批生态文学代表性的作品如徐刚的《伐木者,醒来!》《江河并非万古流》等,关注中国的森林滥伐、风沙肆虐、国土污染等生态环境问题,以鲜明的问题意识和批判精神赢得文坛瞩目,从而为生态文学名分的确立与崛起奠定了基础。

从题材内容上看,生态文学可以区分为植物文学(包括森林文学)、动物文学、大自然文学、生态文明建设或环境文学、水文学等。生态文学的体裁样式则囊括了小说、诗赋、散文、报告文学和儿童文学等。植物文学,如梁衡近些年来踏寻采写的"中华人文古树系列"散文,聚焦人文意蕴深厚的古木名树,生动传神,趣味盎然,独具一格。动物文学中影响最大的是动物小说,如乌热尔图的《七叉犄角的公鹿》、杨志军的《藏獒》、姜戎的《狼图腾》等,沈石溪、格日勒其木格·黑鹤的儿童动物小说。也包括诸如方敏的纪实文学《熊猫史诗》,韩开春的科普作品《虫虫》,胡冬林的森林动物题材作品等。大自然文学的代表作家是刘先平,他的《走进帕米尔高原》《美丽的西沙群岛》等大自然题材的探险纪实和探险小说等,大多具有科普的性质及价值。

水文学是近年来出现的创作新现象。一批以水资源及其开发利用和保护为主题的纪实作品产生了较大反响。譬如哲夫的《水土中国》,秦岭的《在水一方》,裔兆宏的《美丽中国样本》,陈启文的《命脉——中国水利调查》《大河上下——黄河的命运》等。

生态文学中所占比重和产生社会影响更大的是关于生态文明建设和生态问题的纪实作品。何建明的《那山，那水》、肖亦农的《毛乌素绿色传奇》等是反映生态建设主题的代表性作品。生态问题报告文学分量很重，更易引人警醒启人深思。譬如李林樱的《生存与毁灭：长江上游及三江源地区生态环境考察纪实》《啊，黄河：万里生态灾难大调查》，哲夫的"江河三部曲"《长江生态报告》《黄河生态报告》《淮河生态报告》，蒋巍的《渴》，陈廷一的《2013 雾霾挑战中国》《国土之殇：重磅出击中国生态文明敏感话题》。

生态文学风光无限

以生态及开发建设为主题的生态文学，其价值必然超越文学。它在推动自然环境保护建设、改善人与自然的关系等方面发挥积极作用，在倡扬科学发展观、赞美绿色和谐生态伦理等方面，对读者产生正面的潜移默化的影响。因此，优秀的生态文学是一种有现实指向性和长远意义的行动文学。

今天，生态文学创作的视野与面向正在逐步地打开、拓展，生态文明理念日益成为全社会的共识。国家经济社会发展也对生态文学提出了更高的要求。创新、协调、绿色、开放、共享的新发展理念，势必将影响并改变生态文学的观念创新、取材、立意、视角和面貌。只要保持与生态紧密的关联，生态文学就一定能接上地气，获得蓬勃生机与活力。

（原载 2017 年 11 月 1 日《人民日报·海外版》）

"认识你自己":"史诗性"小说的切入口

程光炜

在今天的语境中,重提"史诗性"是一个立意高、具有历史反思性的观点。我们可以从两个角度来观察"史诗性"。

一是四十年来文学思潮发展的角度。1979年出现在"朦胧诗论争"中的"小我"与"大我"的观念分歧,针对的是"文革"之前垄断性的极左文艺思潮,所以谢冕的《在新的崛起面前》和孙绍振的《新的美学原则在崛起》,都是企图用代表着改革开放新力量的"小我"(即个人)来反抗"大我"(极左思潮)对人性的压制,宣布一个在改革开放洪流中出现的"人"的归来。为推动"文学自主性"和新时期文学高歌猛进的发展,"论文学主体性""向内转"等口号相继提出。这股文学思潮是造成上世纪80年代文学繁荣局面的最大推手。1990年代后,适应全面市场经济的需要,文学界再次提出"宏大叙事"和"个人叙事""欲望叙事"等主张,人们普遍认为,只有用"个人叙事"战胜"宏大叙事",当代文学才能与市场经济的历史语境和世界文学全面接轨。新世纪文学之后,"自我"迅猛走出"大我"甚至"小我"的历史局限,变成一种新的文学姿态,变成一种拒绝历史生活、仅仅沉浸在自我幻想状态的文学书写形式。"小人文学"成为文学新宠,但卢卡契所说的"新时代里小说主人公的心灵"远"比外部世界狭窄"的现象(《小说理论》),终于引起了批评界的极大担忧。这可看作是重提"文学史诗性"的一个背景。

二是当前小说创作的角度。我注意到,1985年新潮小说兴起之后,尤其是1990年代长篇小说创作热兴起之后,作家们纷纷抛弃19世纪文学创作规范,倒向了西方20世纪现代派文学的怀抱。卡夫卡、福克纳、马尔克斯成为他们仿效的对象,托尔斯泰、狄更斯、雨果等19世纪文学大师黯淡无光,被放置一边。最近四十年的中国,可能是近代以来中国历史上社会最为稳定、经济发展最快、人们生活水平大幅提高的一个时期,也是近代180年来承平时期最长的一个阶段。而由于后发展国家的特点,中国的社会组织和结构形态与20世纪的美国和18世纪的法国相类,而前者,正是19世纪文学大师们描写的对象——那种大规模迁移变动甚至急剧震荡的历史生活,恰恰是"史诗性"文学最善于刻画的场景。公平地说,鉴于上述文学思潮的进步,小说创作技巧被大幅提升了,很多作家的作品写得越来越圆熟,当代小说的艺术技巧可能达到了现代中国文学的最高点。然而,如果从作家帮助读者"认识生活""启发心灵",从作品的基本功能仍然是感动人心的角度看,当前小说尤其是长篇小说在这方面有所退步,"感情冷漠"成为大多数作家和作品的历史特点。我个人认为,缺乏与这个大时代生活相匹配的"史诗性"长篇小说,依然是目前阶段长篇小说(也包括中短篇小说)的最大问题。

在这个背景下,我觉得重提路遥的《平凡的世界》是有积极意义的,路遥现象构成了一个认识当代文学的视角。从文学角度看,路遥并不是这四十年小说写得最好的作家,他的艺术技巧甚至还有点粗糙,作品的自叙传色彩过浓,有时还会压倒对大视野中人物命运的更理性、更冷静和更具历史深度的观察。然而,《平凡的世界》《人生》等,仍然是最为感动人心、令人心灵长久不能平静的史诗般的文学作品。它们至今都是农村出身的大学生们的"枕边书",《平凡的世界》是这些年来少有的持续畅销书,被广大读者认为是"唯一"能够感动他们的长篇小说。为什么《平凡的世界》如此长久地占据着历史的独特空间呢?为什么没有路遥那种"城乡交叉带"的痛苦人生经历的读者,也经常被主人公孙少平跌宕起伏的命运所感动呢?这可能正如卢卡契在《小说理论》中所说,托尔斯泰《战争与和平》结尾写的是拿破仑与俄国沙皇战争的结束,但它"预示"了俄国的未来。《平凡的世界》写的是上世纪80、90年代一代农村青年波澜壮阔的"进城史",但它也预示了"农民进城"将是中国现代化进程的最大难题。这个难题不解决,中国一百多年来的现代化梦想也无法实现,历史会重新回到过去的起点上去。当然,"感动"不是评价文学的唯一标准。"感动"只有在重新反思这四十年文学思潮和作家创作的前提下,才富有丰富的历史认识价值。因为,"感动"就像一面历史的镜子,照见了四十年来文学思潮发展的短板不足;照见了当下一些作家历史认识能力的根本局限;照见了从"大我"到"小我"的文学史进程中,固化观念让小说主人公的心灵"远比外部世界狭窄"。文学史诗性作品,在这个历史时刻衰落了。

  路遥《平凡的世界》之所以值得重提,就是它重新开启了中国当代文学一道文学之门:认识你自己。在最近几十年的重要一线小说家中,路遥可能是最老实地遵循着19世纪文学创作原则的一个人。这个原则对作家的一个基本要求,就是让他们"从生活中发现问题",贴着主人公的人生经历和命运去创作作品。作家首先是从自己的生活经历中认识自己,然后他们才把这种感受和认识写成作品,再与读者沟通、交流和分享。也就是说,作家实际是生活在读者中间的,没有高高在上扮演精神牧师或引导者的角色,或像上世纪80年代中期以后,尤其是近年来,变成所谓的冷漠的"叙述者"。"认识你自己"被视为陈旧的文学命题,作家们热衷于神秘莫测的叙述,或热衷于在长篇小说中装置一个"历史隐喻"。总之,与描写对象保持"历史距离",成为一个在改造西方20世纪文学原则基础上形成的新的叙事模式。这种模式给人的印象是,它好像是在写历史,实际跑到了历史之外;要重新进入"这四十年",就应该将"认识你自己"作为一个切入口。路遥、史诗性、当今小说,就在这个节点上不期而遇了。路遥的故乡陕西省延川县郭家沟是一个城郊公社,与县城仅仅几里路。然而对当时身在农村的路遥来说,他要花费大半生的时间,才可能"从农村进城"。"进城"是路遥本人和他的小说的痛苦之源,在过去漫长同时壁垒森严的"城乡二元结构"制度中,从郭家沟到县城,可能比翻过一个"柏林墙"还要艰难和崎岖。路遥把他最痛苦的"进城心灵史"都写到《人生》特别是《平凡的世界》里面了。然而,他个人的"心灵史"却意出言外地构成了一部这几十年很多中国年轻人宏大壮阔而且极具悲剧性的"心灵史"。路遥写的可能只是一部"自叙传",然而它极富天才地浓缩、概括了中国改革开放这部自近代以来的"最大的传奇"。正是在这个意义上,《平凡的世界》产生了它来自自身的"史诗性"。

(原载 2017 年 10 月 20 日《文艺报》)

重振文学崇高的美学品格

王 树 增

习近平总书记在十九大报告中指出："文化是一个国家、一个民族的思想引领、精神支柱、道德教养、知识哺育,也是一个国家、一个民族区别于别的国家、别的民族的重要标识。"

重振文学的崇高品格

文化是民族生存和发展的重要力量。

人类社会的每一次跃进,人类文明的每一次升华,无不伴随着文化的历史性进步。在几千年的时光流变中,中华民族从来不是一帆风顺的,遇到过无数的艰难困苦,世世代代的中华儿女历经沧桑孕育出独具特色、博大精深的中华文化,从而使我们的民族能够不断克服阻碍历史前进的陈旧痼疾与颓败陋习,生生不息。

但是,毋庸讳言,在今日中国经济建设突飞猛进、创造着诸多世界奇迹的同时,精神领域里一股历史虚无主义的逆流正在悄然泛滥。浮躁虚华、附庸跟风、沽名钓誉、急功近利、唯利是图的社会风气,令质疑民族历史、否定民族英雄的风潮成为时髦;在崇尚"娱乐至死"的口号下,是非不分、善恶不辨、搜奇猎艳、一味媚俗、低级趣味的恶俗现象屡禁不止;特别是戏说历史、抹黑英雄的现象频现于各种媒体,颠覆着中华民族世代传承的优秀价值取向。

关于历史虚无主义给一个人、一个国家和一个民族带来的危害,习近平总书记在讲话中深刻地指出,这就是企图让我们这个民族"魂无定所,行无依归"。

一个民族的历史是这个民族的精神图谱,民族英雄是这个图谱中的精神坐标。没有英雄的民族是平庸的民族,不敬仰英雄的民族是没有价值观的民族。现实生活的严酷已经证明,道德沦丧往往是从歪曲本民族历史和贬低丑化英雄开始的。任何头脑清醒的人都会明白这样一个并不精深的道理:要想打败一支军队,首先要摧垮这支军队的精神和意志;要想搞垮一个国家和民族,首先要割断这个国家的历史记忆以及这个民族的精神传承,使这个国家和民族彻底丧失信念的依托,从精神上釜底抽薪是涣散乃至颠覆一个国家和民族的最有效、最快捷的手段。

19世纪英国道德学家塞缪尔·斯迈尔斯说过:"一个国家的前途,不取决于国库的殷实,不取决于城堡的坚固,也不取决于公共设施的华丽,而取决于这个国家国民品格的高下。"

精神品格的高下,将决定一个民族的命运。

因此,在中国当代文学领域,我们有必要重振文学的崇高品格。

崇高是什么?

中国古人认为,崇高就是"志于道,据于德"的个人操守,就是"法古今完人,养浩然正气"的价值取向,就是"崇高之位,忧重责深"的忧患意识和社会责任感,就是"登崇高之丘,临万里之流"的博大胸怀。

孙中山先生心目中的崇高,是"做大事,不要做大官";鲁迅先生认为,具有崇高品格的人是"埋头苦干的人,拼命硬干的人,为民请命的人,舍身求法的人";而毛泽东将崇高品格的标准定义为:"一个高尚的人,一个纯粹的人,一个有道德的人,一个脱离了低级趣味的人,一个有益于人民的人。"

重振文学的崇高品格,就是用文学的方式探索有崇高特性的为人之道和行为特征,以及探索塑造崇高品格的文化渊源与实现途径,从而弘扬崇高的美感与魅力。古希腊名著《论崇高》

中认为,文学的崇高品格应该体现在五个方面:庄严伟大的思想,强烈动人的激情,辞格的使用、高雅的措辞和有尊严的结构。中国的古人们认为,崇高的特点是简单淳朴,是真纯的情感,是诚实的劳动,是无私的奉献。就文学的基本原理而言,文学的崇高品格,是主体与客体之间处于尖锐对立与严峻冲突时所呈现出来的美感,崇高品格之美是人性的冲突之美,这是文学意义上冲突的本质,也是文学魅力的根本所在。

英雄主义,是人类最崇高的情感之一

作为军旅作家,我认为军人的崇高品格就是英雄主义。

狭义而言,这个情感始终是中国军旅文学的精神主调;广义而言,这个情感也是人类文学史上不朽经典的精神主调。

在这个世界上,没有任何一个国家和民族,希望自己的军队由一群自私卑劣的懦夫组成。一个国家和民族的军人如果缺少了英雄主义精神,这个国家和民族的命运必将是屈辱或者悲惨的。世界文学史上,优秀的战争文学作品,无一不是英雄主义的史诗。对于民族命运而言,英雄主义过去需要,现在需要,将来依旧需要,如果我们还想让子孙后代有尊严地活着的话。

应该指出的是,宣扬英雄行为的不合理,是在给自私卑劣寻找合理性。作为一支军队,如果自私卑劣合理了,必将逃不脱丢盔卸甲、溃不成军的结局,尽管这支军队可以军号震天、仪仗华丽;作为一个国家,如果自私卑劣合理了,这个国家的土地上永远不会给子孙后代留下象征民族荣耀的凯旋门,尽管这块土地上可以高楼林立、灯红酒绿。同样,在文学创作中,如果自私卑劣合理了,这样的文学产品永远进入不了人类精神的经典殿堂,尽管这样的作品可以名噪一时。

虽然"一将功成万骨枯",但我始终认为一个国家和民族的英雄主体,不是将军而是士兵。我写作的"战争系列"《长征》《抗日战争》《解放战争》和《朝鲜战争》,就是那些在历史巨变中甚至连姓名都没有留下来的普通士兵的英雄谱。我在写作

《朝鲜战争》的时候,曾采访过那场惨烈异常的松骨峰战斗的主力团团长范天恩。这位战后唯一被收入日文版的《朝鲜战争名人录》的中国团长,身材高大疾病缠身,已经没有力气再用语言来描述那场战斗,更不愿提及自己的英雄行为,老泪纵横的他总是重复着这样一句话:"真正打起仗来,英雄是那些士兵。"是的,在中国人民抵抗外来侵略和谋求民族解放的过程中牺牲的士兵,他们绝大多数是贫苦农家的子弟,为了一份自己有生之年也许无法看到的对美好生活的憧憬,他们宁愿承受难以想象的艰辛,甚至宁愿义无反顾地赴死。他们的崇高简朴而真诚,他们是我笔下的英雄好汉。

"人民创造历史",是历史唯物论的核心

重振文学崇高的美学品格,就是尊崇人民为创造历史的英雄。

在75年前召开的延安文艺座谈会上,毛泽东同志的讲话开门见山地提出了"文艺为什么人"的问题;2014年10月15日习近平总书记在文艺工作座谈会上的讲话中,更是以大篇幅再次强调和阐述了这个命题。在党的十九大报告中,出现最多的词汇就是"人民"二字。

中国的文学事业从来就是人民的事业。文学的使命与人民的命运紧密相连。文学产生于人民,人民是文化艺术的创造者。文学服务于人民,反映人民的喜怒哀乐,是人民生活命运的写真。作家从来不是孤立于人民群体之外的特殊分子,人民养育了作家和艺术家,人民是作家艺术家恩重如山的父母。

在中华民族的历史进程中,人民是创造历史的主角。否认中华民族的历史是英雄辈出的历史,否认这块土地上的广大人民是中华文明发展的真正推动者,中华民族至今屹立世界民族之林的历史进程将是无法解释的。在文学意义上,我主张的英雄观是广义的,先天下之忧而忧,后天下之乐而乐,利他主义、集体主义、爱国主义,铁肩担道义,不媚的风骨、不随流的独

立、同情、公正、博爱,执著的理想主义,对独立思考权利的捍卫以及对真理的固执求索,等等,都是构成文学崇高美学品格的基本要素。

媒体和评论家在评述我的"近代史系列"著作《1901》和《1911》时,常常使用"以细节还原历史"这句话。崇尚历史细节的本质是什么?是对推动历史进程的主体动力——人民的高高托举。没有一代又一代细微如沙粒泥土的普通百姓的勤劳、智慧和奉献,以及无论在什么样的苦难中都能生生不息活下去的坚韧,历史将索然无味,尽管历史的书页上往往被涂满紫带黄袍、六宫粉黛。

我的写作,是为我值得骄傲的祖先,为中国人民树碑立传。

在中国文化传统中,文以载道是崇高品格的精神根基。文学从来不是个人狭隘的情感宣泄和呻吟,而是肩负着滋养人类心灵和托举社会道义的神圣使命。古往今来,凡是有价值的文学作品,被长久流传并成为经典的,无一不是作家"居庙堂之高则忧其民,处江湖之远则忧其君"的家国情怀的抒发。文学的良知和职责,即是人民对文学事业的嘱托。人民是文学作品优劣的唯一评判者。文学从来不是用来孤芳自赏的,也不是用来评奖获奖的,只有把个体命运和人民的命运紧密地联系在一起的文学作品,才可能得到人民的赞赏,而这个赞赏应该是褒奖文学作品最重要、最荣耀的奖项。

重振文学崇高的美学品格是当代作家的一个伟大的历史使命。这个使命要求我们在精神上要与时代同步,在文学境界上要有大格局,在文学视野上要见大风云,在文学力量上要能担当起大气象。只有这样,才能担负起新时代对所有文学工作者的期望,才能不愧于人民作家的称号。

(原载 2017 年 12 月 25 日《文艺报》)

追求典型化创造　攀登文艺创作高峰

赖 大 仁

习近平总书记关于文艺工作的重要讲话,既指出了当前文艺创作存在着有数量缺质量、有"高原"缺"高峰"的现象,同时也指出了如何走出这种困境、实现文艺创作自我超越的努力方向。比如其中一个重要方面,就是倡导文艺创作的典型化创造,以高于生活的标准提炼生活,创作出生动感人的典型人物,从而达到应有的艺术高度。习总书记在全国文代会、作代会开幕式上的讲话中说:"典型人物所达到的高度,就是文艺作品的高度,也是时代的艺术高度。只有创作出典型人物,文艺作品才能有吸引力、感染力、生命力。"他还说:"走入生活、贴近人民,是艺术创作的基本态度;以高于生活的标准来提炼生活,是艺术创作的基本能力。文艺工作者既要有这样的态度,也要有这样的能力。"也许可以说,习总书记讲话所强调的以高于生活的标准来提炼生活和创作典型人物的能力,就是文艺创作的典型化创造能力。如何提高对于文艺创作典型化问题的认识,并进而提高文艺创作的典型化创造能力,是一个值得我们重视和探讨的重要课题。

在人们的文艺观念中,通常是把典型化作为现实主义文艺创作规律来认识的。现实主义不像自然主义那样照搬生活真实,而是要求高于生活真实达到典型化的高度。所谓典型化,就是要求文艺家以高于生活的标准来提炼生活,创造出具有鲜明个性化和高度概括力的艺术形象。在过去现实主义占主导地位的历史时期,出现了一大批优秀的现实主义作家和作品,如鲁迅、茅盾、巴金、老舍、曹禺等作家的小说和戏剧,以及柳青的《创业史》等作品,创造了形态各异足以辉耀文学史的众多典型人物形象,标志着现实主义的典型化创造所达到的艺术高度。当然,在过去现实主义文艺的主导性发展过程中,确实也存在着某些值得认真反思的问题和教训。比如,过于强调现实主义的创作原则而否定和排斥其他的创作方法,造成文艺创作方法和风格的单一化;在现实主义创作中,对于典型化创造的理解也存在某些偏差。有的典型化理论将文学典型解释为个性与共性统一,同时又把"共性"解释为某一类人物的共同特征,比如从几十个乃至几百个同类人物身上,把他们最有代表性的特点和习惯等等抽取出来,综合在一个人物身上进行典型化创造。这样的理解无论怎么说都是过于简单化了。于是,在改革开放后文艺创作的开放性和多样化的创新发展中,就出现了另一种极端化现象,这就是把现实主义及其典型化创作方法,当作过时、陈旧的和僵化的东西加以否定抛弃。文艺界许多人争相借鉴和模仿国外各种新潮时尚的创作方法,如新历史主义、魔幻主义,以及后现代各种新奇怪异的玄幻、穿越等等。即使是一些被称为新写实主义的文艺创作,也是更多追求纪实性、零散化、碎片化的所谓还原生活的写作,而把典型化创作方法抛到了九霄云外。现在回过头来看,这些远离现实主义的种种创新探索,一方面拓宽了文艺创作的发展道路,获得了许多前所未有的文艺创作经验;但另一方面,也由于过度背弃了现实主义创作传统,使文艺创作陷入了某种误区,尽管各种创新探索的努力不少,却难以达到应有的艺术高度,这的确值得我们加以反思。

近一时期,文艺界出现了一种值得重视的积极变化,这就是现实主义创作精神的回归。比如,路遥的《平凡的世界》、陈忠实的《白鹿原》等作品,通过影视改编重新得到社会关注和读者观众的普遍欢迎,文艺理论和评论界也对这些作品重新认识和研究,并给予高度评价。由此而推及路遥、陈忠实所尊崇和学习的前辈作家柳青,对他的现实主义力作《创业史》也引起了重新关注和认识评价。还有刘震云《我不是潘金莲》、周梅森《人民的名义》等一批作品,从小说畅销到改编为影视作品热播,都受到社会普遍好评,重新唤起了人们对于现实主义创作的热情,也引起了评论界对于现实主义问题的重新探讨。这是我国现实主义文艺经过了一段时间的低迷之后,显示出强劲回归的新趋向,这无疑是值得关注和研究的文艺现象。

从上述文艺现象及文艺作品来看,其共同特点就在于重视典型化创造,能够以高于生活的标准来提炼生活,从而创造出生动感人的典型形象,使作品充满丰富深刻的精神意蕴和思想力量。通过对这些作品的认识分析,可以让我们从获得典型化创造的许多有益的启示。

按通常的看法,文艺创作的典型化,首先表现为典型人物的创造。然而究竟何为典型人物,或者说典型人物具有什么样的艺术特征?虽然过去的典型化理论已有比较明确的阐述,比如人物个性与共性的统一,或者说是鲜明个性化和高度概括力的统一等等,但这些说法可能仍有一定的局限性,如果理解上产生偏差,很容易导致某些片面性。因此,从典型化的理论观念到创作实践,都还有待于进一步探索。

在笔者看来,典型人物的创造仍有必要在以下几个方面加强理论探讨与实践探索。

一是如何突出人物的个性化描写。典型人物要有鲜明独特的个性,这一点本来无须多论,因为人们早有普遍共识,而且理论上也有许多经典性表述。其中最经典的论述莫过于恩格斯的名言:"每个人都是典型,同时又是一定的单个人,正如老黑格尔所说的,是一个'这个',而且应当如此。"然而问题在于,怎样的个性化描写才是符合典型化要求的?恩格斯强调人物的个性化描写,主要是针对文艺创作中的抽象化和观念化、个性消融到原则中去的倾向,认为这样就没有现实主义的真实性和典型性可言。但这并不意味着,只要是与众不同、鲜明独特的个性化描写就一定是好的。对于那种脱离生活真实而凭空虚构的个性化描写,恩格斯称之为"恶劣的个性化",视为一种纯粹低贱的自作聪明,是垂死的模仿文学的一个本质的标记。这里的关键问题在于,人物的个性是在生活实践中形成的,生活经历及其环境决定了人物性格的与众不同,文艺创作要从生活真实出发,从人物与环境的关系中准确地把握人物的个性特征,并通过典型化的艺术创造,使人物的这种个性特征得到更加鲜明独特的表现。如果没有对于人物及其生活实践的深刻理解,以及高度典型化的艺术创造能力,就不可能写出真正鲜活生动的人物形象,更难以创造出个性鲜明独特的典型人物。

二是如何强化人物性格的概括性、丰富性和深刻性。人物形象的典型性,很大程度上体现为高度的概括性,这一点同样不言而喻,理论界也早有普遍共识。但问题在于,这是一种什么意义上的高度概括,以及怎样才能做到高度概括? 如前所说,过去的典型化理论把这种高度概括理解为人物的"共性",即某一类人物的共同特征;而进行高度概括的方法就是"综合",即把若干个同类人物身上最有代表性的特点抽取出来,综合在一个人物身上进行典型化创造。那么,这样综合起来求得的"共性",差不多就成为了某类人物性格特征的"公约数"。这种综合概括的方法如果处理得不好,恰恰容易造成人物形象创造的概念化和类型化。而所谓个性与共性统一,也很容易变成某种人物类型特征的个性化显现,成为一种进行了个性化包装的模式化典型。这种简单化综合概括创造出来的类型化或模式化典型,在以往的文艺创作中也并不少见,但这显然不是应有的典型人物创造。笔者以为,真正意义上的典型化创造,并非简单化的综合概括所能达到,而是更应当注重在深厚的生活积累的基础上进行提炼概括,并对源于生活的"这一个"人物的生活底蕴和性格内涵,以及人物性格的生成发展与生活环境之间的关系进行深度开掘。这样创造出来的人物,才既有高度的概括性(对生活内涵及某些本质方面的概括),也有人物性格的独特性和丰富性,以及思想意蕴的深刻性,这样才能真正成为典型环境中的典型人物。如果说,简单化综合概括创造的人物形象,就像是人工合成制作的蜡像,再怎么栩栩如生都是没有血肉生命的,而在生活积累的基础上进行提炼概括创造出来的典型人物,则如扎根在深厚土壤中生长起来的大树,是风姿独具并且充满蓬勃生命力的。

三是如何加强审美理想的烛照。过去的典型人物理论,着重强调个性与共性统一,而对表现审美理想方面则重视不够。笔者以为,文艺创作的典型化,并不仅限于按照生活真实进行综合创造,以及通过个性表现共性,更重要的还在于,要用深刻的思想洞察现实,用高于现实的审美理想烛照现实,才能创造出具有典型意义的人物形象。文艺作品创造的典型人物,无论正面人物、反面人物还是多面性的复杂人物,都不只在于刻画其鲜明独特的性格,更需要穿透人物的精神灵魂,在艺术审美理想的烛照下,把人物真假善恶美丑的本来面目及其复杂性深刻揭示出来,这样才真正具有典型意义。如在《平凡的世界》中,自尊好强不屈服于命运的农家子弟孙少平、脚踏实地又满怀理想的孙少安、敢爱敢恨正义凛然的田晓霞、用情专注善解人意的田润叶、心系乡土不计得失的田福军、懒惰自私圆滑世故的孙玉亭、精于官场潜规则的冯世宽等;在《人民的名义》中,满怀理想疾恶如仇的侯亮平、敢想敢为作风强悍的李达康、一身正气敢于担当的易学习、心系民众不计得失的陈岩石、儒雅伪善的正人君子高育良、出身寒微以屈求伸野心勃勃的祁同伟等,这些人物形象,不仅性格鲜明独特让人印象深刻,而且的确抵达了人物的灵魂深处,揭示了人物精神信念的坚定或幻灭,应当说是融入了作者审美理想的典型化创造。有人说作品中一些具有英雄气质或理想化色彩的人物形象不真实,看来这是混淆了生活真实与艺术的典型化创造之间的关系。艺术形象不能仅仅用真实性来衡量,艺术的典型化创造本身,就是要求以高于生活的标准提炼生活,用审美理想之光烛照现实,典型人物具有某种特殊的精神气质或理想化色彩,应当是典型化创造的应有之义。习近平总书记在关于文艺工作的重要讲话中强调说,要以强烈的现实主义精神和浪漫主义情怀,观照人民生活命运和情感,表达人民的理想和愿望。其精神实质,就包含着要求艺术真实性与审美理想有机统一。尤其是那些反映重大社会变革时期人民生活的文艺作品,所创造出来的典型人物,必定寄托着这一时代人民的审美理想。例如,柳青《创业史》中的梁生宝,新时期初蒋子龙《乔厂长上任记》中的乔光朴,《平凡的世界》中的孙少平、孙少安、田晓霞、田福军等,都是一些闪耀着理想光辉的人物形象,体现了特定历史时期的改革开拓精神和人们的理想愿望,得到了文学界和社会的普遍赞誉。这不只是艺术真实性的力量,更是艺术典型化和理想化的力量。在中外文学史上的现实主义文学经典中,这类例子并不少见,正可以成为当今文艺典型化创造的有益借鉴。

当然,文艺创作的典型化,并不仅限于人物塑造的典型化,也还包括其他方面的典型化,其基本原则也都彼此相通。例如,刘震云的小说及其改编的电影《我不是潘金莲》,就主要是情节事件的典型化。一个小小的夫妻离婚家庭矛盾的纠纷,由于各级管理部门的责任缺失,以及相关责任人员的种种私心杂念,对群众的民生问题和利益诉求冷漠麻木,行政不作为或不会作为,使本来很小的矛盾纠纷未能得到及时调节化解,乃至滚雪球般地酿成了法律事件、上访事件、政治事件,从小乡村小家庭闹到了北京的政治中心,一批官员因此而被追责。在这部作品中,未必哪个人物特别典型,而是通过这个比较特殊的生活事件,反映了现实生活中某些潜在的具有本质意义的东西,能够引起人们的深刻反思,因而具有突出的典型意义。类似的作品,如陆文夫的小说《围墙》、梁晓声的小说《讹诈》等,都具有这样一种典型意义及文学品质。

总之,如果一部现实主义文艺作品,不能创造出让人印象深刻的典型人物,或者所反映的生活事件不能获得深刻的典型意义,就很难达到应有的艺术高度。当代文艺创作应当按照习近平总书记重要讲话所指引的方向,以高于生活的标准提炼生活,不断追求典型化创造,努力攀登文艺创作高峰。

(原载 2017 年 10 月 9 日《文艺报》)

·网络文学研探·

网络文学:沧桑变化争朝夕

马 季

网络文学落地已有二十年时间,至今仍然处在高速发展中,无论是参与创作的人数、日更新的字数、文学平台的发展模式,还是作品产生的社会影响力,几乎每年都有新的话题出现。究其根本,网络文学的迅猛发展与国家经济的快速增长,社会的巨大变革,以及民众思想的开放包容有着密不可分的关系。二十年来,数百万网络写作者笔耕不辍,数亿网络读者追更阅读,原创作品总量多达1400多万种,每年新增近200万种,文学网页日均浏览量达15亿次。这一方面说明网络文学的极大繁荣符合民众的文化需求,另一方面说明中国社会在全球化时代积累和蕴藏着巨大的能量。换句话说,新世纪以来,尤其是近五年来在党和政府高度重视和引导下,展示出勃勃生机和巨大发展潜力的互联网大众写作和全民阅读,不仅创造了人类历史上新的文化奇迹,而且印证了中华民族"文化自信"理念的民众基础和社会根由。

精品化成网文主流方向

回望过去的五年,无论从内容生产还是产业规模的角度观察,网络文学行业发生的乃是结构性的变化,追随变化的足迹不难发现,精品化已成为当下网络文学发展的主流方向。

第一是创作形式与作品内涵的变化。网络文学类型化的发展逐步成熟,出现了大量具有中国本土特色的网络文学类型,如玄幻仙侠、架空历史、远古神话、古代言情、都市异能、历史武侠、现代修真、悬疑探险等,如《择天记》《奥术神座》《芈月传》《木兰无长兄》《雪中悍刀行》《血歌行》等作品呈现出内容与形式较为完美的结合。据粗略统计,五年来有2000多部网络文学作品被改编成电影、电视剧、网络剧、网络游戏和漫画,下线出版纸书超过5000个品种。其中最突出的特征是现实题材优秀作品不断涌现,接地气、有担当,成为网文爆款的重要标志。如《欢乐颂》《翻译官》《他来了,请闭眼》《遇见王沥川》《烽烟尽处》《网络英雄传》《浪花一朵朵》《相声大师》《大地产商》等作品给网络文坛带来了一股新风。

第二是产业发展态势的变化。即由在线阅读—粉丝经济—版权销售的粗放化模式,向类型化开发—全渠道推广—IP孵化的精品化模式转换。这一变化的内在动因主要有两个方面,其一是政府主导,在中央"大力发展网络文学"精神的指引下,连续数年,国家在互联网行业开展清网行动、剑网行动等专项活动,无非是对宏观定位的确认和目标实施的巩固,实际上,这也为网络文学的局部定位确立了行为规范、扫清了认识障碍,对网络文学的健康发展起到了保驾护航的作用。同时,国家新闻出版广电总局印发《关于推动网络文学健康发展的指导意见》,并开展年度"优秀网络文学原创作品推介活动",中国作协发布"中国网络小说排行榜",并组织专家探索建构网络文学评价体系,这些举动对推动网文的精品化起到了主导作用。其二是行业做大做强的自身需求,随着互联网文化产业链的形成,网络文学出现了数字阅读和IP孵化两个发展方向,而后者由于受众更加广泛、产业附加值更高,对作品的文化含量要求也更为严格,而这一区域的竞争使得网文主流化的路径逐渐明朗。

第三是网络作家认知的变化。五年来,网络文学组织化程度有了大幅提升,积极靠近组织融入社会成为广大网络作家的共识。目前已有浙江、上海、广东、江苏等20个省市、自治区以及行业建立了网络作协、网络文学委员会等相关组织机构,引导和扶持网络文学创作,培育网络作家成长、打造精品力作,已成为各级作协组织的日常工作。自中国作协鲁迅文学院开办网络作家培训班以来,五年中全国有近2000名网络作家接受了不同层次的培训,其中167名网络作家加入中国作协,9名网络作家当选中国作协全国委员。近200部网络文学作品获得中国作协和地方作协重点扶持。200多名网络作家参与了"走访四川地震灾区""走进抗战历史""重走长征路"等重大主题活动,深入企业、农村、部队、学校一线采风,耳闻目睹中国社会发生的巨大变化。

IP孵化,关键在文化价值

2010年兴起的移动阅读对网络文学的发展产生了巨大作用,最突出之处在于它引发了网文大数据概念的形成,成为IP孵化的一个跳板。但在2012年之前,IP的开发是无序的,每个产品开发都出自认知不同的团队,因此产生不同的用户,变现是唯一的目的。结果IP开发出来之后,不同区域的用户往往互不相通,各说各话,比如小说的用户与影视剧的用户之间形成排斥,游戏的用户与小说的用户之间互不认同。因为理念不统一,缺少应有的文化包容,不同的开发商之间为了商业利益封锁消息,相互掣肘,最终导致用户群体的割裂。一部优质网络小说IP化之后,不仅没有产生叠加效应,反而形成了泡沫。从表面上看这是商业竞争在作怪,但往深处探究,根源是在文化层面缺少了认知的统一性。因此说,IP孵化起步于创作,却完成于合作,从系数上来讲,合作的重要性丝毫不弱于创作本身,很多作品由于合作的紧密度不够,未能很好地发掘原作的特质。

近五年来,随着政策导向清晰明朗化,资本有序流入,促使IP产业链上下游运营模式透明简约,无论是最上游的网文大神、文学网站、影视游戏创作团队,还是最终的传播渠道,各方分享红利,分担风险。一部优质网络小说在孵化IP时不同的改编团队认真研究作品的特点和用户心理,做出预案,形成文化理念上的高度统一,使得IP的商业价值和文化价值达到一个最大的阈值。目前,互联网文化产业链上的各个环节已经认识到IP孵化关键在文化价值的呈现,近年由网文改编的《琅琊榜》《花千骨》《芈月传》《微微一笑很倾城》《醉玲珑》《那年花开月正圆》等作品在一定程度上实现了这一目标。文化展示的是一个社会的整体风貌,IP作为我们这个时代特有的文化现象,绝不仅仅是商业运作,它当仁不让地承担着文化传承的历史使命。

2014年,国务院办公厅发布的《进一步支持文化企业发展的规定》提出,通过公司制改建实现投资主体多元化的文化企业,符合条件的可申请上市。规定公布后,资本市场迅速加大了对网络文学企业的关注,融资渠道逐步拓宽,现有上市公司:中文在线、平治信息、掌阅科技;准上市公司:阅文集团;上市公司子公司:纵横中文网、阿里文学、凤凰阅读、网易云阅读、华阅文化;上市公司产业链布局:掌维科技、黑岩阅读、幻文科技、多看阅读、精典博维;新三板:天下书盟、铁血中文网、博易创为、天涯社区等,还将有一批文学网站陆续上市,推动网络文学产业升级。

网络文学与传统文学的关系一直是学界关注的问题之一。通过这五年的发展,网络文学用事实证明了自身的存在价值。"网络文学"与"传统文学"的确有很多不一样的地方,但文化根脉是一致的,两者之间既有分野的一面也有融合的一面。目前是一个文化开放、思想兼容的时代,"网络文学"与"传统文学"之间的包容和互补将是主流发展方向。它们之间不仅在表现形式上可以互补,在思想内容上也可以互补。网络文学在传播上具有优势,而传统文学更适合慢阅读。网络文学想象力丰富,天马行空,任尔驰骋,作品类型众多;而传统文学在艺术审美方面更为深刻和细致,承载了民族精神。两者的互补有助于文学事业健康繁荣发展。

进军海外,讲好中国故事

近五年,还有一个重要现象值得一说,原创网络文学资源共享渠道形成规模,第三方阅读平台成为行业发展的核心动力。除阅文集团、掌阅系、中文在线、百度文学、阿里文学和爱奇艺文学等渠道外,三大电信公司移动阅读基地、亚马逊、京东 lebook、当当多看等纷纷加入新平台的建设。在此基础上,初具实力的中国网络文学终于迎来了"进军海外"的黄金发展期,一批本土网络文学企业乘风破浪,迎势而上,发挥数字阅读平台已经积累的经验和优势,逐步推进原创网络文学作品的翻译推介,实现跨文化、跨区域的长足发展。

2015 年 7 月,掌阅科技启动 iReader 海外项目,正式进军国际市场。目前海外用户规模已突破 800 万,月销售额达 300 万元人民币,在新加坡、马来西亚等 60 多个国家和地区的分类 APP 销售榜中位列榜首,其中包括近 40 个"一带一路"沿线国家和地区,成为在全球影响较大的数字阅读平台。2016 年 10 月,中文在线数字出版集团股份有限公司新设增加 CHINESEALL CORPORATION 美国公司,完成听书产品的美国本土销售,同步构建了国内数字出版产品国际对接的主要研究工作。2017 年 5 月,阅文集团旗下起点国际正式上线,以英文版为主打,将逐步覆盖泰语、韩语、日语、越南语等多语种阅读服务,并提供跨平台互联网服务。目前上线作品已达 40 余部,累计更新近 5000 章,总量远超所有翻译中国网文的独立站点,品类覆盖玄幻、仙侠、科幻、游戏等多种题材。

近两年,网络文学在海外的发展引起了社会广泛关注,这显然是中国文化走出去在互联网时代的具体实践。目前,中国网络文学作品已在多个海外翻译网站走红,在 Wuxia World(武侠世界)、Gravity Tales 等以翻译中国当代网络文学为主营内容的网站上,随处可见众多外国读者"追更"仙侠、玄幻、言情等小说,老外跟读中国网文已成为中外文化交流的新趋势。中国网友还根据流量显示贴出了老外喜爱的十大作品——《逆天邪神》《妖神记》《我欲封天》《莽荒纪》《真武世界》《召唤万岁》《三界独尊》《巫界术士》《修罗武神》《天珠变》等。这些小说被网友称作"燃文",讲述的多为平凡无奇的男主角开天辟地一路拼搏,在各路神仙师傅的辅助下,不断升迁,最终取得人生成就的故事。

(原载2017年10月16日《文学报》)

中国网络文学缘何领先世界

欧阳友权

中国网络文学,世界第一,被戏称为"野蛮生长"的中国网络文学,已经成为人类文学发展史上一道独特的风景。最新数据表明,我国 7.31 亿网民中,网络文学用户已达 3.33 亿,占网民总数的 45.6%,手机上网读文学的网民有 3.04 亿。数百家文学网站日更新总字数可达 2 亿汉字,文学网页日均浏览量超过 15 亿次,2016 年中国的网络文学市场产值破 5000 亿元人民币。仅一家阅文集团,每天就有 400 万作者为其上传原创作品,网络小说存量达千万部。由网络小说转化出版的图书,改编的影视作品、游戏、动漫、有声读物及周边产品,带火了大众娱乐市场,打造出"互联网+"的庞大产业。可以说,如此繁盛的文学境况在中国史无前例,在世界也是绝无仅有。

据中南大学研究团队对欧美、日韩、南亚诸国的网络文学普查所知,无论是这些国家的华语网络文学还是它们的母语网络创作,都没有出现像中国这样云蒸霞蔚的繁盛局面。中国作为历史悠久的文化资源大国,抓住了数字化传媒的时代机遇,实实在在地做成了网络文学强国,无论是作者阵容、读者族群、作品存量,还是整体的文学活力,中国的网络文学已经层林秀峰般隆起于世界文学之地平线,浩瀚网文领先世界已经是一个毋庸置疑的事实,其文化品貌和影响力堪与好莱坞大片、日本动漫、韩剧相提并论。基于互联网跨界优势,一大批中国网络小说走出国门,受到老外追捧,在美国、加拿大、菲律宾、英国、俄罗斯、印尼、越南……中国网络小说的拥趸众多,仅英文翻译网站 Wuxia World 就有来自全球 100 多个国家和地区的读者跟读,点击量超过 5 亿,日均访问人数都在 50 万以上,不只是历史、言情,还有玄幻、科幻、游戏、末世一应俱全的作品都是众多欧美读者喜爱的"菜",在 Novel Updates 这个提供亚洲翻译连载指南的导航网站,出自起点中文网的小说就有 150 余部。

如此"巨量"的文学存在,且开始成为中国文化"走出去"的一支劲旅,我们的网络文学缘何能够领先世界?

政府为网络文学保驾护航

细究其因,中国网络文学的良好走势首先得力于政府的积极引导与支持,日渐形成了有利于网络文学健康发展的社会环境和舆论氛围。政府有关部门近年出台了一系列有关网络文学发展的政策举措,使草根崛起、"赤脚奔跑"的网络文学上升为文化发展的国家战略和核心价值观建设的重要阵地。一方面以政策导向给予网络文学更多的扶持和奖掖,如《中共中央繁荣发展社会主义文艺的意见》倡导"大力发展网络文艺",采取"重在建设和发展、管理、引导并重"的方针,实施网络文艺精品创作和传播计划,鼓励推出优秀网络原创作品,以推动网络文学繁荣有序发展。国家广电总局和中国作协从 2015 年开始,分别开展"优秀网络文学原创作品推介活动"和"中国网络小说排行榜",尝试为网络文学设置标杆,促进其走向主流化和经典化;另一方面开展"净网""剑网"等专项行动,打击网络侵权盗版,加强网络文学内容和作品版权管理,规范网络文学市场秩序,优化网络环境,让正能量引领网络创作,使网络文学以其广泛的文学渗透力、娱乐吸引力和文化影响力成为中国文化软实力建设的重要一翼。

市场为网络文学注入创新动力

　　助推中国网络文学风生水起的另一个因素是得力于市场运作。如果说山野草根的自由写作、技术丛林的传播机制和商业模式的经济杠杆,是网络文学爆发式增长的三大利器,那么,商业模式的市场化运作则是激励创作、拉动传播、创新经营的最大推手,也是中国网络文学海量增长的经济支撑,而这一点恰恰是世界其他国家未能做到的。从十几年前最大的原创文学网站"榕树下"难以为继而被人收购,到盛大文学从一家独大到分化解体的断崖式滑落,再到阅文集团成为网络文学领域的新霸主,乃至中文在线的成功上市等网络文学市场的不断洗牌,其背后的根本原因就在于商业模式的构建和市场运作是否成功。网络文学在我国的兴起,是数字化传媒的文化创造物,也是网络文化资本市场催生的必然结果。其激励机制就在于,上网写作不仅可以自由表达、即时传播,还可以获利致富奔小康,甚至进入"作家富豪榜"而名利兼得,因而成为激发许多人"触网"写作的重要诱因。天蚕土豆近日被封为"网文之王",辰东、猫腻、梦入神机、唐家三少、我吃西红柿等作家登上"十二主神"宝座,还有一批写手荣膺"白金作家""大神作家""百强大神"等称号,其评价标准除了作品内容的价值蕴含外,大都离不开他们作品的点击率、收藏量、打赏数、IP转让率、出版发行量、粉丝数量等被读者认可的市场反应。

　　中国本土的汉语网络文学自上个世纪中后期开始起步,走过了一段曲折的发展道路,从刚开始的"无功利"创作,到新世纪初的市场化探索(如起点网2003年尝试付费阅读),再到近些年来IP竞价版权模式,日渐形成从上游原创作品向下游影视、游戏、动漫、图书、演艺、有声、周边等产业链延伸的"长尾效应",终于建立起"以消费者为中心"的商业模式,走活了数字化时代的这盘"文学大棋"。尽管还存在网络盗版侵权、唯利是图、忽视社会效益等情况,但网络文学的商业运作激活、带动、繁荣并制约了大众娱乐文化市场,不能不说是中国网络文学能够领先世界的一大动因。

文化为网络文学提供丰厚滋养

网络文学是一种原创文学,也是大众文学,它的影响力和传播力其实彰显的是中华民族的文化创造力,它的健康繁荣体现的是我们的文化自信。试想,一种文学,能有数千万人参与创作,拥有数以百万计签约作家和3亿多人的读者群,且以网络跨界、民间发力的特殊路径远播世界,这种时代现象级的"集群式"文学现象,定然是一个民族文学创新力的释放和文化创造力的迸发。

2004年开始网络创作的唐家三少已经写了4000多万字的小说,出版160多本书,曾连续130个月不间断"续更"。他近日曾感慨:"没有任何一个国家会在短短几十年涌现几百万新生作家投身创作,全世界的作家加在一起能有多少呢?"他还引用北大陈晓明教授的话说:"网络文学哪怕只有万分之一的精品,那也是一个非常庞大而可观的数字,是其他国家难以比拟的量级。"写手人多、高产量大、坚持不懈,外加青春激情放飞梦想,网络文学想不火都难。当然,网络文学高标于世界网络文学之林还有更为重要的历史和社会原因。我国悠久的文学传统和文化传承为当今网络文学创作提供了丰厚的土壤自不待言,中国经济的强势崛起,综合国力的不断增强以及开放而稳定的社会环境,更是中国网络文学快速崛起最大的时代背景。

网络文学发展的经验表明,强大的文化软实力才是一个国家追求的终极目标。网络文学彰显的创新活力和文化创造力正是中华民族文化软实力不断增强的一大表征。

(原载2017年3月29日《人民日报·海外版》)

中国网络文学何以走红海外

邵燕君

自2016年以来,中国网络文学在海外的传播成为网文界乃至整个文化界的一个热点话题,"网文出海"已经成为一种全球性文化现象,受到各方面的高度关注。据三家最大的网络文学翻译网站Wuxia World、Gravity Tales、Volaro Translation 2017年6月统计数据,三家合计月活跃读者数(月独立IP)已达550万,已经翻译和正在翻译的中国网络小说接近百部。在东南亚地区,中国网络小说更是早就成为深具影响力的外来流行文化,每年以百部左右的速度进行创作和翻译。2017年5月,起点国际版正式上线,截至6月,作品已超过50部。

中国文化的输出,过去更多是经过文学奖、图书展、电影节等主流渠道,而自发翻译、在线阅读、粉丝社区的出现,意味着中国流行文化走进了国外普通人的日常生活,同时也体现了中国网络文学有着和日本动漫、韩国电视剧乃至好莱坞电影在国际舞台上同台竞争的潜力。什么叫走进了国外老百姓的日常生活?就是我看你的东西不是因为别的,只是因为你是最好的。第一次走进一个中国餐馆可能是因为猎奇,以后还经常去,不去就难受,那就只能是因为好吃了。所以文化输出其实是一种真刀真枪的博弈。说白了,哪个国家的艺术更让老百姓喜爱,更能稳定持续地满足其日益刁钻起来的胃口,才会更有影响力。"刚需"成为硬道理。

中国网络文学在世界走红的背后,是媒介革命的力量。网络性让中国网络文学成为"网络人"的文学,在被网络重新"部落化"的地球村获得了广泛的亲缘性;那套土生土长的原创生产机制,更是其辐射地球村的动力源。数百万字的长度,"追更"、互动、订阅、打赏,是中国网络文学独创的。外国人不但感到新鲜,更震惊于其超大的产业规模。中国是一个有着数千年讲故事传统的大国,不仅在庙堂之上,民间高手也不计其数。各种潜在的文学资源和活力通过网络这种媒介形式重新被激活并且组织起来:几百万的作者,几亿的读者同时在网上写着,读着,打赏着,对话着——这样的生产方式和规模确实是人类历史上空前的,生产出最好的类型小说也不足为奇。

当然,外国粉丝们最初受到中国网络小说吸引的原因是新鲜,即所谓的"中国性"。在以往的文化输出中,我们特别注重所谓"越是民族的就越是世界的",这是20世纪80年代"寻根文学"的信条。今天看来,在这一思维模式下,"中国"难免以其文化奇观形象呈现在西方文化视野中。事实上,在地球村的时代,只有越是网络的,才有可能越是世界的。也就是说,"中国性"要通过"网络性"才可能展现出来,毕竟只要是中国的网络小说,自然会携带"中国性"。从目前搜集到的粉丝评论来看,外国人对中国传统文化非常感兴趣,他们惊奇于中国文化元素和中国人的想象方式。翻译小说网站Wuxia World上还有专门的版块普及"八卦""阴阳"等知识点。在漫长的追更与日常的陪伴中,中国网络小说真正显示出其"网络性"和"中国性"的魅力。

在显在魅力之下,中国网络文学在世界走红其实还有一个隐在的原因,就是"气质契合"。目前的这些粉丝,一部分是原来中国武侠小说的读者,还有很多是从日本轻小说那边吸引过来的。网文翻译最早的聚集地就是几个轻小说的据点,如"SPCNET"(一个独立关注亚洲影视和小说的论坛)、"Lightnovel"(轻小说论坛,美国最大的社交新闻网站之一的Reddit上的一个版块)。有的粉丝说,看日本轻小说看腻了,那种"守护美好的日常"觉得特没劲,而中国网文大都是300万字以上的大部头、大故事,主角有强大的行动力,所以特别过瘾。现阶段的中国网络小说仍延续着现代性的宏大叙事风格,比起日本轻小说后现代的数据库式写作,更对这些西方读者的胃口。

中国网络文学发展的这20年,正是中国经济高速成长的时期。今天,我们比历史上任何时期都更接近中华民族伟大复兴的目标,国家昌盛,发展无限,写手们心中有更广阔的天地,更崇高的理想,笔下自然就构建出恢弘的乾坤。这大概也是《三体》在世界受到欢迎的原因——早已进入后现代社会半个世纪之久的西方读者自己写不出阿瑟·克拉克式的美国科幻"黄金时代"的作品了,但仍渴望"黄金时代"的回响,来自现代化后发国家的"梦想的能力"可以作为一剂强心针。网络文学可不是只有一个刘慈欣,不是"单枪匹马",而是"大神"林立,背后有一个巨大的产业,可以源源不断地供应有宏大叙事风格的网络文学。

网络文学的不胫而走令人惊喜,如何规范扶持是一个富有挑战性的命题。只有在尊重其自然发展形态和粉丝文化基础上"良性引导",才能把好钢用在刀刃上,真正打造出国家的软实力。

(原载2017年8月18日《人民日报》)

网络文艺处在"雅化"关键期

董 阳

截至2017年6月,我国网络文学用户规模达到3.53亿,根据网络小说改编的电影、电视剧、网络游戏铺天盖地。据清华大学课题组发布的《2016中国IP产业报告》,中国IP影响力排名前100位,网络小说就占了61部。这意味着,无论你读不读网络小说,将来你看的电影、电视剧,听的歌曲,玩的游戏,很可能都跟网络小说有关。可以说,我们正处在"网络文学+"——一个由网络文艺"接管"大众文化的时代。

这不是危言耸听,从文化发展史角度看也并不奇怪。一时代有一时代之文学,网络文学其实就是互联网时代的通俗文学。今天被我们奉为经典的元杂剧、明清小说,都是通俗文学,都是在底层文人大量的民间创作基础上,于勾栏瓦舍的频繁演出中,涌现出来的大众文艺精品。远的不说,金庸武侠本来就是在报纸上连载的通俗小说,它继承了晚清民国以来通俗文学传统,最终融入主流文化,而我们看到的许多武侠小说衍生的电影、电视剧、流行音乐、网络游戏、漫画,其核心的创意正是通俗小说本身。今天我们将《西厢记》、四大名著奉为经典,把金庸小说放在很高的位置,将来某部网络小说被奉为新名著,某部由网络小说改编的电影被奉为新经典,完全是有可能的。

有人说,网络小说怪力乱神、子虚乌有,怎么能够担当这样的重任?在我看来,网络小说在发展初期,有过放任自流的阶段,确实存在泥沙俱下的问题,有的还很严重。但"风物长宜放眼量",今天正是包括网络小说在内的网络文艺从亚文化向主流文化转换的关键阶段。对此,我们既要有信心、有心胸,也要对问题和难度有足够的清醒意识。

目前,"网络文学"在数量上已经"+"得够多了,但在质量上还有更大空间,现在的重点应该从"+"得多转向"+"得好,从增量转为提质。这三四年来,"IP"这个英文缩写在中国的媒体上频频出现,几乎到了妇孺皆知的地步。"IP"的本义是"知识财产",在我们使用的过程中,主要是指网络小说的授权改编和衍生。这主要是因为,中国网络文学体量实在是太庞大了,中国年轻人的想象力和创造力大量投入网络文学中,其规模在全世界首屈一指。而且随着网络视听和传统影视市场不断扩容,各路资本纷纷介入,大量收购IP,网络小说身价水涨船高,据说有的网络小说IP估值几个亿。之后就是我们今天看到的现象,海量网络小说改编项目上马,大有"狂轰滥炸"之势。

从经济效益看,网络小说自带粉丝,根据网络小说改编的作品会有市场保障。但从实际情况看,真正实现口碑与票房双赢、社会效益和经济效益双丰收的情况并不多见。以至于一些网络小说的粉丝们,一听说要改编成网络剧,就预感挚爱作品将要被糟蹋的负面反应。这种现象非常值得注意,它意味着如果"+"得质量不好,口碑与票房分歧过大,"粉丝经济"的游戏很可能就玩不转了。

中国社会物质生产正在经历从重"量"到重"质"的转型,文化产业也到了瓶颈期和转型期。那种"得IP者得天下"的想法是非常外行的,即便从经济效益上来说,也是十分片面的。网络小说向其他艺术形式的改编,难度并不亚于原创,丝毫不能掉以轻心。只有"+"得专业,"+"得有品质,才能实现双赢,也才会产生正面的社会效益,把票房成功转化为文化成功。

我们还要认识到,相比于网络小说,影视和游戏作品影响更为广泛,网络小说改编过程中,要在价值观表达上具有清醒意识。一部网络小说动辄上千万字,更新速度极快,文字水平参差不齐,价值表达未经深思,此类问题普遍存在,即便所谓"大神级"作品也不能免俗。影视改编不能停留在照搬的层次,而应当在文化品质和价值内涵上做出有效提升。

此前网络小说读者主要是青少年群体,他们正处在价值观形成阶段,并不具有成熟判断力,而且由于这个群体相对封闭,小说中存在的价值观问题往往不容易察觉和公开。一旦推送到大银幕和小荧屏上,其价值观冲突就格外激烈,比如某些"宫斗"作品所宣扬的"丛林法则",某部"穿越"作品出现的"乱伦"问题,等等,都曾引起社会舆论激烈争议。要强调的是,这种争议并不意味着社会不宽容,我们要清醒地意识到,网络小说在"+"的过程中,不但需要艺术形式的转换,同时也一定程度上隐含着青少年亚文化向社会主流文化的转换。改编者在价值观表达上应当具有底线意识,以正面价值观给人以积极健康的文化影响。

大众文艺的兴盛是文艺高峰形成的广大基础,对大众文艺进行吸纳和提炼,正是文艺高峰形成的必由之路。经过20年快速发展,中国网络文学已发展成"庞然大物",并对我国文化生态起着越来越显著的塑造作用。从早期的野蛮生长到前几年的规范管理,再到最近的IP衍生,网络文学所"+"的内容越来越多,其影响更是无处不在。对此,我们不仅要从产业的角度去看它的体量之庞大,更要从文化的角度看它的影响之深刻。宋词、元曲、京剧、小说,都源于民间疯长的俗文化,经文人提炼萃取而成经典文艺样式,今天的网络文艺,也正处于"提纯""雅化"的关键阶段。事物发展往往"起于青蘋之末",这个事实越早看到,我们就越有文化自觉,就越能顺势而为,引导创作,从而繁荣社会主义文艺,筑就新时代文艺高峰。

(原载2017年11月17日《人民日报》)

是时候提出网络文学的"中华性"了

夏 烈

经过近20年的发展,网络文学到了可以提出其"中华性"的时候了。

为什么这么认为?这要从20年来中国网络文学发展的内部和外部因素综合来讲。可以说,网络文学既是一种根植于当代改革实践和中国民间及传统文化的创作混生体,也是越来越强烈地反映着全球化语境下中华主体性确立的敏感区。

时代的势能,给了这个伴随新媒介崛起的草根事物成长契机。而这恰恰由于它既是世界的又是本土的,既是传统的又是时髦的,既是大众的又是部落化的,既是发达的又是发展中的,既是作品又是产品,既是它自身又是辐射文化产业链的 IP(知识产权)。它在集中体现全球化和"互联网+"所有特质的同时,源源不断地呈现出沉淀于广大网络作者、读者的中华文化基因。而且,3.53亿人次规模的网文读者以及影视、动漫改编的用户群体,开始不简单满足于早期普遍认定的娱乐("爽文")诉求表达,而选择在阅读、体验中寻找生活参照、精神动力、价值关怀和家国情怀。

也许,仍然有半数以上的作品在快感模式中满足低水平重复的惯性,但已经不难看到,借由脱颖而出且广受欢迎的精品之作,网文世界正呈现出作者与读者共同成长、建设想象共同体、再造中华价值系统、确立国家民族认同的趋势。无论历史文、幻想文还是军事文、都市文,都有"我是中国人,我在世界中如何建立自己及其身份"的表达。这种表达可以理解为处于全球地理中的"我"反观自照的文化心理自觉,即越是国际化越有中华意识,也可以理解为随着中华崛起的外部环境变化,一些精英的网文作者、读者自觉或不自觉地参与到网络文学"中华性"的建构之中,试图用讲故事的方式阐释他们对中华历史、人生哲学等的理解。

当一种大众文艺载体成为时代的强势,引发各阶层的广泛关注后,势必带来"文脉与国脉相连,文运与国运相牵"的社会性、政治性、历史性赋格。固然,商业规律依然左右着平台运营、作品创作等诸多特点,但只要作者能够平衡其中的关系,并不断提升创造性转化的本领,剩下的关键就是如何通过大众的文学叙事机制完成合理合法的"中华性"网络文学经典。近20年,网络文学代表作家的一些有效努力和显著流变,让我们对这一点更有信心。

2016年完结的《将夜》和《雪中悍刀行》两部小说,就是构建并传播中华精神认同的佳作。大量的古代神话、诗词歌赋、诸子百家、典章名物、闲情雅玩等中华审美元素借由网络小说这个载体被"另类唤醒",和《中国诗词大会》《见字如面》等文化综艺节目一道,增强了国民的文化认知,凝聚着海内外华人的文化意识。

网络文学的"中华性"既是它自然而然形成的精神质地,也是当下以及未来需要阐释和研究的文化根性。这项工作将汇入传统文化与现代精神相接榫的世纪性使命之中。

(原载2017年9月21日《光明日报》)

网络文学应具备精神力量

许苗苗

网络小说因在线连载发布,形成了以读者趣味为导向的创作模式,其内容线索由情节推动,以紧张、刺激、猎奇作为吸引追文的看点。作为文化消费品,这种依附于大众趣味的取向无可厚非,但随着影视剧和热门话题中网络IP的增加,作协网络作家会员比例的提高,网络文学已不再是局限于屏幕阅读或青春群体的小众现象,而成为当前大众文化的主要来源之一。因此,对其要求也应当随之提高,在新奇好看之外,网络文学还应具备更深层次的精神力量。

在当前网络文学作品中,穿越时空和练功升级是十分流行的两大类型,不仅拥有诸多忠诚的读者粉丝,也成为大批新人涉足网络文学的模仿对象。在十余年的发展历程中,它们逐渐脱离向传统类型小说看齐的痕迹,积累了创作人才和独到的经验,各自产出了不少好作品。然而,如果对这两大类型进一步透视,就会发现其中仍埋伏着不少问题。

虚无史观与功利性爱情

穿越类小说的主要矛盾是时间的错位。早期穿越多受黄易《寻秦记》影响,写现代人回到古代,见证并参与民族历史进程。如《新宋》《回到明朝当王爷》《明》等,主人公以当代人读史的心理优势和后见之明重临古代,试图力挽狂澜,一解回顾历史时对昏君暴政的心头之恨。然而,穿越题材的一个基本准则就是不得更改历史进程,否则就脱离"穿越"而成为玄幻。因此,被既定时间框架束缚的穿越者总是一己之力难敌时代潮流,机关算尽却眼睁睁看着该发生的照样发生,最终只得用故作潇洒的态度掩饰虚无主义的内心。除以男性为主角的权谋征战类穿越文外,爱情也是穿越题材中颇受欢迎的一类,拥有诸多女性读者。当代男女关系太累,对房子、孩子、"直男癌"的恐惧让不少女性期望穿越到古代寻找真爱。然而,这种心下洞明的古装花式恋爱到底能不能解决真情的匮乏呢? 在诸多穿越文中,答案是具有讽刺性的。以备受好评的《步步惊心》为例,虽然女主的情感真挚细腻,但追求的却是明哲保身而非纯真爱情。她在了解未来雍正真实身份的情况下,有意识地接近四阿哥,疏远八阿哥,并竭力平衡各方关系,为自己规划一个有保障的未来。穿越没有带来超越,爱情背后是无情的利益。

穿越作品中让普通人经历时间的奇遇,真切的情感获得了读者的好评,其完整的情节构思和弥合古今的故事空间也受到影视改编的青睐。可惜,这类题材中往往是历史进程浇灭了热血青年的火焰,现实目的主导着青春少女的爱情,即便拥有跨越时间的身份,出发点依然是利己主义和功利性的。当然,快速膨胀的大众文化产业需要诸多内容,对于个别网络小说的思想性不必过多求全责备,然而,当网文一哄而上纷纷穿越之时,其中流露出的虚无主义历史观和功利性爱情抉择就值得加以警惕。

丛林法则与痞子英雄

通过练功、打怪获得升级的推进模式在玄幻、修仙之类题材中十分常见。为给闲暇时间浅阅读的网民提供尽快融入作品语境的渠道,网络小说把人物能力提升的方式简化为练级,包括武术、魔法、训练宠物等;而与之相应,复杂的人际关系也变成比武斗法、愿赌服输。无论是角色自身比武,还是放出神兽斗法,甚至后宫争宠、职场碾压等,其逻辑都简单明白,那就是丛林法则和赢者通吃。故事核心就是竞争升级,从不受欺负的小目标到终极位面的大主宰,一步步前进。主角赢得畅快淋漓,对手输得大快人心。除了逻辑明确易懂之外,练功升级小说吸引读者的原因还有其特殊的人物设置,那就是痞子英雄。作为凡人修炼成仙、废柴扬眉吐气的故事主角,他们往往出身卑微,身体素质差,也未必善良英勇,与以往胸怀大志的英雄形象相去甚远。他们立志苦练的起因往往是为了报仇——被同性伙伴欺负、陷害,或是遭异性蔑视、退婚之类。低起点的主角让最平凡的读者都能够满怀优越感地将自身带入角色,伴随主人公一起练功、升级、交友、恋爱,通过不完美主人公流露出的好色、嫉妒、报复等负面情绪完成对现实生活中不满的弥补和情绪的疏解。故事解决矛盾的方式往往是福星高照、天赐奇缘。虽然可能涉及主角刻苦练功,但碾压对手才是重点。因此,练功升级文给人印象深刻的往往不是铁杵成针而是好运无敌。由于缺乏描写铺垫,也就不需要细节吻合,带领读者进行轻松的白日梦。痞子英雄通过"痞子"日常生活中的小缺陷,打破以往主角高大完美的形象,赋予英雄真实和亲近感。这种角色并非网络原创,却在网文中得到了强化认同。然而,英雄难做,痞子好学。在作者生动诙谐的笔下,大多数人心中只留下痞子的外形、习惯、小心眼和好运气,而斗魔教、救星球之类的"英雄事迹"却因太过虚幻而被忽略,更遑论原本就未设置的高尚情操。

明确的目标、激烈的比拼、畅快的宣泄,这一切导致练功升级类网文受到大量热情粉丝的追捧和打赏。虽然整体上说,升级练功讲究的是"努力就有收获""人不犯我我不犯人"之类浅显正确的道理,但是由黑白分明导致在错综复杂的现实面前缺乏分辨力,由抽象的义气精神导致的睚眦必报、道德审判等潜在问题也不可小觑。特别是所谓热血文,顾名思义,以青少年为目标,并在行动能力极强的热血网民之间推广流行。沉溺于将自身看作世界拯救者的痞子英雄们,难免会将二次元世界里虚拟的道义感带入真实世界。当他们自认处于鄙视链的底端时,会不会也和小说人物一样,先从"痞子"做起,逐个消灭对手,功成名就之后再考虑"英雄"呢?

网络文学:不只网络,还需文学

长期以来,网络文学被与"文学"区别对待。这里的区别不仅在于媒介,更在于评价标准。在网络类型小说已成规模的环境中,网络文学似乎成为当代通俗小说的代名词。特别是层出不穷的抄袭丑闻和金光闪闪的网络作家收入排行榜,更使人们在评价网络小说时,将标准从原创性和思想性转向话题性和经济领域。网络文学虽然立意娱乐,不以宣教为目的,但它依然是精神文化产品,不能低估其对读者的影响力。特别是当网络文学从文字、影视形象等多方面进入公众视野时,更应当反思并评估其影响效果。在历史潮流面前,个人是否只能无所作为、无动于衷?在爱情抉择面前,情感是否必须让位于被理智包装起来的功利现实?过多痞子与英雄的复合体只会解构英雄,不能成就痞子。因为英雄必然有崇高理想支撑,而实现理想的过程太过漫长遥远,在网络小说中相对缺乏,不像丛林法则那样容易模仿并即时生效。

当代社会已然处于后现代颠覆权威和经典的潮流中,互联网更营造出众声嘈杂、缺乏中心的语境。网络文学一方面受网民兴趣主导,一方面又因强大的话题制造能力和媒介融合特性而影响到更广泛的社会层面,其影响早已突破网络和新媒体,成为不可小觑的力量。在这种情况下,网络作品中对社会的认识、对人生的态度以及传达的价值观非常值得关注。当历史虚无主义、爱情功利主义、丛林法则和痞子英雄遍布网络阅读视野时,它们必然自我繁殖,不断复制。网络小说一向打着满足读者、娱乐大众而非宣传教育的旗号。虽然文学功能原本并不排斥娱乐性和游戏性,但作为诉诸精神领域文化产品的网络文学,不仅有网络和产业化需求,还应具备文学的精神力量,时刻以精神贵族的姿态,以崇高的理想、思想的深度和反思能力来自我要求。

的确,网络文学不仅自身已发展成为一片沃土,也滋养了影视、游戏改编和周边产品,并通过实践展示出媒介融合环境下粉丝经济的威力。对待网络文学不应继续采取鼓励新生事物或看待纯娱乐产品的态度,不能单凭不俗的市场成绩或读者趣味就报以赞誉。随着网络文学从业者年龄的增长、产业的壮大、社会影响力的提升,对其要求也应当从单纯的娱乐态度、经济效益转向更开阔的精神维度、更深刻的文化内涵。是否具备精神力量,是否能够担负起展示中华文化风采、增强民族文化自信的重任,是当前网络文学的一个重要命题。

(原载2017年4月18日《文艺报》)

三大英雄史诗对网络文学创作的启示

王 祥

世界著名史诗,如希腊的荷马史诗、冰岛的《埃达》《萨迦》、印度的《罗摩衍那》《摩诃婆罗多》,是各国神话的重要载体,深深地影响了全世界的文艺创作,成为人类文明的重要组成部分。在这个过程中,大众文艺的改编、传播,功不可没。比如,北欧神话经过托尔金《魔戒》的再造、传播,成为欧美奇幻小说、影视剧创作的源头,也影响了中国网络小说的创作。中国的网络作家们从华夏远古神话、道教神话、佛教神话和《西游记》《封神榜》等明清小说中,汲取想象资源,创造了奇幻、玄幻、修真、仙侠、异能等各文类的创作奇迹,吸引亿万读者热情追随,使得年轻人对传统文化迸发了兴趣,并随着网络小说在世界各地的传播,中国传统文化对世界各地的年轻人产生了巨大影响。

中国的三大史诗——藏族英雄史诗《格萨尔王传》、蒙古族英雄史诗《江格尔》、柯尔克孜族英雄史诗《玛纳斯》,是具有世界声誉的史诗巨著,把三大史诗的想象资源用于网络小说创作,进而扩展它们在世界上的影响,应该是一条清晰可见的传播道路。因此,我们应该认真分析这些史诗对当下的网络文学创作具有哪些启示意义。

《格萨尔王传》中的"灵魂外寄"

《格萨尔王传》是世界上篇幅最长并且仍在不断生长的史

诗,包含着藏民族文化的原始内核,民间艺人在说唱作品时,常常把作品总括为"上方天界遣使下凡,中间世上各种纷争,下界地狱完成业果"。

格萨尔是神子在人间投胎而生,其他众多英雄也多是神在人间的投胎转世,荷马史诗与此相类似,主要人物常常是神的后裔或者是人与神的混血儿,如《伊利亚特》主角阿喀琉斯是人类国王与海神的女儿所生,因此他们是神性与人性的混合物。格萨尔与英雄们来到人世间前后,得到诸天神佛加持护佑,具有无穷的神通、法术,比如能制造各种飞船,依靠法术飞行,有些飞船甚至具有隐身功能,在征讨魔王的战争中大显神威。

《格萨尔王传》的神话思维与世界架构,是藏传佛教的世界观、原始宗教苯教的自然崇拜观、藏地的社会自然因素混合构成的,其中通行的万物有灵论,也是世界各地神话的基本思维特征。灵魂外寄与灵魂转世,是《格萨尔王传》中的重要观念,体现了神话思维的特色。《格萨尔王传》中,神、人与妖魔鬼怪的灵魂可以离开肉体,寄存在植物动物与山丘之上,寄魂物还能为灵魂增添力量,妖魔的寄魂物越多就越强大,只有消灭他们全部外寄的灵魂,才能战胜他们。

比如魔王鲁赞的"寄魂海"是他仓库里的一碗癞子血,把这碗打翻,寄魂海才会干;而他的"寄魂树",只有用他仓库里的金斧子砍三次,才会断;他的"寄魂牛",只有用他仓库里的玉羽金箭去射,才会死。如此才能令他神力枯竭,头脑发昏;在他睡熟的时候,他的额间有一条闪闪发光的小鱼儿,这是他的命根子,鱼儿闪光的时候被箭射中,他才能死。

再比如魔王托桂的寄魂物有五个:一是黑熊谷中的大黑熊,二是天堡的九头猫头鹰,三是罗刹大峡谷的恐怖野人,四是毒海的九尾灾鱼,五是林海中的饿鬼树。每一个寄魂物都需要特定神通的英雄才能战胜。而其中的黑熊十分凶狂,是很多厉害魔头的寄魂物,其脑子里有三颗鸡蛋大的弹丸,是天魔神、地魔神、空魔神的魂魄依存处;心脏里有九股金刚杵,是托桂魔王的魂魄依存处;肝脏里有鹫鸟翅膀,是众魔臣魔将的魂魄依存处。

这样的灵魂存在方式的想象,在世界各地的史诗和神话中是普遍存在的。如北欧神话中,众英雄在战斗中死去,灵魂回到英灵殿——瓦尔哈拉,就能恢复不死之身,像从未受伤一样饮宴狂欢。灵魂外寄的想象也在现代电影、小说创作中继续生长,成为关键设定,如《哈利·波特》的主要反派伏地魔,正是因为有多种寄魂之所,才成为几乎不会死的大魔头,构成主角的强大敌人,迫使主角不断追求魔法能力的进步。而《格萨尔王传》的灵魂存在方式的想象,更为丰富多样,而且在现代大众文艺创作中还未得到充分运用,给网络文学创作提供了充沛而新颖的想象资源。

《江格尔》中的三界划分

《江格尔》是蒙古卫拉特部英雄史诗,史诗中的世界分为上、中、下三界,天界住着长生天等天神,但是也住着恶神。中界人间的主要场景,是江格尔等英雄们居住的"宝木巴",是妖魔鬼怪处心积虑想吞占的宝地。"宝木巴"四季如春,这里的英雄们长生不老,永久地停留在25岁,与荷马史诗中的神和英雄们一样,健康漂亮,有活力,不衰老。而下界非常具有戏剧性,入口是一个深深的红洞,地洞里有宽窄不同的七层地方,与人间世界一样,有大地、高山、海洋和各种动植物,死者的灵魂会来这里。这里有上、中、下三界传说中的人物,有被捉来的仙女和人类英雄(如洪古尔),有可以举起一座大山的巨人,下界之主是长着"黄铜嘴黄羊腿"的老妖精以及数千个各色妖精。

连接下界与中界"宝木巴"的是如意树,江格尔去下界搭救伙伴洪古尔的时候,嘴里含着这棵如意树的叶子,医治了身上的伤,并保护着他游到咆哮的红海底下,找到了已经死去的洪古尔的骨骸,又用神树叶使洪古尔起死回生。这个如意树与北欧神话、奇幻文艺中的"世界之树"作用类似,起到支撑世界、提供生命力与治疗伤痛的作用。

上、中、下三界的划分为现代大众文艺创作提供了重要的借鉴。很多网络小说的冥界、下界的设定也与此相似,它们只是世界的一部分,主要住着非人类的角色品种,这里敌人多、盟友少,是故事主角作战的场所,在故事主角的"敌人""对手"这类角色建构中,起着重要作用。

《玛纳斯》的人物谱系

《玛纳斯》并非只是讲述一个主角的故事,而是英雄玛纳斯及其子孙八代人,带领被奴役的人民共同反抗外来统治的八部英雄传奇。《玛纳斯》的主角们是人类英雄,并且带有悲剧英雄的色彩,但是他们的妻子与导师是仙人,这个仙女人物谱系是系列史诗的重要角色。

《玛纳斯》世界里的人们,崇拜上天腾格里,那里是神居住的地方,崇拜大山,那里是仙女住的地方,崇拜河湖,那里有神力。有些神泉能治愈伤痛,与北欧神话中能供养世界之树的生命之泉作用类似。

主角家乡的邻近地区,有一座仙山卡依普,上面住着很多仙女,她们各具神通,与早期萨满教中的女萨满功能相似。她们帮助主角一方战胜敌人,并嫁给主角子孙后代,与英雄们并肩作战。

玛纳斯的妻子卡妮凯美丽智慧,深谋远虑,组织能力超群,能未卜先知,能起死回生,为玛纳斯缝制的战裤能伸能缩,防水火,刀枪不入。她在玛纳斯去世以后,又辅助儿孙两代成就不凡功业。玛纳斯的儿子赛麦台依的仙妻阿依曲莱克,有倾国倾城的美貌,能化身为白天鹅在天上飞翔,屡屡在战争关键时刻帮助丈夫渡过难关。玛纳斯之孙赛依铁克的妻子库娅勒是一位女战神,战力惊人,是赛依铁克的保护神,二人长期并肩作战。玛纳斯重孙凯涅尼木的妻子绮尼凯精通魔法,经常战胜会魔法的巨人,使自己一方在战场上立于不败之地。

《玛纳斯》中还有一个导师型人物巴卡伊老人,活了350岁,自玛纳斯出生起,一直教导着、帮助着玛纳斯,玛纳斯死后还帮助着他的后代。他与《魔戒》中帮助主角的巫师甘道夫、《亚瑟王》里的导师梅林作用类似,其功能是帮助主角成长与达成愿望,其实对应着我们对导师与智者的需求。

总之,中国各民族的传统文化资源,是为中国文化发展提供养分的神泉,也将随着中国大众文艺走向世界,为人类文明提供更多东方民族的智慧。当下的网络文学作家在创作中应该不断借鉴这三大史诗中的丰富创作资源,创作出更多更好的网络文学作品。

(原载 2017 年 12 月 4 日《文艺报》)

诗歌网络平台与传统出版精神

金 石 开

中国是一个诗歌大国,有悠久的诗歌传统。各种形态、各种风格的诗歌创作都经历了足够充实的完善过程,几乎臻于一种极致的审美状态,留下了大量脍炙人口的名篇佳作,成为中国人最美好的文化记忆。中国也是一个信息大国,象形字、造纸技术、活字印刷技术,都是中国的创造。在历史上的绝大部分时期,中国的信息发展水平都处于世界前沿,引领了人类信息传播的发展方向。我们不能把媒介作为影响诗歌创作的主要因素,但是信息载体的升级确实对诗歌事业的繁荣产生了重要的推动作用。最为突出的案例就是最近一个时期,诗歌创作呈现出来的勃勃生机,与我们国家以互联网为基础的信息技术快速增长之间不易察觉甚至被完全忽视的关系。本文拟以"中国诗歌网"的创立、发展为案例,浅析互联网时代诗歌创作出版应该重视的几个问题。

中国诗歌网是中国作家出版集团主办的,以建立"诗人家园,诗歌高地"为宗旨的诗歌创作、交流、出版网站,是中国诗坛第一家由官方主办的诗歌类互联网出版平台。自2015年正式上线以来,中国诗歌网已建成电脑端、手机端和APP端三个终端,形成以文字、图片、音频和视频等丰富多彩的形式展示诗歌艺术魅力的网络平台。网站陆续开通了上海、广东、山东、浙江、四川、江西、河北、湖北等34个省级地方频道和行业频道,形成了立足北京覆盖全国的庞大业务体系。目前为止,中国诗歌网已累积注册用户逾10万人,日均访问人数18万人,峰值达到39万人,日均页面访问量100万,峰值500万,日均收到诗歌作品近2000首。在短短两年的时间里,中国诗歌网从无到有、从弱到强、快速发展,应该说是在国家文化事业大繁荣大发展阶段,诗歌回暖升温的外部环境下取得的成果。但从内部因素考量,网站权威性和影响力的确立,与网站注重融合诗歌精神、出版精神和互联网理念的实践经验有重要关系。

互联网与诗歌高度契合的精神内核

从宏观角度来看,互联网技术发展到第二阶段后,让网民有机会参与信息的创造、传播和分享。而网民参与信息创造不仅改变了读者和作者的关系,还影响了内容"生产"的方式。第二阶段的互联网放大了文学本身的重要功能:表达自我与情感交流。互联网阅读不同于传统方式的地方在于,表达和交流的同等地位愈发明确,内容生产者和阅读者之间的界限被消解。这种情形,相当于诗人之间的唱和,大家以一种平等的关系在创造诗歌、欣赏诗歌。

互联网作为一个新兴媒体,所体现出来的分享、互动精神,与在几千年文化传统中诗歌所秉持的气质高度吻合。在历史上,很少有诗人能以诗歌为生,诗歌只是人们表达情感、分享经验的精神活动。互联网的诞生,与其说彻底断绝了通过诗歌谋取经济回报的可能,不如说是互联网强化了诗歌摒弃外在条件并回归到纯粹精神境界的特征。诗歌是一种作者之间的互相学习和点评能直接体现在作品创作之中的文学体裁,而网络恰恰让这种智慧的互动和借鉴变得更为直接和有效。今天的互联网,以"微"字开头的应用,如大行其道的微信、微博,恰恰与诗歌形式上的短小精美神合。总的来说,诗歌与互联网的结合,是科技与人文的诗意联姻,让科技变得温暖,让诗歌变得有力。

诗歌网络平台发展的几个阶段

中国接入互联网之后，文学网站很快成为互联网上最为活跃的一块园地，各式各样的文学网站雨后春笋般地成长起来，几千年的文学传统与刚刚萌生的互联网看似"自动"地实现了深度融合。但是，只有诗歌等为数不多的文学样式与互联网形成了最为有效和深刻的互动。诗歌事业借助互联网发展，也经历了几个阶段的摸索。

最初，第一代互联网最吸引读者的还是互联网的容量和信息发布功能，诗人群体对互联网的应用还是比较有限，诗人发表诗歌都夹杂在长篇小说、纪实作品之间，鲜见独立的诗歌网站。真正的诗歌网站或者诗歌类网络平台的兴起，是伴随着第二代互联网技术的成熟以及论坛和博客产品的普遍应用。中诗网、中国诗歌流派网等最初成立起来的诗歌网站，都是以开源的论坛软件为基础。所谓诗歌平台，其实就是一个大论坛，不同的诗歌栏目就是不同的论坛板块。甚至很多诗歌网站用的都是同一个开源软件。这样的诗歌网站的特点是，发表作品完全没有门槛，谁都能在论坛里展示自己的才华，再有影响力的诗人也要接受他人毫不掩饰的批评。管理者主要是通过论坛"置顶"和"加精"功能来推荐作品。由于论坛一般会分为几个甚至几十个板块，所以论坛形式的诗歌网站一般都是团队管理，这一点有些接近传统出版单位。博客后来也被人用作诗歌发表平台，但更多地显示博主的个人审美风格，以至于其社会功能尚不及论坛式的诗歌网站。

如果说诗歌网站是少数诗坛"精英"为诗人搭建的平台，网站还是有客观存在的门槛。可是，微博微信彻底粉碎了媒介对诗人表达欲望的限制，每一个诗人都可以成立自己的发表平台。在这里，一切都是自己说了算。尤其是诗歌类微信公众号，结合了文字音频视频等多种形式，用最为丰富的信息展示了诗歌的艺术魅力，形成了接近完美的互联网出版形式。因此，"为你读诗""读首诗再睡觉"等诗歌类微信公众号一时变得炙手可热。

诗歌网络平台更应该重视传统出版精神

互联网时代，每一个人都可以自主发表作品，这让很多人欣喜若狂，感觉互联网打破了传统出版的门槛，甚至产生了可以抛弃传统出版模式的错误想法。这也造成了一些弊端，比如无限放大互联网的作用，将互联网的现成模式套用在诗歌的创作传播上，泯灭了诗歌传统出版精神，将诗歌出版变成了三角地里的众声喧哗。相反，有的虽然充分利用了多媒体的丰富形式，但复制并且放大了传统出版的弊端。

中国诗歌网在成立之初深刻地意识到，出版工作的核心社会职能并没有变，编辑选择、优化和推荐等工作仍然具有推动文化创新和传播的重要作用，并尝试将互联网手段和出版精神结合，建立起真正意义上的诗歌互联网出版平台。所以，网站在充分发挥互联网出版优势的同时，尤为注重结合传统出版所积累的经验和流程，与传统出版优势互补。中国作协副主席吉狄马加曾强调，不管是网站，还是传统出版单位，都要通过发现有潜力的诗人、推荐有质量的诗歌，建立一套被广泛认可的评价体系，从而树立自己的权威，扩大自己的影响力。所以早在策划阶段，网站就把"每日好诗"作为网站品牌栏目来塑造。如果说"最好的诗"是一个不能成立的概念，那"好诗"就是网站向诗坛发出的响亮口号，是对诗人最为诚挚和美好的邀约。

"互联网+"是很多人耳熟能详的概念，对于出版来说，就是互联网加传统出版。传统出版的本质就是编辑出版的选择、优化和推荐功能，互联网加传统出版就是用互联网手段强化编辑出版的这种功能。互联网有更加通畅的选择作品的渠道，有借助读者和专家力量更为完美的作品优化功能，有通过更丰富的形式推荐作品的手段。应该说，互联网有传统媒介难以企及的"编辑出版"优势。但可惜的是，此前的很长一段时间，出版人仅仅把互联网作为替代纸张的一种廉价媒介，在读者畸形消费观念的推动下,出版人和读者都忽视了一个重要问题:将大量未经专业人员甄别的内容直接推送到读者面前,浪费了太多的社会资源,每一位读者都在耗费精力做一件自己不能胜任的事情。以前互联网出版的种种问题,都源于对传统编辑出版功能的破坏。

总之,只有完美结合传统出版精神和互联网理念,诗歌网络平台才能发现更多的优秀诗人和诗歌,让诗意充沛所有人的生活。

(原载 2017 年 8 月 14 日《中国艺术报》)

·百家论坛·

文艺与"新时代"

张 德 祥

十九大报告指出:"经过长期努力,中国特色社会主义进入了新时代,这是我国发展新的历史方位。"这是一个"划时代"的历史判断和历史定位——中华民族正在经历一个"新时代"!那么,"新时代"会对文艺带来哪些影响? 文艺又应当如何回应"新时代"? 或者说,文艺应当如何表达新时代的中国? 文艺既是时代所赋予,又是时代之表达,与时代息息相关。因此,"文变染乎世情",文艺最能体现时代风气。回顾百年来中国文艺走过的历程,就会清楚地看到文艺在不同时代的主题、精神与姿态。实际上,文艺的时代精神,就是文艺对时代的回应与表达。

上个世纪"五四"时期的文艺,是新文化运动的重要组成部分。面对中国的积贫积弱,文艺的主题是"人"的唤醒与个性解放,揭出病苦,引起疗救,不惜刺痛国民的神经,以唤醒麻木的灵魂,《呐喊》就是先觉者的声声呐喊,分明是暗夜里的点点"灯火"。进入三四十年代,随着中国革命的星火燎原与抗日民族统一战线的形成,左翼文艺运动蓬勃发展,其主题是民族唤醒与民族解放,《义勇军进行曲》《黄河大合唱》唱出了中华民族的觉醒与怒吼,唱出了救亡图存、浴血抗战的时代强音;延安文艺座谈会开辟了"人民文艺"的时代,《小二黑结婚》《白毛女》《王贵与李香香》使中国社会最底层的农民作为主人公走进了文艺世界,表现出新的人物、新的世界、新的文艺。新中国成立,中国人民从此站立起来了,随着社会制度和生产关系的深刻变革,中国社会进入了一个全新的时代,社会主义激活了中华民族改变贫穷落后面貌、建设新中国的集体主义精神和英雄主义精神,一个古老民族焕发了青春,《创业史》就表达了那个时代"创业""创世"的理想与激情,后来人们把那个时代叫作"激情燃烧的岁月"。毫无疑问,那是一个"大我"的时代,文艺为那个时代留下了形象记忆,传达了一个历尽磨难的民族翻身解放的豪迈心情与创造未来的理想主义。时光演进,质文代变,改革开放后,中国社会进入了新时期,新时期的文艺空前繁荣,繁花朵朵,竞相开放,直面现实,呼唤改革,极大地推动了改革开放的向前发展,《乔厂长上任记》《新星》《平凡的世界》紧扣时代脉搏,传达人民心声,文艺成为时代风气的先声。当然,也毋庸讳言,随着市场化、商品化的发展,随着资本介入文化产业以及世界文化思潮的相互激荡,中国的文艺遇到了种种挑战。习近平总书记在文艺工作座谈会上的讲话指出,"凡此种种都警示我们,文艺不能在市场经济大潮中迷失方向。"

今天,中国特色社会主义进入了新时代,文艺如何回应和表达这个新时代,关键在于对"新时代"历史方位、主要矛盾、基本方略和精神特质的准确理解。之所以是"新时代",就在于"中华民族迎来了从站起来、富起来到强起来的伟大飞跃",到本世纪中叶"把我国建成富强民主文明和谐美丽的社会主义现代化强国"。这是实现中华民族伟大复兴的国家战略目标,是"新时代"的历史使命。同时,我们必须准确理解新时代中国社会的主要矛盾,即人民日益增长的美好生活需要和不平衡不充分的发展之间的矛盾,因此,要"着力解决好发展不平衡不充分问题,大力提升发展质量和效益,更好满足人民在经济、政治、文化、社会、生态等方面日益增长的需要,更好推动人的全面发展、社会全面进步"。解决好主要矛盾,推动人的全面发展和社会全面进步,这是实现中华民族伟大复兴的社会进步要求,也是新时代的历史使命。时代的使命,就是文艺的主题。很显然,建设社会主义现代化强国,实现中华民族伟大复兴,推动人的全面发展和社会全面进步,离不开文化的支撑。"文化是一个国家、一个民族的灵魂。文化兴国运兴,文化强民族强。没有高度的文化自信,没有文化的繁荣兴盛,就没有中华民族伟大复兴。"可见文化繁荣兴盛的重要意义。那么,作为文化的重要构成、也是文化的重要载体的文艺,其品质、成色、气象如何,直接影响着文化的精神内涵和价值导向。因此,文艺必须回应新时代的召唤,担负起新的文化使命。

新时代的文艺创作,必须以习近平新时代中国特色社会主义思想为指针,深入生活,扎根人民,坚定文化自信,加强现实题材创作,"讲好中国故事,展现真实、立体、全面的中国"。习近平总书记在中国文联十大、中国作协九大开幕式上的讲话中指出,"改革开放近40年来,我们党领导人民所进行的奋斗,推动我国社会发生了全方位变革,这在中国民族发展史上是前所未有的,在人类发展史上也是绝无仅有的。面对这种史诗般的变化,我们有责任写出中华民族新史诗。"中国已经不是30年前的中国,也不是半个世纪前的中国,更不是一个世纪前的中国。因此,不能再以老眼光、老角度、老观念看中国。中华民族正以崭新姿态屹立于世界的东方。中国特色社会主义道路、理论、制度、文化不断发展,拓展了发展中国家走向现代化的途径,给世界上那些既希望加快发展又希望保持自身独立性的国家和民族提供了全新选择,为解决人类问题贡献了中国智慧和中国方案。新时代"是我国日益走近世界舞台中央、不断为人类作出更大贡献的时代",为人类作出更大贡献呼唤主人公意识,呼唤责任和担当,要推动构建新型国际关系,推动构建人类命运共同体。因此,写出中华民族的"新史诗",展现中国人民的伟大实践与创造,展现中国社会的巨大发展与全面进步,展现中华民族推动构建人类命运共同体的和平思想与担当精神,传达中国价值、弘扬中国精神、凝聚中国力量,增强做中国人的底气与骨气,增强中华民族的自信心,是新时代文艺的责任与使命。

"文章合为时而著"。一个时代有一个时代的文艺。文艺只有热切地呼应时代,回答时代,才能与时代共振,也才能为时代所标举、所标志。新史诗、新人物、新气象,正是新时代对文艺的呼唤与期待。一句话,文艺要表达出中国从站起来、富起来到强起来的伟大飞跃。

(原载2017年11月27日《文艺报》)

必须保卫历史

刘 大 先

当面对现实问题寻找解决办法的时候,人们往往乞灵于过往,试图从中鉴往知今、返本开新。在中国这样一个有着悠久历史传承的国度,这是一条习见而自然的思路,内在于文化积淀和思维模式的底部。重述历史式的文艺作品成为晚近一些年文艺作品中的主潮,无疑也从属于这个脉络。在这个重写的过程中,过往的资源成为一个战场,对于传统的态度、历史的阐释、记忆的争夺一再凸显出人们对现实处境的认知、立场、情感倾向和价值判断。

热衷"去政治化"导向了历史的虚无主义

由于解构主义与新历史主义的影响,泥沙俱下的当下叙事中,对于一度简单化、刻板化的历史观的批判走向了矫枉过正,反倒倒向了背离其初心的反端。后来者在反思一体性意识形态的告别革命浪潮中,捡了芝麻丢了西瓜,在返回历史、重塑传统的过程中丢弃了辩证法和唯物史观,或者将其在相反的维度上极端化——美好的理念播下乐观的龙种,结果只收获了失望的跳蚤。

这种趋向在文艺创作领域,从90年代的日常生活审美到新世纪以来的市场与金钱拜物教,将个人主义和消费主义发展到了极致。在隐在的新自由主义和多元主义意识形态之中,文艺作品的个体表达、审美娱乐被片面强调,而认知判断、引领倡导、高台教化的功能则被嗤之以鼻,后者被视为政治对文艺的粗暴干涉。但是文艺在警惕政治介入的冲动时,遗忘了自己实际上被经济所干涉的实况,因而使得自己"去政治化"的意图显得无知与荒谬——因为它们不过是在另一种意义上的"政治化",这让热衷于历史反思与重写的作品构成了自身的矛盾——它们中的很多在一定程度上倒成了反历史的虚无主义。

让我们先来看看几种充斥在文坛、舞台、银幕与荧屏的与重述历史有关的突出现象。最为突出的无疑是甚嚣尘上的网络文艺,它们以穿越小说为底,辐射到电视剧、电影和"手游"等多媒体上,钩心斗角的权谋机略、尔虞我诈的宫闱秘事成为这类宫斗戏和阴谋剧的主流。即便某些时空架构非常庞大的故事中,因为让家国大义附着于个人情感与欲望,它所表现出来的磅礴也只是在虚妄时空中的夸张,而不是主体精神的崇高,甚至我们可以说它的历史精神是猥琐的。历史在其中成为上演着各种自然人性、生存智慧与狭隘诉求的被动处所,而不是作为创造性主体奋斗与建设的主动进程。时间与人在宿命般的背景与构拟中失去了未来,只能返回到一己的恩怨情仇。

其次是抗日神剧。在这种奇观化的书写中,历史转为传奇,传奇又变身神话,英明神武的英雄在愚蠢迟钝的敌人面前以一当十。当残酷情境被戏谑化之后,失去了对于冷峻战争的敬畏,进而也失去了对于历史本身的敬畏。戏说、演义的传统在中国文学史上其来有自,作为正史补充的稗官小说,事实上起到了风化底层引车卖浆者的教育功能,是忠孝节义、礼义廉耻等基本民间伦理的来源。当礼教下延之后,它们当然会作为封闭而陈旧的价值体系的承载物而遭到来自精英阶层的抛弃。但如今的神剧式戏说,却全然没有了英雄传奇的模范企图,而诉诸视听感官的刺激和低劣趣味的发泄。历史在这里被空心化和符号化地诉诸情绪消费,它唯一可以推波助澜的只是狭隘而盲目自大的民族主义,这也并非民族之福。

第三是严肃的历史文学和正剧中,对于王朝、事件与人物评价的"翻案风"。在新的价值体系中重估历史事件与人物,本来是历史书写中的题中应有之义,而"一切历史都是当代史"的意义也正是在于对既有历史书写的扬弃,以裨补阙漏、衡量论定,让历史的遗产成为活的因子,进入到当代文化与观念的建设当中。但是在涉及现代中国革命与革命英雄人物的形象塑造时,我们会发现一种逆反的处理方式正呈现出覆盖式的趋向,比如"民国范"的怀旧、乡绅阶级的温情缅怀、对已有定论的汉奸的"同情的理解"和洗地,而另一面则是让革命领袖走下神坛,给英雄模范"祛魅",把平权革命解释为暴行。很多时候,这种书写的背后理念是人性论和生活史,突出历史的偶然性和宿命性,强调大时代对个体的挤压以及个人在时代洪流中的无可奈何。于是,存在的就是合理的,革命被矮化和简化为王朝更迭和权力斗争,历史中只有盲动的群氓,而没有自明的主体,绝大部分民众似乎都是被少数野心家的阴谋诡计裹挟着随波逐流。本来,瓦解一些意识形态幻象,恢复个人在历史中的生命体验,可以视为一种解放。然而当历史在"后革命氛围"中失去了乌托邦维度之后,精神迅速降解为欲望和本能,只有以邻为壑、卑劣无耻的宵小,没有舍生取义、舍己为人的伟人,这显然让历史卑琐化了。如果按照这种逻辑,历史的连续性被革命的断裂性所破坏,那就无法解释为什么中国革命能够推翻"三座大山",持续地进行新民主主义、社会主义和改革开放的革命,后者恰恰证明历史并非静止,中国社会是一直在自我纠错、自我更新的。

如上种种表现,对应着柏拉图所谓的欲望、情感与理性偏向,不免让我们回想起尼采关于"历史的用途与滥用"的论说。在他看来,历史对于生活着的人而言必不可少,它关联着人的行动与斗争、人的保守和虔敬、人的痛苦与被解救的欲望,从而相应地产生了纪念的、怀古的和批判的三种不同的情感态度。按照这种说法,马克思主义的历史观综合而又超越了三者,所谓"批判地继承"即可以归结为历史、唯物与辩证的立体结合。辩证唯物史观当中的历史,是既尊重历史,又有现实立场,并且旨归是在解释世界的基础上改造世界。我曾经在一篇文章中谈到

"历史感"即"现实感",强调基于过往实际、当下处境和未来理想而书写历史。从理念上来说,这与中国悠久的历史书写传统也是相通的。"孔子作《春秋》,微言大义。言微,谓简略也,义大,藏褒贬也"。关于"义",王夫之《读通鉴论》讲到有"天下之大义"与"吾心之精义",在《四书训义》里解释说:"孔子曰:吾之于《春秋》,笔则笔,削则削。有大义焉,正人道之昭垂而定于一者也;有精义焉,严人道之存亡而辨于微者也。"这就是明确历史观与个人化书写之间的有机结合,从而使得中国的历史成为一种与文学相通的审美的历史、情感的历史与教化的历史,而不仅是科学的历史、理性的历史与纯学术的历史,前者体现了"六经皆史"的普遍价值、道德、伦理准则性质,后者则是现代学科意义上的某个具体分科门类。

中国传统的历史文学也一再体现了这种准则,比如传播久远、大众耳熟能详并且一再被重写的"赵氏孤儿"。《春秋左氏传》中成公四年、成公五年、成公八年里记叙的"本事"是由于赵氏孤儿的母亲赵庄姬与他的叔祖父通奸间接造成的赵氏灭门。但司马迁在《史记·赵世家》记载的时候,却隐匿了污秽的本事,而将罪魁祸首嫁接给权臣屠岸贾,突出的是程婴和公孙杵臼的救孤义举。纪君祥创作杂剧的时候则舍《左传》"本事",而采用了《史记》"故事"。千百年来人们记住的是经过史书和文学美化了的历史形象,而没有谁会认为这种处理是反历史的。因为在司马迁和纪君祥那里,都意识到历史并非某种饾饤琐碎的"拆烂污",而是要贯通"大义",让读者感受到温情与节义的价值彰显。这是文学的德性,而不是现代历史科学的理性。即便是史学,"史家追叙真人实事,每遥体人情,悬想事势,设身局中,潜心腔内,忖之度之,以揣以摩,庶几入情入理。盖与小说、院本之臆造人物、虚构境地,不尽同而可相通。""相通"的史学与文学不仅是记言记事的笔法,更在于支撑着这种笔法的对于"历史性"的认识。

警惕历史主义的偏执

如同海德格尔所说:"历史性这个规定发生在人们称为历史的那个东西之前。"史观或者说人们意识到的历史性,使得历史不仅仅是一种知识,更是一种情感态度与道德追求。在前现代中国,史观被表述为"义",而"义"的内涵随着时代变迁而变迁,就今日而言,历史的"大义"无疑应该依托于经过马克思主义和中国革命实践洗礼的一系列价值体现:消除贫穷和等级,追求人民民主、平等和共同富裕。近代以来的历史哲学被分为本体论的(如黑格尔)、认识论的(如科林伍德、孔多塞)。20世纪以来经过"语言学转向",又出现了修辞论的(海登·怀特),经过福柯、德里达之后,历史更是被消解,而替换成"谱系"。而吸收马克思主义营养并结合中国实践所产生的历史观,在此类欧风美雨之中则被搁置了。历史决定论、线性发展观、矢量时间观在解构之后,造成了"历史的终结"论和价值观的淆乱。当代文艺中种种历史重述现象所体现出来的虚无主义必须放置在这个思想史的脉络之中才能得到有效的清理。

如果我们细析当代文艺作品中的虚无主义,会发现近代以来的历史哲学遗产挥发出的藕断丝连的影响。它表现为历史主义,即根植于19世纪兰克史学的价值中立式的"真实性"偏执。这种历史主义表现为"有一份材料说一分话"的工具理性思维,因为与有清一代的乾嘉汉学传统契合,而被现代中国知识分子奉为史学圭臬。"上穷碧落下黄泉,动手动脚找材料""层累"叠加的古史辨成为塑造当代历史观的主要资源,而另一类有着明确理想维度和未来愿景的历史观资源(阶级斗争、革命正义、消除等级与剥削的平等诉求、社会主义革命与共产主义未来的必然性)则因为激进乌托邦的失败而退隐,乃至遭到嘲笑。实证主义式的历史观作为基础性知识累积的手段,自然没有问题。问题在于这种思维推向极致,就会将手段当作目的,尤其在进入到文学领域后,很容易因为书写者亲历、经验和现场的"真实"

感受而带来一种真实性的虚妄,误以为那就是历史。从逻辑上来说,现场感并不等于现实感,而个人真实也不能与历史真实画等号。历史主义的求真,如果失去了向善的道德维度,而只计较于"法利赛人的真实",而忘却历史的"大义",就会让历史书写变成一堆秘事杂辛、断烂朝报的堆积,就像法的条文规定如果不以正义为旨归,那么教条的律例很有可能成为恶的帮凶。

"修辞立其诚",这个主观性的"诚"至关重要,它就是要在客观性的"真"的基础上加上善的维度,保护它不至于沦落为冰冷的机械作业。不幸的是,当代文学书写中的很大一部分,可能正在走向这种历史主义式的工具化。其表现就是津津乐道于"细节",就像以赛亚·柏林在论说"现实感"时所强调的,作家的重要任务就是要潜入表层之下、穿透那黏稠的无知,达致"难以清晰表述的习惯、未经分析的假说和思维方式、半本能的反应、被极深地内化所以根本就没有被意识到的生活模式"。这固然是文学极其重要的一面,但是在工具性的思维当中,"细节"的现象学式呈现并不能自动生成对于"细节"的理解,更遑论历史感的生成。真实的细节与材料如果没有坚定的历史观做支撑,不仅不会一叶而知秋,反而导向了个人主义的一叶障目不见泰山,这恰恰是现实感的丧失。最典型莫过于在回溯当代革命史的叙事中,所呈现出来的"创伤叙事"和"伤痕即景",历史被呈现为一种无目的、动物本能般的布朗运动,书写者娇娇楚楚地喊疼、叽叽歪歪地冷嘲热讽、湿腻腻地浸泡在你侬我侬的汁液之中。在抛弃了记忆禁忌(无论任何时代、任何文化中这种禁忌都是必要的)的宣泄之中,读者在其中只能得到颓丧的熏染和仇恨的训练。

文学艺术应与历史共振

如果说历史主义来自于科学理性,那么另一种潜在话语——功利主义,则源于消费的理念。它基于实用的立场,将历史作为"任人打扮的小姑娘",在我们的时代就表现为消费历史。对比于借古讽今、古为今用的现实主义立场,这种功利主义的失误在于历史的"大义"消失了,只剩下"小利"。艰辛的血与火、激情昂扬的挣扎与奋斗、美好的未来想象都被轻飘飘地耸身一摇,像狗抖落毛皮上的水滴一样,将它们全部抛弃。这从那些最为风行的网络文学主题中就可以看出来,曾经在现代革命被打倒的帝王将相又回来了,并且以与绝对权力相匹配的绝对道德的面目出现,就像那些痴女和迷妹受虐狂似的拜倒在霸道总裁的脚下一样,此类文本将坐稳奴隶或者攫取权力奴役他人作为最终的目标。这不啻是一种历史的逆流,新文化运动以来辛辛苦苦一百年,一觉回到了前清朝。它们的历史观一反进化论的思维,回到了退化论。而修真玄幻类的小说则只有在历史架空的异质时空才会发生,同样是躲避现实,从历史中逃逸的意淫。在这个逃逸的过程中,就像盗墓贼(另一个极其醒目的网络文学主题)一样,窃取历史的遗产并且将它们作为休闲装饰物和消费品以自肥。

历史在消费逻辑中不仅不是一笔丰厚的遗产,反而是一种沉重的负担,是一项召唤我们去偿还的债务。但是哪怕历史的幽灵始终徘徊不去,消费社会和消费者也不想听从任何历史债务的召唤,它们只想逃债,用戏谑的方式扮演遗忘的弱智儿,或者榨取历史中可以提炼出使用价值的内容,并将之生产为衍生最大化的文化商品,投放于市场。其必然结果是迎合低劣趣味,直奔本能的下流,而文学作为人类的精神产品就堕落为"自然存在物"的无节制娱乐,而不是"为自身而存在着"的"类存在物"(马克思《经济学哲学手稿》)为了"追求着自己目的的人的活动"(马克思、恩格斯《神圣家族》)。这样的文学其实是历史的浮游生物,根本无法触及历史的渊深内面。更为严重的后果是重新造就了原子化和游戏化的个人:一方面无可无不可的虚拟人格随物赋形,因为缺乏坚定自主的价值执守而发生人格漂移;另一方面,将个人与社会隔离开来,没有意识到个人的社会关系联结,则是对于国家与民族的遗忘。这样的个人不会有任何操守,什么事情都干得出来。

恩格斯在《费尔巴哈与德国古典哲学的终结》中说:"人们通过每一个人追求他自己的、自觉期望的目的而创造自己的历史,却不管这种历史的结局如何,而这许多按不同方向活动的愿望及其对外部世界的各种各样影响所产生的结果,就是历史。"文学艺术就是包含在历史中的"不同方向活动"之一,它是一种与历史共振的能动性活动,而不仅仅是"再现""表现""象征"或者"寓言",更不是戏说、大话和流言蜚语。文学艺术通过叙事加入到历史与现实的行动之中,"历史"总是被当下所讲述,而这个"当下讲述"本身构成了历史实践的组成部分,它们共存于时空之中——历史似乎已经远去,但文学艺术对于历史的一次次重新讲述,却可以参与到历史进程之中。

历史的进程固然有着回流与曲折,对于历史的认知也存在着各种话语的竞争。在某种意义上,诗比历史更真实。文学书写之中,无论是历史主义还是功利主义,都游离在有效的历史书写之外,前者舍本逐末,后者泛滥无涯。因而我们必须保卫历史,保卫它的完整性、总体性和目的性,不要让它被历史主义所窄化,也不要被功利主义所虚化。重新恢复那种蕴含着情感、公正、乌托邦指向的"大义"历史观,文学艺术需要寻找到自己独特的叙述维度,创造出带有历史责任、社会担当、道德关怀、理想诉求的历史书写,进而复兴过往传统的伟大遗产,成就一个新的历史。

(原载 2017 年 4 月 5 日《文艺报》)

走出"泛娱乐"的文化自觉与担当

徐清泉

由"泛娱乐"向"泛文化"转型升级

第二十届上海国际电影节虽然已经落下帷幕,然而余韵未了,尤其是阿里优酷发布的关于推动文化文艺生产供给由"泛娱乐"向"泛文化"转型升级的战略倡议,更是引人关注和热议。

"泛娱乐"的说法比较好理解,其基本取向就是向物质主义跪拜、向消费社会妥协,以游戏玩乐的心态对待诸多文化生产包括文艺创作,历史可以被拿来演义戏说,崇高可以被大卸八块地解构,不管有没有内涵、接不接地气、是不是文化文艺生产要素,都一股脑地拿到生产作坊里,被加工成既可博受众一笑、又凑得成票房的所谓"作品"。如"社教类节目的娱乐化",以及手撕鬼子之类的"抗战雷人神剧"等等,就是其突出代表。

而"泛文化"的说法似属优酷首创,仿佛还有其特指。其本意大致是在强调,将节目作品的源起点及发力点,放到"文化内涵"上而不是"娱乐卖点"上,采用"内容更亲民,分发更有效,调性更年轻,表达更多元,手法更时尚,营销更贴身"的文化文艺生产手段,把我国丰富的文化文艺资源要素加工转化为大众可以接受的文化文艺作品,让大多数的人既看得懂又乐意看。显然,在"泛娱乐"大行其道的背景下,优酷实际上是提出了一个值得业界深思的命题:今后的文化生产供给消费,到底该有怎样的精神价值诉求?

既要有文化自觉更要有社会担当

早在2011年,就有某互联网企业在布局其文化内容产业板块时,便旗帜鲜明地喊出了启动"泛娱乐战略"的口号。一时间跟风随大流者如过江之鲫。如此竞争之下,优酷也无法做到置身事外。好在优酷多年经营"泛娱乐",深知其甘苦荣辱,两相权衡,最终提出了进军"泛文化"的战略。尽管"泛娱乐"短期内还难以偃旗息鼓,以至于优酷也不可能很快完全放手,但其"泛文化"战略的提出却具有标志性意义。它表明:作为制造商供给商的文化生产企业,已有先知先觉者在反思检省"泛娱乐"的痛点弊端。显然,快餐化、感官化、浅薄化及消解化是"泛娱乐"的短板所在。对文化产品制造商供应商而言,抢收视率、冲上座率和不计后果挣快钱,是其操纵"泛娱乐"的动力所在;对受众而言,求消遣、讨轻松、避沉痛、弃思考等,是其迎合并沉溺于"泛娱乐"的根由所在。

马尔库塞指出:"当人类被剥夺了反思与沉痛的思考后,他们所剩无几。""泛文化"战略分明是认清了这一点:上档次上境界的文化生产供给实践,肯定不是做"快餐"挣快钱,而是做品牌、求可持续,这既需要有文化自觉和文化自信,更需要有社会担当。优酷率先从"泛娱乐"中抽身投入文化,说明是已具备了初步的文化自觉;他们能看到中华传统文化的巨大价值,并提出了由"文言"向"白话"的资源转化策略,也可说是具有了基本的文化自信;而优酷团队表露的要致力于"解决人们灵魂饥渴"的决心,则表明他们作为文化产品生产者供给者,正有意担当起码的社会责任。问题的关键在于,在"泛娱乐"已为业界流弊的当下,需要有更多的文化产品生产者和供给者,能够逐渐唤醒文化自觉,树立基本的文化自信,并且为自身的文化生产供给注入更多昂扬向上的精神力量。

关键是奉献更多的正向精神价值

自十八大以来,提振文化自信、努力提升中国文化话语权的国际影响力,已成为我国文化文艺生产领域努力实践的奋斗目标。2014年文艺工作座谈会的召开,又极大地激发了我国文化文艺建设领域旺盛的生产力。仅从电影生产消费来看,截至2016年底,我国电影2016年全年票房就达457亿、观影人次达13亿、电影屏幕总数突破4.1万块,IP作品改编也显现出了火热势头。客观地说,电影产业一片火热的情势至少反映了两方面现实:一是我国广大人民群众对文化文艺精神消费的需求,正呈现出快速增长势头,这非常符合恩格尔系数揭示出的规律——当人们的生存消费和物质消费等"刚需"伴随国家经济增长而获得充分满足后,其精神文化消费等"软需"就必然会出现爆发式增长。二是正因为有大众精神文化消费需求的巨量存在,才使得众多的逐利资本会涌入文化文艺生产领域,这也就为我国今后的电影作品生产供给等,提出了一个更加紧迫的、有关如何把握好作品质量关的待解难题。平心而论,当下的电影产业明显有些急火攻心、虚胖生长的架势,这其中不乏"泛娱乐"引发的恶果。浮躁之下自然会有业界人士天真地预判,我国票房一两年内有望破千亿,届时稳坐全球票房老大宝座。其实,能否过千亿,相对于能否提高电影质量、能否助力于增强中国文化影响力而言,真的没那么重要。因为优品佳作的影响大和质量高,不见得全由票房销量说了算,关键是看它能否给这个世界贡献更多的正向精神价值。

对那些沉迷于"泛娱乐"的文化文艺生产供给者而言,"泛文化"和"泛娱乐"的精神诉求高下区别,他们并非不知晓,需要的只是促使他们不断增强社会责任担当意识。

(原载 2017 年 7 月 7 日《文汇报》)

人民就是最大众

李春雷

人民,是我们当下谈论最多的一个名词。

真正的人民是什么呢?每个人都有权利说"我是人民的一分子"。但你代表的是个人,并不是人民。因为你只是个案,或最多是小众。而人民,是一个意蕴丰富、广阔无边的世界,涵盖着各行各业、方方面面,包括信仰与追求、内心和外在。所以,对于一个作家而言,作品的"人民性"是自己进行文学创作时面临的一个重要概念。

文学的人民性这个概念,最早出现在19世纪初叶的俄罗斯。别林斯基、杜勃罗留波夫等提出,文学应该反映"人民的意识",要求作品"必须渗透着人民的精神","感受人民所拥有的一切质朴的感情",表现人民生活中美好的东西。马克思主义经典作家承认文学的人民性,并且依据历史唯物主义原理赋予它新的含义。马克思和恩格斯在早期著作中曾直接提到"人民性",说这是"表现一定的人民精神的东西",并且指出"从人民的利益的观点来考察"作品。列宁曾明确指出:"艺术是属于人民的。它必须在广大劳动人民群众的底层有其最深厚的根基。"这些经典论述,为我们正确地理解文学的人民性提供了科学的依据。

从文学的人民性的概念发展来看,人民性是文学实际存在的一种社会属性,强调文学与人民群众的关系问题,指的是作品对人民的态度和它在历史上的进步意义。不同的历史时期,文学的人民性也有着不同的含义。因为作为社会意识形态之一的文学是在社会发展过程中产生的,是随着社会的发展而发展的。白居易曾说"文章合为时而著,歌诗合为事而作",说明文学就是历史时代的产物,不同的时代有不同的文学。

在这个全媒体的信息时代,我们再次谈论人民性,重要的不是概念、理论上的廓清和厘定,而是在实践中的实施和建设。我深切地感受到,一个有志于反映时代本质的作家,只有尽可能多地、深入地融入社会,融入生活,融入人民,才有可能真正地理解现实,进而精准地反映现实,体现文学的人民性。这是一个客观的,甚至是科学的法则。

为有源头活水来

生活是文艺创作的不竭源泉。文学的人民性,离不开扎实的生活基础。谈起深入生活,扎根人民,常常有作家朋友说,我们本来就生活在生活中,我们本来就是人民的一分子,还体验什么呢?

是的,你的生活真真切切,水水灵灵。但是,如果我们换一个角度,或许你是一个教授,是一个记者,抑或是一个工人、一个农民。你熟悉的,只是你自己生存的空间。除此之外,对于这个阔大的现实社会的主流脉动,对于更广大人群的真实生活,你熟悉多少呢?

上世纪30年代初期前后,从小知识分子家庭走进上海的丁玲,发表了《莎菲女士的日记》等一系列以个性和女性解放为题材的作品,轰动一时。如果她沿着这条道路走下去,可能是另一个张爱玲,是一个"心灵负着时代苦闷创伤的青年女性的叛逆的绝叫者"(茅盾语)。但由于时代原因,她的人生道路发生了改变。她走向了延安,走向了人民,走向了最火热的生活。于是,她写出了《太阳照在桑干河上》。

丁玲的道路,正是延安生活使她的文学创作发生了质变。1946年,轰轰烈烈的土改运动中,她背起包袱,来到桑干河畔,实实在在、真真正正地与农民生活、战斗在一起。农民从几千年封建压迫中挣扎出来的伟大力量震撼了她;农民淳厚、质朴的品质吸引了她;土改中纷纭复杂的社会现状丰富了她。她走家串户吃派饭,和身上长着虱子的老大娘睡在一个炕头。逢到分浮财时,有的老太太挑花了眼,不知拿哪样好,她总是帮忙挑选。村里分房子,往往一下子分不合适,她在旁边提建议:某处还有几间什么样的房子,分给什么人更合适。村里的干部都为她如此熟悉情况感到惊奇。

如此深层的现场体验,才使丁玲的创作不是从概念和公式出发,而是循着生活的脉络,真实地书写。小小暖水屯,就是一个小社会,各种关系犬牙交错。富裕中农顾涌既把大女儿嫁给了外村富农胡泰的儿子,和本村地主钱文贵是儿女亲家;与此同时,他的一个儿子参加了人民解放军,儿媳妇出身贫农;另一个儿子在村里还当着青联主任,是一个积极要求上进、工作不坏的干部。钱文贵是群众最痛恨的恶霸地主,可是他的亲哥钱文富却是个老实的贫农,堂弟钱文虎又是村工会主任,儿子更被他送去参军。斗争最坚决的贫农刘满,他哥哥刘乾却当过伪甲长……小说真实地反映了当时中国农村的生存环境及农民心态的复杂性、丰富性,将政治、经济、家族、血缘、道德、文化、个体心理等元素进行了如盐溶水、不露痕迹的成功表述。

正是这些独特成就,使《太阳照在桑干河上》显得更加真实、深刻、可信和可亲,超过了同一时期同类题材的其他作品,从而成为一部文学名著,成就了丁玲在中国文学史上的地位。

还有柳青。为了真正体验最广大人民群众的酸甜苦辣,他从大城市直接把自己下放到最基层农村——皇甫村,一住就是14年。这是一种真正的深入,深层的融通,由走近而走进,由了解而理解,由感染而感悟。正是踏踏实实地深入体验,他才创作出了史诗般的长篇小说《创业史》。

人民,一枝一叶总关情

我们的文学是人民的文学,而不是贵族文学。文学艺术来源于最广大的人民群众,服务于最广大的人民群众;人民需要文艺,文艺需要人民,这是颠扑不破的真理。道理和道路,就在面前,最关键的是如何去实践,去实现。

深入生活,扎根人民,这似乎是一个老生常谈的话题,但这确实又是一个常谈常新的问题。虽然我们都置身生活中,但我们每个人生活的天地还是太有限了。当下的社会,处于特殊的转型期,世界一体化,信息全覆盖。多元的影响,使得我们所处的社会生活呈现一种全新生态。面对这一切,我们必须积极主动地走出自己已经熟悉的、舒适的、习惯的生活,走进更广阔、更基层、更陌生的领域,去学习、去热爱,去发现自然的美、生活的美、心灵的美,并进行美的创造。

众所周知,工业题材在当代文学创作中比较难以驾驭。作为一个农村出身的文学青年,我更是感觉陌生。1998年,为了创作自己的长篇处女作,我曾经在邯钢体验生活一年时间。我骑着自行车,走遍了分布在邯郸市周边的多家邯钢生活区,采访了数百名邯钢人。为了体验钢铁工人在特殊时间段的心境,我经常与工人们吃住在一起,甚至当年的除夕夜,我也没有回家,而是在炼钢炉旁与工人一起吃饺子值班。当天深夜,遭遇钢包大喷事故,钢液飞溅,极其危险,我躲避不及,左手小拇指被钢液烧伤,鲜血淋漓,至今仍留有白花花的伤痕。正是这些亲身体验,正是这次剧痛,把我与工人兄弟之间的情感彻底打通了,再看到他们便感到格外亲切。

2008年汶川大地震当天,我主动请缨,成为中国作家抗震救灾采访团一员,并最早到达震中。当时的震中地区时时发生强烈余震,极其危险。我背着睡袋、干粮和饮水,在滚石乱飞的深山里采访,长达一周时间,几度死里逃生。正是这些特殊的体验,让我创作出《夜宿棚花村》等作品。

2010年青海玉树地震后,我再次主动请缨。在中国作协的支持下,我独身一人连夜飞往西宁,又在冰天雪地中日夜兼程18个小时,翻越4824米的巴颜喀拉山,以最快速度到达海拔4000米以上高原雪域深处的震中——结古镇。由于行动突然,缺乏休息,再加上高原反应,我几天几夜不能睡觉,满眼金星,头痛欲裂,几次昏倒,只能依靠吸氧和喝葡萄糖维持。前线指挥部急忙联系飞机,让我与伤员一起转移。但我明白,北京方面只有我一个作家在场,使命在身,不能后撤。正是有了这样深刻的体验,我再次创作了4篇报告文学作品。

为了创作反映129师题材的长篇报告文学,我曾沿着刘邓当年行军作战的路线,在河北、山西的深山里奔波两个月,行程数千公里,搜集资料200公斤;为了体验民工生活,我曾主动搬进50多个民工居住的帐篷里,在汗臭、脚臭和鼾声中住宿了一个星期……

"扎实生活,诚实写作"是作家的基本准则。一个优秀的作家,必须拥有丰厚的生活经验积累,才能对生活有独到的认识、理解。有了独到的认识和理解,必须虔诚地对待,苦心孤诣地去创作,经营好自己的一方心田。诚如是,才能有所得。

文学,永远的正能量写作

文学作为人类文明建设的重要组成部分,无论其表现手法和主旨都是正能量写作。哪怕写血腥写阴暗,其目的也是警醒和劝诫,而绝非欣赏和倡导。这就是文学的方向,也是文学的责任。

歌德在《歌德谈话录》中强调"人民群众"和"现实生活"的重要性。他认为一个人"所特有的内在自我"(才能和内心生活)是不足凭的,个人智慧的最后根源是群众智慧而不是天和神。在这个意义上,他说每个人都是"集体性人物",也就是社会生活的产物。文艺须从客观现实出发——这是歌德的文艺观中最基本的一条。他强调不要学席勒那样从抽象理念出发,

"为文艺而文艺",而要先抓住亲身经历的具体个别的客观现实事物的特征,为"较高的意旨服务"。他说:"世界是那样广阔丰富,生活是那样丰富多彩,你不会缺乏作诗的动因……我的全部诗都是应景即兴的诗,来自现实生活,从现实生活中获得坚实的基础。我一向瞧不起空中楼阁的诗。"所以,歌德的作品是"由现实提供作诗的动机,据此来熔铸成一个优美的、生气灌注的整体",这就是"诗人的事"了。

我认为,对于一个作家的文学创作来说,"人民性"就是"较高的意旨"。只有舍弃"小我"情调,永葆"大我"情怀,心向大众,才能把自己的作品"熔铸成一个优美的、生气灌注的整体"。

习近平总书记在2014年10月召开的文艺工作座谈会讲话中,特别强调坚持以人民为中心的创作导向,并指出:"能不能搞出优秀作品,最根本的决定于能不能为人民抒写、为人民抒情、为人民抒怀。"这就要求作家必须坚持文学的人民性,心系人民,深入生活,才能潜心创作出"有筋骨、有道德、有温度的文艺作品"。真正的文学作品,虽然是艺术,虽然不能说教,但最不能缺少的是最广大的人民立场和时代政治背景。北宋著名理学家张载说得好:"为天地立心,为生民立命,为往圣继绝学,为万世开太平。"我想,这是文学的大道——也是一个作家的为人之道、为文之道。

(原载2017年5月3日《文艺报》)

文学传统的"外发"与"内生"

於可训

自20世纪90年代以来,文学界谈论回归传统的声音日见其多。这原本不是一个新话题,可以说自20世纪初的"文学革命"反传统之后便有,只是在不同时期,有不同的说法罢了。这其中的原因虽然复杂,但主要的原因还是因为20世纪初那场"文学革命"的反传统太过极端,难免要激起固有文化的反弹,而从西方学来的东西又不能完全解决中国文学的问题,故而反求诸己,回头从传统中去寻找现代文学创造的经验和资源。

但这样一来,也造成了一个历史性的后果,即从此以后,传统和现代成了对立的两极。久之,则造成了一种二元对立的思维模式。这影响到现当代文学研究,长期以来,研究者往往把传统和现代看作是两个对立的存在,甚至是两个冲突的阵营,文学处在这个对立冲突的两极之间,要有作为,就只能作一种单向的选择,要么回归传统,要么走向现代。

现当代文学发生发展的历史证明,传统与现代的关系,远不是这么简单。很长时间以来,人们往往认为,中国现当代文学的发生,是西方影响的结果,而接受西方影响,又是以颠覆自身的传统,即所谓反传统为前提。这个流行的说法虽然说出了一个普遍存在的事实,却也遮蔽了中国现当代文学发生的一些"内生"性因素,以至于因此把中国现当代文学完全看作是一种"外发型"的文学,即外力作用的产物,割断了中国现当代文学与文学传统的血肉联系和整体关系。事实上,在20世纪初"文学革命"的发轫期,就有学者、作家把当时正在发生的"文学革命",看作是中国历代诗文革新运动的历史延续,而且致力于寻找白话新文学与中国古代白话文学之间的历史联系,在古今白话文学之间,构造与文言的正统诗文并行不悖的一种新的文学传统,甚至以之取代正统诗文,视为中国文学的"正宗"。后来又有人把中国文学区分为"言志"和"载道"两大传统,把承袭"言志"传统的晚明文学革新运动,看作是"文学革命"的直接源头和动因。认为"五四"新散文受晚明小品文影响,更是一个普遍的共识。这说明,即使是主张激进的"文学革命"的一代学人,也不否认现代新文学与文学传统之间一脉相承的内在关系。这些学者、作家的认识,对后来的现代文学研究产生了很大影响,开辟了一个由"外发"到"内生"的研究现代文学发生发展的新思路。无独有偶,在近三十多年来引进和译介的一些域外论著中,也可以看到,一些西方汉学家和海外华裔学者也在努力从中国古代文学传统中发掘影响现当代文学发生发展的内缘因素,说明从中国文学的内部运动去寻找现当代文学发生的动力,重建传统与现代的关系,确实是一个不容忽视的问题。

在中国文学发展历史上,不论是见诸文字,还是流于口传,已经孕育着白话文学的萌芽,有的已长成参天大树,如果没有西方文学的影响,也将缓慢地发展出现代的白话文学。"五四"时期建构的白话文学传统,就是一个证明。虽然不能在"现代文学"与"白话文学"之间画上一个等号,但"现代文学"是经由倡导"白话文学"的"文学革命"肇始,尔后在不断追求现代的过程中结下的一个成熟的果实,却是不争的事实。而且,"白话文学"也是"现代文学"的一个异名和显在的文体形式。

一个民族的文学传统,不是单边的存在,而是复合的结构。因而建构一个民族的文学传统,可以有不同的层次和角度。就中国文学整体发展的历史而言,所谓正统诗文,是由历代文人的诗歌散文创作建构起来的传统,历来居于正宗地位。自宋元白话文学兴盛,明清以降,"白话文学"日渐受到重视,近代以后,渐有觊觎正统诗文宗主地位之势。到了"五四"时期,"文学革命"的倡导者就由宋元明清的"白话文学",上溯中国文学的既往历史,从中发掘白话文学萌芽生长的因素,努力在正统诗文之外,建构一个以"白话文学"为正宗的新传统。虽然这一新传统在当时并未得到广泛认同,但却是倡导"文学革命"的重要依据,并以融入、赓续这一传统为"文学革命"的目标取向。到"文学革命"成功,白话新文学日渐占据主流地位之后,又因其通俗的形式和大众化的效用,再度成为革命斗争和民族解放的利器,包括后来的为革命和建设服务等。在这过程中,被颠覆的不是中国文学传统的全部,而是文言传统的单边。相反,在颠覆文言传统的同时,却使白话文学传统被系统发掘,得到重建。

当然,自近代以来,中国文学对传统的继承,一直都是单边突进,疏于顾及全部。西方学者在研究城市文化与乡村文化的区别时,曾使用过一个"大传统"和"小传统"的概念。如果把这个概念移用到中国文学传统的研究,也可以说,中国文学的"大传统"应当包括历代文人创造的正统诗文和起于民间的白话文学两个方面。这两个方面在中国古代是相互补充、相互为用的。当正统诗文的创造力濒于枯竭,或陷入精神困境、风气颓靡的时候,往往要向民间创造的白话文学学习,从中汲取精神和艺术营养,或标举白话文学的意义和价值,提升其品格和地位。明清以后,更是如此。回观宋元明清白话文学日益兴盛,日渐受到重视的趋势,尤其是明清两代的正统诗文"专事模仿""徒为沿袭"的状况,两相比较,仅就中国文学的"大传统"内部正统诗文和白话文学的消长而言,以白话取代文言的文学革新也属势在必行。这次的文学改良虽然没有触动正统诗文的根本,但接下来的"文学革命"就视正统诗文为"谬种""妖孽",必欲除之而后快。正统诗文由此被打入"死文学"的囚牢,被"文学革命"全面"废除"。此后接续重建的传统,虽然以"民族的"自命,但基本上是起于民间的白话文学传统,如从"五四"时期就已经开始,到20世纪30、40年代达于极盛的通俗化、大众化的提倡,50、60年代以"革命历史演义"和"新英雄传奇"为代表的话本小说传统的复兴,都是这个单边的白话文学传统"偏至"发展的证明。

正因为现代中国文学自"文学革命"之后,逐渐走上了一条"偏至"发展之路,所以才有对于传统不断的检讨和反思,在这个过程中,被偏废的正统诗文的某些理论和创作遗产,也得到了甄别和利用。最典型的如20世纪50年代,在讨论新诗发展道路的过程中,倡导"在古典与民歌的基础上发展新诗",这个"古典",所指就主要是正统诗文中历代文人的诗歌创作。这些被"文学革命"彻底否定的文学遗产,不但成了这期间讨论诗歌形式问题的主要理论资源,而且,在创作中也为当时的诗人所取法、借鉴。郭小川所创造的"新辞赋体"和尝试把词曲的形式融入叙事诗,就是这期间重续"古典"诗文传统的产物。虽然这场有关新诗发展道路的讨论,最终并未为新诗找到一条公认的发展道路,但却在一个民间的白话文学传统"偏至"发展的时代,为文人创作的正统诗文争得了继承和再造的合法性地位。

新时期以来,鉴于这种"偏至"发展的文学传统,已经造成了可资利用的历史资源匮乏,文学创作的形式僵化、风格单一、创造力枯竭的状况,新时期的文学革新,一方面对外开放,向西方学习借鉴,另一方面同时也以开放的心态面向传统,正统诗文的遗产开始得到有效的开发和利用。20世纪80年代"朦胧诗"对温李一派诗风的继承和"新笔记小说"对笔记文体的转化,是这期间的文学重续压抑已久的正统诗文传统的重要表现。随着传统文化在整个社会生活中的地位日益提升,尤其是文学自身对追逐西方新潮的反省,从20世纪90年代以来,已有许多作家开始了创作转向。在这个转向的过程中,虽然仍有莫言式的向民间"大踏步撤退"和贾平凹等作家依旧钟情于白话小说的经验,但也有许多作家把目光投向一个比文学更深广的传统。这个传统不仅仅是上述包括正统诗文和白话文学在内的文学的"大传统",而是包括这个文学的"大传统"在内的更大的整体的中国文化的传统。如有人就提出,小说创作可以回到中国古代文字著述文史哲不分的"原始的'书'"的状态,并身体力行地进行了创作的试验。韩少功的《马桥词典》《暗示》等,就是这种试验的产物。此外,如张炜、迟子建等作家用纪传体、编年体、方志体、纲鉴体史书的体制创作了长篇小说。前述"新笔记小说",则进一步由短篇发展到长篇。凡此种种,说明这期间的作家,在立足本土经验,取用本土资源方面,已经超越了正统诗文和白话文学二元对立的格局,开始进入一个更加高远阔大的境界。

中国文学自来植根于一个深厚的文化著述传统,它的前身是一个文史哲不分的混成体,后来虽然从这个混成体中分离出来,却仍留有很深的原始印记。中国文学对中国文化浸润深透,而且与各种文化著述的文体边界也很模糊。论者此前曾以"史传传统"和"诗骚传统"言其对小说的影响,事实上"史传传统"和相关文化著述传统,对整个文学的影响同样至关重要。20世纪90年代以来,上述这批作家的创作转向,回到这样的一个著述的传统中来,是回归中国文化躯体宽厚、乳汁丰满的母体,可供利用和转化的创作资源自然不可限量。虽然不能说这样的创作转向,已经获得了圆满成功,但对当今文学开发利用本土文化资源,推动中国文学不断融入世界、走向现代,也带来了一些重要的启示。

(原载 2017 年 8 月 14 日《光明日报》)

"典型论"非但不过时,而且仍需强化

牛 学 智

"典型人物"最先出自文学领域,后来扩展到了艺术的各个领域,是艺术创作中经常用到的一种创作方式。"典型人物"作为一种理论观点,凝结了历代先贤大智的结晶,像亚里士多德、贺拉斯、黑格尔、歌德等对艺术中"典型"的探索,对这一艺术思想的符号化,都做出了无可替代的谱系性贡献。当然,人们公认并熟知的"典型论"的创始人、奠基者则是恩格斯。在《致玛·哈克奈斯的信》一文中,恩格斯首次提出了这一艺术概念,他说,"据我看来,现实主义的意思是,除细节的真实外,还要真实地再现典型环境中的典型人物"。因此一般的典型人物都是孕育在典型环境当中的,而不是剥离后独自存在的。

小说等叙事性文学作品中塑造的具有(有代表性的人物)典型性的人物形象,指那些具有鲜明特点的个性,同时又能反映出特定社会生活的普遍性,揭示出社会关系发展的某些规律性和本质方面的人物形象。典型人物性格的共性与个性的统一,表现为非常复杂的状况,究竟哪种性格成分会成为人物的共性,一方面受人物所处的历史条件制约,另一方面又受到作家创作意图的影响,只有直接体现着时代的特色和要求,又引起作者特别注意,并被用以寄托作者对社会、人生等重大问题的态度和看法的性格成分,才能成为典型性格中反映某些社会本质的东西。因此,典型人物的共性一般都带有阶级性,而且带有某一时代、民族、地域、阶层的人物所共有的属性。

在世界文学史上,一提起"典型论",人们就会不假思索地联想到鲁迅名著《阿Q正传》中的阿Q,它便是辛亥革命前后中国社会中麻木人群中的典型人物;也会不约而同勾连起法国作家巴尔扎克,因为其《人间喜剧》中创造了葛朗台,它即是真实反映1818—1848年的历史发展中法国的典型人物,如此等等。

一

可是,现在,恩格斯的归恩格斯,世界的归世界,甚至鲁迅的归鲁迅,巴尔扎克的归巴尔扎克,而我们——好像完全不需要这些,我们只需要"文化"。这是我看到的最刺耳的一种理论叫嚣,当然也是最有害的一种思想观点。什么是我们所需要的文化,他们并不去费心思阐释,他们只在乎莫衷一是的"身份危机";甚至什么是真正的危机,他们也无暇眷顾,他们只在意一个自说自话的个体怎么能利用别人并把别人如何变成梯子的所谓苦衷。也就是说,本来养了一缸鱼,看着其中的一条奄奄一息,不去测试鱼缸里的水质、鱼食、空气等是否有问题,而是一把抓起鱼,面壁思过,拷问鱼的心灵世界是否出了问题。也如同某些诗写石头,观看或体验的方式方法倒不少,隐喻、转喻、借喻、短句、截句、一次性喷发等等,可是呈现在读者面前的时候,却既感受不到所写的是石头,也无法体悟写石头的人的存在。

我不太清楚我们是什么时候什么语境什么价值,以及在什么样的理论批评家蛊惑下开始钟情"内在性体验"的,我只知道在加拿大哲学家查尔斯·泰勒《自我的根源——现代认同的形成》一书中是这么说的,我们把我们的思想、观念或感情考虑为"内在于"我们之中,而把这些精神状态所关联的世界上的客体当成"外在的"。或许我们还将我们的能力或潜能视为"内在的",等待将在公众世界中显现它们或实现它们的发展过程。对我们来说,无意识是内在的,我们把妨碍我们对生活进行控制的未说出的深度、不可言说的、强烈的原始情感和共鸣以及恐惧,视为内在的。正因为"内在—外在"的对立,"内在性"才值得去观照。我也只知道德国哲学家黑格尔在《美学》(第一卷)直陈"内在性"的内涵,"如果主体片面地以一种形式而存在,它就会马上陷入这个矛盾:按照它的概念,它是整体,而按照它的存在情况,它却只是一方面"。意思是,只有通过外在的努力,才能确保实现这内在的。至于法国著作家乔治·巴塔耶《内在体验》一书就更不用说了,它虽然把"内在体验"视为"唯一的权威,唯一的价值",但别忘了其立论的前提,即专辟一章来批判"教条奴役(与神秘主义)"的用意,在他那里,毋宁说,教条奴役或神秘主义,本来就是实现内在性的天敌。那么,他力倡的内在性体验,其文化功能究竟指向什么,也就不言而喻了。

恕我直言,"反本质主义"可能是导致"内在性体验"的直接后果,随着《文学理论基本问题(第二版)》(陶东风等主编)、《文学理论》(南帆等主编)等等的相继出版,也随着"日常生活审美化"与"审美化日常生活"的日益深入,文学观念的相对主义和虚无主义,几乎覆盖了所有版面,它们差不多都是在反本质主义的麾下完成的。作为理论,对新生现象的梳理无可厚非,当然,破与立,本来也是新理论生成的一般规律,无须大惊小怪。问题是,一到创作赖以存在的现实社会,你尽管可以假定没有什么唯一的、权威的甚至非如此不可的本质理论或意识对人的影响与塑造,然而,恐怕不能一概认为当下人之所以如此,只是人本身的原因,而没有任何外在力量的反塑造——如果真是这样,差不多所有人都被绑到经济主义价值战车并且唯权与势的马首是瞻的局面,就是个谎言。非但如此,更要紧的是,只要如此前提成立,"内在体验"可能仅仅沦为一场梦话,那与第二个人又有什么关系呢?

二

闲话休说,言归正传。这里我想重点强调的是,当下小说创作仍需强化"典型论",而不是有意淡化或弱化。原因有三:一是满篇迷迷糊糊、莫衷一是的个案"文化"样本,铭写与记忆的其实不是"身份危机"或者别的什么危机,而是使身份产生危机或使别的什么确定性产生动摇的渊薮。申明一点,此处的确定性不是宗法秩序乃至宗教群体的灵异体验,而是个体从传统社会"脱域"之后,"再嵌入"现代社会时所必备的人的现代性诉求。作为一种强烈的意愿,现代性诉求在我们这里不是"过剩"了,该"反"了,而是严重不足。切莫把吉登斯、贝克等社会学家基于民主文化内部全面展开的"第二现代性"现实依据,针对"第一现代性"提出的"现代性的危机"概念,张冠李戴拿来解释我们传统社会转型过程中因现代社会机制缺席而产生的特殊价值错乱问题。二是人人都有"内在性体验","内在性"实际成了某种神神道道、疯疯癫癫面向道山的邪幻知识生产,它也就不具备基本的世俗性特征了,充其量是一些世俗生活之上的浮游物——离成为个体还远着呢。三是如此打造的千人一面的"个体",其稳定性极差,盖因没有共同体的思想支持,一旦遭遇近焦距镜头,将会全线崩溃。《三体》《北京折叠》一类作品的不时出现,其冲击力之大,已经部分地证明了这一点。

下面我稍微纠缠几句,举几个正面例子来略说一下今天"典型论"仍需强化的理由。

小说《白鹿原》中有个田小娥,电影《白鹿原》中也有个田小娥,当然是同一个人物。但有了电影,此田小娥已非彼田小娥了。电影中的小娥,虽然也很计较进不进祠堂的事,可是她的身体一旦被利用和消费,连她自己也都不见得意识到祠堂对她究竟意味着什么了。小说则不大一样,田小娥与祠堂、白嘉轩与白鹿原,是棍棒都打不散的一个连体。没有祠堂,就没有田小娥命运;没有白氏家族,也就没有此时此刻的白嘉轩。田小娥、白嘉轩的思想魅力,全仰赖于祠堂与白鹿原这个典型环境,反之亦然。高加林、刘巧珍或孙少安、孙少平分别是路遥《人生》《平凡的世界》中的人物。这些人物的内在性不比当下小说中的内在性差多少,但为什么人们每遭遇现实就能想起他们,而且这种联想又不是搞笑化、小品化了的所谓"屌丝""草根"所能涵盖?就是因为前者能牵动一时代整体性的社会巨变和巨变中普遍个体的遭遇,而后者只寄存在社会分层中的某一层,是文学类型化的一个产物,它本身没有蕴含饱满的能撕裂社会结构的能量,即是说按照作家叙事的个人化经验,它们只是一个内心世界需要关注且主体性缺失的存在者而已。

接续20世纪80、90年代思潮而来的人物,当然各色各样,名见经传的也不乏数量,可是能留下深刻印象的恐怕也不多。在这不多的人物画廊中,我想,涂自强(《涂自强的个人悲伤》,方方)肯定算一个。涂自强如果还健在,今天也不过中年的样子。今天时代一个底层社会的中年人,活得如此艰难而无助,在他短暂的一生中,他丰沛的内在性体验非但没能如期帮助他渡过一次次难关,反而他好像最终也栽倒在内在性上了。而这一点,从文学的情感感染力看,好像是文学的初次发现,其实不然,优秀的社会学早以故事化形式完成了。只不过,方方通过涂自强这个典型符号,再度强化了社会断裂的严重后果,它呈现了社会学所不能呈现的文化政治真相,涂自强一生重要的生命流程,缺失的就是最低限度的社会保障机制,他意义世界的最终坍塌,也基本缘于此。这一角度,方方的"批判现实主义"这一"典型论",是与中国现当代文学史一脉贯通的。阿Q如此,祥林嫂如此,孔乙己如此,倪吾诚(《活动变人形》,王蒙)、庄之蝶(《废都》,贾平凹)、曾本之(《蟠虺》,刘醒龙)、带灯(《带灯》,贾平凹)、茅枝婆(《受活》,阎连科)、马垃(《人境》,刘继明)、村长(《上庄记》,季栋梁)、卓尔婉与丁香婵(《越秀峰》,升玄)等等,亦复如此。如果首先建立不起它们存在的典型环境——孟官屯、西京城、曾侯乙尊盘(器物)、樱镇、受活村、河口镇、某医学院与医院,这些人物连同他们携带着的思想观念,均无从谈起。"70后"李浩《父亲简史》与徐则臣《耶路撒冷》等,之所以能引起一般读者的广泛关注,是因为"正确"的历史已历经现实主义、新写实、新历史主义、日常生活等洗劫,要坐实父辈及祖辈的苦难史,个人经验已经十分不够,《父亲简史》变换的多样叙事手段,一言以蔽之,不就是为了研究"正确"之所以一直统摄"70后"一代大脑的"知识考古"吗?这是把知识作为典型来叙事的另一新颖典型论。同样,《耶路撒冷》的经验恐怕不是作者写了理想与拯救,而是用一篇中心人物事件加一篇专栏文章的1+1结构,如此既便于直陈核心事实,又可广泛勾连社会背景,在处理现实生活的经验时,拥有了认知的跨度。"70后"的个人经验,融入到陈忠实、路遥、贾平凹、刘醒龙、阎连科、刘继明等人的思想方向中去,构成了有效的"接着说"。从最初的社会分层,到今天的阶层固化,这一批文学人物的执著与动摇、恍惚与确定、无奈与洒脱、轻信与迷乱、狂热与理智,无不铭刻着我们置身其中社会内层的纹路,它是整体的、普遍的,却又是局部的、偶然的。总之,社会结构对个体的作用力,最终才形成了如此个体,而不是相反。人作为目的来表现,而不是作为文化手段,这是今天社会人们对文学的根本需要,也是"典型论"最擅长的语境规定性所决定的。

三

大的方面说,当代文学也是一个特殊的"典型论",它是社会学不小心遗漏的一块荒芜之地,也是政治经济学亢奋话语不屑一顾的致命细节,更是文化产业不拿正眼瞧的人文软肋。

这里似乎有个误区需要加以说明,泛泛地看,叙事类文学不可能没有典型人物和典型环境,并且也不存在何样的典型人物和何样的典型环境的问题。强化"典型论",是因为文学面对的社会环境发生了根本性变化,如果仍以一般的人性论、批判论和转型论、城乡二元论、类型论来观照现实,城镇化牵动的微观社会阶层乃至行业集团内部具体分层所形成的固化就会成为文学的盲区。要说文学思想的整体性丧失,其实就在这里发生。我不明白,人们普遍对文学摇头,原因究竟在批评家还是作家,但经过一些仔细研读发现,多半原因可能在批评家那边。第一,今天的批评文章非常繁盛,几乎是先有批评文章后才有作品,当以上提到的几论赫然占领大小版面之时,实际支撑作品的"典型论",顿时被消解了,给人的印象反而是文学性好像只能是大而化之的那么几条原理。第二，诚如前文所言，今天不管哪个代际的作家，一上手基本都是扑着"文化"而去，写半天，其结论不外乎找情节、细节为自我确认赋形，全然不顾个体发展所需的政治经济支持。理论批评在这个写作流水线中，非但很少质疑，而且多为推波助澜之作，好像认为不管什么文化，只要有很多人认可，就是"文化自觉"，紧接着文化包治百病的意识形态便形成了。岂不知，正是理论批评的顺水推舟，不但制造了批评的虚假繁荣，而且严重遮蔽了使文化成为问题的政治经济学根源，文化以及文化叙事反而成了赤裸裸的消费品，它的价值指数、精神航标，就此被窒息，它能动于现代文化与现代社会机制建设的启蒙功能，也就因过于分散而显得非常羸弱了。

升玄的《越秀峰》也许读者还比较陌生，不妨以此为例稍作解释。卓尔婉与丁香婵同为医学院毕业生，也同在某医院就业。卓尔婉出身农村，一直被浓厚的宗法文化所熏染，因为弱小，从小便养成了想要强大必须多点心眼、敢于制造潜规则的价值取向。这样的一个性格养成一遭遇机会，潜能便被激发出来了，会来事，知道怎么摆平上司，对她来说几乎顺理成章，于是她得到了她想要的，算是跻身到了"成功人士"队伍，这对她来说是常理。丁香婵家境没那么悲惨，但也好不到哪里去，可是，她有差不多的文化环境，也几乎从小就知道什么是自重自爱，对于医院的那套"潜规则"，她是懂也装不懂。当然，她也没那么纯粹，消费主义那一套也是掌握熟练、得心应手，类似尝尝鲜之类的事，她也没少干。不过，她的确不愿通过"潜规则"实现那个所谓的"成功"。这是俩人的区别。很难说，如此不同选择，是他们自主的价值判断，也很难说摆在她们面前的就现在这一条路。摸索小说叙事经络，作家不过力图聚焦那么一种个体与环境的关系。在这关系中，读者才会明白理想、信仰一类东西，实际上早已被比理想、信仰更强大的东西所揉碎、消解，剩下的只是如何求得基本的生存权的问题。这样的叙事，可不好随便当作一般的官场小说来读，也不便当作通常所谓"于连式"道德堕落样本来审视,毋宁说,它是权力无处不在的象征。这与我们兴冲冲大谈特谈"内在性"好像太不合拍了。事实证明,这一种典型现实,正是无数芸芸众生无法申张其内在性诉求的本质性限制。

转述这些想说明什么呢?说明现代性在我们这里还基本未曾扎根,其主要原因之一是我们的多数文学缺乏聚焦探讨一个问题的微观视野,或者说微观视野被不着边际的左一个人性批判右一个人性批判打散了,丧失了在现今具体社会结构深处打量人的能力,导致一个具体的人,现代性诉求是什么的问题一直悬而未决。《越秀峰》的确没有过长的历史流程,但它凝聚了一个个体与其环境之间共同生长共同腐烂的机制本身。毋庸讳言,特别是近年来,类似理想、信仰的叙事,实乃是把"典型论"推向文学边缘的始作俑者,结果造成了文学力量远逊于社会学的现实,《沧浪之水》(阎真)、《越秀峰》一类适合并有效作用于当前社会分层的作品,反而成了既断之香火。

四

"文化叙事"看起来好像跑得非常快,看成色听口气差不多已经走到"反现代性"的程度了。然而,忠实的文学读者,始终考虑的不过是文学与自己的血肉联系。这个自己,可能是鲁迅说的浙江的一条腿上海的一条胳膊,也可能是赵树理的"二诸葛""三仙姑",亦可能是农村底层者眼里的"茅枝婆",或者是维权群众特别愿意交心的"带灯"……我想,再怎么高估,对于热衷文学阅读的人来说,不大可能是谁也弄不明白的大同小异的"内在性"以及由此相伴而生的什么"时间观"。死的哲学问题,凡人没法预言和规划,生的问题和如何生的问题,倒可能是凡人特别上心希望多了解的主要议题。即便"内在性"屁股后面或许还会带个长长的尾巴,诸如"丰富""复杂"之类。从单纯的认知角度看,毕竟,文学阅读不是使人更糊涂,而是使人更清醒,乃至更觉醒觉悟的过程。

而要实现这一朴素愿望,或曰底线目的,哪怕推到后现代也没关系,作为方法和价值期许,"典型论"非但不过时,而且仍需强化。

(原载 2017 年 2 月 6 日《文艺报》)

捡了故事,丢了历史

——谈谈今天我们如何避免误读历史

丁晓平

文学创作永远无法回避历史问题。因此,在历史写作和历史阅读盛行的当下,在微观历史、口述史和非虚构写作丰富的今天,我们的历史写作和历史阅读,已经呈现了一种"捡了故事(微观的局部的片段或细节),丢了历史(宏观的整体的过程和因果)"的现象。之所以出现这种现象,其实就是我们碰到了一个老生常谈的问题——写什么、怎么写和读什么、怎么读的问题。对于写作和阅读,写什么和读什么或许不必操心,因为对一个有思想的作家来说,什么都可以读,什么也都可以写,可怎么读、怎么写却是一门学问,这里有情感、有立场、有哲学、有思想,有一点还是必须要有的,那就是还要有科学和理性——既要一分为二,又要恰如其分。

精神有领袖,历史无先知。要做到正确的历史写作和历史阅读,或者说如何避免误读历史,笔者结合自己的历史写作和阅读经验,谈一点肤浅的体会,一家之言,抛砖引玉,期待诸位方家批评指正。

一、不要轻易迷信权威,
要有"吾爱吾师,但吾更爱真理"的怀疑精神

有人说,历史是任人打扮的小姑娘。的确,历史都是由人来

书写的,而且任何时代历史的记录,都深受从事历史写作的人当时写作环境、价值观、写作动机、语言习惯和素质水平等因素制约,有好坏之分,有真伪之别,甚至还有故意遮蔽、掩盖历史真相的。因此,读史、写史就必须学会辨史,要有大胆的怀疑精神,不能对某个历史事件、某个历史问题,听了某个所谓权威的一家之言或一部专著,便急急忙忙倾心相信,从而受到蒙蔽,陷入对所谓"历史"的"迷信症",误入歧途。因此,历史写作和历史阅读,必须提高警惕,回到历史的现场,正视历史的局限和局限的历史,辩证分析,不能照单全收,既要在局限的历史中观照过去,也要在历史的局限中展望未来。

当下诸多所谓的网红式的学术权威和大V、公知,他们当中很多人既没有建构自己的理论体系,也缺乏深厚的学术修养,还不愿"坐冷板凳",是不甘寂寞的"半油篓子",凭借自己在国家级研究机构、院校、媒体、基金会或其他有经济实力的自媒体平台,以自己不怪则怪的奇谈怪论和牢骚满腹的情绪口水,采取与主流思想绝对对立的碎片化的观点,用自己武断、无端的想象去描写历史,搞历史虚无主义,泄私愤、发雷音,迎合和媚悦受众的逆反心理,或采取擦边球的形式尽冷嘲热讽之能事,亵渎祖先、亵渎经典、亵渎英雄,甚至诋毁、诬蔑或歪曲中共党史、中国革命史,其真实目的就是以言论、出版自由的幌子煽风点火,企图通过各种新媒体和社交平台,传播西方价值观念和所谓宪政民主,做"和平演变"的奴才。比如,某本以"国家"打头的人文历史杂志在未经笔者允许的情况下曾两次摘转本人著作《中共中央第一支笔:胡乔木在毛泽东邓小平身边的日子》的内容,但令人想不到的是,他们在转载中竟然在本人著作中插入境外出版物的文字,拼凑剪辑,前后观点完全相反,后被人举报,不得不公开向社会和本人道歉。

"一切真历史都是当代史。"这是意大利著名学者克罗齐1917年提出的一个命题。当下,"一切真历史都是当代史"在中国却被众多的公知们普遍地滥用和误读,甚至已演变为"一切历史都是当代史",把"真"字丢了,以致谬种流传。在他们看来,"现实是从历史中来的,甚至现实很多顽症根治乎历史,欲知现实之所以然,离不开去历史里面寻踪索秘、拨草寻蛇",似乎现实就是历史的翻版或历史就是现实的预演。其实,早在1947年,朱光潜先生在《克罗齐的历史学》论文中探究克罗齐的史学思想时,就曾对这一命题做了比较正确的解读:"没有一个过去史真正是历史,如果它不引起现实的思索,打动现实的兴趣,和现实的心灵生活打成一片。过去史在我的现时思想活动中才能复苏,才获得它的历史性。所以一切历史都必是现时史……着重历史的现时性,其实就是着重历史与生活的连贯。"我们可以鉴古知今,可以资治通鉴,可以从历史的经验教训中找到一些方法,但现实中的问题,只能抓住现实中的矛盾来解决,在现实的发展中找到答案。

二、不要轻易相信一个人的口述史,要树立大是大非的大历史视角

如果说"历史是平的",这个"平"就应该是公平正义。没有公平正义的历史,绝对不是人类史。"不识庐山真面目,只缘身在此山中。"一个人的口述史,只是一个人的,他的想法、看法、说法,是否就是历史呢?是否还原了历史的真相呢?眼见不一定为实,耳闻不一定为虚。现象不是现实,现实也不等于历史。历史人物亲见亲闻亲历的,或许也只是历史的一种表象和瞬间,甚至在那个历史的现场他自己或许都不知道自己竟然也被蒙在了鼓中,而"新闻背后的新闻"或许才是真实的历史。因为"小我"只是"大我"的一部分,有时候看似可有可无,却千钧一发四两拨千斤。

比如,笔者历时数年采访创作完成了《王明中毒事件调查》,以新发现的第一手历史文献完整澄清了歪曲污蔑中共和毛泽东的"第一谎言",被誉为中共党史的重要发现和收获,却竟然有人在新浪网专门开设"老行伍的博客"(http://blog.sina.com.cn/u/1572330144),扬言"请丁晓平先生试吃砒霜、水

剂甘汞、来苏水和鞣酸液……"其实,王明子虚乌有的"一家之言"仍被人不断复制、贩卖和炒作,妄图从根本上动摇一个执政党的道德形象和它的公信力。

历史写作和历史阅读,我们坚持大是大非,走正道存大义,既不能戴着显微镜放大历史的偶然,也不能戴着老花镜模糊历史的必然,更不能戴着有色眼镜说东道西,王顾左右而言他。历史写作,我们必须要寻找、发现和呈现历史中最有价值的那部分历史。何谓最有价值的历史?一句话,就是推动民族、国家和人民的进步,有利于民族、国家和人民的根本利益的那部分历史。

从近年来的历史写作和历史阅读状况来看,诸多文章明显缺乏理性,有的是完全在自说自话、喃喃自语,有的是借机发泄个人恩怨,有的甚至在搬弄是非。比如,从这些年的所谓"民国热"来看,包括以蒋介石为代表的民国人物历史作品和许多渲染国民党军队抗战的作品,以揭秘真相为噱头,把蒋介石等民国人物描写成不可一世的英雄和伟人,很多都是"国粉""蒋粉"的一家之言,没有抓住中华民族和中国革命历史的主流、主题和本质。他们大多以截取历史某个阶段或者段落的形式,以局部否定全局,以段落否定整体,以偶然否定必然,不承认历史的内在规律,逆历史潮流妄图搞什么颠覆、解构,实质上就是否定历史。在这方面,比如历史教师袁腾飞等,他们以调侃、诙谐、幽默的语言,写出了诸如《历史是个什么玩意儿》《这个历史挺靠谱》,不排除有一定的新潮和新意,但其本质上的犬儒主义给青少年带来了极其消极的负面影响。再比如,在某超级畅销书中竟然也发出了"蒋介石的悲剧在于与毛泽东同时代"这样"既生瑜何生亮"般的感叹,陷入了历史唯心主义的泥沼。

当下,一谈及文艺与政治,许多人就"谈虎色变",热衷"去政治化",仿佛自己与政治没有关系。其实,在现实生活中,我们的衣食住行都与政治密切相关,就像一个人永远无法拽着自己的头发离开地球一样,谁也不能离开政治。比如,许多学者、教授对诸如袁世凯、胡兰成这些民国时期所谓"反面人物"大搞"平反运动",片面地夸大这些历史人物本身确实具有的历史进步作用,但往往却矫枉过正,走向极端,误导青少年学生和社会大众,以至于认为我们的历史教科书是"运用强权,恣意篡改、隐瞒、阉割历史",影响十分恶劣。这种带有私人情绪的学术研究活动具有很大的欺骗和负面作用,他们不仅没有看到历史前进的脚步,而且没有理解历史研究"有经有权"的道理,表面上摆出一种所谓"去政治化"的姿态,其实质上玩的却是"政治手段",以达到"政治目的"。

三、不要轻易对历史下结论,要在可信的现代解读上主张正义

人们常说"以史为鉴""以史为镜",然而历史失真与历史思维的偏差,往往导致文明的生命力的下降,损害历史的镜鉴作用。历史需要科学的、深层的探究和客观评价,需要我们"博学之,审问之,慎思之,明辨之,笃行之",既要正视历史人物和我们每一个人自身的狭隘、局限、偏见和人类社会的阶级性、政治性和斗争性,又要看到历史本身有其发展的客观规律,不能简单地把它归结为个别的、特殊的历史事件的集合,只强调对历史事件的主观评价,把历史只看作是精神的运动、发展的过程。历史是一条滔滔不息的长河,逝者如斯夫。对于历史和历史人物都要抱有一种敬畏之心——当历史的牺牲作为名词的时候,更加凸显历史人格的崇高,更加凸显历史逻辑的严谨。

因此,历史写作不能轻易下结论,要尊重历史发展的客观规律,明晰历史研究和历史写作的终极目的——还原现场、照亮现实、美好未来。我们可以无限地接近历史的真实,却永远无法还原历史的真相。正因此,我们更应该把历史写作的目的放在发掘历史的价值上,引导人们从历史中吸取经验、智慧和营养,不再重蹈前人的覆辙。这就要我们对历史人物和历史事件秉持人文关怀,对历史和历史人物的命运遭际保持宽容,要坚持在可信的现代解读上主张正义,既不一味展览黑暗与丑陋,也不无视可能体味到的炎凉辛酸,而是更多的对真善美的发现,对我们脚下

这片土地丰饶和贫瘠、阳光和阴影的珍视。同时,我们对历史的发现和重述,还要懂得历史问题的解决和呈现必须要充分服从并服务于国家、民族和人民的现实利益,既不能投鼠忌器,也不能因噎废食,它不是抢新闻上头条,必须要有足够的历史耐心,掌握方法和时机。

近年来,否定"五四运动"的声音甚嚣尘上,其中不乏国字号研究机构的专家、学者。有相当一部分学者否定"五四运动",简单地错误地认为"五四运动"新文化运动"打倒孔家店"就是全盘否定中华传统文化,推翻"孔教"就是全盘否定孔子的儒家思想(笔者在著作《五四运动画传:历史的现场和真相》中有比较系统的正确分析),甚至简单粗暴地将"五四运动"与"文化大革命"联系起来。比如,2009年,"五四运动"90周年的这一天,某报刊发了曹汝霖的《回忆录》,这本来无可厚非,但他们竟然在"编者按"中罕见地把"五四爱国运动"简单地定义为青年学生的一场"街头运动"。还有,近年来尊孔之风盛行,许多商业机构绑架文化学者利用文化产业化,所谓的"国学"大行其道,变相地把读经、穿汉服作为传承国学的形式,实质上是学风、文风不正的具体表现,是"四不像"的新八股,其目的不过是为了忽悠民众、变相赚钱。

四、我的愿景或结论:
宽容比自由更重要,正义比平等更重要

历史的阅读与历史的写作一样,需要具备良心、良知来造就良史,需要在常识的基础上建立共识造就知识。何谓知识?笔者认为:知即调查研究,识为辩证分析。因此,我们必须学会思考,学会用辩证法。辩证法的基本精神就是理论联系实际,一切从实际出发,实事求是——这是思想之剑。但我们同时也要明白,辩证法其实并不是一门科学,也不是逻辑,甚至也没有什么"规律"可言,它不想混淆黑白,不想说一个东西既是这样又不是那样,一个事物该是什么就是什么。因此,辩证法要的是在

事物之间活学活用各种道理,灵活地看问题,机动地做事情,也就是用正确的方法去做好正确的事情,它其实是一种人文的方法,它要求以我们的价值观去改变历史(改变并不是改写)。简单地说,辩证法给我们提供了一些思考问题的角度,主要有两个角度:一个是从整体的角度去思考,就是说,一个事物的各部分必须在整体联系中才能真正被理解;另一个角度是以历史的眼光去看问题,一方面历史在操纵着我们(任何一个历史人物也包括在内),另一方面我们又在创造历史,我们在历史中处于承先启后的位置,所以我们的所作所为既有来路又有去处,才能踩在历史的点子上,不然就会被历史抛弃。

无论是历史写作,还是历史阅读,我们必须突破历史的局限,不当"事后诸葛亮",不做"马后炮",不搞含沙射影、指桑骂槐那一套尖酸的把戏,更不能浅薄、无知地搞什么拿来主义,拿过去类比今天,拿外国类比中国,否则就会滑入经验主义、教条主义和主观主义的茅坑中去,陷入痴人说梦盲人摸象的唯心主义的泥沼。而那些靠炒作历史已经不入流的陈芝麻烂谷子来标新立异的、像狗仔队一样挖掘历史的花边新闻来哗众取宠的公知们,甚至不惜人格国格媚俗媚外媚低级趣味,搞什么解构、颠覆、重塑这些所谓的新名词新花样,终究将成为历史虚无主义的奴才和知识的乡愿之徒而被历史所耻笑。而尤其值得注意的是,许多大众媒体不问青红皂白,记者因受自身知识的局限,没有确立马克思主义新闻观,像狗仔队一样抢新闻、找噱头,"追星"般跟风炒作,博取眼球,推波助澜,在舆论上没有起到正确的引导作用。

思想与理性是人类天性中最重要的素质,对此我们必须有着坚定的信仰。就像没有思想的历史学家绝对是不称职的历史学家一样,没有思想的作家也不是好作家。我在著作《光荣梦想:毛泽东人生七日谈》的序言中,对历史写作曾经说过这么一段话:历史不是人类的包袱,而是智慧的引擎;历史不是藏着掖着的尾巴,而是耳聪目明的大脑。历史更是一种文化,是一种价值观。在全球正在"化"为一体、微观史独领风骚、史学研究"碎片化"大行其道的今天,在史学家和公知们沉溺于对五花八门五颜六色的微观史并自足于津津乐道的今天,在日常生活史、个人口述史、小历史在各种各样的传播媒介上出尽风头的今天,个体的历史越来越清晰,整体的历史却越来越混沌——细节片段的微观历史遮蔽了总体全局的宏观历史,混乱、平庸的微观叙事瓦解了宏大叙事,琐碎、局促的微观书写离析了历史的唯物主义和辩证法——显然,这是当代知识变迁过程中一种错位的"非典型状态"。一叶障目,不见泰山。历史的"碎片化"和"碎片化"的历史,已经说明个体、个性化甚至个人主义的微观史终究不能承担究天人之际、通古今之变的历史责任和使命,更无法克服其自身致命的弱点——没有足够的能力来理解和诠释世界已经发生和正在发生的重大转变。对重大问题的失语和无力,是微观史所面临的最大挑战。要见树木,更要见森林。历史研究和历史写作离不开宏大叙事,必须实事求是地回到历史现场和历史语境当中,完整书写整体的历史和历史的整体,在宽容、坦率、真实、正义中正视历史人物、历史事件和历史问题的深度价值和潜在秘密,循着实事求是和辩证唯物主义的路径,在常识中把握历史发展的主题和主线、主流和本质——这才是真正的大历史的视角,从而避免陷入历史的虚无和知识上的尴尬境地。

因此,我始终认为:"宽容比自由更重要,正义比平等更重要。"

历史的苦难造就了苦难的历史。而苦难又是历史送给我们的一个最不受我们欢迎的礼物——是的,历史就是这样的一份礼物。对历史,我们必须深怀敬畏之心,怀抱理性的真诚,珍之惜之。还是那句话:既不要妄自尊大,也不要妄自菲薄。我们正确地认识历史,其实不仅是为历史负责,也是对自己负责。正确的研究和认识历史到底有什么作用?在这里,我想用宋代思想家张载的"四句教"来回答——为天地立心,为生民立命,为往圣继绝学,为万世开太平。

最后,我还是引用作家梁晓声先生对文化这个概念的解释,与大家一起共勉。什么是文化?文化是"根植于内心的正义,不用提醒的自觉,以限制为前提的自由,替别人着想的善良"(笔者稍微作了一点改动)。作为一个作家,我想,我们首先最基本最起码的,就应该做一个像梁晓声先生所说的这样一个有文化的人。如果我们心中有了这样的正义、自觉、自由和善良,我们在历史写作和历史阅读中,就拥有境界、方法、水平和情怀,就拥有了历史感,从而拥有力量、光明、温暖和希望。

(原载2017年4月24日《文艺报》)

"文学批评共同体"如何重建,怎样主体?

徐 勇

"文学批评共同体"的形成,要到1980年代。1980年代以来,文学批评的个人性逐渐得到彰显。主体性逐渐显现出来。但因为当时作为普遍共识的"新时期共识"的存在,文学批评虽极具个人性,但仍能从整体上把握和看待。也就是说,这是一种"新时期共识"下的文学批评。文学争鸣是当时"文学批评共同体"的存在方式。文学争鸣虽然带有思想的激烈交锋和不同观点的碰撞,但这并不影响"文学批评共同体"的稳固存在。这样一种以文学争鸣的形式存在的"文学批评共同体"虽看似松散、随意,但其实十分牢固。当时普遍认为,很多(甚至可以说任何)问题,都可以通过争鸣而形成"共识",也就是说,当时的人笃信,真理越辩越明。这都是因为有了"新时期共识"或者说"共名"的存在。

1990年代以来,随着"新时期共识"的破灭,以及人文精神大讨论的发生,文学批评出现了极大的分化。在这个年代,文学批评逐渐演变成自说自话和制造话题(比如说贾平凹的《废都》事件)相并存的局面。在这一语境下,命名和制造话题的相关性,成为文学批评共同体的存在方式。这是一种以话题的形式存在的文学批评共同体。虽然,也存在所谓的学院派和非学院派的区别,以及所谓"思想"和"学术"的分野,但这些区别带来的,常常只是文学批评方式和批评话语的差异,并不影响"文学批评共同体"的存在方式。话题的相关性,使得"文学批评共同体"的存在具有权宜性和临时性特点,随着话题的产生和转移,"文学批评共同体"也面临解散和重组的可能。

文学批评的阶段性特征,使我们明白,"文学批评共同体"的存在,某种程度上也具有阶段性特征,我们应该意识到,离开了特定时代的语境,便不可能很好地讨论"文学批评共同体"的重建。

当前的语境就是,中国作为大国崛起,以及民族复兴逐渐成为现实。站在民族复兴的角度,对历史和传统,特别是革命史进行重评和重估就成为必要。在这种情况下,历史性地重估、重评其实也是重造或再造。重建"中国文学批评共同体"的主体价值,有必要放在这一重建的语境和重评的脉络中展开。也就是说,我们重建"中国文学批评共同体"不是要回到1980年代,或者说1990年代。重建是为了服务于当前时代的文学的历史任务。这一任务就是习近平总书记所说的"要创作生产出无愧于我们这个伟大民族、伟大时代的优秀作品"。

如果说1980年代"中国文学批评共同体"的主体价值体现在以现代化意识形态为主导的新时期共识的话,那么今天重建"中国文学批评共同体"的主体价值,首先是要凝聚和强化民族复兴这一当前时代的共识。也就是说,重建"中国文学批评共同体"既是为了凝聚共识深化认识,也是这一共识下的文学/文化上的自觉自信的表现。这就需要处理好"中国文学批评共同体"与国家和民族这一更高意义上的"想象的共同体"之间的关系。换言之,"中国文学批评共同体"是为了服务于民族复兴这一更高的要求的,它的主体意识在更高的层次上就应是民族主体意识的表征。同样,民族复兴所带来的民族认同感也应成为它的身份认同的源头。"中国文学批评共同体"的主体价值的重建应始终围绕民族复兴这一主题展开。

在今天,要超越话题式的存在方式,而应重建以问题意识为导向的"文学批评共同体"的存在方式。也就是说,我们可以以问题意识的提出的方式来重建今天的"文学批评共同体"的存在方式,以此凝聚新的时代的共识。

这些问题有,中国经验的文学书写问题,文学写作中的中国作风与中国做派问题,中国文学的现实主义传统问题,等等。这既是在老调重弹,也是在更高的意义上展开的重评与重建。其目的是,通过这些最为基本而具体的问题的重评导入到文学普遍性命题的重新思考,而不是相反,先有一套文学的普遍命题,而后以中国文学作为验证的做法。后一种是自近现代以来的做法。换言之,我们今天所要做的是,如沟口雄三所说的那样"以中国为方法,以世界为目的","以中国作为方法的世界,就是把中国作为构成要素之一,把欧洲也作为构成要素之一的多元的世界"。

重建"中国文学批评共同体"的主体价值,有必要重建文学批评的宏大叙事话语。今天的文学批评如果还是在自说自话,还是在一味地以制造话题(且不论这话题是真命题还是伪命题)为导向的话,这样的文学批评的共同体及其主体价值的重建也仍将是虚弱的,且无法面对当前现实并发表自己的声音的。要想重建"中国文学批评共同体"的主体价值,就必须与我们当前的时代保持一种彼此呼应或因应的关系,必须与我们这个时代的时代精神和主题相契合,只有这样,"中国文学批评共同体"的主体价值的重建才可能牢固且具有现实意义。习近平总书记提出的"要创作生产出无愧于我们这个伟大民族、伟大时代的优秀作品"这一新的时代的要求,其实是提出了文学批评的宏大叙事建设。文学批评要以民族复兴、爱国主义和人民中心为主导,要以史诗写作作为批评的伟大目标,结合文学写作中的中国经验,建立中国自己的文学批评的宏大叙事标准。

"中国文学批评共同体"的主体价值的重建体现在,第一,明确和重建文学批评的主体地位及身份。在今天,文学批评,既不是1980年代的个人主义式的,也不仅仅是1950年代的主流意识导向式的。文学批评既不高于文学创作,也不是文学创作的仆从,文学批评应重建自己的一整套话语。在今天,文学批评共同体的主体价值,体现在文学批评话语体系的建设上。我们既不能仅仅使用作家的经验阐释和理论概括,也不能袭用西方的批评话语。我们要重建文学批评的中国话语,只有这样,才能重建文学批评的主体地位和身份,只有这样,才能面向或针对中国的文学创作发出或展开自己的有效阐释,并促成一种真正具有中国经验的文学写作和文学批评的产生。这就要求我们跳开学院派与非学院派、体制内与体制外、传统媒体(纸媒)与新媒体(网媒)之间的区分和限制,以更加开放和包容的态度,围绕真问题的提出和自身批评话语系统的建立,展开其实践。

第二,"中国文学批评共同体"的主体价值的重建,应以成为阿甘本意义上的"同时代人"为其目标,而不是简单的棒杀或无原则的捧抬。文学批评共同体同作家的关系,同我们这个时代的关系,应该是一种"奇特的关系,这种关系既依附于时代,同时又与它保持距离。更确切而言,这种与时代的关系是通过脱节或时代错误而依附于时代的那种关系。过于契合时代的人,在所有方面与时代完全联系在一起的人,并非同时代人,所以如此,确切的原因在于,他们无法审视它;他们不能死死地凝视它"。

简言之,我们与这个时代,既需要契合,又必须保持距离。说契合,是指在时代精神和主题上与我们这个时代保持一致。而要保持距离,则是指我们要有自己的立场、自己的主体价值,要能对我们这个时代保持必要的警惕、警醒并具有批判能力。只有这样,我们才是在今天的和当下的意义上重建"中国文学批评共同体"的主体价值,而不是相反。

(原载2017年6月21日《文艺报》)

·研讨举要·

继承"讲话"精神 坚持人民中心
——"学习习总书记讲话,重温延安文艺传统"座谈会侧记

  由中国社会科学院中国文学批评研究会、中国当代文学研究会、中国中外文艺理论学会联合召开的"学习习总书记讲话,重温延安文艺传统"纪念毛泽东《在延安文艺座谈会上的讲话》发表75周年座谈会不久前在京举行。著名诗人贺敬之,原中国艺术研究院副院长黎辛发来了书面发言与致辞。张江、高建平、白烨、程光炜、刘跃进、陈众议、党圣元、丁国旗、陈福民、李继凯、段建军、梁向阳、魏建国、高君琴等专家学者20余人参加了座谈。大家就延安文艺讲话的时代价值、习近平总书记关于文艺工作的系列讲话的理论贡献等发表了看法。

  贺敬之在给会议的祝词中谈道,他是在学习和践行《在延安文艺座谈会上的讲话》的过程中成长起来和不断进步的,"讲话"是毛泽东总结人类文艺发展基本经验,结合中国社会和中国革命的具体实践,创建毛泽东文艺思想的重要文献。这个文献的重大意义,是运用马克思主义的观点与方法,解决中国文化建设和文艺发展中提出的种种问题,从而实现了马克思主义文艺思想的中国化,使中国的革命文艺和后来的社会主义文艺得到了马克思主义文艺观的行之有效的统领和指引,经历不同历史时期都得到了应有的繁荣与巨大的发展。75年的实践与历史证明,《在延安文艺座谈会上的讲话》的基本观点与主要精神,是科学的、有效的,经得起历史的检验;今后依然对我们的文

艺工作和文艺发展有重要的指引作用。习近平总书记在2014年、2016年发表的关于文艺问题的讲话,是近年来党关于文艺工作的深入论述与系统总结。这个讲话结合当代社会与当前时代的需要,在文艺与生活、文艺与人民等重要问题上,继承和发展了毛泽东《在延安文艺座谈会上的讲话》的理论要点与主要精神,提出了建设社会主义文艺的新要求与新希望,是继毛泽东《在延安文艺座谈会上的讲话》之后,马克思主义文艺理论中国化在当代的新发展与新成果。

《在延安文艺座谈会上的讲话》已经发表75年,但作为当年在《解放日报》编发"讲话"的编辑,黎辛回忆起当年的情形依然历历在目。在谈到《在延安文艺座谈会上的讲话》的重要意义时,黎辛说,"讲话"推动了延安的群众文艺运动,引导了解放区的革命文艺和新中国成立后的社会主义文艺,现在来看,仍然充满思想的光辉,值得继续学习,深入领会,并以此为指南建设中国特色的社会主义文艺。

张江在发言中提出,毛泽东同志《在延安文艺座谈会上的讲话》是中国共产党第一次科学、系统地阐述自己的文艺主张和文艺思想的历史性文献,"讲话"提出了一系列富有创建的理论观点,确定了党在民族解放运动中领导文艺工作的基本理论、路线、方针,标志着中国共产党文化思想体系的确立,是党的思想文化建设的一座历史丰碑,是马克思主义理论中国化的光辉典范。时过70多年,习近平总书记在文艺工作座谈会及中国文联十大、中国作协九大开幕式上的重要讲话,继承发扬了毛泽东"讲话"精神,鲜明提出了坚持以人民为中心的创作导向、创作无愧于时代的优秀作品、将中国精神作为社会主义文艺的灵魂、培育和践行社会主义核心价值观等观点。习近平总书记从文艺"为了谁""表现谁""相信谁""依靠谁"等几个方面坚持、深化和发展了毛泽东《在延安文艺座谈会上的讲话》中提出的"为群众"和"如何为群众"的问题。习近平总书记所提出的关于文艺批评的"历史的、人民的、艺术的、美学的"四个标准,是对恩格斯提出的"美学的、历史的"标准的继承和发展,同时也是针对今天文艺创作上虚无历史、悬置人民、缺乏艺术追求、丧失美学精神等文艺病象提出的新标准,是马克思主义文艺理论中国化的最新成果。

毛泽东同志《在延安文艺座谈会上的讲话》与习近平总书记关于文艺工作的讲话之间的传承与发展,是座谈会上很多学者关注的焦点。刘跃进指出,两个"讲话"都有一个核心,即文艺为人民,《在延安文艺座谈会上的讲话》中提出的民族化、大众化的两个方向,75年后看依然有效。陈众议认为,习近平总书记关于文艺的讲话,对延安"讲话"既有传承,又有发展,习总书记的讲话中有两点特别值得关注,一个是世界眼光,一个是古今关照。在程光炜看来,贯穿两个"讲话"的是一种积极的人民性。"讲话"所强调的人民性是在逆境、坎坷中不断激发自己的力量。当代文化越来越多样,人性、自我不断发展,但回看路遥的作品,依然激动人心,这是为什么?程光炜认为,是因为路遥写出了一代人积极的人生态度。作家写悲苦也是一种真实的生活,但把这些作品和路遥的作品放在一起看,我们更尊重路遥的作品,路遥也经历过千回百转各种困难,但始终有一种积极的自我引导的力量。从这个角度看,延安"讲话"和习近平总书记的讲话,不仅仅是执政党重要的理论文献,同时对作家艺术家个体也有重要启示,了解"讲话"的意义与价值,不能仅仅从一己感受去看,"讲话"不是个人的角度,而是国家的、民族的视野。

陕西延川的《山花》杂志是著名诗人曹谷溪和已故著名作家路遥等人于1972年创办的一张文艺小报。在2015年的全国两会上,习近平总书记提到他曾和路遥住过同一个窑洞,有过深入交流,并说到路遥和谷溪创办《山花》的时候,还是写诗的,不写小说。

座谈会上,《山花》杂志主编高君琴介绍了他们的办刊经验。高君琴说,《山花》创办45年来,一代代山花人坚持着"写人民,人民写"这一优良传统,带动了延川其他门类艺术的发展,也形成了当地重视文化、重视文学艺术人才的良好氛围。《山花》创办之时,因"文革"期间全国所有文艺报刊停刊,因此,引来很大的关注。《山花》创办40多年来,先后走出了以路遥、曹谷溪、史铁生、陶正、闻频、海波、远村、厚夫等为代表的四代山花作家群。其中有中国作协会员13人,省作协会员19人。延川《山花》不仅影响和引领着几代延川人的文学梦想,其知名度还辐射到全国和海外。有学者称此为"全国罕见的山花现象",也有学者直接称延川作家群为"山花作家群"。如今,《山花》不仅是培育延川文学艺术人才的基地,也是延川文化艺术事业最具影响力的品牌。延川山花编辑部在县领导的重视下,由过去的内设机构升格为经费、人事独立运行,6人科级事业单位。"在这个全国人民刷朋友圈的时代,延川有那么多人还在阅读《山花》,这也是我们作为编辑最为欣慰的事情。"高君琴说,《山花》的办刊方向,正是对毛泽东"讲话"精神与习近平总书记文艺工作的系列讲话精神的践行。

(原载2017年6月2日《中国艺术报》)

第二届北京文学高峰论坛主题活动举行

10月13日,北京作家协会、北京十月文艺出版社、十月杂志社、十月文学院联合举办的"第二届北京文学高峰论坛:全国文化中心建设中的北京文学力量"主题活动在京举行,论坛就北京文学与中国文学发展中的诸多重大议题和前沿课题展开讨论。

该论坛也是第二届"北京十月文学月"核心活动之一。

中国作家协会副主席、书记处书记、党组成员阎晶明,北京市委宣传部副部长韩昱,北京出版集团总经理、十月文学院院长曲仲等领导出席会议。著名作家阿来、叶广芩、刘庆邦、宁肯、红柯、石一枫,著名文学评论家孟繁华、白烨、陈福民、张柠、陈晓明等出席会议。

中国作家协会副主席、书记处书记、党组成员阎晶明表示,几百年来中国文学的高峰都与北京有关系,比如曹雪芹的《红楼梦》和鲁迅创作的最高峰时期都是发生在北京这座城市,他们不一定都是北京人,但是这就是文化中心的魅力。

他指出,在鲁迅离开之后,这座城市还有老舍,老舍之后还有一大批的作家,从全国各地拥入这个地方,在这居住、工作和创作,而且以北京为题材的小说数不胜数。自王朔以来,北京再次成为文学创作的一个中心地带,但是在表现上有了一些变异,它不再是以地理方位、地域文化为特色的一种表达方式,而变成一个概念,一种意识形态和语言方式。而在叶广芩的笔下,北京又一次回到了一个有地理感、有故乡感的书写。

接着,论坛回顾了五年来的北京文学成就,中国当代文学研究会会长、著名文学评论家白烨评点到,这几年,乡村、都市、历史、现实等被大量书写,与此同时,现实主义创作特色明显并且成绩突出,《中关村笔记》《陌上》等都给人留下深刻印象。"作家们视野开阔,视点下沉,以自己的方式讲述中国故事,关注历史现实背后人的心理与精神境遇,小说创作的整体走向更加接地气,更扬正气。"

沈阳师范大学教授、著名文学评论家孟繁华表示,过去五年中篇小说质量均衡,创作队伍齐整,生产发表机制成熟。《世间已无陈金芳》《声音史》等敢于直面人的精神性难题和时代困境。"从某种程度上来说,文学应该有必须坚守的价值观和艺术理想,今天的小说创作也需要重新回归文学经典的传统,在'守成'的基础上扎实创新。"

北京文学与"一核一城三带两区"城市文化建设是论坛上的一个重要议题。

北京十月文学出版社总编辑韩敬群说,北京出版集团北京十月文艺出版社已召集了不同年龄段的多位知名作家对大运河文化带、长城文化带、西山永定河文化带进行长篇小说、纪实文学等不同文学体裁的选题策划,力求用文学的温度和力量,见证城市的沧桑巨变,串联北京的文化记忆。

对此,被视为"京味儿作家"代表的叶广芩坦言,"一核一城三带两区"虽是地域性概念,但必须有文化的积淀和托举才能真正立起来,而这是作家应该承担的责任。她同时提到,科学的进步和时代的发展带给这一代作家广阔的视野,和读者也有更深层次的交流,这都将帮助文学创作迈入佳境。

《十月》杂志常务副主编、著名作家宁肯提出自己的观点,"如果城市也有故乡的话,你最初生活的地方,比如大运河旁、长城旁、永定河旁,就是你的故乡,特别是如果你已离开三十年,甚至是四十年。"他认为,围绕"一城三带"有无尽的题材。我们的新大陆就在我们自身。一种新的角度,一种新的选择,就是一些新的掘进。

青年作家石一枫则认为,北京文学关于"一城三带"城市文化建设的书写,既要书写国家故事,也要有个人故事,个人与国家是紧密相连的。

北京文学,是面向全国的开放的北京文学,当日论坛中,评论家、作家不断通过各自观点强调这一点。中国社会科学院副研究员、青年评论家刘大先说,北京已经不是一个具象意义上的地理空间或者地方性的概念,它其实是一个无形的象征,一个隐形的在场,这样的北京具有中国文化的象征意义所在。

(原载2017年10月17日"中国新闻网")

第四届"当代中国文论:反思与重建"高端学术论坛:促进文艺理论深度融合

在习近平新时代中国特色社会主义思想指引下,中国文论研究如何适应新时代要求,成为文学研究的时代课题。11月3至5日,第四届"当代中国文论:反思与重建"高端学术论坛在天津举行,来自全国文论界和批评界的名家汇聚一堂,以"中国传统文论的传承与创新"为主题进行了深入研讨。

中国社会科学院副院长、党组成员、中国社会科学杂志社总编辑张江教授出席会议并作主题发言,天津市政协副主席、天津师范大学校长高玉葆出席会议并致辞,会议开幕式由中国社会科学杂志社常务副总编辑王利民编审主持。

立足阐释的公共性

张江指出,20世纪中叶以来,所谓"阐释"或"诠释",成为西方哲学、文学、历史学及其他诸多学科的核心话题。以西方理论和话语为中心,研究和建立本民族的阐释理论,无异于沙上建塔。中国阐释学何以构建,起点与路径在哪里,方向与目标是什么,功能与价值如何实现,是必须面对和解决的迫切问题。

张江强调,我们必须坚持以中国话语为主干,以古典阐释学为资源,以当代西方阐释学为借鉴,去实现传统阐释学观点、学说的现代转义,建立彰显中国概念、中国思维、中国理论的当代中国阐释学。理解并承认阐释的公共性,是构建当代中国阐释学的重要起点。应当坚持以"诠"为根据,以"阐"为目的,努力汲取"阐"与"诠"二者之优长,互容互合,从而创建以"中国阐释"为标识性概念的当代中国阐释学基本原理。

张江的发言引起与会学者的热烈讨论。中国社会科学院外国文学研究所研究员党圣元表示,对中国传统文论精义的探究是一个不断阐释的过程,用以阐释的方法也应是多样的,它并不是一个封闭的、完美无缺的系统。吉林大学文学院教授张福贵提出,我们所创造的文论体系必须"世界性价值与个人意识"兼含,"有了世界性价值,我们的中国方案才能被世界认同,才具有公共性,而这种公共性的价值体系离不开个人性的思想创造"。中国社会科学院大学教授张政文认为,从认识普遍性到阐释公共性昭示了人类在共同理性、共同普遍性和命运共同体中实现文明进步、文化发展的思想必由之路,"公共阐释论"为重建当代阐释学提供了中国方案。

清华大学外文系教授王宁认为,应将中国现当代小说放在世界文学的语境下来讨论。没有世界文学的影响和启迪,中国现当代小说的传统就不可能形成,而没有中国现当代小说的重要贡献,世界文学就是不完整的、有所缺憾的。

促进中西古今文艺理论深度融合

中国社会科学院文学研究所研究员高建平提出,传统的传承需要引入"未来的向度",变被动为主动,激活传统,催生新的理论生长点。四川大学文学与新闻学院教授傅其林强调,传统文论只是一种思想资源,理论原创才是中国当代文学理论合法性建构的正当路径。中国社会科学杂志社编审王兆胜认为,现代的科学研究有其优点,但中国文论也有"目鉴心评"的长处,这是我们宝贵的财富,中国文论话语若将二者相结合,就会变得更有力量。

"人类文化的统一性与民族文化多样性之间是辩证的关系。"中国社会科学杂志社副总编辑李红岩认为,统一性是认识人类社会任何问题的基础,在这一基础上,才能够科学地认识多样性与特殊性。湖南师范大学文学院教授赵炎秋呼吁,中国文论话语体系建设应当努力吸收中西文论中的养分,将现实作为理论话语生发的平台与基础,真正做到"超越中西,自主构建"。北京师范大学文学院教授方维规表示,"只要是好的理论,就可以为我所取,为我所用"。华中师范大学文学院教授李遇春认为,在中国文学复兴与重构中国形象的过程中须保持清醒,坚持中西主体间性立场,与西方平等交流,辩证地重构全球化时代的中国新形象。

北京大学中文系教授陈晓明表示,中国传统文论与西方文论在文学价值观、批评方法、批评气质及批评语言多个方面都不同,如何从中实现创造性转化,需要不断地关注与思考。四川大学文学与新闻学院教授曹顺庆提出,以西方理论强行阐释与转化古代文论是需要警醒的。

北京师范大学文学院教授李春青认为,中国近一个世纪以来的文学理论研究成果为理论重建提供了非常好的研究范式与尝试路径。中南大学文学与新闻传播学院教授毛宣国认为,修辞批评为中国文论话语的建构提供了可行的方法与路径,"使文学批评通过语言的分析落到了实处"。中国社会科学院文学研究所研究员丁国旗认为,习近平文艺思想所蕴含的中国传统文论与马克思主义文艺理论及其现实问题维度,为创造性转化、创新性发展提供了线索与指导。

重识当下语境

华中师范大学文学院教授胡亚敏建议以马克思的社会理想为内核和基础,在新的语境中对价值判断作出新的设想和阐释。浙江大学传媒与国际文化学院教授王杰认为,当代中国电影、网络文学等新现象用既有美学理论无法完全说明,创意经济和消费经济使审美关系发生变化,当代美学和马克思主义美学应随之作出调整。杭州师范大学人文学院教授洪治纲注意到,新时期之后"言志"文学迅速升温,大量的诗人和作家越来越注重微观化的日常生活书写,而日常生活诗学的兴起就是其重要标志之一。

中国人民大学文学院教授程光炜表示,在当代语境中重新挖掘柳青及其《创业史》,会发现其中更多的艺术价值。华南师范大学文学院教授段吉方认为,批判理论作为一种西学话语,正面临着本体化和中国语境的考量,中国当代美学的发展需要一种立足于中国语境的批判理论。

"文学一路以来的传统是极其偏重书面文学的,忽略了数量更为庞大的口头文学。"中国社会科学院民族文学研究所研究员朝戈金认为,完整的诗学体系至少应涵盖东方与西方、古代与当代、口传与书面、文学与艺术等多个维度的研究成果。扬州大学文学院教授姚文放说,中国传统文论中"意—象—言"理论发端于中国古典哲学,它丰富的内涵对文学创作具有重大的理论价值和实践意义,如今这一理论又得到了心理学的支持。中国社会科学院文学研究所研究员刘跃进认为,"齐气"的主要特质带有明显地域性的齐俗特征,与齐地的地理位置和文化传统密切相关,而"齐学"的学术背景也影响了当时的文学创作。

会议由中国社会科学杂志社与中国文学批评研究会主办,天津师范大学文学院、《中国文学批评》编辑部承办。

(原载2017年11月8日《中国社会科学报》)

《诗刊》社第31届青春诗会作品研讨会召开
——未见桃花,也是桃花潭

谁怜把酒悲歌意,非复桃花潭水同。冬日可爱,冬日的江南甚美,这个冬日,有人负喧独坐,有人相约桃花潭畔,把酒言诗,心旷神怡。12月8日,由《诗刊》社、桃花潭文化艺术中心共同主办的"第31届青春诗会作品研讨会"在位于安徽省泾县的桃花潭文化艺术中心举行。此时的桃花潭,天色揉蓝,水流潺潺,空气清澈,给人一种恍如世外桃源之感。《诗刊》常务副主编商震、桃花潭文化艺术中心联合创始人刘永琴、河北省作协副主席大解、《解放军文艺》原主编刘立云、浙江省作协副主席荣荣、新华社安徽分社总编辑陈先发、济南大学教授路也、著名青年评论家胡亮等20余位诗人、评论家出席,研讨会由《诗刊》三编室副主任蓝野主持。

研讨会上,商震谈道,桃花潭是一个诗意浓厚的地方,这不仅仅是由于李白的《赠汪伦》,还与近些年桃花潭文化艺术中心在文化交流和发展方面的积极实践有关,与《诗刊》的合作也很精致,每一期都会留下很深的印象,这也源于我们活动的意义和价值与桃花潭有契合的地方。商震还提到,此次参加研讨会的导师大部分不是"青春诗会"时的指导老师,这是为学员们寻找一种陌生感,听听不同的声音。一个青年诗人要有自己的审美,要有创造力,要有自省能力,要学会自我监督,只有这样,才能增强自己的写作能力。写诗如在沙漠里打井,不仅要找准位置,还要有深度。一个诗人,首先要热爱诗歌,并不断增加文化知识的积累,增加经验的整合和梳理能力,以此来拓展审美的宽度。

陈先发认为,汉诗精微,对语言的每个位置都有要求,对细节、细部要保持警惕,小篇幅保持大容量,要精准表达。年轻诗人的写作中语言精准性的缺失是比较普遍的问题,江汀的诗歌,有当代汉诗中不可多得的精准,他对细部的把握细致入微,这与朵渔、曼德尔施塔姆有相似之处。冷峻的理性、家族史、北京生活、社会的浮躁等杂糅其中,有一种雾气。但江汀的诗过早形成了自己稳固的模式,形式感成熟,调子低回,不够巧,这就少了些趣味。他的语言可以再活泼些,轻重要有一种平衡,年轻人的写作要在不确定中去寻找变化,在不断变化中寻找可能性。在谈到荣荣时,陈先发提到,诗歌是以语言为手段,以语言为手段的同时又以其为目的,现代性建立的基础是真正探索个体的复杂性。荣荣是个人复杂性比较突出的一位诗人,但他并未真正形成思想的复杂性。写作就是区分,古典资源的东西很多,传统并未消失,只是存在于我们的生活当中,荣荣真正来源于生活层面的少,在语言表面滑行,充满表达的弹性,但从生活中得到的启示少。

"年龄大了,时间就像被挤掉一样,十年前的事还像昨天一样。"诗人大解说,语言像是砌墙的砖头,每一块砖头都要精准,不然容易塌掉。白月的诗歌中短诗居多,诗虽短,意义却是敞开的,语言节制、通灵、多义,读之有闪烁的亮点,很有智慧。但语言的过于节制,容易造成一种紧张感,影响意义生成,无法给人杀伤力。他建议白月可以尝试写叙事诗,语言落到具体的细节,避免空转、打滑,这样诗歌才能鲜活、生动、有趣味。谈到张二棍的诗歌,大解很有感触,他认为张二棍很善于表现当代生活,写苦难很具象,写农村生活很细致,写个人苦难延展性强,诗歌语言朴实、准确、有张力,《挪用一个词》一诗,在棺木上刷漆的老人那种超越生死的达观,富有哲理。另外,张二棍的诗歌向度明确,线条清晰,但边界却是开放的,他的叙事的现代性,来自于真实的苦难。

荣荣认为,林宗龙的诗歌前后泾渭分明,写法不一样,前半部分读起来费解,后半部分则很顺畅,他的诗歌很有探索性、日常性,有内蕴,像鸡尾酒,很美,他对语言的处理有冒险精神,对平庸写作的不满足感才有了创新,语言欢跃下带来写作的满足感。如果能注重诗歌的和谐性,外在形式和内在精神更贴近,隐喻有所指,能指、可指,意象的转换更自然一些,那么,他的进步会更大。武强华的诗歌则触角活跃,很亲切、轻盈,给人一种轻松愉悦之感,像啤酒,淡淡的,却很爽口。但缺少透明与辛辣,写作路子有些单一,这也需要人生阅历和锤炼。天岚的诗歌与他们的不同,抒情性强,诗意澎湃,有很多判断句式,略显可爱。他对诗句的经营像散装白酒,洒脱。这样的诗歌有激情,诗意饱满。但写得有些啰唆,有些拖沓,对节奏的把控能力还需要提高。最后,荣荣还提到,他们的诗歌创作,让她看到了当代诗歌类型化写作被破解的可能性。

胡亮说,杨庆祥的诗歌语言上有变化,思想上有承担,其语言景观也很复杂多变,有时精确,有时恍惚,有时古雅,有时跳脱,有时严肃,有时活泼,有时现实,有时超现实。诗歌应该是理性与非理性的织物,杨庆祥的瑕疵在于有时过于理性。李其文的诗歌拥有显而易见的几个词根:海洋,渔村,田地,山峰,自然的庙堂。这些成为其全部写作的背景性存在。他的写作总是在海与山之间切换,试图重现一种天人合一的道家美学或道家哲学。这种美学或哲学,肯定不会见诸所谓城市文明,而只能见诸渔民或山民的日常生活,见诸其日常生活中不能被轻易辨认出来的某种饱满的仪式感。其不足在于,有时过于写实,不能在具象与抽象之间轻盈切换。袁绍珊的诗歌写作是受体验引导的,具有摇曳多变的节奏感,有时是缓慢的、铺排的、堆积的,有点像汉赋或蒙古长调;有时是迅疾的、轻盈的、跳跃的,有点像口占小令或即兴演奏。其不足主要表现在才华外露,不够节制。

路也认为,钱利娜和秋水的诗歌中女性意识比较明显,特别注重人与自我的关系。钱利娜的诗歌深邃、神秘,有着水与火的交融之感,隐喻也颇为直观,是外冷内热型的,像是从原始力量中产生的秩序。内心的挣扎、痛苦,被处理得非常具象,很有个人风格。但她的诗歌有种片面的、不均衡的力量,如果写作手法、内容更丰富饱满一些,思维意义上会更有广度和宽度。秋水比较擅长写瞬间、刹那,不在诗中进行道德判断,她的诗有对生活的感悟,有很深的底色。语言含蓄,有节奏,有很强的抒情性,如《橘子》中对橘子"站立在白瓷盘里"的描写,很有诗剧的感觉。但秋水的写作也存在"碎片化"的问题,需要更宏观的视野,建立起自己的精神谱系。

刘立云谈到赵亚东和黎启天的诗歌时,认为两人都在调整自己,在认识新的高度,明确自己的写作。说起黎启天的诗,他提出诗有三类,一为简约,一为故乡(写实),一为细节。黎启天的诗歌似乎都与之有关,有对自身的正确认识,这是很难得的,他的诗形象很鲜活,情感也很真实。刘立云也提出了两点建议,一是要花时间做案头工作,并很形象地以"看见了高峰,他在苦苦攀登"来形容,二是要处理好经验与经历的关系,即"触及了困难,他在迎风洒泪"。在语言上,要让传统走到现实,打破惯有的排比句式。赵亚东的诗歌,语言纯粹、自然、朴素,风格也改变以往的凌厉,变得柔软,思想越来越细致。但他仅仅解放语言还不够,还要解放思想,要使自己的诗歌更有锋芒。

来自冰城哈尔滨的赵亚东,在桃花潭,想必要比别人感到温暖些,作为学员代表,他说自己在参加"青春诗会"时更像是一名诗歌爱好者,向老师们学习思考方式,学习对世界的认知方式。他认为自己的写作一开始是单纯的灵性、灵感写作,后来逐渐进入自觉写作,并开始系统训练自己。这两年的创作得到了老师们的指点,"青春诗会"让他收获很多,也让他对写诗有了很大自信,让很多像他一样对诗歌热爱的年轻人有了更快、更具体的进步。

新时期以来,面对社会的复杂多变,个体意识苏醒和现代性崛起过程中,诗人如何在自身的困境中、在当下的生存藩篱中实现个体的突围,是值得反思和探索的问题。"青春诗会作品研讨会"是一次针对"青春诗会"学员近两年诗歌创作的诗会,也是不同的诗歌创作个体的又一次相互碰撞,每年举办一次,它不仅对青年诗人找出自身诗歌创作存在的问题有帮助,还对青年诗人如何汲取社会生活中的各种资源,形成自身复杂多元的个人语言大有裨益。诗人是时代的见证者,青年诗人有着很好的记忆力,他们对诗歌的态度和自身的创作,影响着诗歌事业的发展,这次研讨会对青年诗人的写作有着特殊意义,或许多年以后,当再次回想,心中仍会感到美好。

(原载2017年12月14日《诗刊》社"微信公众号")

·对话与访谈·

阿来：中国文学缺少对自然的关注

阿来是中国为数不多的用汉语写作的藏族作家。他的家乡——四川阿坝自治州马尔康县，藏语意为"火苗旺盛的地方"，引申为"兴旺发达之地"。那里的藏族人世世代代过着半牧半农耕的生活。"文学改变命运"是阿来人生经历的真实写照。中专师范毕业后，他当过中学老师、杂志编辑，自学文学写作。2000年，描写藏区土司时代的小说《尘埃落定》使41岁的阿来成为中国茅盾文学奖史上最年轻获奖者，人生从此改变。不过，他对藏族文化、对大自然丰富的感情没有改变。去年，他出版了反映环境问题的自然文学三部曲《山珍三部》。近日，在北京十月文学院主办的"名家讲经典"活动上，《环球时报》记者对阿来进行了专访。虽然他看起来质朴随和，但一开口就尽显作家的犀利。"我基本是跟网络隔绝的，也没用微信。我们把自己的生活变得非常肤浅，享受一种低级快感。""文学就是要反映社会重大问题，但我们在雾霾天还仍然在写人琢磨人的小说，你说有劲没劲？"

我们对藏区有误读

环球时报：您的作品《格萨尔王》《尘埃落定》《空山》等涵盖了藏民族从原始部落联盟到土司时代，再到20世纪90年代的社会发展。现在，藏族的生活又发生了什么变化？

阿来：总体来讲，这些年来藏区的社会发展进步很大。极少数分裂势力对当地没什么影响，老百姓既然留在这里，没跟着他们走，就是用行动表态。我想，对于经济发展、教育发展的需求，所有地方都一样。少数民族地区过去基础较差，这方面的需求更迫切些。现在很多人对藏区有一种误读，把它当成一个原始状态去看，把那里想象成一种跟我们不一样的生活。实际上，藏区也需要发展，世界上哪个地方的人会说，让别人过好日子，我们不要过的？如果北京没有，西藏也没有。但什么叫好日子，理解会出现偏差。比如，藏民也希望孩子通过读书改变命运，考上大学，去城里工作，当公务员。但实际情况是，当地学生的升学率很低，一些学生考不上大学，但回家后农活儿也不愿意干了。主要原因是，藏区学校虽然在硬件上花了很多工夫，但缺少好的师资。有的学校就靠大学生志愿者教一年两年，年轻人热情可嘉，但一般不懂教学，教学是一个系统工程。所以，不是藏区不需要教育，而是能不能给他们提供高质量且适合其地域特点的教育。

环球时报：文学作品如何真实反映少数民族的真实生活，而不是浮光掠影地写些皮毛甚至猎奇？在您看来，藏文化与汉文化最大的区别是什么？

阿来：对于外来人、作家来说，要想把边疆地区、少数民族真实的生活表现出来，必须经过长时间的观察和了解，要真正把当地的历史、文化、现实问题弄懂。有的人专门去找藏区跟我们不一样的东西去写，生怕不够光怪陆离，他写的东西跟藏区真正的面貌有很大区别。另外，现在很多采风都是浮光掠影的，像旅行团一样，没有真正扎根于生活。如果确实能跨越语言和文化的障碍，外来人也可以写得很好，像赛珍珠写中国就达到相当高的水平。

其实，藏文化和汉文化一致性比较多。不过，汉文化现在有一个大问题，就是过多地陷入到物质层面的东西里，缺少精神的、信仰的东西,这是二者很大的差异。我之前看一篇报道说,有日本记者在中国走了一圈,回去告诉日本人:不要害怕中国。中国的城市没什么书店,但洗脚房很多,中国人关心脚的程度超过关心脑子,他们早就停止学习了。这话虽然有点极端,但确实在一定程度上反映了中国目前的问题。中国经济发展了,更应该关心精神世界的问题,宗教信仰只是一种方式,文学艺术、审美修养的提升也很重要。

文学中只有恶是没劲的

环球时报:"只有民族的,才是世界的",这句话在中国流传甚广。您如何看待这种说法?

阿来:并不是所有民族的都是世界的。三寸金莲是不是民族的,它怎么没成为世界的?中国封建皇帝三宫六院,外国人为什么不学它?我反过来一问,不就问出来了吗?民族的东西,只有一部分确实具有普世价值意义的,才是世界的。任何一个民族的文化,都经历了一个自我更新的过程。随着时代的进步,一些旧的东西消失,新的东西诞生。保留下来的东西通常是有用的、好的,是适应社会变化的。不需要了,怎么挽留都没用。所以,文化遗产保护要区别对待,真正要保护的应着重保护和发展,没有生命力的没有必要保护。怀旧应该是继承那些漂亮的、古典的、精神中的东西,而不是恋物癖。

环球时报:您曾表示,中国现代文学很多东西都在学西方,但西方真正好的东西没学到。"好的东西"是指什么?您认为中国文学欠缺什么?

阿来:的确,中国现代文学很多是学西方的,悲观、荒诞的东西较多,但西方文学里好的东西没学来,就是人道主义精神。那种对于人类前景一种普遍的、光明性的展望是我们缺失的。在好莱坞电影中,乐观主义、对人性抱有美好期待的东西随处都有。而我们的很多小说完全写现实黑暗。文学最终应该给人光明和力量。你的动机是希望这个世界美好,即便写不好的东西也是本着提醒大家的目的。

中国人的精神气质在萎缩,总是在琢磨人。现在一些人总是把搞关系放在第一位,进学校、参加各种班不是为了学知识,而是建立关系网。这种精神气质反映到文学中,健康的东西就很少。中国一些被认为好的小说,通常是把人琢磨人写得很透,写恶写得很好。但是,文学中只有恶的时候,是没劲的。

文学要反映社会重大问题。相比人与人的关系,我们的文学创作中关注人与自然的关系比较少。你写腐败,也许贪官我们不了解;写一段奇特的爱情,我们也很难身处其中;甚至教育问题,我们把小孩养大后暂时也不关心了。但环境问题没人跑得了。大地中毒了,农药泛滥,空气污染。我们没有处理好人与自然的关系。我去年出的《山珍三部》就是为了提醒大家注意,环境问题到了这种程度。我们不要只是低头走路,也要抬头看天。但是,我不会把人写得那么不可救药,那么丑陋,如果真是这样,我马上就跳窗户了,你在世界上活个屌?搞文学创作,你的发心要善,形式要美,情感要美,最后抵达一个东西——真。这是文艺工作者应该有的一种信仰,它就是我的宗教。

有了人工智能,人也不能放弃精神创造,否则我们以后就是一群傻瓜

环球时报:您自学汉语,并认为汉语优美、雅正,特别伟大。但现在的汉语表达在网络中、新媒体中呈现一种低龄化、低俗化趋势,您对此怎么看?

阿来:那是可惜了。有些问题该郑重要郑重,该幽默才幽默,可是网上的一些东西连幽默都不是,就是贫嘴,幽默比这个高级多了。现在的媒体、作家跟读者的互动有两种。一种是良性互动,毕竟我们这些专业人员在文字领域的水准是高于大多数读者的,我们应该多少对读者有点熏陶和引领,把他往高处

带,往正的地方带。另一种是糟糕的互动,读者是上帝,他要什么我们就给他什么,他要求我要用他的口气说话,我为什么要用他的口气说话?他要是流氓我就要用流氓的口气去说话?他要的东西你总有一天给不出来。我们现在形成了一种不好的往下的互动,你一旦迎合这些人,你的创新性、品质早就放弃了,最后造成读者跟媒体一起下降。如果媒体和作家始终往高的地方引,读者慢慢就高雅了,否则,就成了下山路。

环球时报:您曾做过科幻小说杂志的负责人,中国科幻小说的整体水准如何?人工智能未来会替代作家吗?

阿来:中国的科幻小说总体上缺乏想象力和原创性。《三体》的作者刘慈欣属于少数。科幻小说要求既懂文学又懂科学,本身就很难。真正愿意下功夫钻研的人不多,很多人都是模仿。科幻小说、科幻电影里一直在探讨一个问题:人工智能可能是个双刃剑,一方面我们希望发展它,但我们也不知道最后它发展到一定程度时我们能不能控制它,人工智能可能是人类最后创造出来的一个完全不能战胜的敌人。我们发展人工智能的目的到底是什么?那种简单的劳动,比如数量级很大的运算可以让人工智能去做,但人类精神性的、创造性的活动比如文学艺术、科学研究、社会科学等工作还得人来做,否则人就退化了。如果我们为一千年、一万年以后的人类画个像,可能会是这样:脑袋变小,因为脑子退化了;手脚变短、变细弱,因为不干活了;经常用的牙床、胃和生殖器会变大,因为没别的事可干。所以,人类的精神性劳动肯定不能放弃,不然我们以后就是一群傻瓜。

(原载2017年8月18日《环球时报》)

毕飞宇:写作是需要思想和灵魂的参与

多年前,一部《青衣》让更多人了解到了毕飞宇。后来,他的作品《哺乳期的女人》《上海往事》《推拿》等被改编为影视剧,其作品也荣获鲁迅文学奖、茅盾文学奖等众多奖项。近日,他被授予法兰西文学艺术骑士勋章,该勋章是对其投身于艺术及中法两国之间友谊所做出的非凡贡献的致敬。9月28日,毕飞宇来到了"思想湃"的舞台,分享这些年,他对写作的看法。

"写作是需要思想和灵魂的参与"

一部好的作品往往让读者"深陷"其中,毕飞宇也不例外。他在16岁左右开始阅读小说,在享受文学给予"快感"的同时,却也伴随着失眠。他说,那段时间,常常因为看小说而失眠。夜晚,躺在床上休息,脑袋却不由自主地沿着小说的思路和情绪"往下走",不时会"跳出"几行精彩的句子,这些句子就在脑海里"打圈",挥之不去。后来,毕飞宇就形成了一个习惯,只有把脑袋里想的句子写下来了,才睡得着。

"那时候就想,以后考中文系吧,白天可以阅读、写作,晚上就能睡觉了。"

当时,还在读高中的毕飞宇偷偷地给各个平台投过稿,他说,当时就想考文科当作家,但是不好意思对老师和父亲说。他的父亲希望他日后学理科。在父亲的"压力"下,毕飞宇尝试考了理科,结果没考上。后来,父亲妥协了,他就报考了文科并且考上了扬州师范学院(现扬州大学)。

毕飞宇真正开始写小说是在大学毕业后，也就是1987年。在一个16平方米的房子里开始他的写作生涯，不论是严寒的冬天还是有朋友在身旁聊天，他都可以不受干扰地写作，并且多年来始终如一。虽然在当时没有发表过一个字，但是他内心坚信，他适合写作。

"我的这种像牛一般、石头一般的写作状态使朋友们感到惊讶，我从他们的惊讶里知道我有希望。"他说。

直到1990年代以后，毕飞宇的作品才陆续地出版和发表，并且获得了读者和文学界的一致认可，内心获得了成就感但也觉得恐慌。

他说，自信和自我怀疑是相伴的，只有通过不停地写作才能解决这个问题。而对于"少年天才""写作天赋"的话题，他则认为，"天赋"就好比发射出去的子弹，射程多远取决于它的能量，但总有下降的时候。

"当一个人处于20多岁或者30多岁时，他的'天赋'已经定型了，不会多，也不会少。所以，这个时候还谈'天赋'是毫无意义的，应当谈的是努力，我觉得这才是有意义的。"他说。

写作者内心必须"静"

阅读过毕飞宇作品的读者，多多少少也会好奇书中的人物与作家本身存在什么样的关系？抑或是，作家的创作过程是什么样的？对于读者的这个"好奇"，毕飞宇直言，自己的生活是极度无聊的，更用"宅男"形容自己。

他说，其实自己也不喜欢这样"无聊"的生活，也喜欢开阔、动感、有趣的生活。但是，也正因为他选择的是写作这件事，所以内心必须处于一个"静"的状态。他认为，能够使自己"静下来"是一种才能，用语言表达内心的部分则是一种能力。"静下来"并不简单，它需要作家个人的学识、修养、阅读、本能，还有意志和决心。当心静下来时，身体也得到了充分的"安静"，会有一股力量到手上，然后形成文字。

"我是一个非常平庸的人,但是,当我的心静到一定程度的时候,也许我就不平庸了。"毕飞宇说。

对于"写作的自觉",有些作家坦言自己有,有些作家会"假装"说没有。毕飞宇坦诚地说自己有。"我渴望写作,我渴望成为一个作家,我希望自己成为一个可以进入别人灵魂的作家。"

毕飞宇认为,文学的自觉就是作家要知道自己的价值目标在哪里,写作的目的是什么。一个有向度的写作是有思想、有灵魂的,有价值目标的写作才是自觉的文字、自觉的写作。他说,自己很在意一个作家的价值观。

对话毕飞宇

问:毕老师,您说自己是宅男,在您的小说里的这些性格丰满的人物是靠阅读量还是您接触这个"群体"创作出来的呢?

毕飞宇:都有。我说自己是宅男,实际上日常生活还是有所参与的。但是,从小说家的角度来讲,我觉得更多的还是想象和阅读,因为有了这两点之后,在生活中碰到的事就会像古人所说的"一生二,二生三,三生万物",小说就是这么来的。我们丝毫也不能降低对现实生活的认识,但是也不能把小说家内心丰富和现实生活的丰富对等起来。

问:都称您是"写女性心理最好的男作家",您是怎么去了解女性内心的?

毕飞宇:如果是一个导演要拍电影,电影里的演员不是男性就是女性,作家去写人物是用语言,语言是没有性别的,语言可以写女性也可以写男性。这个问题特别简单,还是一个作家运用语言能力的问题,而不是一个作家写男性和女性的问题。

问:您说,其实是江苏在教您写作,为什么这么说?江苏对于文学有什么特别深意吗?

毕飞宇:每个地方都有每个地方的区域文化,江苏是一个很包容的地方,是一个特别综合的地方。从艺术时间这个角度来说,江苏的文学更注重吸收,更注重小说的文本,更注重小说文本内部的均衡,更看重小说的修辞,我指的更多的是这个意思。这种区域文化对一个小说家来讲,它是有影响的,换句话说,我这番话的意思其实就是,江苏的文化在很大程度上决定了我成为这样的作家。

问:在您的理解里,中国文学"走出去"的重要性或者说为什么要"走出去"?

毕飞宇:这个问题更多的还是从不同民族的文化交流这个角度来谈。通过文学去交流是最有效的,通过阅读小说就可以看到一个完整的世界,通过看到这个完整的世界,就可以知道那群人在那个时空是如何生活的。所以我认为文学交流的本质问题是文化交流,文化交流的本质问题是人与人的交流。

问:高考的阅读理解常常爆"奇葩"题目,您怎么看待?

毕飞宇:从高考这个角度来讲,高考题得保证两个方面都要有。第一,要有一个基本的抓手,要让孩子们把基本的抓在手上,另外给孩子们提供更大的思维空间。高考作文不是作文竞赛,作文竞赛的题目可以出得很偏、很邪乎、很奇葩,因为这是竞赛。高考是国考,是一个民族一个国家选拔人才的,要从最常态思维去思考这个问题,所以我不赞成过于奇葩的高考作文题目。再说,高考作文考的不是写作能力,真正考验的是一个孩子通过教育之后所具备的基本的逻辑思维能力和表达能力。我觉得拥有这两个能力就可以了。

问:您说过初中生是培养阅读品位的阶段,为什么这么说?对于这个年龄段的学生有什么推荐的书籍吗?

毕飞宇:一定是经典的书。一个人的审美趣味和审美能力不是每时每刻建立的,比方说,人到了八十岁是不可能再出现新的审美趣味。对于一个小说家来讲,通过对语言和文字的理解,构成这种审美能力是在17岁左右。为什么我强调要读经典呢?我们有时候会被外面的一些常识所蒙蔽,17岁的孩子可能读不懂经典,许多经典是可以回过头再读的,但是,如果过了这个年龄,有关语言的审美趣味没有建立,就会变得很麻烦。

问:刚刚您在台上很谦虚地说,编故事不是您的强项,那您觉得自己的强项是什么？

毕飞宇：我的强项在哪我不知道，但是编故事一定不是我的强项。八十年代末期和九十年代初期的时候，中国文坛有一个大的趋向，就是"去故事化写作"，那个时候的文学对编故事不太瞧得起，我就是在这样一个时间段里开始学习写作、走向写作的。后来写到一定地步的时候，我发现故事对小说还是重要的，到了九十年代中期之后，我一直在补课。虽然我认为个人编故事能力不是特别强，但是我坚持认为，故事在小说当中是一个因素，但不是决定性因素，同时更不是唯一的因素。

问：从最初到现在的作品，您的写作风格或者说写作心境有一个什么样的变化吗？

毕飞宇：变化很大。我也是从现代主义小说入手的，写了很长一段时间，后来回到古典主义写作，更加注重写实和人物，这个变化是很清晰的。

（原载 2017 年 10 月 11 日"澎湃新闻"）

宁肯:文学需要现实创新

当我跳出文学进入另一个领域,我看到了文学清晰的边界。

作为以写虚构见长的作家,宁肯于今年出版了首部非虚构作品《中关村笔记》。回顾这次有着特殊意义的写作,宁肯说,这会对他未来的写作有巨大影响,"它给我带来人生不同的界面,也会带来更结实的写作。当我再次回到小说上来时,我希望会因为这次经历有一种不一样的回来"。

宁肯说的"不一样",自然包含了这次写作带给他对文学的,与以往不一样的理解。这在很大程度上源于他在与那些充满活力的科学家、企业家对话之后不断迸发出来的文学反思。宁肯坦言,他花了两年时间写《中关村笔记》,相当于又上了一次大学,许多东西需要去学习研究、掌握方法,从中获益良多。"过去我关注的是卡夫卡、卡尔维诺,非常主观地去理解人心,我以为文学非常庞大,恨不得整个世界就是文学化的世界,但当我跳出文学进入另一个领域,感觉到其实文学也没那么大,我看到了文学清晰的边界。"

由此,宁肯感慨道,文学终归要受到现实生活的影响,现实生活就包括现代科技。世界变得如此复杂,已经对文学提出了新的要求。"文学的困境不在其本身,而在文学之外。没有比文学更保守的了,但现在又面临一个创新的时代,文学也需要现实创新。"

这个"不一样"也在于宁肯以文学的视角赋予了中关村不一样的理解。如有评论所说,与财经作家带着专业视角体察商业、企业不同,宁肯给他笔下的故事赋予了文学化的视角,他不是从企业家的角度看价值如何产生和创业的成败,而是在大人文、大历史、大民族和大时代的概念下书写。

也因为此,本书出版方北京十月文艺出版社总编辑韩敬群表示,作为符合中关村气质的这样的闯入者、跨界者和创新者,宁肯的这本《中关村笔记》,在众多中关村叙事中,不是又一本数量的叠加,而是与众不同,特立独行的存在。

从文学视角重塑中关村的价值

事实上,宁肯受命写《中关村笔记》,同样经历了一个"不一样"的过程。韩敬群有一次跟他交流时,说到有个资助项目是写中关村的,约了一位国内报告文学作家,后来因为各种原因没能继续。宁肯就半开玩笑地说:"我给你写吧。"

宁肯这样说,看似率性而为,实际上也因为他在当时就有写一个北京题材的作品的模糊想法,只是因为生活经历有限,所经历的都是胡同生活、大学生活、西藏生活,所以一直没能达成。"多年来,我一直浸润在现代主义小说的氛围中,快二十年了,我需要另外一种东西,跳出文学,从外部看文学。现在是一个创新时代,但文学在现实面前表现得不尽如人意。如何用一种技术既表现纯文学的复杂性,又通俗易懂?这几乎不可能。但正因为有难度,才有挑战性。"

也差不多在同一时期,2015年4月21日,宁肯在飞机上读了美国作家黛博拉·佩里·皮肖内写硅谷的一本书,书名叫《这里改变世界——硅谷成功创新之谜》。书的最后写到了中关村,皮肖内将中关村与硅谷做了比较,也谈到了以色列的高新技术区,对以色列无条件地赞扬,对中关村则多有质疑。"这让我想要更深入地去了解中关村,所以算是主动请缨去写中关村。"

写中关村要面临的挑战可想而知。这一方面在于,如财经作家凌志军在其《中国的新革命:1980至2006年,从中关村到中国社会》中谈到的那样,中关村是我们国家的一个缩影,讲述中关村,某种意义上就是讲述中国。要驾驭这样一个宏大的题材有着很大的难度。而写中关村,也意味着要涉及不少科技内容,这是让不少擅长非虚构写作的作家望而却步的地方。与此同时,怎样区别于众多有关中关村题材的纪实类、财经类作品,写出不一样的面貌,无疑也是一个挑战。

宁肯表示,刚接触中关村题材的时候,他首先看了一系列财经作家的作品。"对于长年阅读现代主义小说的我来说,这些书原本不会出现在我的书单上。读过之后,我觉得这些书传递了中国改革开放的精神实质,那种语境让我感受到改革开放时期那种进取创新的精神力量,感受到站在那个时代潮头的人们的张扬个性。可以说,上世纪八十年代的时代精神,在当下仍然是非常可贵的。"

也正是在相关阅读和写作的过程中,宁肯越来越感觉到有必要重塑中关村的价值,为了重塑这种价值,他有必要选择不一样的视角。"相对于那种宏大的叙述视角,我觉得自己应该从人物的角度、心灵的角度、人性的角度来切入,捕捉人最闪光、最打动他人的瞬间。我觉得这是属于文学的。"

如其所言,《中关村笔记》以人物为经纬,从与华罗庚、陈省身并列为中国数学"三驾马车"的中科院院士冯康为开篇并贯穿始终,以陈春先与中关村的硅谷梦、柳传志和联想、王志东和新浪、王选与"千年之约"、王永民与汉字输入、程维和滴滴、苏菂与车库咖啡等19个段落与手记,展现他们怀抱理想、搏击奋斗的艰辛历程,呈现出一代人的中国梦如何一步步成为现实的过程。宁肯说:"这部笔记我愿是一次对太史公的致敬,一个小小的微不足道的致敬。"

而宁肯之所以用纪传的形式来书写中关村历史,一方面是因为,他觉得在中关村的发展过程中,个体的力量非常重要。"中关村把个人解放出来了,个体的能量最终汇成了整体的能量。"另一方面也是受了小说创作经历的影响,他认为小说是解读和反映社会最好的方式。小说的形式可以创新,但其核心是人,通过人去理解世界,理解生活。"文学的规律便是在历史中发现人、表现人、阐释人,没有一代人的崛起,就不可能有大国崛起。"

他成了一个记录者、沉思者

与此相应,宁肯深刻认识到,个人与时代之间有着不可分割的紧密联系。个人想发展、想奋斗,没有一个大的国家的平台也是不可能的。"国家政策呼应了人们内心的需求与梦想,把国家的梦想建立在每个人的梦想上,我觉得这是一个非常重要的经验。"

某种意义上,宁肯选择他所要纪传的人物,亦如有评论所说,也就是在选择时代的历史节点。在《中关村笔记》里,宁肯把中关村第一个开风气之先的人陈春先写活了,中国改革开放起步时的社会状况也就一目了然。通过陈春先的经历,能清晰看到当时的改革者突破重围的艰难和切肤之痛。"虽然我写的是高科技领域的故事,但这些故事都体现了人的价值、坚守和梦想。"

为写出"人的价值、坚守和梦想",同时记录改革开放的历史过程。在过去两年时间里,宁肯骑电动车、坐地铁、开车,各种交通工具轮番使用,一周两三次往中关村跑。他笑称"一辈子都没见过那么多院士","录音笔里的采访录音累积起来就有100多个小时"。

在对中关村的密切关注中,宁肯也经历并知晓了许多不为人知的故事。他说要没有这次采访和写作,他不会知道驭势科技联合创始人吴甘沙在香格里拉的满天繁星下一边阅读一边思考人生走向的场面,不会知道他保持年70本书的阅读量,哲学、科学、文学,无所不包。宁肯记得国家"千人计划"专家、芯视界科技创始人鲍捷走进来时,眼睛迷迷糊糊,让人产生"他是近视眼"的幻觉,深入到鲍捷的世界才发现,鲍捷眼睛里的时间是光年里的时间,那眼睛简直就是光谱仪,每天盯着头发丝里十万分之一的世界,和光谱、宇宙打交道。

而宁肯自己的经历,实际上也呼应了时代的步伐。他是地地道道的北京人,在胡同里长大。上大学后,和很多作家一样,他也从诗歌起步进入文学世界,1982年发表了第一首诗。1983年,他被分配到一所中学担任语文老师。北京组织教师队伍援藏两年,宁肯报名远赴拉萨。他选择去郊区中学。"那所中学在拉萨河边上,有牧场,有农田,还可以爬山,冬天的山谷里仍然是绿草丰盈。"

援藏期间,宁肯开始以西藏为题材创作系列散文作品,后来这批散文让他成为"新散文"创作的代表作家。两年援藏生活很快过去,回北京后,他一度走出文学,由诗人变成广告人。他仍断断续续写诗,但总共写了不过百首,发表过的不过10首,最后两首发表于1998年的《诗刊》。

不久后,互联网在中国兴起,宁肯把作品发布在BBS上,阴差阳错成了网络作家。他说:"我在网络时代把我的文学作品放到网上,凑巧成了网络文学,现在看来,当时我的作品根本不是网络文学,而是传统文学。如果当时我的作品没有在网络上发表,而是在传统刊物上发表了,那我就跟网络没有任何关系了。"所以,他还是以传统文学的方式,出版了五部长篇小说,回到传统文人的状态。

写《中关村笔记》,于宁肯可谓是又一次转型。其间,他彻底忘掉了小说,成了一个记录者、沉思者。在书里,有两个贯穿始终的人物,一个是冯康,一个是柳传志。"这本书的前半部分,冯康是当之无愧的主角。他是'两弹一星'的幕后英雄,数学天才。早在1993年就去世了。就在准备写中关村的时候,我恰巧进入了中国作协的中国科学院'创新报国70年'报告文学项目,由此发现了冯康,他在国内名气不大,但是在国际上名气很大,达到了世界级的水准。这种现象本身就特别值得关注。而柳传志对中关村来说起到了承前启后的作用,年轻一代对柳传志极其推崇,他们在融资和国际竞争的时候都会向他请教。"

当然,宁肯做出这样的安排,实际上是借助叙述的形式,表明了自己的态度。诚如他自己所说,他们"天然地构成了中关村的基石与厦宇,甚至可以互映,有多深的基石就会有多高的大厦,从大厦的高度可以看到基石的深度"。

宁肯写厦宇的同时,特别强调基石的作用,写"21基地"、解放军战士等看似与资本迥然相异之物,实际上也在于强调科学的意义。在宁肯看来,科学对中关村起到了基石作用,如果没有科学来垫底,中关村很难和硅谷媲美。"加入了科学探索基石的这个维度,让我对中关村的书写有了更深层的内容。"

真实来自主体对真实的认识

归根结底,宁肯能写出"更深层的内容",在于作为写作主体,他对真实有着不一样的认识。在《中关村笔记》中,宁肯讲述了数学家王选的故事,他讲述了藏匿于这位家喻户晓的老人背后的人生的隐痛。宁肯写道,他不能说自己描述了最真实的王选,但他保证提供了真实的深度。"真实,一定程度上是创造出来的,表现为创造者的主体性。创造并不等同于虚构,也不专属虚构。真实不仅来自客体,也来自主体对真实的认识。"

也是在这个意义上,青年评论家丛治辰援引巴尔加斯·略萨的话说,伟大的小说不是去抄袭现实,而是把现实解体,再适当地加以组合或夸张。这并不是为了标新立异,而是要把现实表现得更富于多面性。"宁肯在这部非虚构作品中坚持了这样的小说精神,从而使这部非虚构作品,逃离了一般庸俗社会意见的左右,真正抵达了某种'非虚构'。"

言下之意,缺乏这样的小说精神,或者缺乏相应的文学技艺的写作,并不足以承担起写出真实,反映时代的使命。评论家刘琼也认为,当代文学要讲好当代故事,当代作家要具备讲述时代经验的能力和方法。在这一点上,《中关村笔记》的写作有一定的启发性,它在真实性和文学性之间保持了某种平衡。"中关村的变迁和它的热腾腾的经验之前曾见诸各种文字,但整体性书写包括历时性和共时性以及人文性书写包括哲学性和文学性不多,这两点在这本书里得到较好整合。"

诚如评论家白烨所言,面对光辉灿烂的历史文化和气象万千的社会现实,文学有着书写不完的题材和讲述不尽的故事。但比较而言,改革开放40年的历史演进以及所生发的中国故事,最为值得讲述。"宁肯对当代中国'史诗般的变化'的近距离观察,对'中华民族新史诗'的倾情书写,值得人们给予高度关注。"

(原载2017年10月27日《文学报》,傅小平)

李敬泽：回到传统中寻找力量

中华读书报：《青鸟故事集》被定位为"既是散文、评论,也是考据和思辨,更是一部幻想性的小说"。

李敬泽：我不在意定位问题。要说是散文、随笔也可以,说它是非虚构,我也不敢保证里面没有虚构的成分。新文学以后,我们建构了一个文类传统,规定了小说应该是什么样子,诗歌是什么样子,散文是什么样子——但中国传统中,最根本的是"文"。现在拿出《庄子》让你给他一个现代归类,你一定会抓狂:这是虚构吗？非虚构吗？是小说散文论文吗？都是都不是。这些事情,庄子不会想,他所写的只是"文"而已。

我不是拿自己和庄子相比,而是说,在新的互联网时代,或许将迎来古典的"文"的精神复兴。

2016年我在《十月》开专栏"会饮记",包括几年前出版《小春秋》,经常有人较真,问我写的是什么体裁？用必须给个说法的目光盯着我。小说应该是什么样子,散文应该是什么样子,是一百年来照着西方的文学体制定的,不是天经地义。为什么非要把一棵草药使劲塞进中药店柜子的抽屉里呢？

中华读书报：阅读《青鸟故事集》,能感觉到您写作的快乐。

李敬泽：是这样的。文学文本除了意义还有意思。如果没有意思,不如直接写论文。首先是有意思,把意思写足了,意义自在其中。

中华读书报:"十六年后,重读当日写下的那些故事,觉得这仍是我现在想写的,也是现在仍写得出的。"看得出您很有自信。

李敬泽:这里面有一部分文字写在十几年前。那时候还是不甚自觉的写作者,写下的这些文字中呈现的历史的、人性的面向,今天看不仅没有过时,反而变得更加突出、重要,更具现实的针对性。我确实觉得,这十几年来眼光、趣味以及文字的方向没有太大改变,只是比那时候写作的自觉性强一些。年轻的时候,有一点信马由缰的任性,不在乎别人怎么看,只要写得痛快。到一定岁数之后,对写法的思考,自觉性、方向感会强一些。

中华读书报:十六年前的内容,现在看有何意义和价值?

李敬泽:体现在两方面:一方面是认识伟大传统的丰富性。我们现在谈起中国文明容易把它简单化,实际上我们的伟大传统是一条浩瀚的大河,不知道容纳了多少涓涓细流,包括汉唐以来对异质经验的接受吸纳融汇,以及在这个过程中经历的种种误解,同时也是好奇,是创造性转化。另一方面,在现在这个"全球化"时代,不同的文明、文化乃至不同的国家地域交往固然越发密切,但交往中的想象、偏见、错谬,不是减少了,而是更高概率地发生着。恰恰是"全球化"的时代,会形成很多习焉不察的误解和偏见,而且相当牢固。从汉唐到明清,很多事情我们现在仍然经历着。这种误解本身就是一种想象,是一种文学经验、文学题材。面对误解,表现误解,是达成理解的必要途径。

"我最好是做个无所事事的读者。我从来没想过自己要写。"李敬泽说,他从来没想过要写什么,也从来没有立志当小说家,或要精研小说搞评论,要成为学者。写作起步时,他已近而立之年。

中华读书报：腰封上所概括的"评论家中的博物学者，作家中的考古者"，准确吗？

李敬泽：从书本身来讲确有一种考古的趣味。什么叫考古？从学理上讲，福柯是运用了考古学方法；从实际上讲，考古是专门的特殊的学科，是通过古代有限的物质遗存推论和恢复古代的生活。这遗存和当时活生生的整体相比可能百分之一、千分之一都不到，这是考古的根本境遇。对我来说这也是文学的思想方法和想象方法，是从有限的、也许是有把握的东西，去推论整体。像考古学者，也像侦探。比如福尔摩斯，他的侦探方法和考古方法一样，从有限的东西，比如从一个鞋印推断犯罪嫌疑人的身高、经历和身份。

中华读书报：您的评论是否也采用这样的方法？

李敬泽：自出道以来，我的评论文章被夸或被贬，都是说"李敬泽的文章不像评论"，或者说"李敬泽的评论文体独特"——我没有自觉地这么想过。可能在天性和趣味中包含着某种特点，在写作中表露出来而已。我愿意称之为庄子式的知识兴趣和写作态度。博杂的、滑翔的、想象的、思辨的，一方面是回到"文"的伟大传统；另一方面，伟大传统不是死的传统，是在新媒体时代重新获得生命力的传统。在互联网新媒体的时代，这个传统正重新获得生命力。

中华读书报：您说博杂，这种博杂来处是哪里？是大学吗？

李敬泽：从一开始搞"杂"了。大家都说上世纪70年代是封闭的时代，从我个人来讲，反倒是比较幸福的。十岁以前我还在保定，每天除了疯玩，就只有一件事：看书。我母亲在出版单位工作，院里有一个封存的仓库，那是一座巨大的图书馆，什么书都有。我就乱七八糟地没有目的地看，没有学业的压力，没有父母要求的压力。托尔斯泰、三岛由纪夫、范文澜、吕振羽等等,当然什么也看不懂,大部分是白看。我从一开始看书就养成了不太有路数的趣味。

后来考上大学,四年下来,课上得三心二意,书却看了不少。毕业后又一直做编辑,接触的一直很杂。总而言之,把学问搞"杂"了。

中华读书报:在大学里就开始写作?写作是受谁的影响?

李敬泽:上世纪80年代,大学里都是指点江山的人物,很多人都是文学青年,我不是。诗也没写过。看到周围的同学在写诗,摇头晃脑的样子很奇怪。大学毕业我才二十岁,去《小说选刊》当编辑,根本没想写什么东西。

当然人的一生肯定不断在受一些影响。我很幸运,在工作中碰到的上级、同事都是杰出的人。很难讲得特别具体,实际上会有潜移默化的影响。我正式写作起步很晚,1993年才开始硬着头皮写点东西。有人问在那之前,你干什么?我说,人生除了写作难道没有别的事情可干吗?

我也不觉得早或晚有什么意义。早写或晚写,对写作者来说,一切都是不浪费的。有人说你在1993年才开始写,之前不是浪费了吗?我从来不认为是浪费。我对自己没有很强的写作规划。较大规模的写作行为,比如开专栏写整本书,都是被逼着写的。如果不被逼着恐怕不会写,看人写总比自己写幸福得多。但是如果被逼着,做就一定要做好。是典型的摩羯座性格吧。

中华读书报:"被逼"着写作,是一种什么状态?

李敬泽:我的写作生涯伴随着被逼稿被催稿,对于和我合作的编辑来说几乎都是噩梦。去年在《当代》《十月》开专栏,马上付印了,写完发给编辑,还要一改再改。刊物出来要在微信推出了,仍然要改——总能发现表达不准确的地方,总认为可以更有力,更简练。幸亏我是摩羯座,虽然没有强大的动力,确定一件事之后还是蛮勤奋的。要做的事会尽我的全力。

任何上手的事,我都受不了凑合。特别是在文字上。这和我曾经从事的编辑工作有关。看到文字不审慎、逻辑混乱、表达不准确,我就受不了。一个写作者,对文字负责任,对自己的表达、对表达的意思负责任,是写作的基本伦理。提笔就该负责任。不是要求你的语言多么摇曳生姿,至少表达要清楚明白。孔子讲"辞达而已矣",这个要求高吗?不高。能做到这一点的,不多。作家批评家中也有不少是辞不能达。

李敬泽说,自己有一个"好处",就是成长得慢,什么事都慢半拍。真正开始写作是三十岁左右的事情,就连找到写作的自觉性,也是近几年的事情。但是,作为评论家,他的批评精准生动,不但得到作家们的深切认同,在评论界也有良好的口碑。

中华读书报:您的批评,往往能切中要害,也最被作家们认可。这其中有何妙诀?

李敬泽:不是我有多高明,是不同的批评家有不同的旨趣和学术志向。有些批评家对一部作品的批评,最终目标不是对作品的充分理解,而是从作品出发建构自己的理论,学术性和理论性更强。我不是这样的批评家,但我对他们满怀敬意。我自己更偏于感受,更有文人气。当然,也许批评家最好的境界是这两者兼而有之。

中华读书报:看得出来,您的文章深受中国传统文化的影响,鲜活感性而且有一种文人的风骨。中国传统文化的重要性不言而喻,但是我们今天继承得似乎远远不够。您怎么看"传统"在批评中的影响和作用?

李敬泽:谈中国的文章之道,无论批评史还是文学史,大家觉得山穷水尽的时候,都是回到先秦,回到孔孟,回到老庄、《左传》《战国策》,再往下就是回到司马迁。为什么?因为他们确实有着巨大的原创性。同时,他们的力量在于混沌未开,像一片汪洋,后来的文章只能从里面取一勺。

我最近还看了唐宋八大家的文章,和先秦文章相比也差得很远。先秦那种汪洋恣肆、无所不包、看不出界限的气概,那种未经规训、未经分门别类的磅礴之势,那种充沛自然的生命状态,只能令今人望洋兴叹。这大概也是一千年来那么多的聪明人反复回到传统中寻找力量的缘故。

2017年是新文学一百年,我们要意识到我们现在的文学体裁和门类,实际上是一个现代建构。我们应该也有可能重新从原初的"文"的精神那里获得新的力量和新的可能性。

(原载2017年3月27日《中国读书报》)

·史料与史实·

中央文学研究所的筹备与成立

王 秀 涛

一、《讨论筹办文学研究所参考提纲》

笔者在山东中国文学艺术博物馆看到一份文联档案《讨论筹办文学研究所参考提纲》(以下称《提纲》),此档案为油印版,有归档"文代会类第41号"以及"归档第13号"的字样。时间不详。《提纲》涉及中央文学研究所创办的原因、目的,名称、领导关系、规模、研究人员的条件与待遇,学习内容、学习方法、学习期限,组织机构、目前要办的几件事等内容,对于了解文学研究所的成立提供了第一手的资料。本文以这份档案为依据,同时参考有关报刊的报道,以及邢小群老师的《丁玲与中央文学研究所》等已有研究成果,对中央文学研究所的筹备和成立做进一步的考察,因为对于中央文学研究所的筹备和成立,学界的研究多有疏漏和错讹。

根据《提纲》的内容推测,此提纲应为举行中央文学研究所筹办委员会会议的讨论所用,是全国文联呈报给文化部《中央文学研究所筹办计划草案》的基础,时间应在1950年6月26日到7月6日之间,因为《提纲》所记目前要办的几件事中提到,"筹委会名单业经政务院批准,急需召集筹备委员会会议,宣布正式成立,通过建所的基本方针及重大问题,并需分工,开始进行各项筹办工作,如有关建所的行政工作,课程的计划准备工作等"。

文化部关于筹委会的批复时间是1950年6月26日,在文化部致康濯信函中说,"本部为了培养一些较有实际斗争经验的青年文艺写作者及一些从事文学理论批评的青年,业经呈准文化教育委员会及政务院,决定本年内筹办文学研究所,并聘请丁玲、张天翼、沙可夫、李伯钊、李广田、何其芳、黄药眠、田间、康濯、蒋天佐等十二人筹备委员组织筹委会并以丁玲为主任委员、张天翼为副主任委员,特此函达。"①除了此函列举的11人,陈企霞也在筹委会之列。

据《人民日报》报道,筹备委员会于1950年7月6日举行第一次会议,通过了中央文学研究所筹办计划草案和关于研究人员名额分配的决议,并组成行政、研究人员调集和教学计划大纲等三个小组,拟于10月间正式开学。《人民日报》也刊登了本次会议关于成立的目的、研究人员必须具备的条件、学习的内容等内容,应是《计划草案》中的部分,也和《提纲》有很多的重合。②

1950年7月18日文化部部长沈雁冰对《中央文学研究所筹办计划草案》做了批复:

一、同意中央文学研究所筹备计划草案及第一次筹委会会议决议七项照准,望即据此进行。

二、请此复发"中央文学研究所筹备委员会"长戳一枚。③

---

① 据鲁迅文学院网站所登档案,http://www.chinawriter.com.cn/z/luyuan/index.shtml。
② 《全国文联和中央文化部 筹备创办文学研究所 培养新文学创作及文艺批评干部》,《人民日报》1950年8月10日。
③ 据鲁迅文学院网站所登档案,http://www.chinawriter.com.cn/z/luyuan/index.shtml。

二、成立的缘起

官方关于成立中央文学研究所的正式文字来自于 1950 年周扬在全国文联四届扩大常委会议上的报告《全国文联半年来工作概况及今年工作任务》,提到全国文联半年来工作概况,以及 1950 年工作任务,其中第二项是"筹办文学研究所,征调一定数量的有实际工作经验和相当写作能力的文艺青年,加以训练,提高其写作水平"①。

关于创办的理由,《提纲》提到两点,首先在于培养青年文学工作者,"中国的新文学运动,自从毛主席延安文艺座谈会讲话以来,七八年中,已有了很大的发展,特别是各地在斗争中锻炼出了许多青年文学工作者——新中国文学战线上宝贵的新生的力量,他们一般地都具有相当丰富的实际生活经验和一定的写作能力,几年来配合着革命任务他们写出了一些作品,而且有些作品已经初步地显露了他们的写作才能。但一般地尚未写出思想性、艺术性较高的作品,这主要是由于过去紧张的战争环境中,没有机会专门学习,使他们在政治上、业务上提高一步。同时,还有一批从事文学理论批评工作的青年,也要求有专门研究和提高的机会。自从全国文联,今年的任务在报刊上公布后,筹办文学研究所一项,立即引起各地文艺青年及干部的注意,纷纷来信询问,热情而急迫地要求及早创办"。

其次是培养文学干部的需要,"目前各大学的文学系,相当脱离实际,教育观点和方法一时也很难改造,不能负担起培养新文学运动所需要的干部的任务。同时经过证明:过去老解放区创办的鲁迅文艺学院的文学系和华北联大文艺学院的文学系,也培养了一批文学干部,获得了相当的成绩,如今戏剧、音乐、美术等学院均已先后成立,而文学干部又极为缺乏,故急需筹办一

---

① 《全国文联半年来工作概况及今年工作任务——周扬在全国文联四届扩大常委会议上的报告》,《人民日报》1950 年 2 月 13 日。

培养文学干部的地方"。

创办的缘由在邢小群老师的《丁玲与文学研究所的兴衰》中有很详细的考察,其中提到的陈明、马烽等人回忆,呈现了更为丰富的细节。丁玲、马烽等人向文协的提议,苏联作家协会的文艺研究院的启发,文化部成立美术学院、音乐学院的经验等因素都起到了作用。① 康濯1950年11月曾向《文艺报》记者介绍过其他两点缘由:一是1949年6月,丁玲从东北回来,遇见一位中央负责同志时,就曾谈过这个问题。当时丁玲就希望有机会做点帮助青年作家的工作。那位负责同志非常高兴,他说,很好! 青年作家们过去本钱太差,你就着手去做吧,先计划一下,找中宣部商量商量。他指示:从小规模的开始,先调集写过些东西的,要学习马列主义,整理一下过去的生活。二是7月间,周总理在文代大会时邀集一部分青年作家谈话,他们又提出了这个要求。周总理当时立即肯定地答应考虑他们的要求。② 成立艺术学院,也是当时的风潮。中央人民政府文化部,《一九五〇年全国文化艺术工作报告与一九五一年计划要点》显示:在中央文化部直接领导下的培养艺术干部的机构,有中央戏剧学院、中央音乐学院、中央美术学院和中央文学研究所。在各大行政区,有东北的鲁迅文艺学院,华东的中央音乐学院上海分院和中央美术学院华东分院,西北有新建的西北人民艺术学院,中南有中原大学文艺学院和新建的华南人民文学艺术学院,西南有新建的西南人民艺术学院。"这些艺术学院,除培养一般文艺青年外,1950年中还调训了相当数量的地方与部队的文艺干部。这些学院不只是教学机关,而且也是艺术创作与研究活动的中心,一般附设有创作及演出的部门,作为经常地直接地联系实际的桥梁。"③

---

① 参见邢小群《丁玲与文学研究所的兴衰》第一章,山东画报出版社2003年。
② 苏平:《访中央文学研究所》,《文艺报》第3卷第4期,1950年12月10日。
③ 中央人民政府文化部:《一九五〇年全国文化艺术工作报告与一九五一年计划要点》,《人民日报》1951年5月8日。

三、成立与招生

《提纲》里列举了几项目前要办的几件事,除前文提到的召开筹委会外,还有四项:1.房子问题:经政务院批准,业已购妥鼓楼东大街一〇三号房子七十六间,今日便可经清管局代为立契。一月左右的时间内原房主搬出后,便可正式迁入办公;2.预算问题:暂时由文化部和文联事业费中开支,俟筹备就绪后,再做全盘预算。3.调集工作人员:按组织机构的需要,责成专人负责,调集所部的各方面的工作人员,以便顺利地开展筹备工作。4.调集研究人员:正式通过研究人员的条件和数目,按各大行政区,大城市,解放军的兵团分配名额,通过各地政府与建议各级中共党委进行调集研究人员工作。这几项也是文学研究所最重要的筹备工作。前两项工作不难解决,后面两项则要麻烦得多。《提纲》显示,文学研究所"属文化部及全国文联共同领导"。因此开办经费由文化部教育司拨给,总计1800匹布,折合小米44.1万斤。图书资料也全部由文化部出钱购置。①

《提纲》中提及文学研究所的组织机构:1.设所主任一人;副主任二人;负责领导全所工作。设秘书长一人辅佐之。2.在主任领导下,分设行政与业务两个办公室。行政办公室内设总务、文书、人事等三股;业务办公室有掌管政治学习、业务学习、图书资料、联络等四股。各室设正副主任各一人,各股设股长一人,股长下按需设干事若干人。3.在主任领导下,研究人员组织研究生班,设班主任一人,并按照业务的分工,设理论批评和创作两个组,必要时得添设各种专题研究的组织。中央人民政府政务院第五十八次政务会议通过任免的各项名单,其中中央文学研究所主任、副主任各一名:"主任丁玲,文学家;现任中华全国文学艺术界联合会全国委员会常务委员。副主任张天翼,文

---

① 邢小群:《丁玲与文学研究所的兴衰》,山东画报出版社2003年,第18页。

学家;现任中央文学研究所筹备委员会副主任委员"。① 此外,田间任副秘书长,康濯任第一副秘书长,马烽任第二副秘书长,邢野任行政处主任,石丁任教务处主任。

康濯曾告诉《文艺报》记者,正式着手准备是 1950 年 6 月底开始的。成立筹委会,制订计划,买房子,向各地调集学员,共经历不到 4 个月,从 10 月起,学员们已陆续到了。② 1951 年 1 月 8 日,中央文学研究所举行了开学典礼,参加这个典礼的,除了主任丁玲和副主任张天翼以及全体工作人员和研究员以外,还有郭沫若、茅盾、周扬、沙可夫、李伯钊、李广田等。"典礼并没有举行什么特别的仪式。在文学研究所的会议室里,在一个很大的斯大林和毛主席的圆形浮雕像前面,几十位研究员和来宾们相对着坐在一起。丁玲同志将研究所创办的经过、现在的情况以及今后研究的步骤向大家作了介绍。"郭沫若、茅盾、周扬、李伯钊等人发表讲话。"会议一直开到中午,吃过中饭,把客人送走以后,丁玲、张天翼两同志又和研究所的同志们在一起,用许多生动的、具体的例子对大家说明应该怎样更好地提高每个人的思想,提高革命的文艺工作者的品质,来完成每一个人在文学上的事业。"③

文学研究所的招生是非常受瞩目的工作,筹办文学研究所的消息公布后,《文艺报》"几乎每天都要收到好多这一类信件,他们提出什么时候开办,怎么才能入学……这一类问题。后来,文学研究所开始筹备的消息发出以后,询问详细情况的信件纷纷寄来,有的甚至把他们的作品和履历表纷纷寄到编辑部来,要我们转给文学研究所"。④ 但研究员的招生不采取大规模招生的模式,《提纲》提到,"考虑到目前国家的经济和人力的情况,尚不可能马上创办大规模的文学研究院。暂时以小规模的文学

---

① 《政务会议通过的各项任免名单》,《人民日报》1950 年 12 月 11 日。
② 苏平:《访中央文学研究所》,《文艺报》第 3 卷第 4 期,1950 年 12 月 10 日。
③ 白原:《记中央文学研究所》,《人民日报》1951 年 1 月 13 日。
④ 苏平:《访中央文学研究所》,《文艺报》第 3 卷第 4 期,1950 年 12 月 10 日。

研究所开始工作,竭力精简组织,缩减开支。不公开地大量招生,而是由各地选调和保送具有一定条件的研究人员,经考试确定。初步计划研究人员定为四十人至六十人,连同工作人员在内,尽可能不超过一百人左右为宜,以后再根据发展继续扩大,添设各种研究班及学习班。"据《人民日报》的报道,筹备委员会第一次会议决定,"该所第一批研究人员名额定为六十名,暂不大量招生"。

《提纲》所列招收研究人员的条件为:1.经过一定的思想改造,基本上已确立了革命的人生观者。2.经过一定的斗争锻炼,具有相当丰富的生活经验者。3.有一定的文学修养,在创作上有所表现,或在理论批评、编辑、教育、运动组织等方面有某些成绩与经验者。必须以上三者全部具备。4.有优秀才能或可能培养的工农出身的初学写作者。《人民日报》关于第一次筹委会的报道中也明确研究人员须具备两个条件,和《提纲》基本一致。实际招生情况也印证了这一点,研究人员由各大行政区、各大城市、人民解放军各个兵团中选调。

第一期共招生51人,其中出版过小说、诗歌、剧本集子的有28人。其中不乏工人、农民,譬如工人张德裕,董迺相,农民杨润身,童养媳吴长英等。[1] 据邢小群的总结,招收的研究员大体有三种情况:"一是向地方、部队的宣传部门或文联发出通知,请他们推荐;二是由知名作家推荐;三是自己慕名而来。"[2]

四、课程与学习

中央文学研究所的学习显然也是沿着延安文艺的方向进行的。研究员们的"房子里的设备都是同样的:一张卧床,一张学习和写作用的书桌,一个排列着各种马列主义理论书籍以及文艺作品的书架,一个温暖的火炉子。朴素的生活,对于马列主义

---

[1] 苏平:《访中央文学研究所》,《文艺报》第3卷第4期,1950年12月10日。
[2] 邢小群:《丁玲与文学研究所的兴衰》,山东画报出版社2003年,第19页。

理论以及各种文艺作品的钻研的气氛,依然保持着过去老解放区文艺工作者的传统"。

关于中央文学研究所的学习状况,文艺报曾派记者专程前往采访,1951年7月25日《文艺报》第四卷第7期上刊发《中央文学研究所第一学季学习情况与问题》(1951年1月到4月)做了详细的描述。

学习的内容集中在:马列主义和毛泽东思想的基本知识、主要的文学遗产、生活实习与写作实习三个方面。采取理论与实践密切结合的学习方法。对于理论与遗产的学习和研究,是采取由中到外、由近到远的步骤;在两年的学习中,规定有投入斗争生活与专门写作的一定的时间。学习方法上研究员则按不同水平混合编为互助小组(理论与创作分开)进行学习。在学习方法上,强调大家的自我钻研、小组互助与集体讨论,并组织课前提问题,课后提意见,写学习心得和论文(对于文化程度较低的同志,则有另外的文化补习)。鲁迅文学院有一则档案,是中央文学研究所教务处写给曹靖华的信①,信的内容即是向教授《鲁迅杂文》的曹靖华提出学习中的问题:

曹靖华同志:

兹将我所学习鲁迅杂文时所提出的问题送上,供您讲授时参考。秋白同志的文章开始的一段深望能多加解释,此外关于鲁迅与秋白的关系及当时的情况,望能根据您所了解的给大家说说。此致

敬礼

中央文学研究所
一月廿九日

从1950年10月开始,到1951年1月8日文学研究所正式开学,其间先进行了临时学习,主要内容为学习《辩证唯物主义

---

① 据鲁迅文学院网站所登档案,http://www.chinawriter.com.cn/z/luyuan/index.shtml.

与历史唯物主义》(程度较低的摘读了《大众哲学》),学习古今中外名著23篇,进行政治与文学讲座12次,组织一次抗美援朝的创作运动,以及几次各种专题座谈会。临时学习"首先是要使大家的学习态度,逐步走向一致"。因为"研究员初来时,虽然情绪都很高,但个人对学习的看法,却并不一致。部分同志,甚至各人有各人自己的打算,有的想来'借庙修行''关门写作',有的想来听大报告,找创作'秘诀'……等等"。另外,还组织了抗美援朝的创作运动,共创作了70多篇作品,约30万字,到1953年3月,发表47篇(文21万字,诗480行)。

正式开学后,第一学季从1月到4月,在政治学习方面阅读与讨论了《实践论》和《马恩列斯思想方法论》(程度低的读《大众哲学》),组织了几次关于《实践论》的报告和讨论。在业务学习方面,课程为《五四以来的新文学史》,内容分为《五四前后》《左联时期》《江西革命根据地文艺》《抗日统一战线时期》《延安文艺座谈会以后》五讲,共讲授12次。学习中着重参考鲁迅等人的著作。和课程相配合的是《作品选读》,一般都精读了50万字左右的"五四"以来主要作家的代表作,并参考阅读了250万字其他作品,其中主要是鲁迅、郭沫若、茅盾、叶绍钧、丁玲等人的作品。专题讲座20次(关于文学史的4次,关于鲁迅的6次,关于作家、作品、文学修养的10次)。另外,还开设《文艺常识》课,包括《文学与现实》《文学与阶级斗争》《题材与主题》《塑造人物问题》《文学的语言》《文学的种类》等六个问题共八次,以帮助少数水平较低的研究员。此外,还组织学习各种报刊上重要的文章,以及十余次电影、戏剧的鉴赏与学习,4月份还进行批判电影《武训传》的讨论。还组织研究员短期下去采访材料;在镇压反革命运动中,也组织过一些采访。在创作上,研究员共创作177篇(共文66万余字,诗8200多行),包括小说、散文、报告、故事、剧本、电影小说、诗、鼓词、评论等形式,其中直接反映当时三大任务的共27篇,其余也大多与当时政治任务有关。这些作品,到5月底,共发表了34篇(文约10万余字,诗

188行）。①

据鲁迅文学院档案显示,第一期的古典文学课程有:裴文中《史前的民族文化》,郑振铎《中国文学史》,郑振铎《古代文学》,郭沫若《屈原》,俞平伯《古诗十九首与〈孔雀东南飞〉》,郑振铎《三国六朝文学》,余冠英《南北朝乐府辞》,郑振铎《唐诗变文与传奇文》,游国恩《白居易及其讽刺诗》,叶圣陶《古文》,郑振铎《词与词话》,叶圣陶《辛稼轩词》,郑振铎《元朝时代的文学》,张庚《元曲》,聂绀弩《水浒传》,郑振铎《明代的小说与戏曲》,郑振铎《〈桃花扇〉与〈红楼梦〉》,郑振铎《清朝末年的小说》,赵树理《如何从民间文艺中吸取营养》。②

周扬在开学典礼上要求文学研究所的研究员在学习当中,第一要很好地学习马列主义,学习毛泽东思想。第二是学习文学史,尤其是中国文学史,以学习文学史为中心,研究各个时代的代表作品,整理与批判地接受丰富的中国文学遗产。第三要进行写作实习,要经常不断地写作、写文章,要多推敲,要注意语言的文法和修辞。文学研究所必须将文学研究、创作与学习三者结合起来。③ 这也是中央文学研究所的培训方向,此后的几期研究员也据此进行研究、学习和创作,以达到成立文学研究所的目的,就像《提纲》和《人民日报》的报道所提及的,"选调全国各地的文学青年,经过一定时期的专门研究学习,提高其政治与业务的水平,培养实践毛泽东文艺方向的文学创作、文学运动组织、编辑、教育、理论批评等方面的干部,为即将到来的文化建设高潮准备文学方面的条件,以便配合国家建设的总任务。"

（原载2017年第5期《文艺争鸣》）

---

① 《中央文学研究所第一学季学习情况与问题》(1951年1月到4月),《文艺报》第4卷第7期,1951年7月25日。
② 据鲁迅文学院网站所登档案,http://www.chinawriter.com.cn/z/luyuan/index.shtml。
③ 白原:《记中央文学研究所》,《人民日报》1951年1月13日。

听文学大家讲古典名著

——"文学讲习所"纪事之一

李 宏 林

1953年到1955年,我在中央文学研究所(1953年11月更名为中国作家协会文学讲习所,现名为鲁迅文学院)学习。第一期和第二期学时最长,是文学讲习所的创建与蓬勃发展时期。从第三期起改办成短训班了。

第二期招收45名学员,由全国各省市文联和作家协会报上100多名备录人员。我的工作年限和革命经历其实都不符合入学条件,由于当时我已经有几个剧本在省内报刊发表并由剧团演出,抚顺市文联领导亲笔修书力荐我是可塑之才,我才被破格录取。当时我18岁,年岁比我大一点的同学如邓友梅和孙静轩都20多岁了。

同朋友谈起文学讲习所时,都关心我们那时学什么和怎样学。为了学员学习有所收获,先任命诗人田间为所长,后任命教育家、作家吴伯箫为所长。由于当时国内政治生活和文艺环境都比较平静,所以由他们拟定的教学计划可谓真正意义上的文学工程。学习方法以自学为主,就是坐下来整天读书,系统地学习中国文学和世界文学,在每个单元学习中都邀请专家作专题讲课。

学习中国古典文学单元时,来讲课的都是重量级名家,第一位来讲课的是文化部副部长郑振铎。这位上世纪30年代的著名国学大家,身材高大,头发后梳,前额饱满,戴一副宽边眼镜,腋窝里总夹个大皮包。他围绕中国古典文学的诗歌、小说、戏剧、俗文学传统等讲了四次。郑先生给我留下最深印象的是他不时地说他在书摊上发现了什么什么古杂书,每部书都在几十册上下,他用几天时间都一一地看完了,并谈出他对书的评价。我成天地读《三国演义》,读了半个月,还没有消化,而郑先生读杂书,读得不仅神速,还能作出定评,我真是佩服之极。用现在的话说,那时郑先生在我心中就是个超人。再让我难忘的是,每次郑先生把皮包往桌上一放,对下边的学员一眼不瞅,讲完课夹着皮包就走,师生之间没有一点交流,所以学员只记住他讲了什么,而对他的内心一无所知。

讲中国古典文学的都是鸿儒:李又然讲《诗经》,游国恩讲《楚辞》,冯至讲杜甫,阿英讲元曲,宋之的讲《西厢记》,聂绀弩讲《水浒传》,冯雪峰进行学习《水浒传》的总结讲话……在这些大师级的人物的授课中,给我留下很深印象的是游国恩老先生。当时他可能50多岁,但是在我们这些年轻人的眼里他已经是位老人了。供职于山东大学的游国恩老先生是新中国成立后中国最知名的《楚辞》专家。当时出版的有关《楚辞》的著作大多出自游先生之手,也就因为他是中国传介《楚辞》的第一人,讲习所才特意从山东大学请老先生来北京授课。游国恩每次讲课都是从济南坐火车赶到北京。他个头不高,但是总有几个年轻的、身高于他的助手陪在他的身后助他讲课。老先生圆脸,腰杆挺拔,尤其是那声音,如铜钟一样发声洪亮,在讲台上一站,朗朗地背诵一段《楚辞》,眼神即刻明亮,他开始进入屈原营造的气氛中。在几个小时里,他忽而声高忽而声低,一直游走在神秘、怪异、美丽的诗的境界中,一时他就变成了屈原,好像是他写作的《离骚》《天问》,是他投进了汨罗江。在容纳几十人的讲堂里,学员们寂静无声,大家像面对屈原似的目不转睛地盯望着这位完全屈原化了的教授。游先生的《楚辞》课无疑非常受大家的欢迎。

在学习中国古典文学单元中,重点学习的作品是《水浒传》,不分组别,学员们都要埋头读这本经典著作。当时讲习所对学员学习进程掌握得很严格。光未然的秘书、后任《剧本》月刊主编的颜振奋，一时被《楚辞》迷住了，他读书落后于教学安排，为此受到严厉的批评。所谓自学，也是在管理下进行的。所以在一个多月里，在讲习所的大院中寂静无声，人们的眼睛都是盯向书中的一百单八将，晚上的谈资也是宋江、李逵等梁山好汉的故事。

谁来讲《水浒传》呢？是时任中国人民文学出版社副总编辑、杂文写得极好、被称为"鲁迅第二"的聂绀弩。聂绀弩细高的身材，脸颊消瘦，不修边幅，更不讲排场。他讲课不登讲台，就在第一排课桌前袖着两手来回地游走，嘴里叼支香烟，一只眼睛被烟熏得眯缝着，似乎他还喝了一点酒。他与周总理在黄埔军校是同事，周总理曾戏称他是"20世纪最大的自由主义者"。他没有讲稿，所谓讲课就是他想到哪儿就讲到哪儿。其实这时的学员们已经把《水浒传》读得倍儿透了，只想听听他有什么独到的见解。别说，他真谈出了大家没有意识到的内容。比如，他说《水浒传》有两大弱点，一是杀人太多，武松血洗鸳鸯楼，好人坏人一起杀，连丫鬟都不放过，这就不好。二是歧视妇女，你看宋江杀阎婆惜、武松杀潘金莲、杨雄杀潘巧云等等，都是扼杀妇女的自由权，是封建妇女观的典型反映。聂绀弩顺口提到的这两点当时真没有人提到过，现在回想起来，看似心不在焉、外表散淡的聂绀弩，却怀有一颗善良的心，是位人道主义者。他从血腥的杀杀打打中呼唤人的尊严和妇女的自由，他是"五四"精神的传承人。

学习讨论结束，冯雪峰要来讲习所作总结。消息传出去，一些所外的文学界人士也赶来听讲，于是不得不加座椅。

那年冯雪峰50岁，瘦弱的中等身材，长脸儿，笑面，目光慈祥，稀疏的分头稍灰白，他不像郑振铎那样有官相，不像聂绀弩那样像个流浪汉，更不像游国恩那样为诗而癫狂，他就像个穿着整齐的隔壁大叔。关于在总结中讲什么，教务处的同志早把学员们讨论《水浒传》时的各种观点作了汇报，他便有针对性地作总结发言。他讲的基本观点是怎样理解现实主义，《水浒传》是古典现实主义的巨著,它真实地反映了历史上平民百姓反抗封建压迫、群起而造反的经历。现实主义的首要条件是真实,《水浒传》所反映的起义的胜利和失败都是真实的。他强调,现实主义不能脱离历史的具体情况,强求古人按照现今的思想追求去行事不是历史唯物主义观点。历史上的农民起义成功了是帝王轮换,失败了是四下走散,放下武器被朝廷招安在历史上是常见的农民起义的一种结果。无论是哪一种,人民起来反抗封建统治,都是对封建统治的沉重打击,动摇了封建王朝,启示了被压迫的人民群众,是推动历史前进的巨大动力。这样,就把造反与招安的分歧融合起来,这两者不是分立的,而是历史上农民起义中的一个总体的两种现象。冯雪峰还对《水浒传》的章回式结构和人物塑造等方面对中国文学的重大贡献作了分析。他的总结发言是用历史唯物主义观点和马克思主义文艺观,阐述了《水浒传》在中国古代文学中的经典地位和久远意义。

前几年中央电视台播放电视剧《水浒传》的时候,就剧中的缺陷我在报纸上连续发表了几篇评论文章。有的朋友感到奇怪,你这位新闻记者怎么评论起《水浒传》了?朋友们不知,早在五六十年前我就登上"梁山",同一百单八名好汉相拥相抱了。

(原载 2017 年 9 月 1 日《文艺报》)

关于萧也牧之死与平反的几则史料

邵 部

萧也牧本名吴小武,因发表《我们夫妇之间》受到批判,于1953年调往中国青年出版社文学理论编辑室从事编辑工作。1969年4月15日随团中央系统下放黄湖(位于河南省信阳市潢川县)"五七干校",1970年10月15日受迫害致死,1979年正式平反。关于萧也牧之死及平反情况,张羽的《萧也牧之死》和石湾的《红火与悲凉——萧也牧悲剧实录》有较为详细的介绍,但如下几则新发现的重要史料还未见使用,遂辑录于此,并做以简要说明,以期能够为这一历史事件提供更多的细节,还原历史现场。

一、萧也牧黄湖检讨残篇

在笔者走访萧也牧长子吴家石先生的过程中,意外发现了一则萧也牧本人的手迹,没有抬头和落款,残缺不全,仅余一页半的篇幅。据内容判断,疑似为在干校去世前不久所写的检讨。"文革"开始不久,萧也牧的手稿、书信、藏书均被查没,以后也没有寻回。因而,萧也牧本人在干校期间的手迹就显得尤为珍贵。写作这篇检讨时,萧也牧在孤立无援的处境中忍受着肉体的病痛,精神濒临崩溃的边缘,字里行间弥漫着一种悲观绝望的情绪(辨认不清处以□代替):

因为自己的罪行,到黄湖来已经快两年多了。你到黄湖是干什么？说是为了赎罪、改造自己呀！但是看一个人，首先看他的行动。到黄湖来，一点也看不出是为了赎罪、改造自己。而正好是为了对抗无产阶级专政。这是十分突出的矛盾现象。在我们伟大的社会主义的国家里，竟然有人如此，该当何罪？这在我是想都不敢想的，但阶级斗争是不以他人的意志为转移的。我回想起这个问题，非常恼火。问题在哪里？为什么会出现这种情况，总觉得需要再三思索。

我自进黄川医院以后，总觉得心虚，自知身上的病愈来愈多，一心想逃避劳动，他的目的是怕死。再加上自己懒得出奇，在劳动上更不行。有人说，我干活就像一个新鲜活死人，"只还有一口气"。自思把身体养得好一些再说。同时今后的事，□□要清醒一些，平时少说话，凡事要想一想。

……

在受审人员屋子很少说话，总觉得自己的脑子中没有话要说。受审人员对我提过这个意见，才想起这件事来，但是仍然回答不出来。自己对自己目前的精神状态，也是十分讨厌。

根据自己的情况，放在自己面前的问题是该怎么办？这样下去肯定是没有前途的，曾经□自己苦恼过。首先□□□□，带着自己思想中的问题去学习毛主席著作，突出具体措施，从行动上取得改正。学一点，用一点，在"用"上下功夫。同时在其他各方面，要严以待己。大问题不放松，小的问题也要改正。大事的根源常常是由小事引起的。特别要自己注意的是说得到做得到。

这是我目前存在着的问题。"历史经验值得注意"，我很有必要把自己经历作回顾，从而解决现在的问题。我怎样变成了一个有罪的人？这里也有深刻的教训。否则说是说，做为做，归根到底还是并不好的，五七年是分界线，怎样地犯下了罪，又怎样屡教不改。这个问题是考虑过的，但是始终在枝节问题上，而不是从根本问题上去考虑。于是一错再错,终于犯了更大的罪行。这是长期以来存在的问题,始终是没有解决的。自文化大革命以来,终于又跳出来。这都是由自己的反动本质——原来的阶级立场所决定的。

因此,自己的反动的世界观的改造,应该是□不放松,□毫不原谅自己,把自己当立足点彻底地移到无产阶级这方面来,对我来说,要经过长期的甚至是痛苦的磨练。这件事,是头等大事,而且要取得立竿见影的效果。不能像过去那样说了不算,毫不见行动。在这问题上一方面在大的问题上多下功……

在纸张的背面,还有一行歪歪扭扭的字迹:"要时刻记住自己是一个犯罪的人。"

不长的残稿之中一连出现了七个"罪"字,可见,"我怎样变成了一个有罪的人?"成为在生命晚期不断困扰着萧也牧的根本问题。对于这位热忱地拥抱"革命",在"革命"成功之后却不断被边缘化的知识分子来说,萧也牧实在难以从内心的自省中找到答案,解决自己为什么会是一个"反革命"的问题。因而,他只好追溯到自己的出身,认为是由"自己的反动本质——原来的阶级立场所决定的"。于他而言,这可能不仅仅是囿于当时外界环境的一种叙述策略,更重要的是能够寻找一个说服自己的理由,以便在面对外在的和自我的"质问"时,搪塞过关。其实,这一情形在很大程度上也是知识分子在"当代"的共同遭遇。

萧也牧之所以如此悲观绝望与所在单位的阶级斗争形势有关。当时干校实行军事化管理,按照军队的连排编制。以原单位的组织形式为底子,中国青年出版社、少儿出版社被编为七连。萧也牧所属的七连二排由文学编辑室和政治理论编辑室组成。七连是干校著名的"四好连队",阶级斗争工作突出。对此,时任干校革委会主任的王道义颇感困惑,在听取了七连的工作汇报后,曾在笔记中写下这样一句话:"七连阶级斗争的现象一直不断,其他连队为什么反映不多?"1970年3月初,革委会开始酝酿落实"一打三反"的指示,布置各连先进行摸底。尤其是在七连出现了"马期企图谋害军代表案件"之后,武斗之风更炽,萧也牧经常受到"革命群众"殴打,处境堪忧。因《红岩战报》事件,他被七连划为批判中的"重点人物",冠以"现行反革命"的罪名。10月6日下午,萧也牧在一号稻田晒草时受到群殴。"从这一天开始,吴小武下不了床了,整天整夜哼叫不止",又由于得不到营养和及时的治疗,最终于10月15日去世。

二、一则申诉材料与萧也牧死后余事

10月18日,萧也牧的爱人李威女士携长子、二儿媳赶到黄湖农场料理萧也牧后事。在察看遗体之后,李威对萧也牧死因产生了怀疑,并在日后的萧也牧平反中成为家属最为关心的焦点问题。1979年以后,李威等曾就此事多次向有关部门递交申诉材料。在一份名为《关于吴小武同志之死的补充材料》的材料中,李威详细讲述了河南之行前后发生的事情:

> 吴小武同志是七〇年十月十五日,在团中央五七干校去世的。中国青年出版社留守处的赵世权通知我们:"吴小武因心脏病已死",并说"干校出版社连队的领导会将吴小武安置好的,你们是否就不用去了。他的问题是敌我性质的,你们去了影响不好,要和他划清界限。要相信干校连队的领导"。我对吴小武同志的突然死亡,感到很奇怪。吴小武同志生前除心脏外,没有什么其他病症。吴在中国青年出版社工作十七年,从来没有休过什么病假。所以,我们还是坚持要去,并和赵世权讲,请他立即去电保留吴的遗体。
>
> 七〇年十月十八日,我们赶到干校。刘文致(当时连队的连长,现任出版社党委书记,机关党组成员)陪同我去看吴的遗体。吴的遗体停放在外面贴满大标语的牛棚里的一个薄皮黑箱子里。我上下将吴的遗体摸了一遍,发现吴的双腿青肿未消。脸部半边也有青肿的伤痕。我当时立即向刘文致提出疑问,说:"吴小武不像病死的。"刘文致讲

"如果不是病死的,我们就不这样处理了。(不知他会怎么处理?)你说这种话要负责任。"这时,牛棚外面传来一群小孩子整齐呼口号的声音……刘文致说:"群众要知道你这么说,后果你可自己负责。"我当即提出要求"要医生给吴小武生前的诊断证明和吴死后的检查尸体的证明,否则不能埋"。

第二天,在我们住处来了很多人,对我进行围攻和谩骂,并向我吐唾沫。说我与吴划不清界限,不像共产党员,为吴翻案等。后来,刘文致和我说:"你们不同意埋,群众意见很大。群众起来了,我们也没有办法。"就这样在没有通知我们和我们根本不同意的情况下,强行将吴埋了。连埋在什么地方也没有告诉我们。至今遗骨无法找到,真是死无葬身之地。

吴被埋后,刘文致与我们讲,"你们可以回去了。如果生活有困难,吴家刚可以留当农工。"(吴家刚随吴去干校当时十四岁。)我们没有同意,坚持带他回去。我们去河南时带的路费不多,回京时五口人只剩下一块二毛钱,无法回来。出版社不但分文不借,还要我们给他们饭钱,说是"群众食堂不给钱,群众不答应"。这样,我们在那里耽搁了半个月。后来,看我们实在没有钱,饭钱说让我们写了借条,哄我们马上走。干校离火车站三百里地,我的精神和身体在这重重的打击下,也病倒了。在孩子们再三请求哀告下,才让干校去信阳拉东西的卡车把我们"捎"到信阳火车站。在信阳火车站,我们上天无路,入地无门,在信阳火车站待了三天。一人一天啃两个火烧。后来,还是我想方设法,向在郑州工作的、过去的战友家里借了一点钱,这样才回到北京。回京后,出版社留守处的赵世权,在宿舍大楼到处宣扬说:我们游山玩水去了。这还不算,在我重病卧床期间,三番五次逼我们搬家。因我们无处搬,竟以拆门窗停水电相威胁。三天两头以查视为名,半夜三更到我们家捣乱,使我们日夜不得安宁。

回京后,我的三儿子吴家刚精神失常,两眼发呆,经常半夜三更哭醒。我们慢慢追问他,才将吴被阙打后,吴对他讲的话说出来。并说吴死后,给他办"划清界限学习班"时,阙江(阙的儿子)对他说:"你爸爸是反革命,死有余辜,你要划清界限,不要坚持反动立场。不要胡说八道,这才是你唯一的出路。"

在"文革"前,我长期在基层做党的纪律检查工作和人事保卫工作。死人见过不少。我总觉得从吴遗体来看,不像是病死的。而像是疼痛饥饿而死的症状。加上我三儿子吴家刚提供的情况,我长期以来做了大量的调查工作。我始终相信我们的党绝不会忘记她的这些含冤死去的忠诚战士。吴小武同志,不仅是我的爱人,而且是我共同为党为人民奋斗的老战友。吴小武同志,在那战火纷飞的岁月里,经受了严峻的考验。在解放后,他一直任劳任怨地为党工作。在他经受挫折的时候,他仍然坚持坚信党,相信人民,仍然与党与人民同心同德,埋头工作。这样的同志,我无论怎样,也不相信他会反党反人民反社会主义。我相信他的问题终究有一天能搞清楚。

这一天,我终于盼来了。我们的党粉碎了"四人帮",又恢复了党的实事求是的光荣传统。在这种形势下,我多次上访党中央,反映问题申诉意见。在中组部审干局的关切、过问下(当时中纪委还没成立),吴小武同志的问题于七九年七月才得以平反昭雪。党恢复了吴小武同志的本来面目。推倒了强加于他的一切污蔑不实之词。七九年十一月在八宝山革命公墓开了追悼会。

……

这则材料看起来有些琐碎却不乏关键的历史信息。鉴于当时的历史环境,李威在材料中谈到的诊断证明和检查尸体的证明是否存在目今还是一个疑问,而且,由于萧也牧去世时间为15日上午,正是干校出工时间,身边并没有直接目击者。因而,萧也牧具体死因至今仍在官方结论和家属意见之间存在着分歧。由于事件当事人从没有就此公开发表过言论，这则材料无疑从侧面提供了许多当时的线索。

另外，这则材料极具生活质感的叙述，在日常生活的面向，为我们呈现了一个悲剧事件背后的故事。面对诸如萧也牧之死、老舍之死、傅雷之死等当代知识分子的悲剧，历史和文学史的叙述多是在国家层面的宏大叙事上寻求它们的意义空间。可是，作为一个具体的悲剧事件，它们同时也具有日常性，即日常生活的面向，受难者家属的生活轨迹很可能会从此发生根本性的转变。1979年11月1日，阳翰笙在四次文代会上作了《为被林彪、"四人帮"迫害逝世和身后遭受诬陷的作家、艺术家们致哀》的发言，宣读了一份一百余名的受难者名单。要知道每一个名字背后，又会有多少看不见的血泪。萧也牧去世之后，李威开始了漫长的申诉过程，直到去世都始终生活在这段历史之中。萧也牧之死成为她后半生走不出的情感节点。对于吴家刚而言，干校经历则是他一生的梦魇，在精神上受到极大的刺激之后，他之后的生活也因此改写。这何尝又不是这一悲剧事件中的一部分呢？

三、1979年平反文件与萧也牧追悼会悼词

1979年9月，在拨乱反正的大背景下，中国青少年出版社重新审查了1969年对萧也牧的错误结论，通过《关于吴小武同志的结论的复查意见》的文件正式为萧也牧平反：

关于吴小武同志的结论的复查意见

吴小武同志原是我社文学编辑室编辑，在无产阶级文化大革命中受到审查，一九六九年九月经中国青少年出版社大联合总部作出审查结论和处理决定。

吴小武同志在林彪"四人帮"反革命修正主义路线的迫害下，被错误地定为敌我矛盾实行群众专政，监督劳动，

在病中又几次遭到殴打,他在精神上和肉体上都受到严重摧残,致使吴小武同志于一九七〇年十月十五日含冤而死。

无产阶级文化大革命中,对吴小武同志在山西民大参加"突击社"问题进行了审查。审查结果,吴小武同志没有问题。吴小武同志一九三八年参加革命,在战争年月里,跟着党和毛主席干革命,他服从组织的分配,密切联系群众,踏实地为党工作。解放后,吴小武同志在党的领导下,积极从事青少年文学读物和革命回忆录的编辑出版工作,工作是有成绩的。文化大革命初期,吴小武同志参加出《红岩战报》,反对对《红岩》一书的污蔑,态度是鲜明的。复查认为,一九六九年对吴小武同志的审查结论和处理决定是错误的,应予撤销,推倒一切污蔑不实之词,给吴小武同志平反昭雪。

中国青少年出版社党委会
一九七九年九月十八日

《复查意见》澄清了萧也牧的历史问题,肯定了他作为编辑的工作成绩。但是,关于"他在精神上和肉体上都受到严重摧残,致使吴小武同志于一九七〇年十月十五日含冤而死"的说法,家属表示不能接受,坚持追究具体当事人的责任。因而也就有了1980年、1985年另外两次《调查报告》。当然,这是后话,且按下不表。

补开追悼会作为正式平反的一个重要仪式,相关事宜在文件下达之后顺理成章地被提上日程。不过,在筹备阶段,李威等与中国青年出版社在如何表述萧也牧死因这一问题上发生了争执。追悼会能够顺利举行,很大程度上是双方不想错过四次文代会在京召开的时机而有所妥协的结果。此前,李威与中青社达成了一个口头协议,在悼词之外,由萧也牧二子吴家斧向吊唁者讲述父亲受迫害致死的具体情况,但不能点出当事人的姓名。双方达成一致意见之后,萧也牧追悼会最终于1979年11月7日在八宝山革命公墓礼堂补开,晋察冀边区战友、文艺界人士三百多人参加。追悼会由中国少年出版社社长兼总编辑陈模主持,萧也牧生前好友、中国青年出版社副社长李庚致悼词。

悼词作为萧也牧平反事件中的重要史料,其中所蕴含的历史信息已无须再做强调,现全文辑录于此以为文章的结尾:

吴小武同志追悼会上的悼词

我们怀着十分悲痛的心情,哀悼我们革命队伍中的一位好党员、我们出版界一位有才干的老编辑、一位文艺战士——吴小武同志。吴小武同志原名吴承淦,笔名萧也牧,浙江吴兴县人,1918年生,1938年参加革命,1945年入党。青年时就学于东吴大学吴兴附属中学、杭州电业学校,1937年春到上海浦东益中电机制造厂实习和做工。日本帝国主义进攻上海时,回乡参加吴兴县民教馆的救亡宣传活动,吴兴沦陷后,辗转北上,进入临汾山西民族革命大学。1938年初,到晋察冀边区,参加牺牲救国同盟会五台中心区的革命工作。参加革命以后的三十年间,历任晋察冀边区行政委员会《救国报》编辑,晋察冀边区四分区地委机关报《前卫报》编辑,"群众剧团"编演。晋察冀抗日救国联合会宣传部干事,晋察冀边区总工会。《工人日报》编辑、《时代青年》社编辑,华北局青委干事,团中央宣传部编辑科副科长、宣传科副科长、教材科科长,中国青年出版社文学编辑室编辑、副主任。

吴小武同志早年参加革命,在战火纷飞的年代里,紧跟共产党、热爱毛主席,经受过严峻的考验,几十年来,他艰苦奋斗,努力工作,为党的事业作出了自己的积极的贡献。他对同志热情直率,注意团结,密切联系群众,服从组织分配,努力完成党交付的各项任务。吴小武同志热爱文艺工作,他注重深入生活,往往夜以继日地写作。其作品先后出版的有:《山村纪事》、《海河边上》、《母亲的意志》、《地道里的一夜》、《难忘的岁月》、《罗盛教》等,这些作品中的优秀小说和散文，含有浓厚的生活气息，乡土方向，具有独自的艺术特色。1951年，文艺界某些人对萧也牧同志的短篇小说《我们夫妇之间》，作了不适当的批判。事实证明，这篇小说表现了干预生活的热情，基调是健康的。他所编写的《走共同富裕的道路》、《建设美丽的家乡》等通俗政治读物，宣传走社会主义道路，对土改后的广大青年读者产生了积极的教育作用。

吴小武同志任中国青年出版社文学编辑室编辑、副主任期间，为我社出版文学作品做了大量工作，他对组织稿件十分积极认真，经其组稿出版的《红旗谱》，是百花文坛中的一朵鲜花，《枫香树》《太阳从东方升起》等，也是广大读者十分喜爱的好小说。他不仅热情地联系老作家，而且积极培养青年作者，帮助他们修改作品，为他们出版的第一本集子写序言，向读者推荐。他参加创办的《红旗飘飘》丛刊，对继承和发扬党的优良革命传统，培养青年的共产主义理想、情操，积累党史资料，都起了一定的作用。

吴小武同志1957年被错划为右派，现在已予改正，恢复党籍和政治名誉。

文化大革命初期，吴小武同志积极参加出版《红岩战报》，反对对《红岩》一书的诬蔑，立场坚定，旗帜鲜明。他遭受林彪、"四人帮"反革命修正主义路线的污陷和迫害，在精神上和肉体上都受到严重的摧残，致使吴小武同志于1970年10月15日含冤去世。以华主席为首的党中央粉碎了"四人帮"，吴小武同志也得以平反昭雪。今天，我们悼念吴小武同志，要纪念他对革命事业做出的贡献，纪念他历经艰难挫折，仍然坚持革命信念，努力为党工作的革命精神；我们要学习他那种对工作对同志十分热忱，对审阅稿件的严肃认真，对青年作者积极培养的负责精神，学习他从事创作的刻苦精神，我们要化悲痛为力量，肃清林彪和"四人帮"的流毒，坚持社会主义方向，坚持无产阶级专政，坚持党的领导，坚持马列主义毛泽东思想，在自己的工作岗位上,为实现我国的四个现代化,积极奋斗,勇往直前!

安息吧!吴小武同志!

1979 年 10 月

(原载 2017 年第 4 期《文艺争鸣》)

· 年度逝世文学家 ·

2017年逝世文学家

周有光同志逝世

1月14日,我国著名语言学家周有光逝世,享年112岁。

周有光,原名周耀平,1906年1月13日出生于江苏常州。早年研读经济学,1955年调入中国文字改革委员会,专职从事语言文字研究。周有光的语言文字研究中心是中国语文现代化,他对中国语文现代化的理论和实践做了全面的科学的阐释,被誉为"汉语拼音之父"。

周有光是汉语拼音方案的主要制订者,并主持制订了《汉语拼音正词法基本规则》。85岁以后开始研究文化学问题。周有光在语言文字学和文化学领域发表专著30多部,论文300多篇,在国内外产生了广泛影响。百岁后,他仍然笔耕不辍。2005年,100岁的周有光出版了《百岁新稿》,2010年,又出版了《朝闻道集》,2011年,他出版了《拾贝集》。

刘锡庆同志逝世

1月15日,中国作家协会会员,北京师范大学教授刘锡庆,因病医治无效在珠海逝世,享年79岁。

刘锡庆1938年10月生于河南滑县。1956年考入北京师范大学中文系、1960年毕业留校任教,退休前为北京师范大学中文系教授,中国现当代文学专业博士生导师。历任北师大中文系写作、当代文学教研室主任;兼任中国写作学会副会长、顾问,中国当代文学研究会常务理事,北京作家协会理事、教育部中小学语文教材审查委员等。

2005年加入中国作家协会。著有《基础写作学》《写作丛谈》等。曾获《文学评论》优秀论文奖、首届北京师范大学人文社会科学研究优秀成果论文类一等奖、第六届中国当代文学研究优秀成果表彰奖等。

冯其庸同志逝世

1月22日,文化学者,著名红学家冯其庸在京逝世,享年93岁。

冯其庸生于1924年,名迟,字其庸,号宽堂。江苏无锡县前洲镇人。中共党员。历任中国人民大学教授、中国艺术研究院副院长、中国红学会会长、中国戏曲学会副会长、中国作家协会会员、北京市文联理事、《红楼梦学刊》主编等职,为中国艺术研究院终身研究员。以研究《红楼梦》著名于世。现为中国艺术研究院中国篆刻艺术院顾问。

冯其庸著有《曹雪芹家世新考》《论庚辰本》《梦边集》《漱石集》《秋风集》等专著二十余种,并主编《红楼梦》新校注本、《红楼梦大词典》《中华艺术百科大辞典》等书。

霍松林同志逝世

2月1日,著名中国古典文学专家、文艺理论家、陕西师范大学终身教授霍松林因病在西安逝世,享年96岁。

霍松林,1921年9月29日生于甘肃天水。1949年毕业于南京中央大学中文系。1951年赴陕执教,历任西北大学师范学院中文系、西安师范学院(陕西师范大学前身)讲师,陕西师范大学文学研究所所长、教授、博士生导师。曾任中华诗词学会副会长,中国杜甫研究会会长,陕西诗词学会会长,中国文艺理论学会、中国韵文学会常务理事,国务院学位委员会第三届学科评议组成员,中国唐代文学学会副会长、秘书长等。

在半个多世纪的教学和科学研究生涯中,霍松林教书育人,著书立说,坚持不懈。其大量唐宋文学和文艺理论研究专著,都被认为是这些领域的"开山之作"。主要论著有《霍松林选集》(十卷本);主编《唐代文学研究年鉴(1983~1988年)》(6卷)《中国古典小说六大名著鉴赏辞典》《万首唐人绝句校注集评》等50多种。

魏继新同志逝世

2月7日,中国作家协会会员,四川省南充市作协主席,川北医学院人文社科学院兼职教授魏继新同志,因病医治无效去世,享年67岁。

魏继新,笔名蓝荻。四川广安市人。1969年上山下乡。1971年后回城。1979年开始文学创作。1984年加入中国作家协会。著有小说集《燕儿窝之夜》《铁梗襄荷》等、长篇小说《三个铁女人》等、话剧剧本《一路同行》等、长篇报告文学《一代天骄》等。曾获全国第二届优秀中篇小说奖、四川省第二届优秀短篇小说奖等。

萧道美同志逝世

2月10日,中国作家协会会员,江西省上高县文联原副主席萧道美同志,因病医治无效在宜春上高逝世,享年75岁。

萧道美,江西吉安人。1963年参加工作,历任上高县文教局干部、文化馆干部、江口中学教师、上高县教育学校教师,上高县文联文学协会主席,专业作家,文学创作二级。1998年加入中国作家协会。著有儿童文学集《老憨你好》《莘莘学子谣》,中篇小说《光荣的留级生》《D—Y小队在行动》等。曾获江西省谷雨文学奖、《人民教育》最佳优秀作品奖、《少年文艺》优秀作品奖等。

孟广臣同志逝世

2月11日,中国作家协会会员,北京文联原理事,延庆作协名誉主席孟广臣同志,因病医治无效在京逝世,享年85岁。

孟广臣,中共党员。1959年开始发表作品。1980年加入中国作家协会。著有小说集《王来运经商记》等、长篇小说《拓荒》等、诗集《妫川百景诗》等、民间故事集《长城脚下的传说》等、散文《烽火长城》等、杂文集《孟广臣杂文集》等。曾获中国首届北方民间文学二等奖,建国45周年优秀奖、佳作奖等。

那耘同志逝世

3月30日,中国作家协会会员,作家出版社编辑部原主任那耘,因病医治无效逝世,享年62岁。

那耘,满族,1982年开始发表作品,2014年加入中国作家协会。原为《中国》杂志编辑,后到作家出版社工作。著有长篇小说《赝人》。其编辑的图书曾获第十一届全国少数民族文学创作"骏马奖"、第五届中华优秀出版物奖获奖图书提名奖、2003年度全国优秀畅销书(文艺类)、第五届全国优秀外国文学图书奖二等奖等。

牛正寰同志逝世

4月6日,中国作家协会会员,兰州商学院副教授牛正寰同志在兰州逝世,享年67岁。

牛正寰,别名牛正环,笔名文远。民进成员。1980年开始发表作品。1995年加入中国作家协会。著有短篇小说集《弩马》(合作)《夜歌》,散文集《一花一世界》《动静之水》等。曾获甘肃省第一、二届优秀作品奖,首届丝绸之路艺术节敦煌文学二等奖,第四届敦煌文艺二等奖,《飞天》散文诗歌大奖赛二等奖等。

胡真才同志逝世

4月14日,中国作家协会会员,中国外国文学学会西葡拉美文学研究分会副会长,人民文学出版社外国文学编辑室编审胡真才因车祸去世,享年67岁。

胡真才,1950年出生于陕西旬阳。1975年参加工作,1978—1980年在人民文学出版社文学进修班学习,1988—1990年到阿根廷进修西班牙语国家文学。历任国家出版局版本图书馆办事员,人民文学出版社见习编辑、编辑、副编审、编审。

20世纪80年代初开始发表作品。译著有长篇小说《中奖彩票》《寒水岭匪帮》(合译),戏剧剧本《维加戏剧选》(合译)和《回归本源——加西亚·马尔克斯传》(合译)等。所编图书《塞万提斯全集》《荷马史诗》分获第三、四届国家图书奖。

王富仁同志逝世

5月2日,中国作家协会会员,北京师范大学文学院教授、汕头大学文学院终身教授王富仁同志因病在北京逝世,享年76岁。

王富仁,1941年生于山东高唐县。毕业于山东大学外文系。曾任中国现代文学研究会会长、北京师范大学文学院教授、汕头大学文学院终身教授。

1973年开始发表作品。1988年加入中国作家协会。主要研究方向为中国现当代文学、中国语文教育,有关鲁迅的研究在海内外产生了较大的影响。著有评论与论文集《中国反封建思想革命的一面镜子》《中国文化的守夜人——鲁迅》《中国现代文化指掌图》《先驱者的形象》《文化与文艺》等。

胡冬林同志逝世

5月4日,吉林作协副主席,作家胡冬林逝世,享年62岁。

胡冬林,1955年出生,现为吉林省作家协会第八届主席团副主席、国内自然文学的重要作家,著有《拍溅》《蘑菇课》《原始森林手记》《狐狸的微笑》《鹰屯》《野猪王》等优秀作品。散文《青羊消息》《拍溅》、长篇动物小说《野猪王》蝉联三届吉林省政府长白山文艺奖,长篇散文《蘑菇课》获第三届"在场主义"散文新锐奖,长篇儿童科普小说《巨虫公园》荣获第九届全国优秀儿童文学奖。

李泰洙同志逝世

5月9日,中国作家协会会员,延边龙井市作家协会原主席李泰洙同志,因病在延边逝世,享年81岁。

李泰洙,笔名碧波、李三。朝鲜族。中共党员。1959年开始发表作品。1993年加入中国作家协会。著有长篇小说《世界动物运动会》(合作)《春三月》《爱情是S》,中短篇小说《圆月和蛾眉月》《新苗》等。曾获韩国KBS优秀奖等。

张晓翠同志逝世

5月10日,中国社会科学院文学研究所编审,退休干部张晓翠同志因病逝世,享年86岁。

张晓翠,浙江鄞县人。1953年毕业于上海复旦大学新闻系,分配至北京新华总社;1953年11月至1956年11月调入中国作家协会《文艺报》做编辑;1956年11月调入中国社会科学院文学研究所从事《文学评论》编辑以及现代文学研究工作,历任编辑、副编审和编审职务,1991年6月退休。

张晓翠主要致力于中国现代文学研究，尤其是文献资料的发掘整理与编辑、校勘、注释和审稿工作，撰写了《沉钟社始末》《浅草社始末》《瞿秋白少年时代生活侧记》《冯至传》等学术著作，参与编纂了《瞿秋白文集》《中国现代散文选》(第5、6、7卷)《中国现代文学社团流派》(上、下卷)等。

杨益言同志去世

5月19日，中国作家协会会员、名誉委员，重庆市作家协会名誉主席杨益言同志，因病医治无效在重庆逝世，享年92岁。

杨益言，中共党员，四川省广安市武胜县人。早年参加革命工作，后被捕囚禁于重庆渣滓洞。建国初期，为了对青年进行革命传统教育，罗广斌、杨益言和与他们并肩战斗过的刘德彬三个人共同把他们在狱中与敌人斗争的切身经历写成报告文学《圣洁的血花》，1958年又写出革命回忆录《在烈火中永生》。在此基础上，罗广斌和杨益言创作了长篇小说《红岩》。小说出版后在社会上引起了强烈反响，被认为是红色文学的经典作品。

陈冲同志逝世

6月4日，中国作家协会会员，河北省作家协会原副主席陈冲同志，因病逝世，享年81岁。

陈冲，辽宁海城人。中共党员。1952年毕业于解放军第六后勤干校财务专业。1954年复员后历任列车电站会计、列车电业局秘书，保定列车电站基地工会干事，河北省作协专业作家。曾任河北省作协第二、三、四届理事及第三、四届副主席。

1955年开始发表作品。1983年加入中国作家协会。文学创作一级。著有长篇小说《粉红色的车间》《腥风血雨》《送你下地狱》，中短篇小说集《无反馈快速跟踪》《会计今年四十七》《陈冲短篇小说集》《克拉玛依之梦》，电视连续剧剧本《皇亲国戚》(20集)等。长篇小说《铁马冰河入梦来》获河北省第二届文艺振兴奖,《小厂来了个大学生》获全国第七届短篇小说奖。

袁仁琮同志逝世

6月23日,中国作家协会会员,贵阳学院教授袁仁琮同志,因病在贵阳逝世,享年80岁。

袁仁琮,侗族。1956年开始发表作品。1997年加入中国作家协会。著有小说集《山里人》,长篇小说《破荒》,中篇小说《留守》,文学理论专著《新文学理论原理》等。主编《新时期少数民族文学作品选·侗族卷》及散文集《情满冰雪路》等十部。作品曾获全国少数民族文学创作"骏马奖"等。

刘蒙同志逝世

6月26日,中国作家协会会员,著名作家、散文家,《小说选刊》杂志社原社长刘蒙同志因病逝世,享年82岁。

刘蒙,笔名柳萌,1935年出生,天津宁河人。中共党员。1954年受"胡风集团"牵连,1957年至1960年被扣上"右派"的帽子,下放北大荒、内蒙古农场劳动锻炼。复出之后先后在《乌兰察布日报》《工人日报》交通部政策研究室、《新观察》、《中国作家》、作家出版社、中外文化出版公司、《小说选刊》任职。1982年加入中国作家协会。著有散文随笔集《生活,这样告诉我》《心灵的星光》《岁月忧欢》《寻找失落的梦》《中国当代散文精品文库——柳萌散文》《当代散文名家精品文库——柳萌卷》《悠着活——柳萌散文随笔选》《柳萌自选集》(三卷)《村夫野话录》《年少起步正当时》《梦醒黄昏》等20余部,作品多次获文学奖项。

叶宗轼同志逝世

7月3日,中国作家协会会员,舟山市作家协会名誉主席叶宗轼同志,因病在舟山逝世,享年87岁。

叶宗轼,民盟成员。1955年开始发表作品。1984年加入中国作家协会。著有长篇小说《泣血流年》《船神》,中篇小说集《海边人家》,儿童散文集《海洋上捕鱼人》《好玩的海滩》,长篇报告文学《大海的呼号》《南海观音》,电视连续剧剧本《唐老五家事》等。作品曾获浙江省第二届优秀中篇小说奖等。

李成琳同志逝世

7月5日,中国作家协会会员,重庆市渝中区作协副主席李成琳同志,因病在重庆逝世,享年55岁。

李成琳,民盟成员。2014年加入中国作家协会。著有《夏日心情》《时光滴落》《济航》《琴·境》等作品。作品曾获重庆市文学奖等。

李学艺同志逝世

7月10日,中国作家协会会员,《飞天》杂志社编辑部原编审李学艺同志,因病在天津逝世,享年75岁。

李学艺,中共党员。1965年开始诗歌创作。1988年加入中国作家协会。著有叙事诗《昨天的梦》《心石》,组诗《从沙海打捞的绿荫》,诗集《春魂》《老乡诗选》《野诗》等。作品曾获第三届鲁迅文学奖全国优秀诗歌奖。

王传洪同志逝世

7月18日,中国作家协会会员,原解放军文艺社社长王传洪同志,因病在北京逝世,享年90岁。

王传洪,中共党员。1983年加入中国作家协会。多年从事部队宣传、新闻、文学编辑工作,曾主编《解放军文艺》《解放军歌曲》《昆仑》等刊物,参与编撰《百旅之杰——二十军史话》

《叶飞传》等。

粟光华同志逝世

7月24日,中国作家协会会员,重庆市黔江区作协副主席粟光华同志,因病在重庆逝世,享年59岁。

粟光华,土家族。中共党员。2012年加入中国作家协会。著有中短篇小说《远寨》《哦,沉香木》《明天在哪里?》《兰香鲢》等,作品曾获重庆市文学奖等。

文兰同志逝世

7月30日,中国作家协会会员,陕西省咸阳市作家协会名誉主席文兰同志,因病在西安逝世,享年74岁。

文兰,民进成员。1976年开始发表作品。1990年加入中国作家协会。著有长篇小说《三十二盒录音带》《丝路摇滚》《命运峡谷》《大敦煌》《米脂婆姨》,中短篇小说集《攀越死亡线》,创作电影剧本《三十二盒录音带》,电视连续剧剧本《啊!妈妈》等。曾获陕西省"双五"文学奖等。

张志诚同志逝世

8月1日,中国作家协会会员,内蒙古自治区群众艺术馆原副馆长张志诚同志,因病在内蒙古逝世,享年77岁。

张志诚,蒙古族。中共党员。1971年开始发表作品。1990年加入中国作家协会。著有中短篇小说集《大漠雪》、短篇小说《房后的沙地》等。作品曾获民族文学优秀作品奖等。

王立道同志逝世

8月15日,中国作家协会会员,青海省作家协会原副主席王立道同志,因病在西宁逝世,享年86岁。

王立道,1951年开始发表作品。1986年加入中国作家协会。著有长篇小说《沙沱情暖》《南园风情录》,散文集《霜后花》《中外文学人物荟萃》(合作),长篇传记文学《烛照篇——黄伊和当代作家》《神工奇缘》,小说集《失踪的情侣》等。曾获青海省文学创作优秀作品奖等。

周劭馨同志逝世

8月24日,中国作家协会会员,南昌教育学院原院长周劭馨同志,因病在广东逝世,享年80岁。

周劭馨,中共党员。1958年开始发表作品。1986年加入中国作家协会。著有评论集《文学的求索》,专著《中国审美文化》等。曾获江西省人民政府优秀文艺成果奖。

李国涛同志逝世

8月30日,中国作家协会会员,山西省作协荣誉委员李国涛同志,因病在太原逝世,享年87岁。

李国涛,笔名高岸。江苏徐州人。中共党员。1948年毕业于徐州中学。1950年参加工作,历任中学教师,山西省哲学社会科学研究所《学术通讯》编辑,《汾水》编辑部副主任,《山西文学》杂志主编,省作协副主席,研究员。1955年开始发表作品。1979年加入中国作家协会。著有长篇小说《世界正年轻》《依旧多情》,评论集《〈野草〉艺术谈》《STYLIST——鲁迅研究的新课题》《文坛边鼓集》,随笔集《世味如茶》,论文《且说山药蛋派》《小说文体的自觉》等。短篇小说《世界正年轻》(长篇节选)获1991年《人民文学》优秀作品奖。

雷铎同志逝世

9月6日,中国作家协会会员,广东省社会科学院文学研究员、原副所长雷铎同志,因病在广州逝世,享年68岁。

雷铎,原名黄彦生,中共党员。1974年开始发表作品。1983年加入中国作家协会。著有长篇小说《男儿女儿踏着硝烟》、报告文学《从悬崖到坦途》、短篇系列小说《人生组曲》等。曾获全国首届优秀报告文学奖、全军首届"八一"奖等。

钱谷融同志逝世

9月28日,中国作家协会会员、名誉委员,原民盟华东师范大学委员会主委、华东师范大学中文系教授钱谷融同志,因病在上海逝世,享年99岁。

钱谷融,江苏武进人。民盟成员。1942年毕业于国立中央大学国文系。历任重庆市立中学教师,交通大学讲师,华东师范大学中文系讲师、教授、博士生导师。中国作协理事、名誉委员,上海市第六、七届政协委员。1957年开始发表作品。1979年加入中国作家协会。著有《论"文学是人学"》《文学的魅力》等。《〈雷雨〉人物谈》获上海市1979—1985年社科优秀著作奖,《艺术·人·真诚》获上海市第四届文学艺术优秀成果奖。

罗马丁同志逝世

10月7日,中国作家协会会员罗马丁同志,因病在梧州逝世,享年93岁。

罗马丁,原名罗晃馨,中共党员。1957年开始发表作品。2004年加入中国作家协会。著有诗集《西江早霞》《北回归线》《南方热土》、长诗《李济深》《春天的传单》《西江东流去》等,另有散文、小说、诗论等作品。

高莽同志逝世

10月6日,中国作家协会会员,中国社会科学院外国文学研究所离休干部,世界文学杂志社前主编高莽同志,因病在北京逝世,享年91岁。

高莽,笔名乌兰汗。黑龙江哈尔滨人。中共党员。1943年毕业于哈尔滨市基督教青年会。1945年后历任哈尔滨市中苏友好协会、东北中苏友好协会翻译、编辑,中苏友好协会总会联络部干事,《世界文学》杂志编辑、主任、主编,编审。中俄友好协会顾问,中国翻译工作者协会理事,俄罗斯作协名誉会员。1943年开始发表作品。1954年加入中国作家协会。著有随笔集《久违了,莫斯科!》《妈妈的手》《灵魂的归宿》《圣山行》《心灵的交颤》等,传记文学《帕斯捷尔纳克》,译有《保尔·柯察金》(剧本)以及《臭虫》《澡堂》《冈察尔短篇小说集》,普希金、阿赫马托娃、马雅可夫斯基等人诗作,帕斯捷尔纳克自传《人与事》等。1997年俄罗斯总统授予友谊勋章。

黄毓璜同志逝世

10月9日,中国作家协会会员,江苏省作家协会创作研究室原主任黄毓璜同志,因病在南京逝世,享年78岁。

黄毓璜,江苏泰兴人。1960年毕业于盐城师专中文系。历任文学教师、教导主任,文化局剧目室主任,江苏省作协书记处书记、创研室主任、理论工作委员会主任及《评论》主编。现任江苏省评论家协会副主席。享受政府特殊津贴。1986年加入中国作家协会。文学创作一级。著有论文集《文苑探微》,系列散文《乡忆》《逆旅琐记》,随笔系列《云烟过眼》《都市风景》,文集《苦丁斋思絮》(上、下卷),论文100余篇。发表、出版作品300余万字。作品曾多次获省级以上奖。

宋歌同志逝世

10月11日,中国作家协会会员,北方文艺出版社原社长、总编辑宋歌同志,因病逝世,享年78岁。

宋歌,笔名宋汇滨。中共党员。1960年开始发表作品。1991年加入中国作家协会。出版诗集《春风春雨》,中篇小说集《西湖情泪》《逃婚的姑娘》《瓜田月下》,长篇小说《血土》《从山洞中捡来的姑娘》《渤海国传奇》《混沌》《日食》《月晕》等。

未凡同志逝世

10月18日,中国作家协会会员,中国诗歌学会理事未凡同志,因病在沈阳逝世,享年82岁。

未凡,满族。中共党员。1958年开始发表作品。1988年加入中国作家协会。著有诗集《爱恋的足迹》《心灵抒情诗》《未凡情诗选》《时光隧道爬行的情感》,诗论专著《话语诗魂》等。

忆明珠同志逝世

10月25日,中国作家协会会员,江苏省作家协会创作室原专业作家忆明珠同志,因病逝世,享年91岁。

忆明珠,原名赵俊瑞。山东莱阳人。高中肄业。1947年后历任华东军区教导总队班长、排长、干事,解放军第九兵团司令部联络处干事,江苏省公安厅惠建公司科员,仪征县文化馆副馆长,江苏省社科院文学研究室干部,江苏省作协常务理事,专业作家。1957年开始发表作品。1979年加入中国作家协会。文学创作一级。著有诗集《春风啊,带去我的问候吧》《沉吟集》《天落水》《忆明珠诗选》,散文集《墨色花小集》《小天地庐漫笔》《落日楼头独语》《白下晴窗闲笔》《小天地庐杂俎》《忆明珠散文选》及诗文书画合集《当代才子书·忆明珠卷》等。散文集

《荷上珠小集》获全国首届散文优秀作品奖。

王步高同志逝世

11月1日,著名古典诗词研究学者,《大学语文》系列教材主编王步高在南京逝世,享年70岁。

王步高,1947年生于江苏扬中。1969年毕业于南京大学外文系德文专业。1984年获吉林大学中文系唐宋文学专业硕士,曾在江苏古籍出版社任编辑,其间考入南京师范大学攻读词学研究专业博士。1991年调东南大学文学院,先后任副院长、院学术委员会主任。

王步高主要从事古典诗词研究与教学,著有《梅溪词校注》《司空图评传》等学术著作及高校教材四十多种。主编的《大学语文》系列教材,为全国"十五""十一五"规划教材之一,获2002年国家优秀教材二等奖。其主持的东南大学"大学语文"课程,获2005年国家教学成果二等奖,曾任全国大学语文研究会副会长。

伍松乔同志逝世

11月4日,中国作家协会会员,四川日报报业集团伍松乔同志,因病逝世,享年69岁。

伍松乔,中共党员。1970年开始文学创作。1999年加入中国作家协会。著有散文集《姓甚名谁》《川人记忆》、游记集《随遇而乐》、随笔集《记者行吟》等,主编"巴蜀红色旅游丛书"等。作品曾获中国新闻奖、四川省文学奖等。

张孝杰同志逝世

11月16日,中国作家协会会员,河南省开封市通许县农机局原局长张孝杰同志,因病逝世,享年47岁。

张孝杰,中共党员。1990年开始发表作品。2016年加入中国作家协会。著有诗集《钟声的颜料》《风铃的回响》《搏击》等。

彭世贵同志逝世

11月18日,中国作家协会会员,湖南省湘西州《团结报》社副刊部原主任彭世贵同志,因病逝世,享年54岁。

彭世贵,土家族,中共党员。2013年加入中国作家协会。著有散文《七月的阳光》《经典湘西》《太阳下的风景》等。曾获第四届全国少数民族文学创作"骏马奖"。

吕必松同志逝世

11月22日,著名语言学家,语言教育家,对外教育学科专家吕必松因病逝世,享年82岁。

吕必松,1935年6月出生于江苏省泰兴市,1961年毕业于华东师范大学中文系。1982年任北京语言学院院长,连任两届。1987年兼任国家对外汉语领导小组成员和国家汉办主任。曾任世界汉语教学学会会长、中国对外汉语教学学会会长、国际汉语教育学会荣誉会长、《世界汉语教学》主编等职。吕必松是中国对外汉语教学学科的重要奠基人,长期从事对外汉语教学与研究工作,先后出版十多部理论著作和汉语教材。

吴子敏同志逝世

11月22日,现代文学研究专家,中国社会科学院文学所研究员吴子敏同志因病在北京逝世,享年84岁。

吴子敏,1933年10月生,江苏苏州人。1955年毕业于上海复旦大学中文系。历任中国社科院文学所研究员、现代室副主任。享受政府特殊津贴。1956年开始发表作品。1983年加入中国作家协会。参与撰写的专著有《中国现代文学史》《中华文学通史》等,论文有《论"七月"流派》《中国文学的新成就》等,编著有《鲁迅论文学与艺术》《〈七月〉〈希望〉作品选》等。

张宝坤同志逝世

12月2日,中国社会科学院文学研究所研究员,退休干部张宝坤同志,因病在北京去世,享年83岁。

张宝坤,笔名方土,1935年8月出生于辽宁省沈阳县。1950年沈阳第七女子中学毕业后即参加抗美援朝,在东北军区后勤卫生部工作,荣获二等功。1954年加入中国共产党;1954年8月至1958年7月在东北财经学院附中和锦州工农速中学习;1958年7月至1964年8月在北京大学中文系学习;毕业后分配至中国社会科学院文学研究所工作,被定为助理研究员、副研究员、研究员等职称。主要从事古典文论的研究。1995年9月退休。

范伯群同志逝世

12月10日,现代文学研究专家,苏州大学文学院教授范伯群同志因病在苏州逝世,享年86岁。

范伯群,浙江湖州人。1955年毕业于上海复旦大学中文系。历任中学教师,江苏省作协理论研究室、苏州市文化局干部,江苏师范学院中文系教师,苏州大学通俗文学研究所所长、博士生导师,教授。江苏省第七、八届人大代表,苏州市文联副主席,江苏省作协名誉理事,中国现代文学学会理事。

1957年开始发表作品。1980年加入中国作家协会。著有专著《王鲁彦论》《现代四作家论》《礼拜六的蝴蝶梦》《中国现代文学社团流派(上、下集)》《民国通俗小说鸳鸯蝴蝶派》《中国现代文学史》,编著"民初都市通俗小说丛书"、《中国近代文学大系——俗文学集》等。《冰心评传》《郁达夫评传》《鲁迅小说新论》分获江苏省哲学社科优秀成果二等奖,《礼拜六的蝴蝶梦——论鸳鸯蝴蝶派》获江苏省社科优秀成果奖二等奖,《1898年—1949年中外文学比较史》(上、下集)获江苏省社科优秀成果一等奖。

丁景唐同志去世

12月11日,文史学者、出版家丁景唐同志因病在上海去世,享年97岁。

丁景唐,1920年出生,原籍浙江镇海。1938年起,在上海编辑《蜜蜂》《文艺半月刊》《小说月报》《文坛月报》等刊物。新中国成立后,历任上海市委宣传部文艺处处长、宣传处处长、新闻出版处处长,上海市出版局副局长。1979年出任上海文艺出版社社长兼总编辑和党组书记,编审。

1962年,加入中国作家协会。著名藏书家,主要收藏近代、当代文学等新文学书刊。藏书印有"纸墨更寿于金石""五·七战士"等。曾出版《丁景唐自用印谱》,主编《中国新文学大系(1927—1937)》20卷。系二、三、四届全国文代会代表,中国鲁迅研究学会理事和顾问理事,中国出版工作者协会理事和上海市出版工作者协会副主席,上海市编辑学会名誉顾问,中国韬奋基金会理事。1995年,获中国作家协会参加抗日战争老作家纪念奖。

高深同志逝世

12月13日,中国作家协会会员、名誉委员,辽宁省锦州市政协原副主席高深同志,因病在沈阳逝世,享年82岁。

高深,回族。辽宁岫岩人。中共党员。1946年参加东北民主联军回民支队,转业后从事新闻与期刊文学工作近40年。担任过县委副书记、文联主席、报社总编辑、宣传部副部长、市政协副主席,中国作协第四、五届全委会委员,第六、七届名誉委员。

曾任中国少数民族作家学会副会长,辽宁省作协顾问。1952年开始发表作品。1980年加入中国作家协会。著有诗集《高深诗选》,杂文集《高深杂文随笔选》《庸人好活》,小说《军魂》等。其作品获第一、二、四、六届全国少数民族文学"骏马奖"。

余光中先生逝世

12月14日,台湾著名作家、诗人、翻译家余光中在高雄逝世,终年89岁。

余光中,1928年10月21日生于南京,祖籍福建永春。1947年入金陵大学。1949年随父母迁香港,1950年赴台。1959年获美国爱荷华大学艺术硕士。先后任教于台湾多所大学。

余光中一生从事诗歌、散文、评论、翻译,驰骋文坛逾半个世纪。出版诗集《舟子的悲歌》《蓝色的羽毛》《白玉苦瓜》《天狼星》《与永恒拔河》《隔水观音》等;散文集《左手的缪思》《望乡的牧神》《焚鹤人》《听听那冷雨》《记忆像铁轨一样长》等;评论集《掌上雨》《分水岭上》《从徐霞客到梵谷》《井然有序》《蓝墨水的下游》等;译有《老人和大海》《英诗译注》《美国诗选》《土耳其现代诗选》《理想丈夫》等。其诗作如《乡愁》《乡愁四韵》,散文如《听听那冷雨》《我的四个假想敌》等,广泛收录于大陆及港台语文课本,尤以《乡愁》流传最广。

屠岸同志逝世

12月16日,著名诗人、翻译家、出版家,人民文学出版社原总编辑屠岸同志在京逝世,享年94岁。

屠岸,本名蒋璧厚。江苏常州人。中共党员。1946年肄业于上海交通大学。历任上海市军事管制委员会文艺处干部,华东文化部副科长,《戏剧报》编辑部主任,人民文学出版社总编辑,编审,中国作协第四届理事、第五、六、七届名誉委员,中国诗歌学会副会长。

1941年开始发表作品。1956年加入中国作家协会。著有诗集《萱荫阁诗抄》《屠岸十四行诗》《哑歌人的自白》《深秋有如初春》,评论集《倾听人类灵魂的声音》《诗论·文论·剧论》等,译著《鼓声》《莎士比亚十四行诗集》《一个孩子的诗园》(合译)、《英美著名儿童诗一百首》《迷人的春光——英国抒情诗选》(合译)、《济慈诗选》《约翰王》等。《济慈诗选》译本获第二届鲁迅文学奖翻译奖。

·年度文学大事记·

2017年文学大事记

1月

2017年中国作家协会迎春茶话会在京举行 1月17日，2017年中国作家协会迎春茶话会在京举行。中国作协党组书记、副主席钱小芊主持茶话会，吉狄马加、何建明、李敬泽、白庚胜、阎晶明、吴义勤等党组书记处同志参加活动。中国作协主席铁凝出席茶话会并致辞。灯光里的国二招宾馆嘉和厅流光溢彩，茶话会现场暖意融融，洋溢着节日的喜庆气氛。中国作协党组书记处同志来到老作家、老同志中间，和新老朋友一一握手，畅叙情谊，共谈文学，他们所到之处，不时传来阵阵欢声笑语。

中国作协发出致全国作家和文学工作者的新春贺信 1月22日，中国作家协会向全国作家和文学工作者发出新春贺信。贺信表示：2017年，中国作协将加强引领、积极作为，增强本领、勇于担当，增进联络、加强服务，把高举旗帜、改革创新、激发文学创造活力，作为中国作协工作的主线，继续在全体会员中开展深入学习贯彻习近平总书记重要讲话精神专题培训，不断加强理论武装；着力推动中国作协深化改革，进一步增强工作活力；努力团结和带领广大作家和文学工作者，以谱写中华民族新史诗的雄心壮志，铸就中华民族伟大复兴中国梦的文学高峰，以更多优秀作品回报伟大时代和伟大人民。

《诗刊》创刊60周年座谈会在京举行　1月23日,《诗刊》创刊60周年座谈会在京举行。中国作协党组书记、副主席钱小芊出席座谈会并讲话。中国作协副主席吉狄马加主持会议。中国作协副主席何建明、高洪波等出席。《诗刊》常务副主编商震汇报了《诗刊》近年来的发展情况。《诗刊》原主编叶延滨,诗人李松涛,评论家骆寒超,诗人晓雪、刘立云、玉珍等先后发言。大家从各自的角度,深情回望自己与《诗刊》一同走过的岁月,探讨诗歌创作艺术和诗歌理论评论,对这份重要而特殊的诗歌刊物寄予新的期待。来自全国各地的诗人、评论家代表郑欣淼、屠岸、朱增泉、岳宣义、谢冕、吴思敬、李少君、黄亚洲、金哲、丁国成、赵振江、王石祥、查干、朱先树、寇宗鄂、龙汉山、张建中、黄怒波、刘福春、欧阳江河、王家新、郁葱等出席座谈会。中国作协各部门各单位负责人,《诗刊》部分老领导、老前辈及全体职工与会。

中国作协深圳创作之家恢复重建　1月13日,中国作家协会深圳创作之家在深圳举行开工仪式,中国作家协会副主席何建明,深圳市建安集团董事长杨定远,中华文学基金会秘书长李小慧,中国作协办公厅巡视员谭金顺,广东省作协副主席、深圳市作协主席李兰妮等参加活动。

据悉,原建于麒麟山下的深圳创作之家,1997年被征用。后经中华文学基金会等部门的沟通与努力,"中国作协深圳创作之家恢复重建项目"于2017年初开工建设。建成之后的中国作协深圳创作之家将成为推动文化发展繁荣的载体,承担起满足与港澳台及海外作家进行文学交流的重任等。

2月

2016年度中国作家出版集团奖在京颁奖　2月17日,2016

年度中国作家出版集团奖在京颁奖。中国作协副主席、中国作家出版集团管委会主任何建明,中国作协书记处书记吴义勤,中国作家出版集团党委副书记梁鸿鹰等出席颁奖会并为获奖者颁奖。中国作家出版集团所属各报刊社网负责人和干部职工200余人与会。颁奖会由中国作家出版集团管委会副主任徐忠志主持。

中央第六巡视组向中国作家协会党组反馈专项巡视情况
2月18日,根据中央巡视工作领导小组的部署,中央第六巡视组向中国作家协会党组反馈专项巡视情况。中央巡视工作领导小组成员杨晓超主持召开向中国作家协会党组书记钱小芊的反馈会议,并出席向中国作家协会党组领导班子反馈专项巡视情况会议,对中国作家协会党组主要负责人和党组领导班子抓好巡视整改工作提出要求。中央巡视工作领导小组办公室负责同志向钱小芊传达了习近平总书记关于巡视工作的重要讲话精神,中央第六巡视组组长陈瑞萍代表中央巡视组分别向钱小芊和中国作家协会党组领导班子反馈了专项巡视情况,副组长陈毓江、黄河、文秋良参加反馈会议。中国作协主席铁凝出席向领导班子反馈会议,钱小芊主持会议并就做好巡视整改工作作表态讲话。

中国作家协会发布1号公报公布专门委员会组成人员 2月27日,中国作协发布2017年1号公告,公告称:中国作家协会书记处日前研究决定了中国作家协会第九届小说、诗歌、散文、报告文学、儿童文学、军事文学、影视文学、文学理论批评和网络文学等专门委员会组成人员,现予公布。

中国作协主管文学社团工作通报会在京举行 2月27日,中国作协主管文学社团工作通报会在京举行。中国作协副主席白庚胜出席会议并讲话。中国作协机关党委常务副书记李霄明,中国作协创作联络部主任彭学明、副主任吕洁,以及来自中国作协主管的各文学社团的有关同志参加会议。白庚胜在讲话中通报了中国作协过去一年的工作及2017年工作重点,对各文学社团未来的工作提出了要求和希望。李霄明、彭学明分别通报了2016年中国作协主管文学社团的有关工作,中国少数民族作家学会常务副会长叶梅、中国丁玲研究会会长王中忱介绍了研究会工作情况。

3月

中国作协党组发表《努力筑就中华民族伟大复兴时代的文学高峰》的署名文章 在3月1日出版的《求是》杂志第一期上,中国作协党组发表题为《努力筑就中华民族伟大复兴时代的文学高峰》的署名文章。文章分四个部分,小标题分别是:一、增强文化自信 振奋民族精神,二、深入火热生活 刻画最美人物,三、激励创新创造 多出时代经典,四、不断深化改革 建设作家之家。

2016年中国网络小说排行榜年榜在京揭晓 3月16日,2016年中国网络小说排行榜年榜发布会在北京举行。《男儿行》《云胡不喜》《雪中悍刀行》等10部作品入选已完结作品榜,《乱世宏图》《血歌行》《一寸山河》等10部作品入选未完结作品榜。此次活动由中国作协网络文学委员会主办、中国作家网承办。中国作协网络文学委员会主任陈崎嵘、《文艺报》副总编辑徐可、国家新闻出版广电总局数字出版司网络出版监管处副处长程晓龙出席发布会。

"红色家园"征文颁奖仪式在京举行 3月20日,由人民日报社和中国作家协会联合举办的"红色家园"征文颁奖仪式在京举行。中国作协副主席白庚胜、《人民日报》副总编辑吕岩松出席活动并为获奖作家颁奖。人民日报社文艺部主任梁永琳介绍征文情况。王巨才、贺捷生、梁衡、邵丽等获奖作家出席颁奖仪式。

本次征文活动自2016年3月启动,至10月底结束,共收到包括散文、随笔、诗歌、报告文学等在内的各类稿件近万件,征文评选委员会经过两轮筛选、实名投票等环节,最终评选出10篇获奖作品,有贺捷生的《去成都看红军哥哥》,梁衡的《方志敏最后的七个月》,铁流、纪红建的《叫声大爷大娘》,李青松的《赣南闹红》,董雪丹的《英雄的情话》,刘岸的《长征前夕的密报》,王巨才的《走巴中》,乔忠延的《歌声里的延安》,李庆文的《灵魂遗址》,邵丽的《巾帼》等。

中国作协邀请网络作家走进作协 3月22日,鲁迅文学院第十届网络作家高研班学员走进中国作协,举行专题座谈。中国作协副主席李敬泽出席会议并讲话。中国作协创联部主任彭学明、鲁迅文学院副院长邢春、中国作协创研部副主任李朝全以及研修班师生共60余人参加座谈。李敬泽在讲话中向参加培训的网络作家提出三点希望:首先要自觉地、深入地学习贯彻落实习近平总书记关于文艺工作的重要讲话精神,深刻认清自身对国家、对民族、对人民的重大责任,并体现在题材选择和日常创作中。第二,要大力弘扬中国精神,体现社会主义核心价值观。要以高度的自觉遵循和践行社会主义核心价值观,让中华传统文化中代代相传的宝贵财富在作家笔下焕发魅力和光芒。第三,要坚定文化自信,开拓网络文学道路。不仅面向国内,更要向世界提供体现中国精神、表现中国形象、讲述中国故事的大众文化产品。

4月

中央决定李屹同志任中国文联党组书记 4月1日,中国文联召开干部大会,宣布中央关于中国文联党组主要负责同志的任免决定。中共中央决定:李屹同志任中国文学艺术界联合会党组书记;免去赵实同志中国文学艺术界联合会党组书记职务,改任中国文学艺术界联合会党组成员。周祖翼、黄坤明、铁凝、赵实、李屹等出席并讲话。

首都文学界弘扬中华优秀传统文化研讨会在京召开 4月11日,"首都文学界弘扬中华优秀传统文化研讨会"在京召开。会议由中国作家协会《中国历史文化名人传》丛书组委会、中华辞赋杂志社联合主办。数十位作家和专家学者就进一步深入学习贯彻习近平总书记关于传承与弘扬中华优秀传统文化的重要讲话精神、全面落实中央《关于实施中华优秀传统文化传承发展工程的意见》进行了深入广泛和具体的研讨,提出了许多有益的建议和意见。中国作协副主席何建明,以及熊光楷、郑欣淼、倪健民、闫凡路、任玉岭、李炳银、张陵、黄宾堂、郭启宏、陶文鹏、刘彦君、白烨、丁国成、梁东、启骧、曹国炳、黄彦、袁志敏、叶子彤、张国才、王改正、蒋东阳、马建勋等来自首都文学界的作家、文史学者、词赋家等参加了研讨会。中国作家出版集团管委会副主任徐忠志主持了会议。

中国作协扎实推进"两学一做"学习教育常态化制度化 4月18日,中国作协党组召开扩大会议,传达学习习近平总书记关于推进"两学一做"学习教育常态化制度化重要指示精神和中央推进"两学一做"学习教育常态化制度化工作座谈会精神,学习中央《关于推进"两学一做"学习教育常态化制度化的意见》,研究中国作协"两学一做"学习教育工作。中国作协党组书记钱小芊主持会议并讲话。中国作协党组书记处吉狄马加、何建明、李敬泽、白庚胜、阎晶明、吴义勤和各单位各部门主要负责同志参加会议。会议讨论通过了《中国作协关于推进"两学一做"学习教育常态化制度化的实施方案》。

2017年中国作协定点深入生活项目论证评审会举行 4月26日,为进一步推进作家深入生活工作的实施,2017年中国作协定点深入生活项目论证评审会在京举行。中国作协创作联络部主任彭学明、副主任冯秋子等15位专家参加评审论证。2017年定点深入生活项目的征集与申报工作自1月9日开始,至3月31日止,共收到符合要求的申报材料267份。46家团体会员中大多数团体会员满额申报,文学社团和文学报刊社也推荐了申报,行业系统申报尤其踊跃,人数超过往年。今年的申报者中既有创作实力比较强的作家,也有不少创作活跃的青年作家、网络作家,尤其是自由撰稿人、签约作家、网络作家等新兴文学群体的申报人数逐年增加。评审论证会上,与会专家围绕题材的独特性、选题的可行性、作家的创作实力等展开讨论,投票产生了2017年度定点深入生活扶持项目。

5月

中共中央办公厅印发《中国作协深化改革方案》 新华社北京5月4日电 近日,中共中央办公厅印发了《中国作协深化改革方案》(以下简称《方案》)。《方案》强调,必须紧紧围绕党和国家工作大局及中央全面深化改革总体部署,强化中国作协深化改革的责任和担当。通过全面深化改革,进一步明确任务,转变职能,优化结构,创新举措,真正把中国作协建设成为对广大作家和文学工作者有强大吸引力凝聚力的群团组织,团结带领广大作家和文学工作者推出更多无愧于民族、无愧于时代的文学精品。

中国现代文学馆第五届客座研究员离馆暨第六届客座研究员聘任仪式在京举行 5月12日,中国现代文学馆第五届客座研究员离馆暨第六届客座研究员聘任仪式在京举行。中国作协主席铁凝出席仪式并为客座研究员颁发聘书。中国作协副主席李敬泽在仪式上讲话。

中国现代文学馆客座研究员制度是中国作协培养青年文学评论人才的重要举措。自2011年以来,已有五届50余名青年批评家陆续加入客座研究员的队伍。客座研究员制度的设立,有效地促进了优秀青年批评家的成长,赢得了文学界和学术界的充分肯定,产生了广泛而良好的社会影响。第五届12名客座研究员届满离馆,被聘为中国现代文学馆特邀研究员。徐勇、王士强、李丹、李伟长、金春平、白惠元成为中国现代文学馆第六届客座研究员。

中国作协在京召开"纪念《在延安文艺座谈会上的讲话》发表75周年"座谈会 5月21日,中国作协在京召开"纪念毛泽东同志《在延安文艺座谈会上的讲话》发表75周年"座谈会。中国作协党组成员、副主席李敬泽出席座谈会并讲话。中国作协书记处书记吴义勤主持会议。李敬泽在讲话中谈道,75年来,毛泽东同志《在延安文艺座谈会上的讲话》为中国革命文艺和革命文艺工作者指明了前进的方向,有力地回答了"文艺为什么人"和"文艺如何为人民服务"的问题。重温《在延安文艺座谈会上的讲话》,对于我们加深对习近平总书记文艺思想的理解,推动中国文学的繁荣发展具有十分重要的意义。中国作协少数民族文学委员会副主任叶梅、八一电影制片厂副厂长柳建伟、中国作协影视文学委员会副主任范咏戈、中国作协创联部主任彭学明、鲁迅文学院常务副院长邱华栋、鲁院学员喻之之、中国作协报告文学委员会委员黄传会、中国作协少数民族文学委员会副主任朝戈金、中国作协儿童文学委员会副主任王泉根、中国作协影视文学委员会副主任艾克拜尔·米吉提先后发言。

庆祝中华诗词学会成立三十周年暨促进诗词文化繁荣发展座谈会在京举行 5月31日,庆祝中华诗词学会成立三十周年暨促进诗词文化繁荣发展座谈会在京举行。中共中央政治局常委、中央书记处书记刘云山,中共中央政治局委员、中央书记处书记、中宣部部长刘奇葆对中华诗词学会成立三十周年表示祝贺。中共中央政治局委员、国务院副总理马凯为中华诗词学会成立三十周年撰文填词以表贺意。中国作协党组书记、副主席钱小芊,全国人大华侨委员会副主任委员、中华诗词学会顾问令狐安,中华诗词学会会长郑欣淼等出席会议。钱小芊在讲话中代表中国作协和铁凝主席对中华诗词学会成立三十周年表示祝贺,郑欣淼代表中华诗词学会作了题为《把握历史机遇,加快发展步伐,开创中华诗词事业新局面》的主题报告。梁东、周迈、颜芳、赵庆荣、王文钊等诗词界代表先后发言,畅谈当下涌现传统诗词热潮的积极意义,并就如何促进传统诗词的进一步发展提出建议。

6月

第六届徐迟报告文学奖颁奖典礼暨2017年全国报告文学创作会在浙江举行 6月6日,由中国报告文学学会、浙江省作协、中共浙江湖州市委宣传部、湖州南浔区委区政府共同主办的第六届徐迟报告文学奖颁奖典礼在徐迟的故乡——浙江南浔举行。此次活动以"高擎民族旗帜,抒写精彩故事"为主题,中国作协副主席、中国报告文学学会会长何建明及周明、傅溪鹏、理由、李炳银、黄传会、陶斯亮、万伯翱等有关领导和专家与会,并为获奖者颁奖。

徐迟报告文学奖由中国报告文学学会与浙江省湖州市人民政府在2001年创立,每两年评选一次。第六届徐迟报告文学奖最终评出获奖作品8部(篇),包括李延国和李庆华的《根据地:中国共产党人不能忘却的记忆》、程雪莉的《寻找平山团》、章剑华的《故宫三部曲》、张国云的《致青藏》、高建国的《一颗子弹与一部红色经典》5部长篇作品,曹岩的《极度威胁》、朱晓军和杨丽萍的《快递中国》、马娜的《天路上的吐尔库》3篇中短篇作品。中国报告文学学会还授予周明、傅溪鹏"中国报告文学事业终身贡献奖",授予黄宗英、理由"中国报告文学创作终身成就奖"。

体育题材文学作品创作座谈会在京举行 6月13日,由国家体育总局和中国作协共同主办的体育题材文学作品创作座谈会在京召开。国家体育总局副局长、党组成员赵勇和中国作协副主席何建明等出席会议。与会作家张炜、柳建伟、关仁山、鲁光、徐剑与运动员和教练员代表申雪、丁宁、管健民等进行创作对话。会上,国家体育总局领导、运动员、教练员代表向各位作家逐一递交了创作委托书。体育文学作家创作团队作者,体育题材创作运动员、教练员代表,以及体育总局机关相关司局和直属单位领导参加了座谈会。

中国作协第九届主席团第二次会议在京召开 6月13日,中国作家协会第九届主席团第二次会议在北京召开。中国作家协会主席铁凝主持会议。会议深入学习贯彻习近平总书记在中国文联十大中国作协九大开幕式上的重要讲话精神,审议了钱小芊同志《在中国作协九届二次全委会上的工作报告》,同意提交中国作家协会第九届全国委员会第二次全体会议审议。会上通过了中国作家协会第九届全国委员会副主席候选人,提交中国作家协会第九届全国委员会第二次全体会议选举。何建明同志和白庚胜同志由于超过任职年龄界限,不再担任书记处书记职务。会议根据《中国作家协会章程》第30条规定,审议通过了部分团体委员变更事项。同意侯志明、白希同志分别接替张颖、杨文志同志为中国作家协会第九届全国委员会委员。

中国作协九届二次全委会在京召开 6月14日,中国作家协会第九届全国委员会第二次全体会议在北京召开。会议深入学习贯彻习近平总书记在中国文联十大中国作协九大开幕式上的重要讲话精神,贯彻落实全国宣传部长会议精神,分析研究文学发展状况,总结中国作协2016年以来的工作,研究部署2017年下半年工作。中国作协主席铁凝主持会议。中国作协党组书记、副主席钱小芊作工作报告。会议增选中国作协党组成员、书记处书记阎晶明为中国作家协会副主席。中组部、中宣部等有关部门负责同志到会指导。中国作协各直属单位、机关各部门主要负责人列席会议。

7月

中国作协离退休老同志喜迎党的十九大暨庆祝建党96周年书画展举行　7月1日至10日,由中国作协离退休干部办公室举办的"丹青颂党恩——中国作协离退休老同志喜迎党的十九大暨庆祝建党96周年书画展"在京举行。中国作协副主席阎晶明出席活动。

本次展览共展出书画作品50余件,参展作品以展示党的十八大以来我国经济发展、社会和谐、民族团结、山川秀美为主要内容,抒发了离退休老同志对党的热爱之情和对中国特色社会主义的道路自信、理论自信、制度自信、文化自信,展现了老同志振奋精神、奉献社会,为党的事业增添正能量的精神风貌。

中国作协党组发表署名文章《努力从文学的"高原"迈向"高峰"》　在7月2日出版的《求是》杂志2017年第13期上,中国作家协会党组发表题为《努力从文学的"高原"迈向"高峰"》署名文章。文章分"党的十八大以来文学领域出现新气象、新变化""中国文学坚持砥砺前行,努力从'高原'向'高峰'迈进"两个部分,用扎实的工作和丰富的成绩,讲述了党的十八大以来,在党和政府的关心支持下,在习近平总书记文艺思想的指引和激励下,中国文学正在步入繁荣发展的新阶段,努力由"高原"向"高峰"攀登的可喜变化。

中国作协作家权益保障委员会全体会议在京召开　7月17日,中国作协作家权益保障委员会举行换届后的第一次全体会议。中国作协副主席阎晶明出席会议并讲话。中国作协作家权益保障委员会主任张健,副主任张抗抗、吕洁,委员武和平、张雪松、王晓渭、王忠琪、邓江华、侯庆辰、妖夜、盛敏及中国作协创联部权保办相关同志参加会议。会议回顾了上一届委员会的工作,讨论了本届委员会的工作计划,委员们对即将开展的普法巡讲、编纂作家权益手册、网络文学版权研讨会等工作提出了实质性建议。

中国乡村诗歌高峰论坛在青岛举行 7月29日,第二届中国乡村诗歌高峰论坛在青岛平度市举行。中国诗歌学会副会长吴思敬、《诗刊》常务副主编商震,以及来自中国诗歌学会、文学诗刊杂志、知名高校的百余位诗人、学者,围绕中国乡村诗歌现状及未来发展方向展开探讨。论坛期间,第二届"诗探索·春泥诗歌奖"颁奖典礼同步举行,黑龙江诗人赵亚东的组诗《遥远的土豆》等三位诗人的作品,获得"春泥诗歌奖"。论坛以"中国乡村诗歌走向"为主题,为全国各地不同风格的乡村诗歌流派提供交流学习的机会,深入发掘中国乡村诗歌历史的同时,与时俱进,寻找新时代发展方向。

8月

上海国际文学周在虹口区揭幕 8月15日,作为中国作家对话世界作家、中国文学对话世界文学的活动平台,2017上海书展·上海国际文学周在浦江饭店拉开帷幕。原中国作协党组书记金炳华,中国作协副主席、党组成员、书记处书记、著名评论家李敬泽,上海市作协党组书记、副主席王伟,中国作协副主席、上海市作协副主席、著名作家叶辛,区人大常委会主任吴延风,上海市新闻出版局副局长陈丽,上海市作协党组副书记、秘书长马文运,区委常委、宣传部部长吴强出席主论坛活动。

本届国际文学周以科幻文学为主题开展各项活动,叶辛、李敬泽、弗拉基米尔·博亚利诺夫、马丁·卡帕罗斯等31位海内外作家参加包括主论坛、诗歌之夜在内的49场文学交流活动。其中,主论坛围绕"地图与疆域:科幻文学的秘境"展开讨论,24位作家发表看法与见解。"诗歌之夜"则将邀请23位作家出席,他们将为广大读者诵读诗歌。

2017年中外文学出版翻译研修班在京开班 8月21日,由文化部、国家新闻出版广电总局、中国作家协会联合主办,中国图书进出口(集团)总公司、中国文化译研网承办的"2017年中外文学出版翻译研修班"在北京开班。来自30多个国家的50余名作家、翻译家、出版人在京参加为期8天的研修活动,与中国文学、出版、翻译界进行面对面交流,选译作品、切磋技艺、分享经验、对话未来,推动中国文学出版更好地"走出去"。中国作家协会副主席李敬泽、中宣部文艺局局长汤恒、文化部外联局副局长朱琦、国家新闻出版广电总局进口管理司副司长赵海云等出席了开班仪式并致辞。开班仪式上,与会嘉宾还就"中外文学、出版、翻译交流"三个主题进行了交流。

第二十四届北京国际图书博览会"中国作家馆"开馆 8月23日,第二十四届北京国际图书博览会"中国作家馆"开馆仪式在中国国际展览中心新馆举行。中国作协主席铁凝,中国作协党组书记、副主席钱小芊出席开馆仪式并为"中国作家馆"揭幕。中国作协书记处书记、中国作家出版集团党委书记吴义勤致辞。中国作协副主席贾平凹,以及阿来、苏童、李一鸣、扈文建、乔叶、任林举、谢有顺、张悦然等文学界80余人参加活动。开馆仪式由中国作家出版集团管委会副主任徐忠志主持。

2017年中国网络小说排行榜半年榜揭晓 8月23日,由中国作协网络文学委员会主办、中国作家网承办的2017年度中国网络小说排行榜半年榜揭晓。《择天记》《书剑长安》《诸天至尊》等10部作品入选已完结作品榜,《第五名发家》《放开那个女巫》《写给鼹鼠先生的情书》等10部作品入选未完结作品榜。中国作协网络文学委员会主任陈崎嵘认为,此次排行榜反映了网络文学现实题材作品逐步增多、新人佳作不断涌现的良好态势。

9 月

第五届中国诗歌节在宜昌开幕 9月12日晚,由文化部、中国作家协会和湖北省人民政府主办的第五届中国诗歌节在湖北省宜昌市开幕。文化部党组书记、部长雒树刚出席开幕式并宣布第五届中国诗歌节开幕。中国作家协会党组成员、副主席、书记处书记吉狄马加,文化部党组成员、副部长董伟,中共湖北省委常委、宜昌市委书记周霁出席开幕式并致辞。湖北省副省长郭生练主持开幕式。开幕式后举行了以"诗颂中华"为主题的文艺演出。

本届诗歌节以"诗咏盛世,圆梦中华"为主题,接下来的5天里,将举办"诗歌中的现实主义精神与诗人的社会作用"诗歌论坛、"诗歌爱国主义传统的当代性与诗人写作"诗歌论坛、"诗在民间"系列诗歌诵读会等丰富多彩的活动。此次诗歌节由文化部艺术司、《诗刊》杂志社、湖北省文化厅、湖北省教育厅、湖北省作协、宜昌市人民政府共同承办。

第四届"中华铁人文学奖"在大庆颁奖 9月20日,以铁人王进喜命名的"中华铁人文学奖"第四届颁奖大会在铁人故乡大庆油田铁人纪念馆隆重颁发。中国文联、中国作协主席铁凝发来贺信。全国政协文史和学习委员会副主任、中国作协原党组书记李冰,中央组织部原常务副部长、铁人文学基金会名誉会长赵宗鼐,中国作协副主席、中华文学基金会理事长何建明,中国作协副主席高洪波,铁人文学专项基金管理委员会会长阎三忠和石油石化海洋石油系统的有关领导以及获奖作者等200多人参加了颁奖大会。

第四届"中华铁人文学奖"共评出56部(篇)作品奖和19名个人奖。经评委一致提议,对中华铁人文学奖和铁人文学专项基金的创立和发展作出重要贡献的王涛、赵宗鼐、张丁华、高洪波、关晓红、李秋杰6名同志授予特别贡献奖,对已故的铁人文学奖发起者和创立者陈烈民、张锲、雷抒雁3名同志授予特别纪念奖,授予周绍义等9名石油石化系统作家为"中华铁人文学奖成就奖"。

中国作协文学工作者职业道德委员会成立 9月21日,中国作协文学工作者职业道德委员会成立大会在京举行。中国作协主席铁凝出席会议并讲话,会议由中国作协党组书记、副主席钱小芊主持。中宣部副部长庹震,中国作协党组、书记处吉狄马加、阎晶明、吴义勤出席。

中国作协文学工作者职业道德委员会由28名来自各文学门类的作家代表和相关社会人士组成,由中国作协副主席刘恒任主任,阿来、范小青、周大新、赵丽宏任副主任,是中国文学界加强职业道德建设的自律机构。在当天举行的中国作协文学工作者职业道德委员会第一次全体会议上,审议通过了《中国作家协会文学工作者职业道德委员会章程》和《中国作家协会文学工作者职业道德公约》。

第十届全国优秀儿童文学奖颁奖典礼在京隆重举行 9月22日,第十届全国优秀儿童文学奖颁奖典礼在中国现代文学馆举行。中共中央政治局常委、中央书记处书记刘云山,中共中央政治局委员、中央书记处书记、中宣部部长刘奇葆分别作出重要批示,向获奖的作家表示祝贺,向为我国儿童文学事业作出贡献的广大作家和文学工作者表示敬意。中国作家协会主席铁凝,中国作家协会党组书记、副主席钱小芊,中宣部副部长庹震,中国作家协会党组成员、副主席、书记处书记吉狄马加、李敬泽、阎晶明,中国作家协会党组成员、书记处书记吴义勤,中宣部文艺局副局长孟祥林,以及儿童文学界作家、评论家、出版家高洪波、束沛德、金波、樊发稼、海飞等出席颁奖典礼,并为获奖作家颁发奖杯和证书。颁奖典礼隆重热烈喜庆。颁奖典礼由李敬泽主持。董宏猷、彭学军、郭姜燕、王立春和王林柏代表获奖作家发表获奖感言。

本届评奖,从3月15日发布征集公告开始,到8月4日投票选出获奖作品,整个评选过程历时4个多月。评委在充分阅读和讨论的基础上,经过五轮投票从464部参评作品中评选产生了18部获奖作品。参评作品数量超过往届,整体水平较高。最终脱颖而出的这18部作品比较全面地体现了中国儿童文学当前的创作特点。

"百年新诗贡献奖"在苏州太仓颁奖　9月23日,由全国诗歌报刊网络联盟主办、太仓市文联协办的"宝玉陈杯·百年新诗贡献奖"在苏州太仓市隆重举行颁奖仪式。中国作协原党组副书记王巨才出席颁奖仪式并为晓雪、叶延滨、赵振江、赵银虎等颁发"百年新诗贡献奖"荣誉证书和奖杯。

由15位全国诗歌报刊网络负责人组成的评委会,授予贺敬之、郑敏、屠岸、李瑛、余光中(台湾)等5位九十岁以上的老诗人"百年新诗贡献奖·创作成就奖",授予晓雪、谢冕、骆寒超、吕进等4人"百年新诗贡献奖·评论贡献奖",授予白航、野曼、严阵、邹岳汉、叶延滨、张默(台湾)等6人"百年新诗贡献奖·编辑贡献奖",授予飞白、江枫、赵振江等3人"百年新诗贡献奖·翻译贡献奖",授予殷之光、乔榛"百年新诗贡献奖·朗诵贡献奖",授予赵银虎"百年新诗贡献奖·公益贡献奖"。同时,还授予焦家良、陈九谕等5人"诗歌万里行贡献奖"、陆健等74人"万里行优秀诗人奖"。

中国文艺评论传播联盟在京成立　9月26日,中国文艺评论传播联盟在京成立。成立仪式由中国文艺评论家协会、中国文联文艺评论中心主办。中国文联党组成员、副主席郭运德,中国文艺评论家协会主席仲呈祥出席活动并致辞。中国文联理论研究室主任庞井君主持成立仪式。活动现场,第二届"啄木鸟杯"中国文艺评论年度推优发布大会暨中国文艺评论网新版上线仪式同时举行。

中国文艺评论传播联盟由《中国文艺评论》、中国文艺评网、《光明日报》文艺部、光明网、中央人民广播电台综艺节目中心、《中国艺术报》《文艺报》《诗刊》中国作家网等单位共同发起成立,旨在搭建平台,凝聚力量,更好地贯彻落实习近平总书记关于文艺工作的重要讲话精神,褒优贬劣,激浊扬清,更加有效地引导创作、推出精品、提高审美、引领风尚。

广西文联第十次代表大会举行 9月26日至28日,广西壮族自治区文学艺术界联合会第十次代表大会在南宁举行。中国作协党组书记、副主席钱小芊,中国文联党组书记、副主席李屹,广西壮族自治区党委书记彭清华出席会议并讲话。广西文联主席洪波受广西文联第九届委员会委托向大会作工作报告,自治区妇联主席刘咏梅代表群团组织致贺词。

洪波再次当选广西文联主席。韦苏文、石才夫、龙倩、田代琳(东西)、匡达蔼、李滨夙、吴晓丽、张燕玲、林燕飞、周文力、郑军里、钟桂发、唐正柱、黄云龙当选副主席,田代琳(东西)再次当选广西作协主席。凡一平、王勇英、龙琨、田永、田湘、丘晓兰、严风华、吴小刚、盘文波、盘妙彬、蒋锦璐、潘红日当选广西作协副主席。

著名文艺理论家钱谷融逝世 9月28日晚9时8分,著名文艺理论家钱谷融先生在上海市华山医院逝世,享年99岁。

钱谷融于1942年毕业于当时的国立中央大学国文系,历任重庆市立中学教师、上海交通大学讲师、华东师范大学讲师、教授、博士生导师、文学研究所所长,《文艺理论研究》主编。他长期从事文艺理论和中国现代文学的研究和教学,著有《论"文学是人学"》《文学的魅力》《散淡人生》《〈雷雨〉人物谈》等,讲授《中国现代文学》《文艺学专题讲座》等课程。2014年,钱谷融获得上海文学艺术"终身成就奖"。

10 月

第二届"北京十月文学月"活动丰富多彩 10月12日至29日,第二届"北京十月文学月"活动在京举行。10月12日,第二届"北京十月文学月"启动暨"十月签约作家"计划发布活动在十月文学院举行。中国作协副主席李敬泽,北京市委常委、宣传部部长杜飞进,中宣部出版局局长郭义强,北京市委宣传部副部长韩昱,北京市新闻出版广电局局长杨烁,北京出版集团党委书记乔玢,北京出版集团总经理、十月文学院院长曲仲等出席。开幕式上,阿来、刘庆邦、叶广芩、宁肯、关仁山、邱华栋、红柯、李洱、徐则臣9位作家与北京十月文艺出版社签约,成为首批"十月签约作家"。李敬泽、施战军、邱华栋、格非、陈晓明、孙郁、白烨、孟繁华、陈福民、欧阳江河、张清华、张柠受聘成为十月文学院顾问委员会首批顾问。

10月13日,北京作协、北京十月文艺出版社、《十月》杂志社、十月文学院联合举办第二届北京文学高峰论坛。本届论坛的主题是"全国文化中心建设中的北京文学力量"。阎晶明、白烨、孟繁华、陈晓明、李朝全、张柠、陈福民等评论家,阿来、关仁山、叶广芩、刘庆邦、宁肯、红柯等作家围绕论坛主题展开讨论。

从14日到29日,还有"文学之声:我们这一代的阅读与写作"文学讲座,"温润美丽心灵:原创文学与戏剧教育论坛","网络文学论坛:聚焦精品,聚力提升——全国文化中心建设中网络文学的使命与担当"主题活动,第二届中俄十月文学论坛,"瓶颈与出路:青年作家创作论坛"等活动相继举行。

《习近平关于社会主义文化建设论述摘编》出版发行 新华社北京10月15日电 由中共中央文献研究室编辑的《习近平关于社会主义文化建设论述摘编》一书,近日由中央文献出版社出版,在全国发行。

《论述摘编》共分8个专题:坚定文化自信,建设社会主义文化强国;坚持以马克思主义为指导,牢牢掌握意识形态工作领导权、管理权、话语权;高度重视理论建设,加快构建中国特色哲学社会科学;培育和践行社会主义核心价值观;提高全民族思想道德水平;坚持以人民为中心的创作导向;推动文化事业全面繁荣和文化产业快速发展;提高国家文化软实力,讲好中国故事。书中收入361段论述,摘自习近平同志2012年11月15日至2017年7月26日期间的讲话、报告、演讲、指示、批示、贺信等70多篇重要文献。其中许多论述是第一次公开发表。

中国作家协会召开党组书记处扩大会议,认真传达学习党的十九大精神 10月26日上午,中国作协党组书记处召开扩大会议,传达学习党的十九大精神,研究部署中国作协和文学界学习宣传贯彻党的十九大精神工作。中国作协党组书记、副主席、书记处书记钱小芊主持会议。中国作协主席铁凝,中国作协党组成员、副主席、书记处书记吉狄马加、李敬泽、阎晶明,中国作协党组成员、书记处书记吴义勤出席会议,中国作协机关各部门和各直属单位主要负责同志参加会议。

会议决定,近日召开中国作家协会第九届主席团第三次会议和中国作协机关全体人员大会,认真传达学习党的十九大精神。组织团体会员单位负责人学习十九大精神专题研修,组织召开首都文学界、少数民族文学界、网络文学界、文学社团、文学专门委员会学习贯彻党的十九大精神座谈会。鲁迅文学院在各类培训班课程设置中,要把学习党的十九大精神作为重要内容。要根据党的十九大精神,加强文学创作的规划组织,推动文学创作。

第三届"城市文学论坛"在京召开 10月28日,由北京联合大学师范学院主办的第三届"城市文学论坛"在京召开。开幕式上,北京联合大学党委书记韩宪洲致辞。来自中国社会科学院、北京大学、北京师范大学、中国人民大学、北京外国语大学、北京社会科学院、首都师范大学、沈阳师范大学、北京联合大学、南京师范大学、山西大学、石河子大学等高校和科研机构的70余位专家和学者与会。北京联合大学师范学院院长张志斌主持开幕式,北京联合大学师范学院教授王德领主持大会并作主旨发言。

大会由主旨发言和三个分会场的轮次发言组成,分别围绕新世纪城市文学研究、现代性与城市、空间美学与城市文化研究、古代文学中的城市书写、西方文学中的城市形象等问题展开多层次的论述和切磋。

中国校园文学馆在潞河中学挂牌 10月28日,中国校园文学馆近日在北京通州区潞河中学揭牌启动。中国当代文学研究会校园文学委员会会长吴思敬先生出席揭牌仪式。

校园文学是以校园内的学生创作为主体的文学现象,对于学生人文精神的培育和审美素养的提升有着重要作用。由于校园文学具有自发性、民间性的特点,相关资料大多没有得到很好的收集整理。中国当代文学研究会校园文学委员会在今年工作会议上决定建设中国校园文学馆,面向全国收集整理校园文学的历史资料,至今已初具规模。中国校园文学馆的主要功能包括收藏、展览发布和研究推广等方面,所收藏的资料有全国各地大、中学校的校园文学资料,既包括文学刊物、个人文集,也包括有关理论研究文献等。目前该馆继续面向各地学校收集资料,丰富馆藏,拓展功能。

中国作协召开九届三次主席团会议,传达学习党的十九大精神 10月31日,中国作家协会第九届主席团第三次会议在北京召开。会议传达学习了中国共产党第十九次全国代表大会精神,紧密结合实际,对文学界学习贯彻党的十九大精神工作进行部署,作出关于学习贯彻党的十九大精神的决议。中国作协主席铁凝主持会议。中国作协党组书记、副主席钱小芊传达了党的十九大精神,并就做好十九大精神学习宣传贯彻工作提出具体要求。中国作协主席团成员出席会议,副主席吉狄马加、李敬泽、张炜、徐贵祥、高洪波,主席团委员阿扎提·苏里坦、邵丽、周梅森、梁鸿鹰等分别发言。中国作协机关各部门和直属单位主要负责同志列席会议。

会议强调,学习宣传贯彻党的十九大精神,是文学界当前和今后一个时期的首要政治任务。要充分认识党的十九大的重大意义,以高度的政治自觉做好党的十九大精神学习宣传贯彻工作,迅速兴起文学界学习宣传贯彻热潮,把广大作家和文学工作者的思想统一到党的十九大精神上来。会议还审议通过了部分团体委员变更事项。

11 月

第四届"当代中国文论:反思与重建"高端学术论坛在天津举行 11月3至5日,第四届"当代中国文论:反思与重建"高端学术论坛在天津举行,该论坛由《中国社会科学》杂志社与中国文学批评研究会主办,天津师范大学文学院、《中国文学批评》编辑部承办。来自全国文论界和批评界的名家汇聚一堂,以"中国传统文论的传承与创新"为主题进行了深入研讨。中国社会科学院副院长、党组成员、《中国社会科学》杂志社总编辑张江教授出席会议并作主题发言,天津市政协副主席、天津师范大学校长高玉葆出席会议并致辞。清华大学外文系教授王宁、中国社会科学院文学研究所研究员高建平、中国社会科学院外国文学研究所研究员党圣元、北京大学中文系教授陈晓明、北京师范大学文学院教授李春青、中国人民大学文学院教授程光炜、华中师范大学文学院教授胡亚敏等就中西古今文艺理论深度融合问题发表了自己的意见,展开了深入的对话。

全国当代文学研究首届青年论坛在京举行 11月3日至4日,由北京第二外国语学院中国文艺评论基地、中国当代文学研究会主办的"面向新时代,书写新华章——全国当代文学研究首届青年论坛"在京举行。中国作协副主席阎晶明、中国文艺评论家协会副主席路侃、北京第二外国语学院党委副书记计金标、中国当代文学研究会会长白烨等出席开幕式并致辞。

在两天的论坛上,徐则臣、申霞艳、杨庆祥、鲁太光、金理、黄平、李振、王晴飞、闫文盛、杨晓帆等来自全国各地的近50位青年学者、作家、批评家,围绕何谓"当代性"、百年新文学再发现、当代文学研究的新思维等话题展开深入交流。

第二届网络文学双年奖在慈溪颁奖　11月5日,作为第五届宁波(国际)文学周的重头戏之一,第二届网络文学双年奖昨在慈溪颁奖,酒徒的"架空历史"小说《男儿行》获金奖,愤怒的香蕉的《赘婿Ⅰ》,疯丢子的《百年家书》,郭羽、刘波的《网络英雄传Ⅰ:艾尔斯巨岩之约》3部作品获银奖,齐橙的《材料帝国》等6部作品获铜奖。

第二届网络文学双年奖由浙江省作家协会与宁波市文联、慈溪市委宣传部联合主办,于2016年11月正式启动。来自影视、出版、网站、作家、评论家、媒体等六个界别的19位推荐评委进行为期半年的推荐工作,此后,由12位来自不同界别的初评委、终评委两轮评选,最终评选出本次双年奖的金奖1名、银奖3名,铜奖6名和优秀奖15名。

新文学百年展在北大红楼开幕　11月21日,一场"文白之变:中国新文学诞生百年纪念展"在北大红楼新文化运动纪念馆开幕,160余件文物从语言、文学、教育等方面多角度展现文学革命发生发展,尤其是白话新文学构建的历史,揭示新文化运动对后世的影响,包括陈独秀、胡适、钱玄同、刘半农、鲁迅、周作人等文学革命先锋人物往来信件、白话手稿,一系列有关新式标点符号、注音字母、简化汉字、标准国语与国音等文物。

《雨花》杂志创刊60周年座谈会在南京举行　11月26日,《雨花》创刊60周年座谈会在南京举行。中国作协党组成员、副主席阎晶明,江苏省政府副秘书长王思源,江苏省委宣传部副部长徐宁,江苏省作协主席范小青,江苏省作协党组书记、副主席韩松林等出席会议。来自全国各地的作家、批评家、文学编辑等100人与会。会议由省作协党组成员、书记处书记贾梦玮主持。

自创刊伊始,《雨花》杂志始终坚持"立足江苏、面向全国"的刊物定位和"不厚名家、不薄新人"的选稿方针。60年来,《雨花》杂志培养了一批又一批文学新人,使他们成长为江苏文学乃至中国文学的中坚力量。

广东省作协举行签约文学评论家签约仪式暨"粤派批评"座谈会 11月28日上午,广东省作家协会首届签约文学评论家签约仪式暨"粤派批评"座谈会举行,贺仲明、徐肖楠、申霞艳、张德明、胡传吉、龙扬志、向卫国、陈培浩、柳冬妩、李德南10位签约评论家齐聚一堂,省作协党组书记、专职副主席张知干,省作协党组成员、专职副主席范英妍向评论家颁发了聘书。签约仪式后,10位评论家还就如何振兴"粤派批评"发表了自己的意见和看法。

第二届"中华文学基金会茅盾文学新人奖"及"网络文学新人奖"揭晓 11月30日,由中华文学基金会、浙江省桐乡市人民政府发起主办的"中华文学基金会茅盾文学新人奖"揭晓。纪红建、曹有云、包铁军(格日勒其木格·黑鹤)、刘稀元(西元)、张小伟(张楚)、李修文、牛学智、郑晓泉(东君)、祁媛、任晓雯等10位青年文学家获奖。

第二届"中华文学基金会茅盾文学新人奖"增设"网络文学新人奖"。获奖作家包括唐家三少(张威)、酒徒(蒙虎)、子与2(云宏)、天下归元(卢菁)、天使奥斯卡(徐震)、我吃西红柿(朱洪志)、愤怒的香蕉(曾登科)、骠骑(董俊杰)、爱潜水的乌贼(袁野)、希行(裴云)。除10位获奖作家之外,管平潮(张凤翔)、陈词懒调(徐孟夏)、观棋(柏跃跃)、风御九秋(于鹏程)、丁墨(丁莹)、红九(宋艳红)、忘语(丁凌滔)、疯丢子(祝敏绮)、静夜寄思(袁锐)、鱼人二代(林晗)等10位网络作家获得提名。

12月

著名诗人余光中逝世 12月4日,著名诗人、文学家余光中因病去世,享年89岁。

余光中,1928年出生于南京,祖籍福建永春。一生从事诗歌、散文、评论、翻译事业,自称为自己写作的"四度空间"。其最为著名的诗作《乡愁》,为两岸读者所熟悉和喜爱。

中国网络作家村落户杭州 12月9日,首个"中国网络作家村"在杭州市滨江区白马湖畔揭牌成立。中国作协网络文学委员会主任、中国作协网络文学研究院院务委员会主任陈崎嵘被聘为名誉村长,网络作家唐家三少成为首任村长。

据悉,"网络作家村"是集形象展示、交流互动和集中创作等功能于一体的公共平台,首批5位国内知名网络作家已签订入驻协议。据了解,滨江区将从线上、线下两个层面建设网络作家村,打造从作品创作、作品改编到版权交易、项目孵化、影视动漫游戏衍生开发等产业生态链,将在创投基金、版权保护等方面予以政策扶持。

纪念《收获》创刊60周年座谈会在沪召开 12月9日下午,"文学家园——庆祝《收获》创刊60周年"座谈会在《收获》所在地上海市作家协会举行。莫言、贾平凹、苏童、余华、王安忆、格非、阿来、迟子建等近60位中国重量级作家齐聚一堂,共同庆祝这份中国最有名的文学刊物的六十岁生日。

座谈会上,作家们纷纷谈到,当下文学创作面临许多新的挑战,读者的审美趣味愈发多样化,文学的生产和传播方式,不免遭到图像时代、大众流行文化的冲击与影响,存在一定的"速食化"倾向。时间坐标上,优秀的定义有没有变化?而面对纷纷扰扰,文学编辑们又该如何发现、催生更多对得起岁月的佳作?

诚如作家王安忆所说：世界变化那么快，60年来风风雨雨，但《收获》的坚守似乎暗示着，生活再怎么多变，也有不变的内核，作家正是寻求书写不变的东西。

著名现代文学研究专家范伯群先生逝世 12月10日上午7时35分，中国现代文学研究专家、苏州大学文学院教授、首届"姑苏文化名家"范伯群先生因病在苏州逝世，享年86岁。

范伯群，浙江湖州人。1955年毕业于上海复旦大学中文系。历任中学教师，江苏省作协理论研究室、苏州市文化局干部，江苏师范学院中文系教师，苏州大学中文系教授、通俗文学研究所所长。江苏省第七、八届人大代表，苏州文联副主席，江苏省作协名誉理事，中国现代文学学会理事。1957年开始发表作品，著有专著《王鲁彦论》《现代四作家论》《礼拜六的蝴蝶梦》《中国现代文学社团流派》（上、下集）《民国通俗小说鸳鸯蝴蝶派》《中国现代文学史》，编著《民初都市通俗小说》《中国近代文学大系——俗文学集》等。

第二届中国文学博鳌论坛在琼海举行 12月12日至14日，以"贯彻落实党的十九大精神，创造新时代的新史诗"为主题的第二届中国文学博鳌论坛在海南琼海举行。论坛由中国作协主办，中国作协创研部承办，海南省作协协办。中国作协党组书记、副主席钱小芊，海南省委常委、宣传部部长肖莺子出席开幕式并致辞。中国作协党组成员、副主席李敬泽出席论坛并就会议议题作说明。中共海南省委宣传部副部长朱寒松，海南省文联名誉主席韩少功，海南省文联主席、党组书记孙苏，海南省作协主席孔见和来自全国各地的60余位作家、评论家出席论坛开幕式。

论坛以主题发言、分组讨论、大会交流等多种形式展开。与会作家、评论家围绕中华民族伟大复兴的历史前景与中国特色社会主义文学的初心和使命、中国特色社会主义新时代与中华民族新史诗、坚定文化自信与弘扬中国精神、传统文化革命文化先进文化同当下文学写作的关系等进行了深入的探讨。

宁夏作家协会第八次代表大会召开 12月12日,宁夏作家协会第八次代表大会在银川召开。中国作协党组成员、书记处书记吴义勤到会致辞。自治区党委宣传部副部长周庆华出席会议并发表了重要讲话。自治区文联党组书记崔晓华主持开幕式,自治区文联党组成员、副主席苏保伟致开幕词。自治区文联党组成员、秘书长庚君,作协退休的老领导、老作家、特邀代表,以及来自全区各地的近100名作家和文学工作者代表欢聚一堂,共商宁夏文学事业的发展大计。

郭文斌当选宁夏作协第八届理事会主席,马金莲、王月礼(漠月)、闫宏伟、李进祥、李金瓯(金瓯)、杨梓、张学东、季栋梁、赵华、钟正平当选副主席,王怀凌、张嵩、杨凤军、杨富国、赵建银(梦也)当选主席团委员。作家石舒清任名誉主席,评论家郎伟为顾问。

辽宁省作协第十次代表大会闭幕 12月13日,辽宁省作协第十次会员代表大会在沈阳闭幕。会议期间,与会代表认真贯彻落实习近平总书记的系列讲话精神,以党的十九大精神为指引,分组讨论省委书记陈求发同志讲话,凝心聚力谋划文学强省建设,为未来辽宁文学事业的发展指明了方向。

大会选举产生了省作家协会新一届领导机构,滕贞甫(老藤)为主席,于晓威、王菁、孙伦熙、孙惠芬、沙宪增、林雪、金方、周建新、孟繁华、贺绍俊、盖成立、韩春燕、鲍尔吉·原野、薛涛为副主席,刁斗、王多圣、刘庆、李铁、张颖(女真)、张连波(津子围)、张鲁镭、常延霞(满城烟火)、魏立军(月关)为主席团成员。依据章程,经第十届主席团提名,十届一次理事会通过,还聘任了名誉职务。

中国少数民族作家学会文学奖2017年度颁奖典礼在海南陵水举行 12月15日,中国少数民族作家学会文学奖2017年度颁奖典礼在海南省陵水县举行。中国作家协会副主席、书记处书记李敬泽,中国少数民族作家学会常务副会长叶梅,海南省作家协会主席邢孔建,陵水县政府副县长陈春梅出席颁奖典礼。

经评委最终评审,苗族作家刘萧的长篇小说《篁军之城》、裕固族作家铁穆尔的散文集《苍天的耳语》、回族作家王树理的散文集《大道通天》、普米族作家鲁若迪基的诗歌集《时间的粮食》、蒙古族作家包广林的报告文学集《二十世纪中国蒙古族学者》等 5 部作品获"优秀作品奖";满族作家赵玫的中篇小说《蝴蝶飞》、藏族作家尹向东的短篇小说《河流的方向》、彝族作家左中美的散文《拐角,遇见》、瑶族作家林虹的散文《江山交付的下午》、白族诗人冯娜的诗歌《冯娜的诗歌》等 5 部作品获"单篇优秀作品奖";黎族诗人李其文的诗歌《往开阔地去》、汉族作家刘大先的文学评论《文学的共和》等两部作品获"新锐奖"。

著名诗人、翻译家、出版家屠岸先生逝世 12 月 16 日下午 5 点,著名诗人、翻译家、出版家,人民文学出版社原总编辑屠岸先生,在京逝世,享年 94 岁。

屠岸 1923 年 11 月 22 日生于江苏省常州市。早年就读于上海交通大学。从 1940 年代起就开始诗歌翻译与创作。1950 年,屠岸翻译出版我国第一部《莎士比亚十四行诗》。此外,他著有《萱荫阁诗抄》《屠岸十四行诗》《哑歌人的自白》《深秋有如初春》《诗论·文论·剧论》《霜降文存》等,译著有惠特曼诗集《鼓声》《莎士比亚十四行诗集》《一个孩子的诗园》《济慈诗选》《英国历代诗歌选》《英语现代主义诗选》等。2010 年获中国翻译协会翻译文化终身成就奖。

中国作家协会网络文学中心成立 经过近一年的筹备,中国作家协会网络文学中心于 12 月 28 日在京成立。新成立的网络文学中心为中国作协所属事业单位,在中国作协党组书记处领导下,主要负责网络作家联络服务、网络文学研究评论和管理引导、有关文学网站和社团组织及各级作协网络文学工作的沟通联络等工作。2018年,网络文学中心将组织网络文学界深入学习贯彻党的十九大精神,以习近平新时代中国特色社会主义思想为指导,努力做好网络作家入会、培训、深入生活、网络文学优秀作品推介等工作,实施重大题材规划和重点作品扶持工程、网络文学评论支持工程等项目,并举办中国网络文学周、中国网络文学论坛等一系列重要活动。

编 后 记

2017年10月,党的十九大在京隆重召开,习近平总书记在向大会上所作的报告中,就党在近期、中期和远期的中心任务和主要使命,确定了新路线,提出了新战略,做出了新部署,尤其是对新时代中国特色社会主义思想的精到概括与科学阐述,在高度提炼我们党过去五年来取得的重大的理论创新成果的基础上,把马克思主义中国化的成功实践和基本经验推进到一个新的阶段,为我们实现社会主义现代化和中华民族伟大复兴,为繁荣和发展社会主义文化,构筑新时代的文艺高峰,提供了强大的思想武器和行动指南。

在新时代中国特色社会主义思想中,文艺思想无疑是其中的重要构成。因之,学习和研读习近平文艺思想,自然成为整个文学界的中心任务,理论批评界的热点话题。"学习《讲话》"专栏,收入了文学界人士学习习近平一系列重要文艺讲话的体会文章,不同角度的精神领会与要点阐发,实际上构成了对于习近平文艺思想的多维解读。

"文情传真""网络文学研探""现状观察"等栏目,主要收入了文学创作、文学传播等方面的新动态与新走向,其中不少资讯都涉及文学阅读的新变化,这是包括理论批评在内的文学界较少予以关注的。但实际上,文学阅读的情形十分重要。这不仅关乎全民的阅读,也关乎文学的接受,实际上应该看作是文学生活的一个重要构成。"百家论坛"栏目收入了一些谈论文学现象与倾向的文章,不少文章或带有问题意识,或内含批评精神,针对的都是文学文艺现状中值得注意的问题,从中也可见出理论批评直面文学现状的可喜信息。

　　2017年,作家看作家、谈友人的文章,为数不少,也值得一读。这类文章,具有纪事与写人相结合的特点,这种怀人记友类文字,从长远的眼光看,也会有一定的史料价值。因之,"文人互看"和"忆怀故人"两个栏目不仅予以保留,而且还有一定的充实。

　　编纂"年度逝世文学家"的过程中,发现其中认识的人越来越多,不免有一种说不出的悲凉。遂提醒自己一定要努力减负,做好最该干的事情。但思来想去,觉得编"年度文坛纪事"这件事,就属于最该干的事之一。因此,仍需不懈奋斗,还要继续"奋蹄"。

白　烨